Diogenes Taschenbuch 24380

PETROS MARKARIS, geboren 1937 in Istanbul, ist Verfasser von Theaterstücken und Schöpfer einer Fernsehserie, er war Co-Autor des Filmemachers Theo Angelopoulos und hat deutsche Dramatiker wie Brecht und Goethe ins Griechische übertragen. Mit seinen Kriminalromanen wurde er international erfolgreich. Er erhielt u.a. den Pepe-Carvalho-Preis, die Goethe-Medaille und die Ehrendoktorwürde der Universität Thessaloniki. Petros Markaris lebt in Athen.

Petros Markaris

Zurück auf Start

Ein Fall für Kostas Charitos

ROMAN

Aus dem Neugriechischen von
Michaela Prinzinger

Diogenes

Titel der 2012 bei
Samuel Gavrielides Editions, Athen,
erschienenen Originalausgabe:
›Τίτλοι τέλους. Ο επίλογος‹

Der Text wurde für die 2015 im Diogenes Verlag
erschienene deutsche Erstausgabe
in Zusammenarbeit mit dem Autor
nochmals durchgesehen
Covermotiv:
Foto von Oliver Korb (Ausschnitt)

Für Josefina, wie immer

Veröffentlicht als Diogenes Taschenbuch, 2016

www.diogenes.ch
200/16/44/1
ISBN 978 3 257 24380 2

Inhalt

Grieche ist man nicht durch Zugehörigkeit zum griechischen Volk, sondern durch Teilhabe an der griechischen Bildung.

Isokrates

1

Sie liegt auf dem Rücken in der Evelpidon-Straße, vor dem Eingang zum Gerichtsgebäude. Ihre Augen sind geschlossen. Eine Frau hat ihr die Handtasche unter den Kopf geschoben, kniet neben ihr und fächelt ihr mit einem Dossier Luft zu.

Es ist ein Uhr, und die Mittagshitze nimmt einem den Atem. Auf ihrer Stirn glänzen Schweißperlen. Ich beuge mich zu ihr hinunter und flüstere: »Katerina, kannst du mich hören?«

»Ihr Puls ist normal«, sagt die Frau.

Kann sein, aber Katerina gibt mir weder eine Antwort, noch schlägt sie die Augen auf. Selbst durch meine Schuhsohlen hindurch spüre ich den glühend heißen Bürgersteig. Ich habe Angst, dass sie sich Verbrennungen holt, doch ich traue mich nicht, sie hochzuheben. Jemand bringt eine Flasche Wasser. Ich befeuchte ein Taschentuch und kühle ihr damit Stirn und Wangen.

»Schlechte Nachrichten kommen immer aus heiterem Himmel«, pflegte mein seliger Vater zu sagen. Ich war gerade mit Gikas und Gonatas von der Antiterrorabteilung in einer Besprechung, als uns Gikas' Sekretärin Stella unterbrach.

»Herr Kommissar, Koula sagt, Sie sollen sofort runterkommen. Es ist dringend!«

»Was gibt's?«

»Mehr weiß ich auch nicht.«

Koula erwartete mich schon auf dem Korridor.

»Was ist passiert? So reden Sie schon.«

»Das Wachpersonal des Gerichts hat angerufen. Katerina ist vor dem Gebäude überfallen worden.«

»Wo ist sie jetzt?«

»Immer noch dort. Sie konnten mir nicht sagen, wie ernst ihr Zustand ist.«

»Vlassopoulos soll mir sofort einen Streifenwagen beschaffen.«

In der Zwischenzeit rief ich Fanis an, der daraufhin einen Krankenwagen organisierte. Zunächst wollte ich auch Adriani Bescheid geben, ließ jedoch schnell wieder davon ab. Ich machte mir besser erst selbst ein Bild von der Lage, bevor ich – womöglich grundlos – die Pferde scheu machte.

Aus der Ferne ist die Sirene des Krankenwagens zu hören, und ich beiße die Zähne zusammen, bis Fanis eintrifft.

»Katerina, hörst du mich?«, versuche ich es noch einmal.

»Ja«, wispert sie diesmal, doch ihre Augen bleiben zu.

Der Krankenwagen hält vor dem Haupteingang des Gerichtsgebäudes, und sofort bilden die Schaulustigen ein Spalier. Als Erster steigt Fanis aus dem Wagen, wirft mir einen flüchtigen Blick zu und eilt zu Katerina. Er kniet sich neben sie und zieht mit dem Finger ein Augenlid hoch. Dann fühlt er den Puls und will dasselbe wissen wie ich:

»Katerina, ich bin's, Fanis. Kannst du sprechen?«

»Sie haben mich zusammengeschlagen, Fanis«, erwidert sie.

Fanis schließt die Augen und stößt einen erleichterten Seufzer aus.

»Sie haben mich zusammengeschlagen«, wiederholt sie, während ihr Tränen über die Wangen laufen.

»Ja, das sehe ich«, lautet Fanis' ruhige Antwort. »Jetzt kommst du erst mal mit ins Krankenhaus zur Untersuchung. Du hast Schmerzen, ich weiß, aber bald geht's dir wieder besser.«

Fanis ruft die Sanitäter herbei, die Katerina auf die Tragbahre heben und zum Krankenwagen bringen.

»Ist es was Ernstes?«, wende ich mich an Fanis, obwohl mir klar ist, dass er meine Frage noch nicht beantworten kann.

»Auf den ersten Blick sieht es nicht danach aus. Aber erst ein CT wird Gewissheit bringen.«

Bevor ich Adriani anrufe, muss ich mich erst etwas beruhigen. Ich blicke mich um. Das Spektakel ist vorbei, und die Zuschauer verlassen den Schauplatz. Nur die Frau, die sich anfangs um Katerina gekümmert hat, die beiden Wachen, die vor dem Eingang zum Gericht stehen, und zwei afrikanische Migranten bleiben zurück. Ein Stück weiter unterhält eine pummelige Frau die ganze Umgebung mit Musik, die aus ihren Ohrstöpseln scheppert.

»Und wer sind Sie?«, fragt Vlassopoulos die Afrikaner.

»Mandant von Frau Charitou«, antwortet der eine.

»Sind mitgekommen zu Gericht«, ergänzt der andere.

»Wo kommen Sie her?«, frage ich.

»Aus Senegal«, meint der Erste.

»Sie müssen eine polizeiliche Aussage machen«, erklärt ihnen Vlassopoulos.

Der eine Wachpolizist zieht ein Paar Handschellen aus seiner Gesäßtasche und will sie dem ersten Afrikaner anlegen.

»Was soll das?«, fragt Vlassopoulos schroff.

»Wer sagt denn, dass es nicht die beiden waren?«, erwidert der andere Wachmann von oben herab.

»In dem Fall kann ich Sie ja auch gleich festnehmen.«

Der Kerl stutzt und sucht nach einer Antwort. Da ihm kein Gegenargument einfällt, steckt er die Handschellen wieder weg. Doch sein Kollege kann sich Vlassopoulos gegenüber eine dumme Bemerkung nicht verkneifen: »Die spielen jetzt hier die Unschuldslämmer.«

»Es waren aber nicht sie, die die junge Frau attackiert haben, sondern deine Kumpels von der Goldenen Morgenröte!«, bricht es aus der Frau heraus. »Das habe ich mit eigenen Augen gesehen.«

»Wie bitte? Sagen Sie das noch mal«, sagt der Wachmann und geht drohend auf sie zu.

»Schluss mit dem Hickhack!«, rufe ich, und der Wachpolizist hält inne. »Was genau haben Sie beobachtet?«, frage ich die Frau.

»Ich habe hier am Haupteingang auf meinen Anwalt gewartet. Dann ist die junge Frau mit ihren Mandanten herausgekommen. Plötzlich sind zwei junge Männer in schwarzen Shirts auf einem Mofa herangebraust. Sie sind über den Bordstein gefahren, der eine ist vom Mofa gesprungen und mit einem Schlagring auf die junge Frau losgegangen. Die beiden Afrikaner wollten dazwischengehen, doch der andere auf dem Mofa hat ihnen zugerufen: ›Wehe, ihr rührt euch! Dann seid ihr tot, ihr schwarzen Hunde!‹ Erst als die junge Frau zu Boden ging, hat der Angreifer von ihr abgelassen. Danach ist er auf das Mofa gesprungen, das dann im Straßenverkehr verschwunden ist.«

»Und Sie haben gar nichts mitbekommen?«, fragt Vlassopoulos die beiden Wachen.

»Wir waren ganz auf unsere Arbeit konzentriert. Eine Ansammlung von Menschen ist ja nichts Besonderes. Am Haupteingang des Gerichts ist immer viel los.«

»Wir haben auch nichts Ungewöhnliches gehört«, fügt der Zweite hinzu.

»Das stimmt«, bestätigt die Frau. »Ich habe nicht geschrien, weil ich Angst hatte, dass sie auch mich angreifen.«

»Haben Sie das Nummernschild des Motorrads gesehen?«, frage ich.

»Das war von hier nicht zu sehen. Und dann ist der Fahrer davongerast.«

Vlassopoulos versucht, aus der Frau mit den Ohrstöpseln etwas herauszukriegen.

»Ich bin erst später gekommen und habe nichts mitgekriegt«, entgegnet sie und schickt noch die Bemerkung hinterher: »Musste die Frau denn Schwarze vor Gericht vertreten? Sind ihr unsere Landsleute nicht gut genug?«

Früher steckten wir uns Stöpsel ins Ohr, um ruhig zu schlafen. Heute tun wir es, damit wir um uns herum nichts mehr wahrnehmen.

Auch die beiden Afrikaner haben sich das Nummernschild nicht gemerkt.

»Wir nur schauen auf Katerina«, erklärt mir der eine.

»Von Ihnen beiden will ich eine schriftliche Aussage«, sage ich zu den Wachen. Dann wende ich mich den drei anderen zu. »Und Sie fahren zur Vernehmung mit dem Kriminalobermeister ins Präsidium.«

»Kann ich nicht morgen kommen?«, fragt die Frau. »Wenn

mein Termin aufgeschoben wird, dann kriege ich erst in sechs Monaten einen neuen. Und das nur, wenn ich Glück habe.«

Vlassopoulos notiert ihre Personalien und bestellt sie für den nächsten Tag aufs Präsidium. Die beiden Afrikaner begleiten ihn zum Streifenwagen.

»Kommen Sie mit, Herr Kommissar?«, fragt er.

»Nein, ich fahre ins Krankenhaus.«

Bevor ich aufbreche, ziehe ich mich in eine ruhige Ecke zurück und rufe Adriani an. Ich versuche alles so harmlos wie möglich darzustellen.

»Es sieht nicht schlimm aus.«

»Und wo ist sie jetzt?«

»Fanis hat sie ins Allgemeine Staatliche Krankenhaus gefahren. Dort wird man sie zur Sicherheit untersuchen.«

Den Krankenwagen lasse ich unter den Tisch fallen.

»Gibt es bei Gericht denn keinen Polizeischutz?«, wundert sie sich.

»Doch, aber sie wurde ja draußen auf dem Bürgersteig angegriffen.«

»Ich fahre gleich ins Krankenhaus.«

»In Ordnung, dann treffen wir uns dort«, sage ich und halte ein Taxi an.

Auf der Fahrt gehen mir zwei Fragen nicht aus dem Kopf. Die erste lautet: Woher wussten diese Schlägertypen, dass Katerina heute einen Gerichtstermin hatte? Hat man sie beschattet und den beiden durchgegeben, wann sie bei Gericht war? Oder kommen die Informanten gar aus den Reihen der Justiz? Ich ziehe die erste Annahme vor, da sie naheliegender – und weniger argwöhnisch – ist.

Die zweite Frage lautet: Wo waren ihre »Leibwächter« abgeblieben? Katerina wird schon seit Monaten von der Goldenen Morgenröte bedroht, da sie fast nur Migranten vertritt. Sissis hat zu ihrem Schutz ein paar Rentner aus dem Obdachlosenheim abbestellt, in dem er ehrenamtlich arbeitet. Dahinter stand der Gedanke, dass die Neonazis es nicht wagen würden, alte Leute zu attackieren und so die öffentliche Meinung gegen sich aufzubringen. Heute war Katerina ohne ihre Leibwache unterwegs gewesen. Aus welchem Grund? Das kann uns wohl nur Katerina selbst sagen, sobald sie dazu imstande ist.

»Wie sehen Sie die Lage?«, fragt mich der Taxifahrer.

»Genau so wie Sie«, sage ich kurz angebunden, da ich keine Lust auf Kaffeeklatsch habe, der sich neuerdings – allerdings ohne Kaffee – ins Taxi verlagert.

»Uns steht das Wasser nicht bloß bis zum Hals«, beharrt er, »sondern bereits so hoch, dass wir bald mit Unterwassertaxis rumfahren und Fische statt Fahrgäste transportieren.«

2

Fanis hat Katerina in die Kardiologie verlegen lassen, damit er sie direkt beaufsichtigen kann. Er hat ihr sogar ein Einzelzimmer besorgt. Auf dem Flur treffe ich Adriani, Katerinas Geschäftspartnerin Mania und deren Freund Uli, doch das Krankenzimmer ist leer.

»Sie ist gerade bei der Computertomographie«, antwortet Adriani auf meinen fragenden Blick. »Vielleicht machen sie auch noch eine Kernspintomographie. Das wissen sie noch nicht.«

Ich geselle mich also zu den Wartenden. Aber wenn ich dachte, still und in mich gekehrt dasitzen zu können, hatte ich mich gründlich getäuscht.

»Also wirklich! Gibt es in unserem Land eine Polizei oder nicht?«, fragt Adriani.

Ich versuche mich zu beherrschen, da meine Nerven blankliegen.

»Katerina wurde vor dem Gerichtsgebäude angegriffen. Drinnen wäre man sofort eingeschritten. Die Polizei kann nicht auch noch die Bürgersteige bewachen.«

»Du stellst dich schützend vor deine Kollegen, das verstehe ich. Aber die Sache war doch eher so: Die Wachpolizisten haben gesehen, wie Katerina mit den beiden Schwarzen aus dem Gericht kam. Und als sie attackiert wurde, haben sie sich gedacht: ›Gut so, recht geschieht ihr!‹, und haben sie ihrem Schicksal überlassen. So weit ist es mit der Polizei gekommen!«

Da sie möglicherweise recht hat, fällt meine Reaktion heftig aus.

»An allem ist die Polizei schuld!«, sage ich. »Selbst wenn zwei Mieter in einem Wohnhaus streiten, ist die Polizei schuld, weil sie nicht gleich zur Stelle ist, um sie zu trennen!«

Mania nimmt Adriani am Arm, führt sie beiseite und spricht leise auf sie ein. Was für ein Glück, dass Katerina – durch einen puren Zufall – ihre alte Freundin Mania wiedergetroffen hat. Mania war an Katerinas Seite, nachdem ihr Sissis ihre Auswanderungpläne ausgeredet hatte. Mania hat sie dazu gebracht, eine Anwaltskanzlei zu eröffnen und eine neue berufliche Perspektive zu entwickeln. Und mit Sicherheit wird sie sich auch jetzt wieder gut um sie kümmern, denn sie ist eine tolle Psychologin und weiß immer Rat. Doch erst mal muss feststehen, dass Katerina keinen gesundheitlichen Schaden davongetragen hat.

Ich rufe Sissis im Obdachlosenheim an und erzähle ihm die Neuigkeiten. Er hört mir zu, ohne mich zu unterbrechen, und am Schluss fragt er bedrückt: »Wie ernst ist es?«

»Das wissen wir noch nicht. Sie machen gerade eine Computertomographie.«

»Gut, ich bin gleich da.«

»Noch eine Frage, bevor du aufbrichst. Heute waren die Leibwächter, die du ihr besorgt hast, nicht dabei. Weißt du vielleicht, warum?«

»Ja, ich habe sie im Heim gesehen und gefragt, warum sie nicht bei Katerina sind. Und sie haben mir erklärt, sie würden heute nicht gebraucht. Das kommt häufiger vor, und so habe ich mich nicht weiter darum gekümmert.«

Hm, das passt mir nicht ins Konzept. Normalerweise verzichtet Katerina auf ihre Schutztruppe, wenn sie im Büro zu tun hat. Aber warum hat sie ihre Leibwächter nicht zu ihrem heutigen Gerichtstermin mitgenommen?

Meine Gedanken werden jäh unterbrochen, als Katerina in den Korridor geschoben wird. Fanis geht neben ihr her und hält ihre Hand. Katerina hat nun endlich die Augen aufgeschlagen und blickt uns mit einem schwachen Lächeln an.

Als ich auf sie zugehen will, kommt mir Adriani zuvor und begrüßt Katerina stürmisch: »Mein Schatz, wie geht es dir?«

Ehe sie ihre Tochter umarmen kann, schaltet sich Fanis ein.

»Es geht ihr gut, Adriani. Hab noch ein bisschen Geduld, bis wir sie im Zimmer untergebracht haben.«

An seiner Miene kann ich ablesen, dass es ihm ernst damit ist. Die Sanitäter heben Katerina aufs Bett. Als Adriani vor der Tür des Krankenzimmers einen weiteren Vorstoß unternehmen will, tritt Fanis erneut dazwischen.

»Nicht alle gleichzeitig, Adriani. Katerina ist überanstrengt und muss sich ausruhen.« Dann hält er inne und fügt hinzu: »Nur Mania darf bleiben.«

»Aber ich bin doch ihre Mutter, Fanis«, protestiert Adriani erbost.

»Ich weiß. Mania soll dich ja auch nicht ersetzen. Aber Katerina hat bis jetzt den Mund nicht aufgemacht. Sie muss jedoch über die Sache reden. Das wird ihr bei einer Psychologin leichter fallen.«

Fanis tritt mit Mania ins Krankenzimmer und schließt die Tür hinter sich.

»Was? Ihr fällt es leichter, mit Mania zu sprechen als mit ihrer Mutter?«, wundert sich Adriani.

Fanis' Aussage, dass Katerina glimpflich davongekommen ist, beruhigt mich, und so warte ich geduldig, bis ich mit ihr sprechen kann. Ich gehe zu Adriani und fasse sie am Arm.

»Es ist nichts Ernstes, das ist das Wichtigste«, sage ich. »Wenn sie sich etwas erholt hat, können wir uns in aller Ruhe mit ihr unterhalten.«

»Als Mutter geht es mir unter die Haut, wenn ich mein Kind auf der Krankenbahre sehe. Mein Schwiegersohn kann mir nicht einfach verbieten, mit meiner Tochter zu sprechen.«

Zum Glück muss ich sie nicht weiter hinhalten, denn Fanis tritt aus dem Krankenzimmer und kommt auf uns zu.

»Sie hat nur äußere Verletzungen«, erläutert er. »Eine leichte Gehirnerschütterung von einem Schlag, der sie zum Glück nicht voll auf den Kopf getroffen hat, blaue Flecke auf dem Rücken und an den Rippen, das ist alles. Sie hat zwar Schmerzen, aber die vergehen wieder. Wir behalten sie zur Beobachtung hier, und morgen wird sie nach Hause entlassen.« Er wendet sich an Adriani: »Das Problem ist, dass sie unter Schock steht und nicht reden will. Deshalb sollte Mania zuerst zu ihr reingehen. – Das ist nichts gegen dich«, fügt er auf seine bedächtige Art hinzu.

Adriani fällt ihm in die Arme und fängt an zu weinen.

»Komm, beruhige dich«, meint Fanis. »Es ist nichts Schlimmes, dafür garantiere ich.«

Adriani klammert sich immer noch schluchzend an ihn.

In dem Moment taucht Sissis auf. Als er Adriani in Fanis' Armen heulen sieht, erstarrt er vor Schreck.

»Keine Sorge, Adriani sind nur die Nerven durchgegangen«, erkläre ich ihm.

Wie auf Knopfdruck hört Adriani auf, löst sich aus Fanis' Armen und wischt sich die Tränen aus dem Gesicht.

»Alles in Ordnung, Lambros. Es geht schon wieder«, sagt sie zu Sissis.

»Wie ist es denn passiert?«, fragt er, und ich erzähle ihm, was ich von den Augenzeugen erfahren habe.

Uli hat sich auch zu uns gesellt, um die Einzelheiten zu hören. In den zwei Jahren, die er nun schon mit Mania in Griechenland lebt, hat er so gut Griechisch gelernt, dass er fast alles versteht und sich passabel verständigen kann.

»Die deutschen Neonazis attackieren hauptsächlich Ausländer«, bemerkt er. »Die griechischen Neonazis attackieren ihre eigenen Landsleute. Ihr macht aber auch alles verkehrt!«

Seit ich Katerina reglos auf dem Bürgersteig liegen sah, suche ich verzweifelt nach einer Gelegenheit, an irgendjemandem mein Mütchen zu kühlen. Jetzt muss Uli dran glauben.

»Du hast dich ja in Griechenland gut eingelebt, aber das deutsche Denken hast du noch nicht abgelegt«, schäume ich. »Sag Bescheid, wo die deutschen Neonazis ihre Seminare abhalten, dann schicken wir unsere hin, damit sie in Zukunft alles richtig machen!«

Sissis nimmt mich beschwichtigend am Arm.

»Lass gut sein. Die Deutschen verstehen unsere Reformbestrebungen einfach nicht.«

»Was hat denn das eine mit dem anderen zu tun?«, frage ich erstaunt.

»Im Zweiten Weltkrieg nannte man diese Schweine Kollaborateure«, meint Sissis, »heute heißen sie Neonazis. Das sind Reformen auf griechische Art, aber das verstehen die Deutschen nicht.«

Da geht die Tür zu Katerinas Zimmer auf, und Mania tritt heraus. Alle stürzen sich auf sie.

»Frau Adriani, gehen Sie zu ihr, aber keine Tränen und keine Aufregung. Sie muss zur Ruhe kommen.« Als Adriani im Zimmer verschwunden ist, sagt sie zu uns: »Die guten Neuigkeiten habt ihr ja schon von Fanis erfahren.«

»Gibt's denn auch schlechte?«, fragt Fanis besorgt.

»Nein, aber sie wird noch eine Weile brauchen, um darüber hinwegzukommen«, erläutert sie. »Zu wissen, dass man angegriffen werden kann, und tatsächlich attackiert zu werden sind zwei grundverschiedene Dinge. Dazu kommt noch, dass keiner der Schaulustigen eingegriffen hat. Das macht ihr schwer zu schaffen.«

»Morgen kann sie nach Hause«, sagt Fanis. »Dann lässt sie sich ein paar Tage von Adriani aufpäppeln.«

»Sie sollte so schnell wie möglich an ihren Arbeitsplatz zurückkehren«, hält Mania entschieden dagegen. »Dieser ›Unfall‹ darf sich nicht weiter auf ihr Leben auswirken. Zu Hause zu sitzen und darüber nachzugrübeln tut ihr nicht gut. Außerdem kann ich sie im Büro moralisch unterstützen.«

Als eine Krankenschwester mit dem Medikamentenwagen ins Zimmer tritt, muss Adriani das Zimmer verlassen.

»Es steht nicht schlecht um sie«, meint sie erleichtert. »Sie muss zwar jedes Mal weinen, wenn sie redet, aber das schadet ja nicht. Weinen tut immer gut.« Nachdem sie damit ihr eigenes psychologisches Gutachten abgegeben hat, sagt sie zu mir: »Jetzt kannst du rein.«

Ich winke Sissis heran, da ich weiß, dass Katerina sich über seinen Besuch freuen wird. Dann trete ich an ihr Bett und greife mit der Rechten nach ihrer Hand, die auf dem Bettlaken liegt, während ich ihr mit der Linken übers Haar streichle. Sissis bleibt diskret an der Tür stehen.

»Kein Einziger, Papa!«, wispert sie. »Wie kann das sein? Die Leute haben doch gesehen, wie er mit dem Schlagring auf mich losgegangen ist. Warum hat keiner eingegriffen? Dabei waren es so viele, sie hätten ihn mit Leichtigkeit stoppen können.«

Bei diesen Worten laufen ihr Tränen über die Wangen.

»Manche ergreifen für die eine Seite Partei, manche für die andere«, sagt Sissis von der Tür her. »Der große Rest verhält sich neutral. Die Mehrheit hält sich einfach raus, Katerina.«

»Kann ich dich was fragen, mein Schatz? Warum war deine Schutztruppe heute nicht dabei?«

Noch während ich rede, verfluche ich den Bullen in mir, der sich nicht zurückhalten kann, obwohl die Antwort auf diese Frage im Nachhinein wenig nützt.

»Das ging nicht. Ich hatte Angst, dass sie mir bei dieser Mordshitze bis zum Ende des Gerichtstermins umkippen.«

»Du hättest ihnen am Kiosk eine Flasche Wasser kaufen und ihnen einen Platz im Schatten suchen können. Dann hätten sie das schon ausgehalten«, sagt Sissis zu ihr. »Ab morgen begleiten sie dich überallhin, auch wenn du nur eine Zeitung vom Kiosk holst.«

»Hat man dich auch so verprügelt, Onkel Lambros?«, fragt Katerina.

»Mein ganzes Leben lang habe ich Prügel bezogen. Daher sage ich dir eins: Halte an deinen Überzeugungen fest, und lass dich von diesen Rüpeln nicht kleinkriegen. Nur eine Sache solltest du vermeiden.«

»Und was?«

»Dass der Hass von dir Besitz ergreift. Die feste Überzeugung, das Richtige zu tun, wird dir dabei helfen. Der Hass bringt dich nur von deinen Zielen ab.«

Damit tritt er ans Bett, beugt sich zu ihr hinunter und küsst sie sanft auf die Stirn. Katerina drückt seine Hand. Während ich die beiden beobachte, frage ich mich, ob Sissis – in solchen Momenten zumindest – nicht vielleicht der bessere Vater für Katerina wäre.

»Das ist das Einzige, was mir Angst macht«, sagt Sissis, als wir auf den Flur treten.

»Was denn?«

»Der Hass. Er wirkt wie eine Droge.«

»Alle anderen gehen jetzt, nur Adriani darf Katerina Gesellschaft leisten«, sagt Fanis zu uns. »Wenn sie weiß, dass ihr alle vor der Tür wartet, kriegt sie Stress. Und das tut ihr nicht gut.«

»Kann ich über Nacht bei ihr bleiben, Fanis?«, fragt Adriani schüchtern.

»Ja klar. Aber nur, wenn Katerina einverstanden ist.«

Adriani und Fanis gehen wieder in Katerinas Zimmer, während wir Übrigen den Heimweg antreten.

3

Normalerweise wäre ich sofort nach Hause gefahren. Angst und Anspannung haben mich, zusammen mit der Gluthitze, ziemlich ausgelaugt. Jetzt, da ich mich entspannen kann, bin ich zum Umfallen müde.

Andererseits möchte ich wissen, wie Vlassopoulos' Vernehmung von Katerinas Mandanten gelaufen ist. Ich frage mich, welches Pflichtgefühl hierbei im Vordergrund steht: das kriminalistische oder das väterliche? Ich neige dem Zweiten zu. Unterm Strich hätten sich weder wir noch die Antiterrorabteilung besonders ins Zeug gelegt, hätte der Fascho von der Goldenen Morgenröte nicht Katerina, sondern irgendeine Unbekannte angegriffen.

Als ich in den Bus steige, klebt mir die Kleidung am Leib. Sofort spiele ich mit dem Gedanken, den Seat wieder in Betrieb zu nehmen. Seit Monaten steht er in der Garage des Präsidiums. Wenn wir finanziell ums Überleben kämpfen, macht es wenig Sinn, Geld für einen PKW auszugeben, wenn ich dienstlich mit öffentlichen Verkehrsmitteln gratis fahren kann. Doch jetzt, da zusätzlich zur Hin- und Rückfahrt zur Arbeit auch noch die Besuche im Krankenhaus und später – bis zu Katerinas vollständiger Genesung – in ihrer Wohnung dazukommen werden, kostet mich der öffentliche Nahverkehr viel Zeit.

Es kann aber auch sein, dass ich Katerina als Vorwand

benutze, um den Seat zu reaktivieren. Dabei kommt mir das Argument der väterlichen Fürsorge gut zupass.

Auf dem Korridor der Dienststelle warten immer noch die beiden Afrikaner.

»Hat man euch noch gar nicht vernommen?«, frage ich überrascht.

»Wir auf Katerina gewartet«, entgegnet der eine.

»Wie geht ihr?«, will der andere wissen.

»Zum Glück ist es nichts Ernstes. Vor allem tun ihr die Verletzungen durch den Schlagring weh.«

»Für uns Katerina wie Schwester. Wir lieben sehr«, sagt der Erste.

Ihre Zuneigung rührt mich, obwohl Katerina dafür mit einem Krankenhausaufenthalt büßen muss.

»Kommt in mein Büro.«

Sie folgen mir auf den Fersen, doch gleichzeitig stürzen sich auch meine drei Assistenten auf mich: Koula, Dermitsakis und Papadakis. Katerinas Mandanten bleiben diskret an der Tür stehen.

»Wie geht es Ihrer Tochter, Herr Kommissar?«, fragt Koula.

Ich wiederhole die Kurzbeschreibung, die ich eben den beiden Senegalesen gegeben habe.

»Gott sei Dank, da ist sie noch mal glimpflich davongekommen«, meint Koula und bekreuzigt sich.

»Glück im Unglück«, fügt Dermitsakis hinzu.

»Ja, hat denn gar niemand eingegriffen?« Papadakis kann sich nur schwer damit abfinden.

»Nein, niemand.«

»Klar, warum muss sie sich auch mit Schwarzen einlassen?«, bemerkt er mit bitterer Ironie. Damit zitiert er quasi die Frau mit den Ohrstöpseln, ohne sie zu kennen.

Sie wünschen Katerina gute Besserung und gehen wieder an ihre Arbeit. Dann bedeute ich den Senegalesen, dass sie jetzt an der Reihe sind. Während sie auf ein Zeichen von mir warten, um Platz zu nehmen, rufe ich noch schnell den Leiter unserer internen Autowerkstatt an und bitte ihn, den Seat kurz durchzuchecken.

»Warum seid ihr mit Katerina am Gericht gewesen?«, frage ich, als ich fertig bin.

»Laden von meine Freund Maurice kaputtgeschlagen«, sagt der Zweite und deutet auf seinen Sitznachbarn.

»Wo liegt der Laden?«

»In Acharnon-Straße, Ecke Lefkados. Maurice hat beide erkannt, die kaputtgeschlagen haben. Wir gehen auf Polizei. Sie uns sagen, wir sollen Anzeige machen, aber nix passiert. Dann wir gehen zu Katerina, und Katerina macht *plainte.*«

»Was?«

»Anzeige«, erläutert mir Maurice. »Heute war Gerichtstermin«, ergänzt er in korrektem Griechisch.

Nun kenne ich zumindest das Motiv der Täter. Die Typen von der Goldenen Morgenröte haben sie attackiert, weil die Angeklagten aus ihren eigenen Reihen sind.

An dieser Stelle unterbricht uns ein Anruf von Stella.

»Er will Sie sprechen.«

»Ich bin in fünf Minuten oben.«

Offenbar will Gikas seine Sorge um Katerina zum Ausdruck bringen.

»Ihre Tochter sehr gute Mensch. Hilft uns alle«, meint Maurice zu mir.

›Meine Tochter ist stur und will mit dem Kopf durch die Wand‹, sage ich zu mir selbst.

»Nächste Mal wir gehen ganz viele zusammen, dann sie können nicht schlagen«, erklärt sein Freund entschieden.

»Wie heißen Sie?«

»Cédric.«

»Auf gar keinen Fall, Cédric. Dann habt ihr schon verloren. Jetzt wissen wir ja Bescheid und übernehmen das.«

»Wir können besuchen Katerina?«, fragt Maurice.

»Ja, aber nicht heute. Morgen Vormittag.«

Gleich nach dem Ende der Befragung fahre ich zu Gikas hoch. Bei meinem Eintreffen springt Stella auf.

»Was für eine schreckliche Geschichte! Gute Besserung für Katerina!«

»Zum Glück ist alles glimpflich ausgegangen.«

»Hier herrscht mittlerweile das Gesetz des Dschungels. Des Dschungels, jawohl!«, ruft sie aus.

Ich bekräftige ihre Meinung mit einem Kopfnicken und trete in Gikas' Büro. Sofort unterbricht er sein Hin- und Herlaufen und eilt auf mich zu.

»Wie geht es ihr?«, fragt er mit ehrlichem Interesse, da er Katerina sehr mag.

»Es ist nichts Dramatisches. Die Folgen der Schläge sind zwar schmerzhaft, aber das Schlimmste ist der Schock, den sie erlitten hat.«

»Wie ist es passiert?«

Ich erzähle ihm den Hergang in aller Kürze. Viele Einzelheiten gibt es ohnehin nicht zu berichten.

»Kann ich sie besuchen?«

»Warten Sie lieber ab, möglicherweise wird sie noch heute entlassen.«

»Die reinsten Bestien!«, bemerkt er, und wie zur Bekräftigung wiederholt er: »Die reinsten Bestien!«

Der Taxifahrer vorhin hat seine Fahrgäste mit Fischen verglichen, Stella hat uns in den Dschungel versetzt und Gikas die wilden Bestien auf den Plan gerufen. Das Königreich Griechenland, das sich zur Hellenischen Republik weiterentwickelt hat, mutiert nun kurzerhand zum »Hellenischen Tierreich«.

»Was haben Sie vor?«, fragt Gikas.

»Nichts. Wir haben ja nicht einmal das Kfz-Kennzeichen des Motorrads. Also gehen wir davon aus, dass Katerina zur falschen Zeit am falschen Ort war, und vergessen das Ganze.«

Er klopft mir verständnisvoll auf den Rücken.

Dann fahre ich in die Garage hinunter, um den Seat zu holen. Vor dem Nachhauseweg möchte ich noch am Krankenhaus vorbeifahren. Der Seat springt problemlos an. Sobald ich in die Messojion-Straße einbiege, läutet mein Handy. Unruhe erfasst mich, denn bei mir schrillen mittlerweile bei jedem Telefonklingeln die Alarmglocken.

Eine unbekannte Männerstimme am Telefon sagt: »Sieh zu, dass du deine Tochter in den Griff kriegst, sonst ergeht's ihr noch schlimmer, Kommissar.« Dann klickt es in der Leitung.

Meine böse Vorahnung hat sich bestätigt, doch ganz anders als erwartet. Wie haben diese Rowdys nur meine Handynummer herausbekommen? Ein Anruf auf der Dienststelle wäre nachvollziehbar gewesen. Aber meine Mobilfunknummer ist nur einer Handvoll von Leuten bekannt: Adriani, Katerina, Fanis, Mania, Sissis und ein paar Beamten aus dem Präsidium. Das heißt, jemand aus dem Präsidium hat sie weitergegeben.

Nun, ich mache mir zwar nichts vor. Mir ist klar, dass die Goldene Morgenröte ihre Kontakte zur Polizei hat. So, wie es Polizeibeamte gibt, die korrupt werden, gibt es auch Faschos, die Polizisten werden. Aber es ist doch etwas ganz anderes zu wissen, dass solche Kreise meine Handynummer kennen. Und vermutlich nicht nur meine Handynummer, sondern auch andere Daten, meine Personalakte und weiß der Geier, was sonst noch.

Mit diesen Gedanken im Kopf erreiche ich das Allgemeine Staatliche Krankenhaus und begebe mich zu Katerinas Zimmer. Adriani sitzt auf dem Flur und unterhält sich mit Fanis. An ihren Mienen kann ich ablesen, dass alles im Lot ist.

Adriani bestätigt meinen Eindruck.

»Sie schläft.«

»Sie hat Schmerzmittel und eine Beruhigungsspritze bekommen«, erklärt mir Fanis.

Ich gehe zur Zimmertür und öffne sie leise. Katerina hat sich auf die Seite gedreht und schlummert friedlich. Ich ziehe die Tür ins Schloss und kehre zu meiner Frau und meinem Schwiegersohn zurück.

»Wann wird sie entlassen?«, frage ich Fanis.

»Morgen früh werden ein paar Kollegen sie noch mal untersuchen, vor allem der HNO-Arzt, weil sie rechts Ohrgeräusche hat, wahrscheinlich von dem Schlag auf den Kopf. Eine Gehirnerschütterung ist nicht zu unterschätzen, besser, ein Facharzt schaut noch einmal drauf. Dann bringe ich sie nach Hause. Ich kann sie hoffentlich davon überzeugen, ein paar Tage halblang zu machen und nicht sofort wieder voll loszulegen.«

»Das wird sie aber fraglos tun«, sagt Adriani im Brustton der Überzeugung. »Sie ist genauso ein Dickschädel wie ihr Vater.«

»Also bin ich schon wieder schuld?«, frage ich und lache.

»Ich sag dir eins, Kostas: Wenn ich nicht sicher wüsste, dass ich sie zur Welt gebracht habe, würde ich sagen, du hast sie mit einer anderen Frau gezeugt. Von mir hat sie nämlich rein gar nichts.«

»Darüber könnt ihr zu Hause weiterplaudern. Das müsst ihr nicht vor eurem Schwiegersohn klären«, meint Fanis lachend, um einem Ehestreit vorzubeugen.

»Sie wollte, da sie heute hier übernachtet, ihre Standpauke noch schnell loswerden«, erläutere ich Fanis.

Adriani blickt mich von oben herab an, setzt die Diskussion jedoch nicht fort.

Ich verlasse das Krankenhaus beruhigt und erleichtert. Nur die Sache mit der Handynummer lässt mir keine Ruhe.

4

Als ich durch den Tunnel an der Messojion-Straße fahre, packt mich die Angst. Die Vorstellung, in eine leere Wohnung zurückzukehren, mit der Fernbedienung in der Hand allein vor dem Fernseher zu sitzen und ständig an Katerina und Adriani zu denken, lässt mich auf der Stelle kehrtmachen. Da sitze ich tausendmal lieber auf dem Krankenhausflur herum.

Schließlich kehre ich aber doch nicht ins Krankenhaus zurück, sondern biege am Autobahnkreuz Messojion-Straße nach rechts in die Fidipidou in Richtung Alexandras-Boulevard. Der einzige Mensch, der mich jetzt aufbauen kann, ist Sissis. Daher habe ich spontan beschlossen, beim Obdachlosenheim vorbeizuschauen. Sissis' Gesellschaft wird mich etwas beruhigen, bevor ich schlafen gehe.

Bei meinem Eintreffen plaudert er gerade mit einem älteren Pärchen. Als er meinen Gesichtsausdruck sieht, beendet er das Gespräch rasch mit einem »Na dann, bis morgen!«.

»Ist was passiert?«, fragt er mich besorgt.

»Nein, alles unter Kontrolle. Nur halte ich es zu Hause allein nicht aus. Wenn du nichts Besseres zu tun hast, würde ich dir gern ein bisschen Gesellschaft leisten.«

»Komm rein.«

Er führt mich von der Cafeteria des Obdachlosenheims in der Ajias-Sonis-Straße zu einer Parkbank. Uns gegenüber sitzt eine Afrikanerin mit einem Kleinkind im Kinderwagen.

»Warte kurz, ich bin gleich wieder da«, sagt er und verschwindet.

Ich bleibe allein zurück und betrachte die Fußgängerzone mit ihrer Grünanlage. Die Afrikanerin schaukelt den Kinderwagen und beaufsichtigt gleichzeitig ihre anderen beiden Kinder, die Fangen spielen. Ein Stück entfernt unterhält sich eine Gruppe Afrikaner lautstark auf Französisch und bricht immer wieder in Gelächter aus.

Als Sissis mit zwei Pappbechern Kaffee zurückkommt, hat mich die friedliche Atmosphäre des Viertels schon richtig eingelullt.

»Mach dich nicht verrückt«, meint Sissis zu mir. »Katerina nimmt ihr normales Leben wieder auf. Ich war immer wieder im Gefängnis oder im Exil. Wenn sogar ich es geschafft habe, in die Normalität zurückzukehren, wird es Katerina doch auch schaffen, oder?« Er wartet ab, bis das erneute Gelächter der Afrikaner abgeklungen ist, und fährt dann fort: »Katerina will ja ungefähr dasselbe wie wir damals.«

»Wie meinst du das?«, frage ich.

»Was will Katerina erreichen? Dass diese Menschen«, er deutet auf die Gruppe von Männern, »ein normales Leben führen können.« – »Was wollten wir? Eine Gesellschaft mit menschlichem Antlitz. Jetzt könntest du sagen: ›Das ist Blödsinn.‹ Und damit hättest du sogar recht!«

»Das sagst gerade du?«

»Was denn für eine Gesellschaft mit menschlichem Antlitz, Kostas? Die haben wir nicht mal hingekriegt, als wir im Exil waren. Sobald man von der vorgegebenen Linie abwich, war man unten durch. Man kann eine Gesellschaft nicht auf Angst gründen, aber das wussten wir damals nicht. Dasselbe gilt auch für Katerina. Glaubst du, diese Flüchtlinge werden je ein normales Leben führen? Hatten wir denn in Taschkent ein normales Leben? Deshalb sage ich dir: alles Blödsinn. Oder auch: verlorene Liebesmüh. Aber das ist mittlerweile auch egal. Wichtig ist doch, dass deine Tochter für etwas kämpft, so wie auch wir für etwas gekämpft haben. Hier liegt der Unterschied zwischen uns beiden.«

»Das musst du mir erklären.«

»Ihr habt eure Arbeit oder eure Pflicht getan. Nenn es, wie du willst. Wir haben für etwas gekämpft. Vielleicht für etwas Unsinniges.«

»Gut, ›Arbeit‹ lasse ich gelten. Aber ›Pflicht‹ ist auch ein unsinniger Begriff.«

Dann erzähle ich ihm von dem Fascho-Anruf auf meinem Handy.

»Was hatten wir nach dem Bürgerkrieg?«, fragt er mich anstelle einer Antwort.

»Das weißt du genau. Armut und Elend – ihr auf der einen, wir auf der anderen Seite. Und den gegenseitigen Hass.«

»Wir hatten aber noch was anderes.«

»Und zwar?«

»Den Schattenstaat. Der ist nämlich wieder da, Kostas. Nur dass jetzt der Schattenstaat nicht von Politikern gemacht wird, um uns und alle anderen politischen Gegner zu terrorisieren. Er ist eine Ausgeburt der Krise. Unser Land legt sich wieder einen Schattenstaat zu. Deine Tochter ist eins seiner Opfer, und einige deiner Kollegen sind, wie früher, seine Helfershelfer.«

»Und was soll ich tun?«

»Deine Tochter tut schon viel. Aber auch ohne Katerina wärst du nicht auf der Seite des Schattenstaates. Ich kenne dich.«

Die Afrikaner lachen noch einmal laut auf, als wollten sie sich über unsere Worte lustig machen.

Trotz seiner schwermütigen Art ist es Sissis gelungen, mich so weit zu beruhigen, dass ich einschlafen konnte. Und ich hätte noch länger geschlafen, wenn mich das Klingeln des Telefons nicht geweckt hätte.

»Wir haben einen Toten, Herr Kommissar«, höre ich Dermitsakis' Stimme.

»Dermitsakis, bin ich ein Beerdigungsinstitut?«

»Tja, das zuständige Polizeirevier meint, es handle sich zu neunundneunzig Prozent um einen Selbstmord. Aber da es um einen deutschen Staatsbürger mit griechischen Wurzeln geht, sollen wir auch einen Blick auf ihn werfen, um Probleme mit der deutschen Botschaft zu vermeiden.«

»Hat er einen Abschiedsbrief hinterlassen?«

»Nein, und das ist verdächtig.«

»Gib mir die Adresse durch.«

»Kritis-, Ecke Souliou-Straße in Neo Psychiko. Der Typ heißt Andreas Makridis.«

Ich hatte ohnehin vor, zuerst beim Krankenhaus vorbeizuschauen, und Neo Psychiko liegt auf meinem Weg. Ein kurzer Halt wird mich nicht viel Zeit kosten.

»Gut, ich fahre dort vorbei, aber gib der Gerichtsmedizin Bescheid, damit wir durch einen offiziellen Autopsiebericht abgesichert sind.«

Ich ziehe mich rasch an und verschiebe meinen morgendlichen süßen Mokka auf später, wenn ich im Präsidium bin. Dann rufe ich noch schnell Adriani an, die mir Erfreuliches zu berichten hat.

»Sie hat durchgeschlafen. Sie hat zwar Schmerzen, aber Fanis sagt, die würden mit Salben und Schmerzmitteln behandelt. Jetzt warten wir gerade auf die Visite.«

Dieser kleine Aufschub gibt mir Gelegenheit, ohne große Gewissensbisse nach Neo Psychiko zu fahren. Und das Glück lacht mir weiterhin, da meine Fahrspur auf der Messojion-Straße nur wenig befahren ist.

An der Ecke zur Kritis-Straße steht ein fünfstöckiges Wohnhaus. Vor dem Eingang wartet der Streifenwagen samt Fahrer.

»In der dritten Etage, Herr Kommissar«, erklärt er mir.

Auf dem Flur stehen ein paar Anwohner, die sich leise unterhalten. Die Tür des Apartments steht halb offen, und ein uniformierter Beamter bewacht den Zugang. Mit einem kurzen Gruß lässt er mich vorbei.

Im Vorraum stehen noch zwei weitere Beamte.

»Er ist im Schlafzimmer, Herr Kommissar«, sagt der eine. »Kein schöner Anblick.«

Als er die Schlafzimmertür aufstößt, sehe ich Makridis über seinem Bett baumeln. Er hat das Seil am Lampenhaken festgemacht. Eine Haushaltsleiter steht neben dem Bett. Offenbar hat er sie benutzt, um das Seil am Haken zu befestigen.

»Wer hat ihn gefunden?«

»Die Putzfrau, die auch die Funkstreife gerufen hat. Wir haben sie hierbehalten, damit Sie mit ihr sprechen können.«

»Wie ich höre, gibt es keinen Abschiedsbrief.«

»Nein. Wir haben die Wohnung zwar nicht durchsucht, aber auf den ersten Blick war keiner zu finden.«

»Bei Selbstmorden liegt der Abschiedsbrief selten im Tresor«, sage ich. »Wenn Sie keinen gesehen haben, dann wird's auch keinen geben.«

»Sollen wir ihn runterholen?«

»Warten Sie lieber auf den Gerichtsmediziner.«

»Wozu, Charitos?«, höre ich Stavropoulos' Stimme hinter mir. »Der Mann hat sich umgebracht. Seit wann müssen Erhängte obduziert werden?«

Ich erläutere ihm, dass der Selbstmörder zwar griechischer Herkunft, aber deutscher Staatsbürger ist.

»Die Deutschen reiben uns schon oft genug unter die Nase, dass wir die Reformen verschleppen und dass die Steuereinnahmen hinter den Erwartungen zurückbleiben. Da sollen sie uns nicht auch noch vorwerfen können, dass wir Mord und Selbstmord nicht auseinanderhalten können.«

»Da haben Sie recht, die schrecken vor nichts zurück.«

Das ist eines der wenigen Male, dass wir einer Meinung sind. Eins muss man zugeben: Die Deutschen bringen uns einander näher.

»Es handelt sich zweifelsfrei um Selbstmord. Nur sichere ich mich lieber für alle Fälle durch einen Autopsiebericht ab.«

Ich lasse ihn mit seinem Assistenten zurück und gehe ins Wohnzimmer. Es ist einfach eingerichtet: eine schlichte Sitzgarnitur und dem Sofa gegenüber der unvermeidliche Fernseher. Das einzige auffällige Möbelstück ist ein vollgestopftes Bücherregal, das eine ganze Wand einnimmt.

Die Putzfrau sitzt in einem Sessel und hat den Kopf in die Hände gestützt. Als sie mich kommen hört, hebt sie den Blick. Sie ist nicht älter als Mitte dreißig, ihre Augen sind rotgeweint.

»Wie heißen Sie?«, frage ich, während ich auf dem Sofa Platz nehme.

»Elena ... Elena Mesi.«

»Sind Sie Albanerin?«

»Ja.«

Gut möglich, dass sie den Namen Elena in Griechenland angenommen hat. Viele Albaner nehmen griechische Namen an, um als Angehörige der griechischen Minderheit in Nordepirus durchzugehen.

»Wie haben Sie ihn gefunden, Elena?«

»Als ich herkam, war Herr Andreas nicht da. Ich bin als Erstes zum Saubermachen ins Schlafzimmer gegangen, und da habe ich ihn gefunden.«

Sie bricht in Tränen aus. Ihr Griechisch ist tadellos. Man könnte sie von einer Griechin nicht unterscheiden. Ich warte, bis ihr Schluchzen abebbt, um die dringendsten Fragen zu stellen.

»Wie lange war Herr Makridis schon in Griechenland, wissen Sie das?«

»Etwas länger als ein Jahr.«

»Was wollte er hier?«

»Ein Unternehmen gründen.«

»Wissen Sie, ob er ein Büro hatte?«

»Ja, irgendwo auf dem Kifissias-Boulevard, aber ich war nie dort.«

»Hatte er Familie?«, frage ich, um herauszufinden, ob wir

jemanden benachrichtigen müssen. Wobei die deutsche Botschaft darüber womöglich besser Bescheid weiß.

»Er hat mir gesagt, dass er geschieden ist, aber keine Kinder hat.«

»Gehörte die Wohnung ihm?«

»Ja. Anfangs wohnte er im Hotel, aber vor einem Jahr hat er dieses Apartment gefunden. Von Anfang an habe ich hier saubergemacht...«

Wiederum bricht sie in Tränen aus. Meine Fragen sind erschöpft, und es hat keinen Sinn, sie weiter zu quälen. Daher schicke ich sie nach Hause und mache mich auf den Weg ins Krankenhaus, nicht ohne zuvor Stavropoulos einzuschärfen, dass er mir seinen Bericht zuschicken soll.

5

Katerina sitzt, mit dem Kissen im Rücken, im Bett. Neben ihr liegt eine Tageszeitung.

Obwohl es ihr offensichtlich schon viel besser geht, stelle ich zu Beginn die förmliche und stereotype Frage, die man immer an Kranke richtet: »Wie geht es dir?«

Prompt bestätigt sie meinen Eindruck: »Nur Zeitung lesen kann ich noch nicht, weil mir davon schwindlig wird. Aber das soll von der Gehirnerschütterung kommen und bald besser werden.«

»Wo ist Mama?«

»Ich hab sie nach Hause geschickt, damit sie sich ausruht. Sie kommt gegen Mittag wieder, wenn ich entlassen werde.«

»Wie schön!«, sage ich freudig, obwohl ich damit gerechnet habe.

»Ja, aber ich soll mindestens noch zwei Tage im Bett bleiben und erst aus dem Haus gehen, wenn ich wieder ganz sicher auf den Beinen bin. Dir ist klar, was das bedeutet: Mama rund um die Uhr.«

»Macht nichts, das ist das kleinere Übel. Es hätte viel schlimmer kommen können.«

Eine plötzliche Unruhe erfasst sie.

»Kannst du mir sagen, warum sie mich überfallen haben, Papa? Hast du, als Polizist, eine Erklärung dafür? Ich begreife nicht, wie es so weit kommen konnte, dass man sich als Anwältin seine Mandanten nicht mehr aussuchen kann, ohne dass sich die Goldene Morgenröte einmischt.«

»Du darfst dich jetzt nicht so aufregen, Katerina. Ihre Leute haben den Laden deines Mandanten zerstört. Sie wollten dich einschüchtern, damit du die Anzeige zurückziehst.«

»Und meinen sie jetzt, dass ich das tue?«

»Das spielt für sie keine Rolle: Sie kennen sowieso nur die Sprache der Gewalt.« Den Drohanruf und mein Gespräch mit Sissis behalte ich für mich, um sie nicht zu beunruhigen. »Es war ein Fehler, dass du deiner Leibwache freigegeben hast.«

»Was hätte ich denn tun sollen? Ich hatte Angst, dass mir einer bei dieser Hitze umkippt und ich mit ihm ins Krankenhaus muss.«

»Ja, und stattdessen musstest du dann selbst dorthin.«

Unser Gespräch wird durch ein Klopfen unterbrochen. Die Tür geht langsam auf, und Maurice blickt zaghaft durch den Türspalt. Hinter ihm steht sein Freund, dessen Name mir gerade nicht einfällt.

»Schön, dass ihr da seid!«, ruft Katerina gutgelaunt. »Kommt rein!«

Ich gebe meiner Tochter einen Kuss und ziehe mich zurück, damit die Anwältin in Ruhe mit ihren Mandanten reden kann.

Am Alexandras-Boulevard angekommen, eile ich gleich in Gikas' Büro und erkläre Stella, dass ich ihn in einer dringenden Angelegenheit sofort sprechen muss.

»Er ist allein«, entgegnet sie, womit sie mir die Erlaubnis erteilt, seine Gedankengänge zu unterbrechen.

Gikas' erste Frage gilt Katerina.

»Es ist nichts Ernstes, und sie darf heute nach Hause«, sage ich.

»Ein Glück!«, bemerkt er, offensichtlich erleichtert. »Ich muss gestehen, dass ich gestern Nacht Alpträume hatte.«

»Nun, die gehen leider weiter«, sage ich und beschreibe den gestrigen Anruf der Goldenen Morgenröte.

Seine Stimmung kippt prompt, und der Seufzer, den er ausstößt, zeugt von der Vorahnung künftiger Probleme.

»Das sind die Folgen der Krise.« So lautet sein schicksalsergebenes Fazit.

»Die Krise und unser übliches Chaos sind zwei verschiedene Dinge. Möglicherweise liegen den Anhängern der Goldenen Morgenröte Namen und Adressen von Linksextremisten vor, und vielleicht kennen sie auch die Akten von Personen, die von der Polizei beobachtet werden. Gestern wurde meine Tochter angegriffen, morgen muss jemand anderer dran glauben, übermorgen könnte es auch Todesopfer geben. In Griechenland versuchen wir, die Krise mit unserem üblichen Chaos in den Griff zu kriegen.«

Ich weiß, dass er jeden Widerspruch hinunterschlucken wird, da ich die Rolle des leidgeprüften Vaters innehabe. In der Tat reagiert er nicht auf meine Aussage, sondern nimmt zu seinem Lieblingsmanöver Zuflucht – nämlich, einen Sündenbock zu suchen. Er nimmt den Hörer und ruft Sonaras an, den Leiter des Dezernats für Interne Ermittlungen.

»Wie ist es möglich, dass wir bei der Polizei den Datenschutz nicht gewährleisten können?«, schreit er in den Hörer und leitet meine Empörung unmittelbar an Sonaras weiter. »Warum stellen wir die Nummern nicht gleich ins Internet?«

Nachdem er Sonaras' Antwort gelauscht hat, legt er auf und sagt zu mir: »Beschreiben Sie Sonaras den Vorfall in allen Einzelheiten. Denn damit gehe ich bis zum Minister, das steht fest.«

Sonaras' Büro liegt zwar nur drei Türen von Gikas' entfernt, aber ich mache einen Umweg und laufe zuerst in die Cafeteria hinunter, um mich mit einem Kaffee zu versorgen.

Kaum betrete ich den Saal, kommen alle Kollegen und auch die Serviererin auf mich zu, um sich nach Katerina zu erkundigen und ihr alles Gute zu wünschen. Dankend gebe ich ein paar Erläuterungen, während ich gleichzeitig in ihre Gesichter blicke und mich frage, wer von ihnen den Faschos meine Telefonnummer gegeben haben könnte.

Ich nehme den Kaffeebecher entgegen und fahre wieder in die fünfte Etage zu Sonaras' Büro hinauf. Dort erhalte ich eine weitere Dosis von Genesungswünschen, bevor wir zum eigentlichen Thema kommen. Als ich Sonaras den Vorfall beschreibe, wiegt er den Kopf.

»Kostas, mach dir nichts vor. Das Phänomen hat um sich gegriffen. Da kann Gikas noch so schäumen. Er hat ja recht, aber die meisten, die mit der Goldenen Morgenröte zu tun haben, dienen nicht bei der Polizeidirektion Attika, sondern in Polizeirevieren von Gegenden mit hohem Ausländeranteil. Das sind die Hochburgen der Goldenen Morgenröte.«

»Ausgeschlossen, dass die meine Handynummer von irgendeinem lokalen Polizeirevier bekommen haben.«

»Das glaube ich auch nicht. Wahrscheinlich hat ein Revierbeamter einen Freund im Präsidium angerufen, unter irgendeinem Vorwand nach deiner Handynummer gefragt und sie dann seinen Spezis weitergegeben.«

Sonaras' These klingt logisch. Möglich, dass der Kollege in der Polizeidirektion mit im Boot war. Vielleicht wollte er aber bloß einem Freund einen Gefallen tun.

»Es gibt bereits eine Dienstanweisung, keine Privatnummern an Kollegen oder an Polizeireviere weiterzugeben. Alle Anfragen müssen an das Einsatzzentrum gestellt werden. Aber du kannst dir ja vorstellen, dass sich das absolut nicht überprüfen lässt. Andererseits haben wir vielleicht Glück und machen die lecke Stelle ausfindig. Dann könnten wir dort ansetzen.« Er hebt hilflos die Hände. »Tut mir leid, Kostas, aber Genaueres kann ich dir auch nicht sagen.«

Ich verlasse sein Büro mit dem Gefühl, als hätte ich Anzeige gegen Unbekannt erstattet. Das wird alles nichts bringen. In meinem Büro bestelle ich einen zweiten Kaffee, und kaum habe ich aufgelegt, ruft Stella an.

»Er hat einen Vertreter der deutschen Botschaft zu Besuch und verlangt dringend nach Ihnen.«

Mein erster Gedanke geht automatisch zu Andreas Makridis' Selbstmord. Ich kann mir keinen anderen Grund für den Besuch eines Vertreters der deutschen Botschaft beim Kriminaldirektor der Polizeidirektion Attika vorstellen.

Um mich nach allen Seiten abzusichern, rufe ich Stavropoulos an.

»Haben Sie Makridis' Obduktion abgeschlossen?«, frage ich, und da ich weiß, wie verkorkst er reagieren kann, füge ich sogleich hinzu: »Gikas hat einen Vertreter der deutschen Botschaft im Büro. Offenbar will der Näheres über den Fall Makridis wissen.«

»Sie können ihm sagen, dass es sich hundertprozentig um Selbstmord handelt. In zwei Stunden haben Sie auch meinen offiziellen Bericht.«

Entsprechend vorbereitet fahre ich wieder in die fünfte Etage hoch. Zu Besuch bei Gikas sind ein blonder Vierzigjähriger mit Bart und ein Grieche Mitte dreißig.

Gikas stellt mir den Blonden als Herrn Holt und den anderen als Dolmetscher Kalafatis vor.

»Herr Holt möchte gern wissen, ob es zu Andreas Makridis' Selbstmord neue Erkenntnisse gibt«, klärt mich Gikas auf.

»Ich habe gerade mit dem Gerichtsmediziner gesprochen. Es war zweifelsfrei Selbstmord. In spätestens zwei Stunden liegt mir auch der Autopsiebericht vor, von dem ich Ihnen eine Abschrift zuschicken kann.«

Der Dolmetscher übersetzt dem Deutschen meine Aussage. Der zieht einen Briefumschlag aus der Jackentasche und übergibt ihn Gikas. Gleichzeitig erklärt er dem Dolmetscher: »Dieser Umschlag ist heute Morgen bei der Botschaft eingetroffen.«

Gikas reißt ihn auf und zieht einen Brief heraus. Nachdem er einen kurzen Blick darauf geworfen hat, gibt er ihn zusammen mit dem Umschlag an mich weiter.

Zunächst prüfe ich den Briefumschlag. Er sieht ganz normal aus, einer von der Sorte mit der blauweißen Umrandung, die man an jedem Kiosk kaufen kann. Das Blatt, das ich dann auseinanderfalte, ist ein Computerausdruck. Das Ganze kann man kaum als Brief bezeichnen, denn es handelt sich um zwei getippte Zeilen: »Andreas Makridis ist nicht durch eigene Hand umgekommen. Er wurde umgebracht.«

Interessanter sieht die Unterschrift unter der Zeile aus: »Die Griechen der fünfziger Jahre.«

»Wenn es keinen Zweifel an einem Selbstmord gibt, dann handelt es sich hier wohl um einen dummen Scherz«, höre ich die Stimme des Dolmetschers sagen, während mein Blick immer noch am Computerausdruck hängt.

»Höchstwahrscheinlich«, pflichtet ihm Gikas bei. »Jedenfalls werde ich Ihnen eine Kopie des Obduktionsberichts zukommen lassen, um jeden Zweifel auszuräumen.«

Daraufhin erhebt sich der Deutsche von seinem Platz, und der Dolmetscher tut es ihm gleich.

»Sollen wir die Angehörigen des Selbstmörders benachrichtigen, oder übernehmen Sie das?«, frage ich Herrn Holt über den Dolmetscher.

»Das übernehmen wir.«

Sie verabschieden sich förmlich, bevor sie hinausgehen.

Gikas bestätigt noch einmal die Einschätzung, die der Deutsche abgegeben hat: »Vermutlich handelt es sich um einen dummen Scherz.«

»Vielleicht, aber ich habe so meine Zweifel«, entgegne ich, während ich abwechselnd den Text und die Unterschrift betrachte.

»Das ist eine Berufskrankheit bei Ihnen«, sagt er lachend, doch diese Bemerkung stößt mir unangenehm auf.

»Erstens, warum sollte man einen Brief schicken, der behauptet, Makridis sei ermordet worden, wenn es absolut sicher ist, dass er Selbstmord begangen hat? Zweitens, warum sollte man ihn an die deutsche Botschaft schicken? Und drittens, wer sind diese ›Griechen der fünfziger Jahre‹? Diese Unterschrift steht nicht zufällig da, die will uns etwas sagen.«

Er stutzt kurz und muss mir schließlich recht geben. »Die Frage ist nur: Was können wir tun?«

»Das Einzige, was ich tun kann, ist, Makridis' Wohnung und Büro auf der Suche nach irgendeinem Hinweis auf den Kopf stellen. Und darauf hoffen, dass uns die Signatur so schnell nicht wieder begegnet.«

»Sie wirken besorgt«, meint er.

»Ach, nur eine böse Vorahnung.«

Dann fahre ich wieder in die dritte Etage hinunter und rufe meine Assistenten in mein Büro. Ich gebe ihnen das Blatt zu lesen, das uns der Herr von der deutschen Botschaft übergeben hat. Denn ich will sehen, wie sie darauf reagieren.

»Das ist ein Scherz«, antworten Vlassopoulos und Dermitsakis wie aus einem Mund.

Papadakis wirkt nachdenklich. »Woher sollen denn die ›Griechen der fünfziger Jahre‹ den Deutschgriechen Makridis kennen? Und wer sollte so etwas heutzutage witzig finden? Würde jemand von einem hiesigen Griechen behaupten, die Krise habe ihn in den Selbstmord getrieben, würde mir das eher einleuchten.«

»Und wer sind diese ›Griechen der fünfziger Jahre‹ überhaupt?«, wundert sich Koula. »Die ›Griechen der fünfziger Jahre‹ müssen doch heute über achtzig sein. Warum sollten sich Achtzigjährige mit einem Deutschgriechen befassen?«

Die geteilten Meinungen meiner Assistenten bestärken mich in meiner Ansicht, dass man hier Genaueres in Erfahrung bringen muss. Ich ersuche Koula, mir die Anschrift von Makridis' Büro herauszusuchen, und lasse Papadakis und Dermitsakis einen Streifenwagen holen. Dem Seat gönne ich eine kleine Verschnaufpause.

6

Als wir an der Ecke Kritis- und Souliou-Straße aus dem Wagen steigen, händigt uns ein Beamter des dortigen Polizeireviers die Wohnungsschlüssel aus.

Ich schicke Papadakis in die Küche und Dermitsakis ins Schlafzimmer, während ich mir das Wohnzimmer vornehme. Mein Gefühl sagt mir, dass im Bücherregal Hinweise zu finden sein könnten.

Auf den ersten Blick ist kein Computer zu sehen. Makridis hat also nicht zu Hause gearbeitet, sondern sich hier nur vor dem Fernseher entspannt und sich dann schlafen gelegt. Das heißt für uns, dass wir gleich anschließend sein Büro in Augenschein nehmen müssen.

Ich beginne, das Bücherregal zu durchsuchen. Fast alle Bände sind auf Deutsch, was für mich so unverständlich ist wie Chinesisch. Die einzigen griechischen Bücher sind die mehrbändigen Werke *Die Geschichte des griechischen Staates*. Und in einem Schuber entdecke ich mehrere Bände mit dem Namen Franz Kafka auf dem Buchrücken.

Nach einer Viertelstunde bin ich mit dem Bücherregal durch. Bleiben noch die zwei Schränke, die die untere Hälfte des letzten Regalteils einnehmen. Das obere Schränkchen ist voll mit Flaschen und Gläsern.

Im unteren habe ich mehr Glück, denn dort finde ich drei dicke Aktenordner.

Ich nehme einen heraus und setze mich damit mich aufs Sofa. Beim Durchblättern stoße ich auf Pläne und topographische Karten, mit denen ich jedoch nichts anfangen kann.

Doch ich gebe nicht auf und blättere weiter. Und siehe da, meine Beharrlichkeit wird belohnt: Zwischen all den Plänen findet sich ein zweisprachiger Briefbogen – rechts der deutsche Briefkopf, links der griechische. Durch den griechischen Briefkopf erfahre ich, dass Andreas Makridis Elektroingenieur war und in der Paradissou-Straße 12 in Paradissos Amarioussiou sein Büro hatte.

Ich gebe Koula durch, dass sie nicht mehr weitersuchen müsse, da wir Makridis' Büroadresse herausgefunden hätten. Danach starte ich einen Versuch, in seinem Büro anzurufen. Zu meiner großen Überraschung habe ich auf Anhieb eine weibliche Stimme in der Leitung.

»Ich bin die Sekretärin von Herrn Makridis«, erwidert sie auf meine Frage, wer sie sei. »Oder ich war es, besser gesagt«, fügt sie bitter hinzu. »Jetzt bin ich arbeitslos.«

»Kommissar Charitos. Ich möchte Sie bitten, im Büro auf uns zu warten. Es handelt sich um eine reine Formsache.«

Ich gehe hinüber ins Schlafzimmer. Papadakis ist mit der Küche fertig und unterstützt nun Dermitsakis bei der Suche. Sie haben die Schubladen und Schränke geleert und den Inhalt gesichtet.

»Nichts Besonderes, Herr Kommissar«, meint Dermitsakis. »Das übliche Inventar im Schlafzimmer eines alleinstehenden Mannes.«

»In Ordnung, Leute, das war's. Werfen wir noch rasch einen Blick in sein Büro.«

Dermitsakis fährt hinter Pentagono auf den Kifissias-

Boulevard. Während der Fahrt versuche ich, meine Gedanken zu ordnen und eine Antwort auf die Frage zu finden, wonach ich eigentlich suche.

Etwa nach Beweisen, dass Makridis einem Mord zum Opfer gefallen ist? Die Obduktion schließt einen solchen Verdacht aus. Stavropoulos hegt nicht den geringsten Zweifel an Makridis' Selbstmord. Und wenn ihn jemand in den Freitod getrieben hat? Aber wie sollte man damit eine Mordanklage begründen?

Wäre da nicht die Unterschrift »Griechen der fünfziger Jahre«, würde auch ich davon ausgehen, dass sich da jemand einen üblen Scherz erlaubt hat, und ließe das Ganze auf sich beruhen. Doch der Brief wirkt durch die Unterschrift wie ein Bekennerschreiben auf mich. Und wenn dieser Eindruck stimmt, wird es womöglich zu Folgetaten kommen.

Bei meinen Nachforschungen werde ich von der Hoffnung geleitet, Hinweise auf die »Griechen der fünfziger Jahre« zu finden, die – wie Koula ganz richtig bemerkte – heute über achtzig sein müssen. Mit etwas Glück kann ich mir dann vielleicht zusammenpuzzeln, was sie als Nächstes planen, und entsprechend darauf reagieren. Die Wahrscheinlichkeit, dass mir das gelingt, ist zwar gering, doch mein Gewissen kann ich damit auf jeden Fall beruhigen.

Dermitsakis biegt in die Paradissou-Straße ein und bleibt vor der Nummer zwölf, einem neuerbauten Bürokomplex, stehen. Papadakis wirft einen Blick auf die Namensschilder: Makridis' Büro liegt in der vierten Etage.

Die junge Frau, die uns die Tür öffnet, ist Ende zwanzig und stellt sich als Vassiliki Georgiou vor.

»Seit dem Selbstmord kommt das Personal nicht mehr zur

Arbeit«, erklärt sie. »Nur ich halte die Stellung und hoffe, dass irgendwann ein Nachfolger hier erscheint. An jemand muss ich ja alles übergeben. Ob aber tatsächlich jemand kommt und ob er uns bezahlen wird, steht in den Sternen.«

»Wir möchten uns kurz die Räumlichkeiten ansehen, um den deutschen Behörden ein vollständiges Bild geben zu können«, erläutere ich ihr.

»Alles klar.«

Es gibt vier Arbeitszimmer. Die beiden Büros der Mitarbeiter überlasse ich meinen Assistenten und behalte mir Makridis' Büro vor. Gleich nebenan liegt das Vorzimmer, in dem die Georgiou residiert.

Makridis' Büro ist ziemlich geräumig, aber sehr sparsam eingerichtet: ein großer Schreibtisch mit Laptop und davor zwei Sessel mit niedriger Rückenlehne. Links vom Eingang steht ein Besuchertisch mit sechs Stühlen. Hinter dem Schreibtisch weist das einzige Fenster hinaus auf die Paradissou-Straße. Alles wirkt wie eine abgespeckte Version von Gikas' Büro. Die große Ausnahme bildet das Bücherregal links vom Schreibtisch. Überall, wo Makridis weilte, scheint er ganze Bibliotheken angelegt zu haben.

»Womit hat sich Makridis beschäftigt?«, frage ich die Georgiou.

»Mit Windparks, Herr Kommissar. Er war der festen Überzeugung, dass Windparks die ideale Energieversorgung für Griechenland wären, vor allem für die Inselregionen. Er wollte auf den Inseln – insbesondere vor der türkischen Küste – die von ihm entwickelten Windräder aufstellen, die auch die Türkei mit Strom beliefern sollten.«

»Waren die Pläne schon weit gediehen?«

Die Georgiou zuckt mit den Schultern.

»Doch, aber er stieß damit auf heftigen Widerstand. In Griechenland sind große Projekte nur schwer umzusetzen. Am Anfang sagen alle begeistert: ›Komm her, wir rollen dir den roten Teppich aus.‹ Aber wenn du dann tatsächlich etwas von den Leuten willst, werfen sie dir ständig Knüppel zwischen die Beine. So ist es auch dem armen Makridis ergangen. In letzter Zeit war er nicht gut drauf und hatte große Stimmungsschwankungen.« Sie pausiert und seufzt. »Dass er ein Einzelgänger war, hat die Sache noch verschlimmert.«

»Wissen Sie, ob er Angehörige hatte?«

»Seine Eltern sind gestorben. Er hatte eine verheiratete Schwester, die er nur selten sah, weil sie in einer anderen Stadt lebt. Ich hatte nicht den Eindruck, dass sie ein besonders enges Verhältnis hatten.«

Mit dieser Erkenntnis beende ich das Gespräch und konzentriere mich auf die Ermittlungen vor Ort. Dabei beginne ich mit dem Computer.

»Den Laptop nehmen wir zur Untersuchung mit ins Labor«, sage ich zur Georgiou. »Reine Formsache, muss aber sein.«

»Einverstanden, nur bräuchte ich eine Empfangsbestätigung, damit alles seine Ordnung hat.«

»Ich kann Ihnen jetzt eine provisorische Quittung ausstellen, und morgen schicken wir Ihnen die offizielle Bestätigung.«

Sie zeigt sich kooperativ und hat keine Einwände.

Dann beginne ich mit den Schubladen. Viel mehr kann ich – in Ermangelung von Büroschränken – auch gar nicht untersuchen. Die erste Schublade ist voller Inselfotos. Offenbar hatte Makridis die Orte aufgenommen, an denen er Windparks errichten wollte. Die zweite Schublade enthält wiederum Fotografien, nur wirken die Gegenden nicht griechisch, sondern zeigen vermutlich die türkischen Gebiete. In der dritten liegen Landkarten und weitere Pläne. Damit ist meine Durchsuchung beendet, denn die Bibliothek spare ich mir.

Ich schlendere hinüber zu meinen Assistenten.

»Fehlanzeige, Herr Kommissar«, meint Papadakis. »Nur Schriftstücke, Karten und Korrespondenz mit diversen Behörden.«

Von Dermitsakis höre ich dasselbe.

»Und was ist mit den ›Griechen der fünfziger Jahre‹?«

»Von denen keine Spur«, erwidert Dermitsakis.

Resigniert gestehe ich mir meine – ohnehin absehbare – Niederlage ein. Mir bleibt nur noch der Computer, doch die Hoffnung, dort fündig zu werden, ist verschwindend klein. Im Streifenwagen berichte ich den anderen von meinem Gespräch mit der Georgiou.

»Warum hat er nicht alles hingeschmissen und ist zurück nach Deutschland? War er so naiv?«, wundert sich Dermitsakis.

»Manchmal klammert man sich an eine fixe Idee«, bemerkt Papadakis.

»Sturheit bringt Unglück, hat meine Großmutter immer gesagt«, hält ihm Dermitsakis entgegen. »Und sie hatte recht. Schau dir nur Makridis an.«

Im Präsidium angekommen, fahre ich mit hängendem Kopf zu Gikas hoch. Als ich ihm die Ermittlungsergebnisse aus Makridis' Wohnung und Büro präsentiere, lacht er auf.

»Hab ich Ihnen nicht gesagt, dass es sich um einen Scherz handelt? Aber Sie wollen ja immer mit dem Kopf durch die Wand!«, bemerkt er.

Eigentlich sollte ich zufrieden sein, dass sich keine weiteren Verwicklungen mit der deutschen Botschaft ergeben haben.

Aber eins interessiert mich trotzdem: Wer sind diese »Griechen der fünfziger Jahre«?

7

Die Enttäuschung über meine ergebnislosen Nachforschungen bei Makridis verstärkt nur noch meine Niedergeschlagenheit. Daher beschließe ich, die Ermittlungen erst einmal ruhenzulassen und zu Katerina zu fahren. Doch Manias Anruf macht mir einen Strich durch die Rechnung.

»Wo sind Sie gerade, Herr Kommissar?«

»Im Büro, aber ich bin auf dem Sprung zu Katerina.«

»Können Sie bei uns einen Zwischenstopp machen?«

»Ist etwas passiert?«, frage ich besorgt.

»Nein. Uli will Ihnen bloß etwas zeigen.«

»Gut, ich komme.«

Da sich ihre Stimme etwas bedrückt angehört hat, stelle ich mich auf neue Unannehmlichkeiten ein.

Die Krise hat die Staus aus dem Athener Zentrum verschwinden lassen. Jeder zweite Athener startet seinen Wagen nur noch im äußersten Notfall. Meine Wenigkeit natürlich ausgenommen, da ich immer gegen den Strom schwimme und den Seat genau dann aus der Garage hole, wenn alle anderen die Autoschlüssel abgeben, um Steuern und Versicherungen zu sparen.

Die gewaltsame Trennung vieler Athener von ihrer besseren Hälfte erleichtert mir das Leben sehr. Rasch gelange ich zur Grigoriou-Theologou-Straße, wo Katerinas und Manias Büro liegt.

Das Empfangszimmer ist leer und Katerinas Tür verschlossen.

»Kommen Sie, Uli ist bei mir im Büro«, sagt Mania zur Begrüßung.

»Muss ich mir Sorgen machen?«

»Das müssen Sie entscheiden«, entgegnet sie knapp.

Uli steht auf und begrüßt mich, als echter Deutscher, mit Handschlag.

»Ich möchte Ihnen zeigen, was ich gefunden habe, das heißt …«

Er sucht nach dem griechischen Wort und fragt Mania schließlich: *»By chance?«*

»Zufällig«, ergänzt Mania.

Uli setzt sich an den Computer und deutet auf den Stuhl neben sich. Dann klickt er ein Video auf dem Bildschirm an. Kaum ist es gestartet, wird mir der Grund klar, warum er es mir zeigen wollte. Das Video zeigt, wie ein Typ mit Motorradhelm auf Katerina einprügelt. Zwei Schritt hinter ihm wartet sein Komplize auf dem Motorrad. Katerina hält sich anfangs schützend die Hände vor den Kopf, doch der Schlagring saust immer wieder auf sie nieder. Schließlich geht sie zu Boden. Der Typ mit dem Helm auf dem Kopf beginnt, auf sie einzutreten. Als sie reglos liegen bleibt, springt er auf den Rücksitz der Maschine, sein Kamerad gibt Gas, und sie brausen davon.

Es ist schlimm für mich, dabei zusehen zu müssen, wie meine Tochter verprügelt wird, doch ich beherrsche mich eisern und ersuche Uli, das Video noch einmal abzuspielen. Während der Prügelszene ist eine männliche Stimme zu hören:

»Das ist Katerina Charitou, Rechtsanwältin und Tochter eines Polizeibeamten. Sie ergreift für illegal eingewanderte Schwarze und somit gegen unsere Landsleute Partei. Ihr Vater hat ihr offensichtlich nicht beigebracht, dass so etwas Verrat ist. Niemand darf sich das gegenüber der griechischen Nation erlauben. Alle, die ähnlich denken, sollen sehen, wie man dafür bezahlt. Und sie sollen wissen, was sie erwartet.«

Ich bleibe mit zusammengebissenen Zähnen sitzen und starre auf das Video, das immer noch Katerina im Bild hat. Sie liegt jetzt genau da, wo ich sie vorgefunden habe.

»Das nimmt Sie bestimmt mit, aber wir mussten es Ihnen einfach zeigen«, dringt Manias Stimme an mein Ohr.

Ich bleibe ihr eine Antwort schuldig, da ich krampfhaft darüber nachdenke, wie ich verhindern kann, dass zum einen Katerina und zum anderen Fanis und Adriani das Video zu Gesicht bekommen. Gleich morgen früh gehe ich zu Lambropoulos, dem Leiter der Abteilung für Computerkriminalität, und bitte ihn, das Video zu blockieren. Alle weiteren Schritte muss ich mir erst gründlich überlegen.

»Sie sollten sich aber noch etwas anderes ansehen«, meint Uli.

Er spielt das Video erneut ab bis zu der Stelle, an der Katerina auf dem Bürgersteig zusammenbricht, und zoomt die Szene heran. Nun erkenne ich die Frau ganz deutlich, die Katerina geholfen hat. Sie hat die Hände vor den Mund geschlagen und verfolgt entsetzt das Geschehen.

»Schauen Sie mal da hinten«, sagt Mania.

Auch der Sicherheitsmann beobachtet hinter der Überwachungskamera die Szene und spricht mit einem breiten

Grinsen in sein Handy. Uli mit seiner deutschen Gründlichkeit ist das nicht entgangen.

»Kann ich eine Kopie haben?«, frage ich ihn.

»Sicher.«

Er holt eine DVD aus der Schreibtischschublade und legt sie ins Laufwerk ein.

»Es könnte auch Zufall sein, das kann man nicht ganz von der Hand weisen«, bemerkt Mania.

»Hast du je einen Polizeibeamten gesehen, der gemütlich telefoniert, wenn vor seinen Augen ein Bürger verprügelt wird?«, fragt Uli mit entwaffnender Logik.

Weder Mania noch ich können dem etwas entgegensetzen. Nachdem Uli die DVD fertiggebrannt hat, übergibt er sie mir.

»Sie haben da ein Problem, Herr Kommissar«, sagt er. »Ich meine nicht so sehr mit Katerina, sondern mit Ihren Kollegen von der Polizei. Das wollte ich Ihnen eigentlich schon im Krankenhaus sagen, aber es war nicht der richtige Augenblick. Noch dazu habe ich mich falsch ausgedrückt.«

»Du hast tolle Arbeit geleistet«, sage ich. »Wenn du willst, kannst du sofort bei der Polizei anfangen. Tut mir leid, dass ich pampig geworden bin, aber ich war einfach zu aufgewühlt«, füge ich entschuldigend hinzu.

Dann fahren wir zum Krankenbesuch zu Katerina – Mania und Uli in Manias Wagen, ich im Seat.

Während der Fahrt versuche ich meine Gedanken zu ordnen. War es Zufall, dass der Wachpolizist telefonierte, als der Fascho auf Katerina einschlug? Ich neige Ulis Auffassung zu, dass es kein Zufall war. Zunächst schon allein deshalb, weil er gelogen hat. Er behauptete, er habe von dem

Vorfall nichts mitbekommen, weil er ganz mit seiner Arbeit beschäftigt gewesen sei. Doch das Video zeigt, dass er dem Angriff auf Katerina untätig zusah und dabei auch noch grinsend telefonierte. Das Gute daran: Erstens können wir leicht herausfinden, mit wem er gesprochen hat, wenn wir seine Verbindungsdaten überprüfen, und zweitens können wir so vielleicht feststellen, wo die Goldene Morgenröte meine Handynummer herhat.

Und noch eine Frage stellt sich mir, und zwar mir persönlich. Man ist im Polizeikorps natürlich kein Sympathieträger, wenn die eigene Tochter sich für Einwanderer starkmacht, selbst wenn sie legal hier leben. Nicht weil alle Polizeibeamten Sympathisanten der Goldenen Morgenröte wären, sondern weil sie den ganzen krisenbedingten Demos und Protestkundgebungen, den Diebstahlanzeigen und Raubüberfällen nicht mehr hinterherkommen. Migranten sind ihnen dabei nur eine zusätzliche Last. Sie hoffen, dass die Einwanderer irgendwann von allem derart die Nase voll haben, dass sie das Land von selbst verlassen.

Daher muss ich mich auf eine eisige und feindselige Haltung vonseiten der Kollegen gefasst machen. Und die wird bestimmt nicht besser, wenn sich belastende Hinweise auf den Wachpolizisten finden und der Polizeipräsident den Beamten vom Dienst suspendiert. Das alles ist höchst unangenehm, doch ich muss allein damit fertig werden, wenn ich mein familiäres Umfeld nicht belasten will.

Ich treffe gleichzeitig mit Mania und Uli in Katerinas Wohnung ein. Im Schlafzimmer haben sich bereits Adriani, Fanis und Sissis versammelt. Katerina liegt im Bett und fächelt sich mit einer Zeitschrift Luft zu. Es war ohnehin schon stickig im Zimmer, doch nach dem Eintreten von uns dreien herrscht wirklich dicke Luft.

»Fanis, ich würde mich lieber aufs Wohnzimmersofa legen, sonst vergehen wir hier vor Hitze«, meint Katerina. »Dort können wir die Klimaanlage anmachen. Das wäre doch für alle angenehmer.«

»Bleib, wo du bist. Bettruhe ist angesagt«, mischt sich Adriani ein.

»Mama, du bist hier nicht zuständig«, entgegnet Katerina lächelnd. »Lass das den Arzt entscheiden.« Dann wendet sie sich an Fanis. »Was macht es denn für einen Unterschied, ob ich im Bett oder auf dem Sofa liege?«

Fanis zögert. Einerseits will er Katerina keinen Vorwand zum Aufstehen liefern, andererseits ist ihm klar, dass im Schlafzimmer die Luft zum Schneiden ist und die Hälfte der Besucher keinen Sitzplatz findet.

»Warte«, meint er zu Katerina und tritt aus dem Schlafzimmer.

Kurz danach kehrt er zurück und hilft ihr beim Aufstehen.

»Lass, ich bin doch nicht behindert«, protestiert sie. »Heute fühle ich mich schon viel besser.«

Trotz dieser Behauptung verzieht sie nach dem Aufstehen schmerzhaft das Gesicht.

»Dieses Schwein hat mich ins Kreuz getreten, und es tut weh, wenn ich mich aufrichte und das Gleichgewicht halten will«, erläutert sie uns.

Fanis hat ein paar Kissen auf dem Sofa verteilt und die Klimaanlage eingeschaltet.

»Ist es nicht besser so?«, fragt Katerina ihre Mutter.

»Doch, mein Kind, nur mache ich mir eben Sorgen. Aber ich habe hier ja ohnehin nichts zu melden«, gesteht Adriani, was allgemeines Gelächter hervorruft. Sogar ich muss lachen, obwohl mich die Bilder des Videos noch immer verfolgen.

»Papa, meinst du, ihr kriegt sie?«, fragt Katerina, als könnte sie meine Gedanken lesen.

»Mein Schatz, wenn jemand auf dem Polizeirevier eine Diebstahlanzeige macht, wird ihm der diensthabende Beamte sagen: ›Installieren Sie ein Sicherheitsschloss, und erwarten Sie nicht alles von uns.‹ Genauso sage ich dir: Sieh zu, dass du dich selber schützt, und erwarte nicht alles von uns.«

»In Deutschland sagen wir: ›Hilf dir selbst, dann hilft dir Gott.‹«, lässt Uli verlauten.

»Also echt, Uli! Reicht es nicht, dass ihr uns eure Wirtschaftspolitik aufdrückt, müsst ihr uns jetzt auch noch eure Sprichwörter unter die Nase reiben?«, meint Fanis.

»Das mit der Wirtschaft ist wirklich nicht okay, aber was habt ihr gegen deutsche Sprichwörter?«, entgegnet Uli. Wieder lachen alle.

»Ich weiß nicht, wie sehr hier Gott hilft. Aber was ich sicher weiß, ist: Du kommst sofort, wenn du wieder auf den Beinen bist, beim Obdachlosenheim vorbei und holst, bevor du auch nur einen Fuß in dein Büro setzt, deine drei Leibwächter ab«, sagt Sissis in strengem Ton zu Katerina.

»Ganz wie du meinst, Onkel Lambros«, erwidert sie mit einem Lächeln.

Während Mania Katerina über die Vorkommnisse im Büro auf dem Laufenden hält, kommt mir spontan eine Idee. Ich locke Uli allein in den Flur und frage ihn, ob er Andreas Makridis kennt.

Uli nickt betrübt.

»Ich habe ihn zweimal getroffen. Was für eine Tragödie!«

»Was war er für ein Mensch?«

»Ein unglücklicher Mann…« Er hält inne, da ihm das Wort nicht zusagt. »Nein, nicht unglücklich, wie sagt man auf Griechisch für *no luck*?«

»Ein Pechvogel.«

»Genau. Er ist als Sohn griechischer Eltern in Aachen aufgewachsen, hat dort studiert und ist mit seinem eigenen Unternehmen zu Geld gekommen. Doch dann wollte er ins Ausland. Er kam nach Griechenland, um sein Traumprojekt zu verwirklichen.«

»Windparks.«

»Ja, aber er hatte große Probleme.«

»Welcher Art?«

»Keine Ahnung. Er erzählte mir, es sei für ihn sehr schwierig in Griechenland. Mehr hat er dazu nicht gesagt.«

Damit erlischt auch mein letzter Hoffnungsschimmer, und ich beschließe, mich nicht mehr länger mit Andreas Makridis' Selbstmord zu beschäftigen.

Es ist schon spät, und es wird Zeit zu gehen, Katerina braucht jetzt ihre Ruhe. Mania und Uli fahren Sissis ins Obdachlosenheim, wo er fast immer übernachtet. Nach Hause geht er nur noch, um seine Pflanzen zu gießen.

»Kannst du mir etwas erklären?«, fragt mich Adriani, als wir im Auto sitzen.

»Schieß los.«

»Es gibt doch unzählige Rechtsanwälte, die sich mit Kaufverträgen, Scheidungen, Arbeitsrecht und ungedeckten Schecks befassen. Wieso muss sich unsere Tochter ausgerechnet mit Ausländerrecht beschäftigen und sich dadurch in Gefahr bringen?«

Wir fahren die Messojion-Straße entlang, und ich deute auf die Geschäfte.

»Jeder dieser Läden läuft Gefahr, morgen schließen zu müssen. Jeder Streifenpolizist läuft Gefahr, sich eine Kugel aus einer Kalaschnikow einzuhandeln. Jeder Angestellte aus einem dieser Geschäfte kann morgen auf der Straße stehen. Und jeder Beamte im öffentlichen Dienst läuft Gefahr, vom Dienst freigestellt oder woanders hinbeordert zu werden. Die Lage in ganz Griechenland steht auf Messers Schneide. Meinst du, nur unsere Tochter sei in Gefahr?«

Sie setzt das Gespräch nicht fort, was bedeutet, dass sie sich ins Unvermeidliche fügt. Und ich trete mit dem seltenen Bewusstsein aufs Gas, ihr Paroli geboten zu haben.

8

Gewalt, die; -en. 1. Macht und Befugnis, Recht und die Mittel, über jmdn., etwas zu bestimmen, zu herrschen: die elterliche, staatliche Gewalt; Gewalt über jmdn. haben. Syn.: Autorität, Einfluss, Macht. 2. [ohne Plural] rücksichtslos angewandte Macht; unrechtmäßiges Vorgehen: Gewalt erleiden müssen; in einer Diktatur geht Gewalt vor Recht. Syn.: Willkür, Zwang. 3. elementare Kraft: die zerstörerische Gewalt einer Flutwelle, eines Hurrikans; den Gewalten der Natur trotzen. 4. [ohne Plural] körperliche Kraft; Anwendung physischer Stärke: er öffnete die Tür mit Gewalt; der Betrunkene wurde mit Gewalt aus der Gaststätte gebracht.

Als ich finde, wonach ich gesucht habe, breche ich die Lektüre des ewig langen Lexikoneintrags ab. Die Tat, der Katerina zum Opfer fiel, gehört zur zweiten und vierten Kategorie. Der Angriff lässt sich sowohl als »Anwendung physischer Stärke« als auch als »rücksichtslos angewandte Macht« beschreiben. Körperliche Kraft führt nicht notwendigerweise zum Einsatz eines Schlagrings, aber wenn, dann erreicht sie eine neue Dimension.

Ich suche im Dimitrakos-Wörterbuch nach dem Eintrag »Nazismus«, doch ohne Erfolg. Lediglich »Narzissmus« lässt sich nachweisen. So fahnde ich notgedrungen nach dem Ersatzbegriff »Faschismus«.

Faschismus, der; [ital. fascismo, zu: fascio = (Ruten)bündel lat. fascis]. 1. von Mussolini errichtetes Herrschaftssystem in Italien (1922–1943). 2. (Politik) a) nach dem Führerprinzip organisierte, nationalistische, antidemokratische, rechtsradikale Bewegung, Ideologie.

Nun, nationalistische Tendenzen sind dem Video durchaus zu entnehmen. Wenn man mir jetzt entgegenhält, Faschismus und Nazismus seien nicht ein und dasselbe, betrachten ich und Dimitrakos das als Erbsenzählerei.

Ich klappe das Wörterbuch zu und bringe die Mokkatasse in die Küche, wo Adriani gerade das Essen zubereitet, das sie Katerina mitbringen will.

Bevor ich die Haustür hinter mir schließe, prüfe ich, ob die DVD in meiner Tasche steckt. Mit gemischten Gefühlen steige ich in den Seat. Einerseits freue ich mich, dass ich bequem im eigenen Wagen zur Dienststelle fahren kann. Andererseits reißt das aber auch ein Loch in mein Portemonnaie. Egal, die Devise der Griechen heute ist schließlich: Wenn man schon kein Geld hat, dann soll man es sich wenigstens gutgehen lassen. Oder um einen anderen weisen Spruch zu zitieren: Arm und vergnügt ist reich und überreich. Adriani würde bei diesen Sprüchen Pickel kriegen, obwohl sie selbst damit nie spart. Unser Weg in den Abgrund ist eben mit geflügelten Worten und Volksweisheiten gepflastert.

Andererseits werden mir die missgelaunten Fahrgäste in den Trolleybussen fehlen, die auf den erstbesten Anlass warten, um ihrem Unmut Luft zu machen. Sie erinnern mich an die Zeit, als ich montags immer zur Polizeischule fuhr – in einem Bus, der ächzte, und mit Fahrgästen, die mal am

Schaffner, mal untereinander ihr Mütchen kühlten. Früher ächzten die Busse, heute tun es die Menschen.

Ich nehme von der Garage aus den Fahrstuhl und eile schnurstracks zu Sonaras.

»Gibt's Neuigkeiten?«, fragt er, als er mich erblickt.

Statt einer Antwort ziehe ich die DVD hervor und strecke sie ihm entgegen. Er dreht sie zwischen den Fingern.

»Was ist da drauf?«

»Sie werden schon sehen.«

Sobald er das Video gestartet hat und begreift, worum es geht, drückt er auf die Pausentaste.

»Das sollte besser auch Lambropoulos von der Abteilung für Computerkriminalität sehen«, meint er und ruft ihn an.

Als der Kollege eingetroffen ist, startet er den Film neu. Beide verfolgen die Szene wortlos.

»Haben Sie das entdeckt?«, fragt mich Lambropoulos, als der Film zu Ende ist.

»Nein, einer von Katerinas Mitarbeitern.«

»Wir müssen das Video sofort sperren.«

»Aber davor müssen Sie sich noch das Filetstückchen ansehen«, erwidere ich und bitte Sonaras, an die Stelle zu gehen, wo der Fascho Katerina mit Fußtritten traktiert.

»Machen Sie ein Standbild, und vergrößern Sie es«, sage ich zu Sonaras, als er die entsprechende Stelle erreicht hat.

Lambropoulos blickt mich verwundert an, da ich sonst nicht als Computerfreak verschrien bin. Nun ja, ein bisschen Hochstapelei kann nicht schaden.

»Also zoomen, ja?«, fragt mich Sonaras, um mich zu necken und die Stimmung etwas aufzulockern.

»Ob Sie das jetzt vergrößern oder zoomen, ist mir egal.

So oder so wird Ihnen nicht gefallen, was Sie sehen«, entgegne ich.

Beide starren auf den Wachpolizisten, der den Angriff auf Katerina grinsend und mit dem Telefon am Ohr verfolgt.

»Das Schwein!«, bricht es aus Lambropoulos heraus.

»Als wir ihn befragt haben, meinte er, er sei ganz auf seine Arbeit konzentriert gewesen und ihm sei vor dem Eingang des Gerichts nichts aufgefallen.«

»Auch das Böse hat sein Gutes«, philosophiert Sonaras und bestätigt meine These vom Abgrund und den weisen Sprüchen. »Vielleicht können wir zurückverfolgen, wie die Kerle von der Goldenen Morgenröte zu Ihrer Handynummer gekommen sind, und den Trojaner in unseren Reihen enttarnen.«

»Werden Sie den Wachpolizisten zur Vernehmung vorladen?«, fragt ihn Lambropoulos.

Sonaras lacht auf. »Sind Sie von gestern, Lambropoulos? Wenn ich ihn vorlade, wird sein Handy ganz plötzlich unbrauchbar sein, und er wird nicht nur den Namen des Anbieters, sondern sogar seine eigene Handynummer vergessen haben. Mit solchen Tricks wird er Zeit schinden. Besser, ich schicke zwei unserer Leute los, um ihn und sein Handy im Streifenwagen herzubringen.«

»Jemand muss Gikas informieren«, rufe ich allen in Erinnerung.

»Lassen Sie nur, das übernehme ich«, sagt Sonaras. »Schließlich liegt die Sache in meiner Verantwortung.«

Auf der Fahrt hinunter in den dritten Stock versuche ich abzuwägen, ob uns diese Maßnahmen weiterhelfen. Sosehr ich mich auch in Zweckoptimismus übe, die Vernunft sagt mir, dass es nichts bringen wird. Wenn's hoch kommt, wird der Wachpolizist vom Dienst suspendiert, aber große Folgen wird das kaum für ihn haben. Er wird weiterhin sein Gehalt kassieren, in der Zwischenzeit als Security-Mann in irgendeinem Unternehmen anheuern und sich ein zweites Einkommen sichern.

In meinem Büro angekommen, beschließe ich, Katerina anzurufen und nicht mehr länger Trübsal zu blasen.

»Ich habe prima geschlafen«, erzählt sie. »Zwar bin ich ein paarmal nachts aufgewacht, aber dann gleich wieder eingeschlafen.« Kaum habe ich mich über diese Nachricht gefreut, geht sie zum Angriff über. »Sag mal, Papa, wer hat eigentlich den Journalisten von dem Überfall erzählt?«

»Was meinst du?«

»Die Radiosendung gestern Abend. Heute lief den ganzen Tag das Telefon heiß. Wer könnte geplaudert haben?«

»Jemand aus der Justiz oder einer unserer Leute, der einem Journalisten zuarbeitet, um sein Gehalt aufzubessern. Du kannst es dir aussuchen.«

»Und wie soll ich reagieren?«

»Du gehst einfach nicht ans Telefon, wenn du die Nummer nicht kennst. Das ist das Einzige, was du tun kannst.«

Sie verspricht mir, sich daran zu halten, und wir legen auf. Dann bereite ich mich seelisch auf den Reporterpulk vor, der demnächst auftauchen und mir Löcher in den Bauch fragen wird. Doch meine Meditationsübungen werden von Papadakis jäh unterbrochen.

»Herr Kommissar, Nachricht vom Einsatzzentrum: In einem privaten Nachhilfeinstitut wurde ein Toter aufgefunden. Kokkinakis-Straße, Nähe Ionias-Boulevard.«

»Von wem?«

»Von einer Putzfrau, die gerade ihre Schicht antrat. Der Tote war der Inhaber des Instituts.«

»Bestellen Sie sofort einen Streifenwagen. Und informieren Sie die Spurensicherung und die Gerichtsmedizin.«

Papadakis eilt hinaus, während ich mich mit dem Gedanken tröste, dass mich der neue Mord in Beschlag nehmen wird. Dadurch werden meine Gedanken nicht mehr ausschließlich um Katerina und die Goldene Morgenröte kreisen.

9

Papadakis fährt mit eingeschalteter Sirene den Alexandras-Boulevard hinunter und über die Ioulianou- auf die Acharnon-Straße. Wir haben alle Autofenster heruntergekurbelt, doch nicht nur der Streifenwagen, sondern ganz Athen glüht vor Hitze.

»Warum machen Sie die Fenster nicht zu und schalten die Klimaanlage an?«, frage ich Papadakis.

Er lacht auf.

»Statt dem Himmel zu danken, dass der Streifenwagen überhaupt noch fährt, wollen Sie darüber hinaus noch Kühlung, Herr Kommissar! Die Klimaanlage ist kaputt, und Ersatzteile sind rar. Wie wir alle wissen, gibt's bei uns für so etwas keinen Kredit!«

»Sehen Sie die Sache mal anders, Herr Kommissar«, fügt Koula hinzu. »Seit vier Jahren hat man uns die Daumenschrauben angesetzt. Wenn man uns jetzt Linderung verschafft, besteht die Gefahr, dass wir uns daran gewöhnen… Dann fällt uns die Rückkehr zur sparsameren Lebensweise umso schwerer.«

Meinen Assistenten ist es gelungen, mir den Wind aus den Segeln zu nehmen, und ich halte den Mund. Das Nachhilfeinstitut ist auf den ersten Blick zu erkennen, da ein Streifenwagen davorsteht und sich, wie immer in solchen Fällen, Schaulustige auf dem Bürgersteig drängeln.

Es ist ein altes dreistöckiges Haus, das in ziegelroter Farbe frisch gestrichen wurde. Über der Eingangstür steht »Nachhilfeinstitut Chronos«. Die Besatzung des Streifenwagens verweist uns in das Büro des Opfers in der dritten Etage. Papadakis bringt den Namen des Toten in Erfahrung: Chronis Nikitopoulos.

Das Haus weist die klassische Architektur älterer Athener Wohnbauten auf. Links vom Eingang liegt das Sekretariat, rechts davon ist ein Klassenzimmer untergebracht. Im Sekretariat sitzt eine Frau in den Vierzigern mit geröteten Augen am Schreibtisch und starrt ins Leere. Sie ist so sehr in den Anblick eines imaginären Jenseits versunken, dass sie unser Eintreten gar nicht bemerkt. Weiter hinten führt neben den Toiletten rechts eine Treppe in die obere Etage.

Ich spare mir die Sekretärin für später auf und begebe mich mit meinen Assistenten in den ersten Stock. Hier liegen drei weitere Klassenzimmer. In dem der Treppe gegenüberliegenden Raum sitzt eine Frau mit Schürze an einem Pult und hat beide Hände vors Gesicht geschlagen. Daraus schließe ich, dass es sich um die Putzfrau handeln muss, die den Toten entdeckt hat. Auch dieses Gespräch verschiebe ich auf später.

In der zweiten Etage befinden sich zwei Türen. Die eine steht offen und lässt einen weiteren Klassenraum erkennen, während die andere angelehnt ist. Als wir die Tür aufstoßen, fällt unser Blick auf einen Sechzigjährigen, der in einem Sessel sitzt. Sein Kopf ist seitlich nach hinten gesunken. Man hat ihm mitten in die Stirn geschossen.

Es hat keinen Sinn, sich mit dem Opfer zu beschäftigen. Das überlassen wir lieber der Gerichtsmedizin und konzentrieren uns auf das Büro, da die Klassenräume kaum etwas Interessantes bieten werden.

Seit es Computer gibt, sind Unterlagen und Dokumente von den Schreibtischen verschwunden. Früher konnte man sich durch Papierberge wühlen, heute starrt man auf eine leere Schreibtischoberfläche. Einerseits erleichtert das die Sache, andererseits findet man in richtigen Papieren gleich auf den ersten Blick Hinweise, nach denen man am Computer erst ewig lang suchen muss.

Der Laptop auf Nikitopoulos' Schreibtisch ist aufgeklappt, aber der Bildschirm ist dunkel. Als Koula die Maus ein wenig bewegt, belebt er sich. Vor uns erscheint eine Datei mit dem Titel »Unterrichtspläne und Lehrpersonal«.

»Diesmal kommen Sie nicht so leicht mit einem Selbstmord davon«, höre ich Stavropoulos' Stimme hinter meinem Rücken sagen. »Selbstmörder schießen sich in den Mund oder in die Schläfe, aber niemals in die Stirn.«

Es gibt nichts Langweiligeres als einen Menschen, der sich grundlos für humorvoll hält.

»Ich bin weder blind noch ein blutiger Anfänger«, entgegne ich abrupt. »Sie können also Ihre müden Witzchen für sich behalten.«

Mit einem Schlag ändert sich sein Gesichtsausdruck, er tritt auf mich zu und fasst mich an den Schultern.

»Tut mir leid«, sagt er betrübt. »Ich habe gehört, was Ihre Tochter durchgemacht hat. Ich hätte wissen müssen, dass Sie jetzt nicht zum Scherzen aufgelegt sind.«

»Zum Glück war alles nicht weiter schlimm«, sage ich etwas gelassener und mit dem Anflug eines Lächelns auf den Lippen. »Aber aufgewühlt hat mich das Ganze doch.«

»Nur zu verständlich.«

Er wünscht Katerina gute Besserung, wir schütteln uns die Hände, und ich räume das Feld, damit er seine Arbeit erledigen kann.

Auf der Treppe treffe ich Dimitriou mit der Truppe von der Spurensicherung, die gerade hochsteigt.

»Sucht nach der Patronenhülse«, sage ich zu ihm.

»Keine Sorge, das haben wir gleich«, versichert er.

»Auf dem Computer habe ich eine Datei mit Unterrichtsplänen und Dozenten gesehen. Schickt mir eine Kopie davon. Die Dozenten könnten uns von Nutzen sein.«

In der ersten Etage ist Arbeitsteilung angesagt. Ich schicke Papadakis durch die Klassenräume, damit wir keinen Formfehler begehen, und überlasse die Putzfrau meiner Assistentin Koula, die bestimmt besser mit ihr zurechtkommt.

Dann begebe ich mich ins Erdgeschoss, um mich der Sekretärin zu widmen. Sie starrt immer noch vor sich hin, und es scheint, als würde sie mein Eintreffen gar nicht bemerken.

Doch mein Eindruck wird widerlegt, denn sie stellt mir eine Frage: »Wurde er umgebracht?«

Ich serviere ihr Stavropoulos' scherzhafte Aussage in der seriösen Formulierung.

Erst jetzt schaut sie auf und blickt mir ins Gesicht.

»Warum sollte man ihn töten? Wer sollte sich so sehr mit dem Leiter eines Nachhilfeinstituts verfeinden, dass er ihn umbringt?«

Das ist genau die Frage, die mich auch beschäftigt.

»Fangen wir beim Offensichtlichen an. Wissen Sie, ob er in finanziellen Nöten steckte?«

»Ganz bestimmt nicht. Das Nachhilfeinstitut ist, sowohl was den Umsatz als auch was die Ergebnisse der Panhellenischen Prüfungen für die Universitätszulassung betrifft, sehr erfolgreich. Keins der Konkurrenzinstitute konnte sich halten, weil wir den größten Zulauf in der Gegend haben. Chronis Nikitopoulos ist hier geboren und aufgewachsen, deshalb kennt ihn jeder. Seit ein paar Jahren wohnte er in Chalandri, und darüber hinaus hatte er auf Kea auch ein Landhaus, also mit anderen Worten: Er hatte keine finanziellen Sorgen.«

»Hat ihn vielleicht irgendein familiäres Problem belastet?«

»Nein, das kann ich mit Sicherheit sagen, denn wir waren auch befreundet. In Jota, seine Frau, war er verliebt wie am ersten Tag. Sie haben einen Sohn, Fedon, der in London Medizin studiert und gerade seinen Facharzt in Chirurgie macht. Es gibt in Chronis' Leben nichts, das…«

Eine Frauenstimme, die von draußen hereindringt, zwingt sie innezuhalten.

»Lasst mich durch! Ich will Chronis sehen. Ich will meinen Mann sehen!«, ruft die Frauenstimme.

Die Sekretärin springt vom Stuhl auf und stürzt auf den Flur hinaus, und ich hinterher. Auf den Eingangsstufen steht eine große, vollschlanke Frau um die fünfzig. Sie ist schweißbedeckt und atmet schwer. Sie steht offensichtlich kurz davor, in Ohnmacht zu fallen.

Die Sekretärin läuft auf sie zu und nimmt sie in die Arme. »Jota, ich weiß, wie du dich fühlst, aber warte erst mal. Es ist nicht gut, wenn du ihn jetzt siehst. Tu das erst, wenn du dich beruhigt hast.«

»Ich will Chronis sehen, Dina. Ich will meinen Mann sehen.«

Mir ist klar, dass ich einschreiten muss, sonst werde ich gleich Zeuge einer griechischen Tragödie.

»Frau Nikitopoulou, ich bin Kommissar Charitos. Es tut mir leid, aber momentan können Sie Ihren Mann nicht sehen. Die Gerichtsmedizin ist gerade vor Ort, und im Anschluss muss er obduziert werden. Ich hoffe, wir können Ihnen morgen Bescheid geben, wann Sie ihn abholen können.«

»Sie sind Kommissar! Dann sagen Sie mir, wer ihn umgebracht hat!«, ruft sie außer sich.

Die Sanitäter gehen an uns vorbei auf die Treppe zu, das heißt, der Abtransport der Leiche steht unmittelbar bevor.

»Kommen Sie rein ins Büro, damit wir in Ruhe reden können«, sage ich zu Frau Nikitopoulou und bitte die Sekretärin mit einer Kopfbewegung um Mithilfe. Zum Glück ist sie schnell von Begriff.

»Ja, gehen wir ins Büro, Jota, der Herr Kommissar hat recht. Es müssen ja nicht alle mithören«, sagt sie zu ihr und führt sie ins Büro.

Ich betrete den Raum als Letzter und ziehe die Tür hinter mir ins Schloss.

»Es ist noch zu früh für irgendeine Bewertung«, erkläre ich der Dame. »Wir halten uns alle Möglichkeiten offen, aber zunächst müssen wir die Obduktion abwarten, bevor wir irgendeinen Schluss ziehen.«

»Ich will, dass Sie Chronis' Mörder finden«, sagt sie eindringlich. »Mit Sicherheit war es irgendein Ausländer, der hier einbrechen wollte. Die Gegend ist voll von diesen Kanaillen.«

Mir liegt die Bemerkung auf der Zunge, dass Einbrecher ihre Opfer normalerweise an einen Stuhl fesseln und knebeln, so dass sie, wenn überhaupt, den Erstickungstod erleiden. Aber ich schlucke die Bemerkung hinunter. Der Schuss mitten in die Stirn erinnert überdies an eine Hinrichtung. Zum Glück kommt mir die Sekretärin mit einer genauso überzeugenden Erklärung zu Hilfe.

»Jota, wenn hier jemand etwas klauen wollte, dann hätte er das Institut auf den Kopf gestellt. Aber es wurde nichts angerührt. Alles ist an seinem Platz, genau so, wie ich es gestern Abend zurückgelassen habe.«

»Bestimmt hat ihn ein Somalier, Afghane oder Nigerianer auf dem Gewissen, Dina. Ganz Schwarzafrika wohnt in unserem Viertel. Ich hab mir den Mund fusselig geredet, um Chronis zu überzeugen, das Nachhilfeinstitut nach Chalandri zu verlegen, aber er wollte nichts davon hören.«

Tja, in Chalandri gibt es an jeder Ecke Nachhilfeinstitute, während er hier eine Monopolstellung hatte und ordentlich Geld scheffelte. Und das brauchte der Mann ja, wenn er seinem Sohn das Studium in England finanzieren wollte. Mir war finanziell schon die Luft ausgegangen, als Katerina in Thessaloniki studierte.

Die Frau fährt fort: »Die Polizei überlässt uns unserem Schicksal. Zum Glück gibt es die Goldene Morgenröte. Wenn die nicht wäre, wären wir alle schon tot.«

Wenn die wüsste, dass meine Tochter Prügel von der Goldenen Morgenröte bezogen hat, weil ihre Mandanten dunkelhäutige Asylanten sind!, sage ich mir. Sie würde sofort dort anrufen und sie beglückwünschen.

Während die Nikitopoulou ihrer Empörung Ausdruck

verleiht, höre ich Schritte auf der Treppe. Das müssen die Sanitäter sein, die Nikitopoulos nach unten tragen. Dem Himmel sei Dank, dass sie sie vor lauter Reden nicht hört, sonst wäre sie womöglich noch nach draußen gestürmt.

»Hören Sie«, sage ich zu ihr, als ich den Krankenwagen wegfahren höre. »Sie können sicher sein, dass wir alles tun, um den Täter zu fassen. Ich sage jetzt dem Streifenwagen Bescheid, dass er Sie nach Hause fährt. Beruhigen Sie sich ein wenig, wir bleiben in Kontakt.«

Dann trete ich aus dem Sekretariat und bitte Papadakis, dem Streifenwagen des lokalen Polizeireviers Bescheid zu sagen. Im selben Moment kommt Stavropoulos die Treppe herunter. Er ahnt bereits, was ich von ihm hören will.

»Wollen Sie den Todeszeitpunkt wissen?«, fragt er.

»Wenn möglich.«

»Wann wurde er gefunden?«

»Wir wurden gegen zehn benachrichtigt.«

»Dann muss der Tod vor zwölf Stunden eingetreten sein, vielleicht auch früher. Nach der Obduktion kann ich Genaueres sagen.«

Die Sekretärin begleitet Jota aus dem Büro hinüber zum Streifenwagen.

»Nach Feierabend komme ich bei dir vorbei«, meint sie beschwichtigend.

»Wissen Sie, ob Herr Nikitopoulos gestern Abend hier einen Termin hatte?«, frage ich sie, als wir wieder ins Büro zurückkehren.

»Nein, aber er war oft abends hier und hat gearbeitet. Vor allem, wenn er den Stundenplan machte, kam er lieber später noch mal her, weil es dann ruhiger war.«

Dimitriou trabt salopp die Treppe herunter. In seinen Händen hält er das Projektil.

»Wir haben's«, triumphiert er. »Aber etwas macht mich stutzig.«

»Was denn?«

»Ich bin kein Ballistiker, aber dieses Projektil sieht aus, als stammte es aus einer alten Waffe. Aber vielleicht bilde ich mir das auch nur ein«, meint er vorsichtig. »Das muss die Abteilung für Ballistik klären.«

Wenn sich herausstellt, dass die Waffe alt ist, dann ist ein Raubmord noch unwahrscheinlicher. Wo sollte ein Räuber eine alte Waffe hernehmen? Mittlerweile kriegt man doch nagelneue schon auf dem Wochenmarkt.

Auf dem Rückweg geht mir ein Gedanke nicht aus dem Sinn. Was wäre, wenn es sich tatsächlich um eine Hinrichtung handelte? Was für offene Rechnungen könnte der Leiter eines privaten Nachhilfeinstituts haben, dass man so weit ginge, ihn zu exekutieren?

Die einzige Antwort, die mir einfällt, ist, dass die antike Waffe auf offene Rechnungen aus einer weiter zurückliegenden Vergangenheit hinweisen könnte.

10

Nun ist er doch da, der Journalistenpulk. Die Reporter haben vor meinem Büro Aufstellung genommen und gehen, kaum dass sie mich sehen, zum Angriff über. Ich versuche, sie mit einem kleinen Dribbling aus der Fassung zu bringen.

»Wenn Sie wegen des Mordes an Chronis Nikitopoulos hier sind, dann ist es zu früh für definitive Aussagen. Es liegt noch nicht einmal der Autopsiebericht vor. Die Ermittlungen haben gerade erst begonnen.«

Die Journalisten tauschen erstaunte Blicke. Der Name Nikitopoulos sagt ihnen nichts. Deshalb habe ich ihn für mein Ablenkungsmanöver benutzt.

Der Nachfolger des alten Reporterhasen Sotiropoulos, Merikas, wendet sich verwundert an seinen Kollegen, der sommers wie winters T-Shirts trägt: »Verstehst du, was er meint?«

Der andere zuckt ratlos die Schultern.

»Wer soll dieser Nikitopoulos sein?«, fragt mich die streitbare Bohnenstange. »Wir sind hier wegen dem Zwischenfall mit Ihrer Tochter.«

Wenn man zu viel dribbelt, verliert man den Ball, sage ich zu mir selbst. Besonders, wenn man, so wie ich, nichts von Fußball versteht.

Laut erkläre ich der Bohnenstange: »Meine Tochter wurde vor dem Gericht von einer vermummten Person mit einem Schlagring angegriffen. Sie wurde ins Krankenhaus gebracht, aber zum Glück hat sie nur leichte Verletzungen erlitten und konnte inzwischen wieder entlassen werden. Mehr kann ich Ihnen nicht sagen.«

»War der Angreifer ein Mitglied der Goldenen Morgenröte?«, will Merikas wissen.

»Alles, was ich weiß, ist: Laut Augenzeugen war er schwarz gekleidet, und er hatte einen Komplizen auf einem Motorrad.«

»Und was ist mit den beiden schwarzen Mandanten Ihrer Tochter?«, fragt Merikas weiter.

»Grigoris, man sagt nicht ›schwarze‹, sondern ›afrikanische‹ Mandanten. Politisch korrekte Sprechweise ist nicht gerade deine Stärke.« Merikas revanchiert sich für die Maßregelung mit einem giftigen Blick.

»Möglicherweise wurde sie attackiert, weil sie Migranten aus dem Senegal vertritt. Das ist zumindest eine Hypothese«, sage ich. »Aber ich möchte Sie darum bitten, nicht weiterzubohren. Es handelt sich um meine Tochter, und es fällt mir schwer, über die Sache zu sprechen.«

»Das ist verständlich«, meint die zu kurz Geratene, die ihre üblichen rosa Winterstrümpfe eingemottet hat und jetzt ihre bleichen Beine zur Schau trägt. »Wir sollten das respektieren.«

»Und wer ist dieser Nikitopoulos, den Sie erwähnt haben?«, hakt Merikas nach.

Ich liefere ihnen einen kurzen Abriss des Geschehens. Sie blicken mich wortlos an, ohne weitere Fragen zu stellen.

»Gibt's dazu eine Pressemeldung?«, fragt die Bohnenstange.

»Natürlich.«

Damit geben sie sich zufrieden und ziehen ab. Der Mord am Leiter eines Nachhilfeinstituts ist nur eine Nachricht unter »ferner liefen« und weckt kein besonderes Interesse. Handgreiflichkeiten gegen die Tochter eines Kriminalkommissars hingegen versprechen eine fette Schlagzeile.

Ich bereite mich gerade auf meinen Gang zu Gikas vor, um ihn über Nikitopoulos zu informieren, als mich ein Anruf von Sonaras erreicht.

»Kommen Sie zu mir, es gibt Neuigkeiten.«

Er begrüßt mich mit einem breiten Lächeln.

»Wir haben die Bude des Wachpolizisten auf den Kopf gestellt und ihm das Handy abgeknöpft.«

»Wie hat er darauf reagiert?«

»Anfangs blieb er bei der Version, die er auch Ihnen erzählt hat. Er sei mit seinen Aufgaben beschäftigt gewesen und habe nicht darauf geachtet, was vor dem Gerichtsgebäude passierte. Doch als ich ihm die Aufnahme zeigte, auf der man sieht, wie er bestens gelaunt telefoniert, wirkte er etwas verunsichert. Erst meinte er, ein Privatgespräch habe ihn abgelenkt. Als ich ihn aufforderte, das Handy herauszugeben, schwammen ihm die Felle davon. Er versuchte es mit der simpelsten Ausrede und behauptete, er hätte es zu Hause liegenlassen und würde es schnell holen. ›In Ordnung‹, sagte ich. ›Aber nur, wenn einer meiner Männer mitkommt.‹ Da geriet er ordentlich in die Bredouille. ›Hören Sie, anhand Ihrer Handynummer können wir bei Ihrem Anbieter alles abfragen‹, sagte ich zu ihm. ›Ihre Spielchen bringen Sie nur in Schwierigkeiten.‹ So hat er schließlich das Gerät aus seiner Hosentasche gezogen und mir gegeben. Wie ein begossener Pudel stand er da.«

»Habt ihr es durchsucht?«

»Wir sind noch dabei. Eins kann ich aber schon sagen: Da waren alle unsere Nummern gespeichert. Nicht nur Ihre und meine, sondern auch die von Gikas und Esperoglou von der Sondereinheit MAT, sogar die von Lambropoulos. Bald werden wir wissen, wann er mit wem telefoniert hat.«

»Hut ab!«, sage ich zu Sonaras anerkennend. »Und was machen wir jetzt?«

»Zunächst einmal erstatten wir Gikas Bericht. Das wird ihm sauer aufstoßen.«

Wir machen uns gemeinsam auf den Weg zum Kriminaldirektor. Der lauscht Sonaras' Ausführungen, ohne ihn zu unterbrechen. Danach schüttelt er ergeben den Kopf.

»Das ist ja ein schöner Ringelreigen! Neonazis verfolgen Zuwanderer und politische Gegner, die Polizei hetzt den Neonazis hinterher, aber auch den Polizeibeamten, die sich auf die Seite der Goldenen Morgenröte schlagen.« Dann meint er zu mir: »Glauben Sie, er wusste, wer Katerina ist?«

»Das untersuchen wir noch«, meldet sich Sonaras zu Wort. »Wenn sich herausstellt, dass der Anruf einem Mitglied der Goldenen Morgenröte galt, dann kann man davon ausgehen, dass er ihm die Szene lustvoll beschrieben hat. Wenn nicht, dann hat er wahrscheinlich nicht gewusst, wer sie ist.«

»Ich benachrichtige sofort den Polizeipräsidenten. Wenn es belastende Hinweise auf den Wachpolizisten gibt, leite ich ein Disziplinarverfahren ein.«

Als Sonaras gegangen ist, erstatte ich über den Mordfall Nikitopoulos Bericht.

»Und Sie haben eine Hypothese?«, fragt er, als ich geendet

habe. Er kennt mich so gut, dass ich für ihn ein offenes Buch bin.

»Die Tatsache, dass man ihn wahrscheinlich mit einer alten Waffe erschossen hat, könnte bedeuten, dass der Mord mit offenen Rechnungen aus der Vergangenheit zu tun hat. Dann geht's ans Eingemachte.«

»Schließen Sie die Möglichkeit eines Raubüberfalls aus? In der Gegend dort geht es doch zu wie im Wilden Westen.«

»Also, bei einem Raubüberfall hätte man ihn nicht notgedrungen umgebracht, sondern nur geknebelt. Zweitens ist es ziemlich unwahrscheinlich, dass ein Einbrecher ein so altes Modell verwendet. Darüber hinaus behauptet seine Sekretärin, dass im Nachhilfeinstitut nichts fehle. Es wurde auch nichts durchwühlt.«

»Dann warten wir auf die Autopsie und den ballistischen Untersuchungsbericht«, meint Gikas und liegt damit ganz auf meiner Linie.

Ich kehre in mein Büro zurück und rufe Koula und Papadakis zu mir. Gemeinsam gehen wir die Tatsachen noch einmal durch und überprüfen, ob uns etwas Wichtiges entgangen ist. Papadakis kann mit den Personalien der Sekretärin aufwarten. Sie heißt Konstantina Steriadi und wohnt in Perissos. Aber die Untersuchung der Klassenräume hat nichts Aufsehenerregendes ergeben.

»Die Putzfrau war natürlich völlig aufgelöst«, erzählt Koula. »Nur mühsam konnte ich sie halbwegs beruhigen.«

»Was hat sie erzählt?«

»Dass sie am Morgen zum Putzen eintraf und wie immer im Sekretariat anfing. Normalerweise nimmt sie sich dann die Unterrichtsräume vor, bevor sie sich an Nikitopoulos'

Büro macht. Heute brauchte sie für die Klassenzimmer nicht lange, weil der Unterricht noch nicht begonnen hat. Als sie ins Direktionsbüro trat, hat sie Nikitopoulos dann genau so vorgefunden wie wir auch. Sie rannte zum Eingang hinunter und schrie um Hilfe. Aus der Menschenmenge, die gleich zusammengelaufen war, traute sich keiner nach oben. Schließlich riet ihr jemand, die Polizei zu rufen, und wählte für sie den Notruf.«

»Gut, das klingt alles nachvollziehbar«, kommentiert Papadakis.

»Ja, aber es gibt da noch etwas.«

»Ja?«, hake ich nach.

»Gestern Morgen war Nikitopoulos im Büro, als sie dort putzte. Irgendwann läutete das Telefon, und die Putzfrau hörte das Gespräch mit. Nikitopoulos sagte zu dem Anrufer, er solle zu den Öffnungszeiten des Sekretariats vorbeikommen, da könne man ihm die gewünschten Informationen geben. Aber dem passte das zeitlich nicht, deshalb schlug der Anrufer ihm vor, noch am selben Abend vorbeizuschauen.«

»Und warum, Koula, haben Sie mir das nicht gesagt, als wir vor Ort waren?«, frage ich sie.

»Was hätte es denn gebracht, Herr Kommissar?«

»Hm, nichts«, gebe ich zu.

Nachdem ich die beiden an ihre Arbeitsplätze zurückgeschickt habe, finde ich einen Vorwand, um Katerina zu besuchen. Ich muss zugeben, dass mein Denkvermögen etwas beeinträchtigt ist. Obwohl meine Tochter schon auf dem Weg der Besserung ist, muss ich ständig an sie denken.

Gerade als ich mein Büro verlassen will, läutet mein

Handy. Ich fluche innerlich, bevor ich das Gespräch annehme. Doch als ich Manias Stimme höre, erfasst mich Panik.

»Ist etwas passiert?«, frage ich.

»Nein, alles im Lot«, entgegnet sie, und ich atme auf. »Ich wollte nur wissen, an welchen Ihrer Mitarbeiter ich einen Link schicken kann. Der dürfte Sie interessieren.«

»Betrifft es Katerina?«

»Nein, nichts Privates, es ist etwas Berufliches.«

»Einen Moment, dann verbinde ich Sie mit Koula. Sie kennt sich da am besten aus.«

Ich beschließe, im Büro zu bleiben, bis sich herausgestellt hat, ob das Ganze tatsächlich interessant für mich ist.

Zum Glück dauert es nicht lange. Schon nach wenigen Sekunden ruft mich Koula per Telefon zu sich.

Als ich mich über ihre Schulter beuge, erkenne ich auf dem Computerbildschirm eine Fotografie. Sie zeigt eine Volksschulklasse auf einem Schulhof. Im Hintergrund ist ein Teil des Schulgebäudes zu erkennen. Das Bild ist schwarzweiß und muss in den fünfziger Jahren in einer Dorfschule aufgenommen worden sein, da die Mädchen dunkle Schürzenkleider mit weißen Kragen tragen, während die Jungen knielange Filzhosen und schlichte Hemden anhaben. Die Kinder blicken ernst in die Kamera. In keinem der Gesichter regt sich ein Lächeln.

Auch die übrige Abteilung – Vlassopoulos, Dermitsakis und Papadakis – hat sich um den PC geschart und betrachtet die Schwarzweißfotografie. Da fällt mein Blick auf den Begleittext.

Wir haben unseren Kindern mit Blut, Schweiß und Tränen das Studium ermöglicht. Heute gibt es keine Schulen mehr, stattdessen besuchen die Kinder Nachhilfeinstitute. Arme Eltern wie wir blättern ein Vermögen hin, um unsere Kinder dorthin zu schicken, damit sie später eine Chance auf einen Studienplatz haben. Die Nachhilfeinstitute sind die erste Etappe auf einem Lebensweg, der von der Jagd nach Diplomen, von Bürokratie, Vetternwirtschaft und Abhängigkeiten geprägt ist. Wir fordern, dass die Schulen wieder richtige Schulen werden und die Nachhilfeinstitute aufhören, sich mit unseren harterarbeiteten Ersparnissen eine goldene Nase zu verdienen. Kehrt um und geht zurück auf Start!

Der Text wäre vermutlich keine weitere Recherche im Internet wert, stünde da nicht die Unterschrift: »Die Griechen der fünfziger Jahre«.

»Schon wieder!«, bemerkt Papadakis.

»Drucken Sie mir das sofort aus«, sage ich zu Koula.

Mit dem Ausdruck laufe ich schnurstracks zu Gikas' Büro.

»Er spricht gerade am Telefon«, erklärt mir Stella.

»Dann muss er eben Schluss machen«, sage ich und trete ein.

Ich bin, wie gesagt, ein offenes Buch für ihn. Sobald er meinen Gesichtsausdruck sieht, sagt er: »Ich rufe zurück«, und beendet das Gespräch.

»Was gibt's?«, fragt er ohne Umschweife.

Ich strecke ihm wortlos den Ausdruck entgegen.

»Sie hatten recht«, sagt er, als er den Blick wieder hebt. »Schon wieder die ›Griechen der fünfziger Jahre‹!« Er registriert mein Schweigen und fährt fort: »Glauben Sie, das hat etwas mit dem Mord an – wie hieß er noch mal – zu tun?«

»Nikitopoulos. Es ist noch zu früh, um das eindeutig zu sagen. Es liegt ja noch nicht einmal der Autopsiebericht vor. Aber auch in Makridis' Fall gab es ein Schreiben, das von einem gewaltsamen Tod sprach, obwohl Makridis ohne jeden Zweifel Selbstmord begangen hat. Hier ist ein Selbstmord ausgeschlossen, aber vielleicht spielen sie dasselbe Spiel. Beim ersten Mal war es ein Brief an die deutsche Botschaft, und jetzt eine Botschaft im Internet. Theoretisch könnten sie von Makridis' und Nikitopoulos' Tod erfahren und sich das für ihre Zwecke zunutze gemacht haben.«

»Aber wie sollten sie vom Mord an Nikitopoulos gehört haben?«, fragt mich Gikas. »Die Nachricht ist noch nicht in den Medien.«

»Das ist ja das Besorgniserregende. Wenn die Nachricht noch nicht raus ist, dann ist es Täterwissen.«

»Glauben Sie, diese ›Griechen der fünfziger Jahre‹ haben ihn auf dem Gewissen?«

»Ich fürchte, Makridis' Selbstmord war für sie aus irgendeinem unerfindlichen Grund der Anlass dafür, mit dem Töten zu beginnen.«

»Was machen wir jetzt?«

»Nichts. Wir warten das Obduktionsergebnis ab, aber ich befürchte, an diesen ›Griechen der fünfziger Jahre‹ werden wir uns noch die Zähne ausbeißen.«

Ich lasse ihm – quasi als Andenken an seine eigene Kindheit – das Klassenfoto zurück. Kurz spiele ich mit dem Gedanken, Gerichtsmediziner Stavropoulos anzurufen, doch ich komme wieder davon ab. Höchstwahrscheinlich fährt er mir über den Mund und lässt sich aus Trotz noch mehr Zeit mit der Obduktion.

Da ich keine Lust habe, mich schwarzzuärgern, beschließe ich, alles stehen- und liegenzulassen und bei Katerina Zuflucht zu suchen.

11

Auf dem Weg in die Garage reißt mich das Klingeln des Handys aus meinen Gedanken, die immer noch bei den »Griechen der fünfziger Jahre« sind.

»Die Fahrt zu Katerina kannst du dir sparen. Heute Abend essen wir alle bei uns.«

»Was soll das heißen?«, frage ich überrascht.

»Katerina und Fanis kommen. Katerina sitzt den ganzen Tag allein zu Haus. Da fällt ihr die Decke auf den Kopf. Sie braucht ein wenig Abwechslung.«

»Und was meint Fanis dazu?«

»Dass sie ruhig Auto fahren darf, solange sie nicht selbst am Steuer sitzt. Ich habe vorgeschlagen, dass Mania und Uli mitkommen, und Lambros habe ich auch angerufen. So können wir alle zusammen essen und feiern, dass es Katerina schon bessergeht.«

»Du hast dich in Unkosten gestürzt!«, sage ich lachend, froh und dankbar dafür, dass Adriani die Initiative ergriffen hat. Denn so muss ich nicht den ganzen Abend ununterbrochen an Nikitopoulos und die »Griechen der fünfziger Jahre« denken.

»Ach was, ich hab nichts Besonderes gekocht«, rechtfertigt sich Adriani. »Ich habe grüne Bohnen gemacht, die Lambros und Uli so gerne essen, und als Vorspeise gibt's Anchovis mit gedünsteten Wildkräutern.«

Das ist ihre große Stärke: Sie kann aus nichts ein ganzes Menü zaubern. Wenn wir beide zu zweit sind, habe ich oft den Eindruck, dass sie mich allein mit der Illusion eines Essens satt bekommt.

Ich steige in den Seat und merke, dass sich meine Stimmung durch die Aussicht auf ein Zusammensein im Familienkreis erheblich aufgehellt hat. Zu Hause angekommen, gehe ich direkt in die Küche, wo Adriani gerade das Essen zubereitet. Wegen der Aufregung der letzten Tage hatten wir keine Gelegenheit, in Ruhe miteinander zu reden. Und das hat mir gefehlt.

Sie dreht sich um und blickt mich überrascht an.

»Was, du bist schon da?«, meint sie. »Wir haben doch eben erst telefoniert.«

»Ich habe den Seat genommen.«

Und ich erkläre ihr, dass ich unseren Wagen nach dem Überfall auf Katerina reaktiviert habe, um durch Fahrten mit öffentlichen Verkehrsmitteln nicht unnötig Zeit zu verlieren.

Ich spüre, dass ihr eine Bemerkung auf der Zunge liegt.

»Das kann ich nachvollziehen«, sagt sie schließlich. »Aber versteh mich bitte nicht falsch, Kostas: Wir kommen gerade so über die Runden. Für Benzin ist einfach kein Geld da. Von mir aus nimm den Wagen, bis Katerina wieder auf dem Posten ist, aber danach solltest du wieder auf die öffentlichen Verkehrsmittel umsteigen.«

Ich könnte ihr jetzt all die schönen Redensarten aufzählen, die mir eingefallen sind, als ich unser Auto wieder in Betrieb nahm. Doch Adriani hat das Kommando über unsere Finanzen, und sie kann man ebenso wenig mit bloßen Sprüchen abspeisen wie die Troika.

»Er kommt wieder in die Garage«, sage ich. »Es ist ja nur vorläufig.«

Ich sehe ihr an, dass sie das beruhigt, denn ihre Miene erhellt sich.

»Nach diesen grünen Bohnen werdet ihr euch die Finger lecken!«, sagt sie.

Auf diese Art zeigt sie mir, wie sehr sie sich über mein Einlenken freut, da sie sonst ihre Kochkünste niemals selbst lobt. Ganz im Gegenteil! Auch wenn die anderen über ihr Essen nur Gutes sagen, findet Adriani immer etwas daran auszusetzen.

Unser Gespräch wird von der Türklingel unterbrochen: Fanis und Katerina sind da. Als ich sehe, dass sich meine Tochter ohne Fanis' Hilfe auf den Beinen hält, atme ich erleichtert auf. Körperlich zumindest scheint sie den Vorfall gut überstanden zu haben. Und das freut mich – selbst wenn es bedeutet, dass der Seat wieder eingemottet wird.

Adriani führt Katerina zu einem Sessel und will ihr gleich ein Kissen in den Rücken stopfen.

»Mama, hör auf, Krankenschwester zu spielen!«, protestiert Katerina.

»Das Kissen ist goldrichtig«, mischt sich Fanis ein. »Sonst spürst du's gleich im Kreuz. Adriani erspart dir nur die Mühe, selbst danach zu fragen.«

Alle Akademiker haben dieselbe Berufskrankheit: Die Meinung der gewöhnlichen Sterblichen kann ihnen gestohlen bleiben. Doch auf einen anderen Akademiker hören sie – egal, ob er Arzt, Ingenieur oder Jurist ist. Katerina bildet da keine Ausnahme und gestattet ihrer Mutter erst jetzt, ihr das Kissen in den Rücken zu stopfen.

»Kein Kommentar!«, meint Adriani und genießt den Triumph der gewöhnlichen Sterblichen.

»Fanis hat gesagt, dass ich morgen wieder anfangen kann zu arbeiten«, erzählt Katerina aufgeräumt.

»Ja, aber nur für ein paar Stunden«, holt Fanis sie wieder auf den Boden der Tatsachen. »Und nicht am Gericht! Langes Stehen ist noch eine Woche lang verboten. Wir stellen dir vom Krankenhaus eine Bescheinigung aus, damit du Aufschub bekommst.«

»Zum Glück habe ich nur einen Prozess in den nächsten Tagen, und dafür brauche ich keinen Aufschub. Den gewinnt sowieso mein Gegner.«

Nun treffen auch Mania und Uli ein. Mania küsst alle Anwesenden, während Uli seinen kräftigen deutschen Händedruck verteilt.

Als sie erfährt, dass Katerina am nächsten Tag ins Büro kommen will, klatscht Mania vor Freude in die Hände. Und zu Fanis sagt sie: »Nach drei Stunden Arbeit bringen ich oder Uli sie nach Hause. Du kannst dich also in aller Ruhe deinen Patienten im Krankenhaus widmen.«

Ich frage Uli, wie er auf die Fotografie und die Botschaft der »Griechen der fünfziger Jahre« gestoßen ist.

Er lacht auf.

»Wenn Sie spazieren gehen, treffen Sie doch auch immer jemanden«, meint er. »Im Internet ist es wie bei einem Spaziergang. Immer stößt man auf irgendetwas Interessantes.«

»Hat Ihnen der Link weitergeholfen?«, fragt mich Mania.

»Ja, aber das alles macht mir Sorgen, weil es mit dem Mord am Direktor eines Nachhilfeinstituts zu tun hat.«

Ich erzähle ihnen von Nikitopoulos' gewaltsamem Tod und von den »Griechen der fünfziger Jahre«.

»Ja, aber Makridis hat sich doch selbst umgebracht«, bemerkt Uli.

»Hundertpro, auch wenn diese ›Griechen der fünfziger Jahre‹ an die deutsche Botschaft geschrieben haben und behaupten, dass er ermordet wurde.«

»Da kann man nur hoffen, dass sie sich nicht von Makridis' Selbstmord dazu haben inspirieren lassen, andere Leute umzubringen«, sagt Mania.

»Das ist nicht auszuschließen. Aber einen Aspekt gibt's, über den ich mich wirklich wundere.«

»Ja?«

»Warum arbeiten Sie ausgerechnet jetzt nicht mehr als Polizeipsychologin, da wir Sie dringender denn je brauchen?«

Mania reagiert amüsiert. »Darf ich Ihnen einen Vorschlag machen? Stellen Sie mich und Uli ein. Uli in der Direktion für Computerkriminalität und mich in Ihrer Abteilung.«

»Ja, morgen früh gehe ich gleich als Erstes zu Gikas.«

»Das lässt du mal schön bleiben. Was haben wir uns abgerackert, damit unser Büro endlich in Schwung kommt!«, sagt Katerina zu Mania.

»Das stimmt«, meint ihre Freundin. »Außerdem ist Uli ausgebucht. Gerade eben hat er gleich von mehreren Unternehmen Aufträge zur Softwareprogrammierung bekommen.«

»Bravo, Uli, mein Junge!«, ruft Adriani begeistert. »Ja, wenn man arbeiten will …«

»Viele wollen arbeiten, Frau Adriani, nur haben sie keine Chance«, entgegnet ihr Mania. »Uli ist eine Ausnahme. Er hat reihum bei deutschen Unternehmen in Athen angerufen und, weil er Deutscher ist, prompt Aufträge bekommen.«

»Makridis war der Erste«, ergänzt Uli. »Mit ihm hat alles begonnen. Danach kam mir die Idee, auch andere deutsche Firmen anzusprechen. Der arme Makridis hat mir den Weg geebnet.«

Das Gespräch wird durch Sissis' Eintreffen unterbrochen. Lambros kommt nie mit leeren Händen. Heute bringt er eine Flasche Rotwein mit, was Adriani auf die Palme bringt.

»Lambros, wenn du immer mit einem Geschenk unterm Arm auftauchst, lade ich dich nicht mehr ein«, meint sie.

»Ich wollte doch nur mit euch anstoßen«, rechtfertigt sich Sissis sanft.

»Beim nächsten Mal darfst nur du selber hereinkommen, und das Gastgeschenk bleibt draußen«, entgegnet Adriani.

Sissis begrüßt die Runde ganz formell, doch bevor er Katerina küsst, schaut er sie an und meint anerkennend: »Du hast dich schnell gefangen. Bravo, du hast Bärenkräfte!«

Dann fragt er mich, ob wir die Angreifer meiner Tochter gefunden hätten.

Ich erzähle von dem Video, das Uli im Internet entdeckt hat, der falschen Zeugenaussage des Wachpolizisten und wie er sich in der Vernehmung durch Sonaras in Widersprüche verwickelt hat.

»Jetzt durchsuchen wir sein Handy, um rauszufinden, mit wem er in Kontakt steht.«

»Wenn *ich* dir sage, dass deine Kollegen Nestbeschmutzer sind, nimmst du es persönlich und bist beleidigt.« Adriani kann ihre Sticheleien nicht lassen.

»Das Problem liegt tiefer, Adriani«, erklärt ihr Sissis.

»Wie, tiefer?«, will Mania wissen.

»Wir kehren zum Schattenstaat zurück. Der noch dazu schlimmer wüten kann als früher.«

»Wieso das, Onkel Lambros?«, fragt Katerina.

»Weil der Schattenstaat jetzt im Internet herrscht und sich jeder Kontrolle entzieht«, erwidert er. Seine Bemerkung schlägt allen auf den Magen.

Zum Glück ruft Adriani zu Tisch und trägt das Essen auf. Die angespannte Stimmung löst sich, und die grünen Bohnen sorgen für allgemeine Begeisterung. Uli vergisst seine deutsche Wohlerzogenheit und gibt ein genüssliches Brummen von sich.

»Und du schimpfst mich aus, weil ich Wein mitbringe«, sagt Sissis zu Adriani. »Wie soll man ein so köstliches Essen ohne einen guten Tropfen genießen?«

»Also gut, beim nächsten Mal, wenn ich gefüllte Tomaten mache, ist eine Flasche Wein als Mitbringsel erlaubt«, meint Adriani gutgelaunt.

12

Ich begrabe meinen Seat in der Garage des Präsidiums und fahre zur Cafeteria hoch – zum Leichenschmaus mit Kaffee und Croissant.

Dort treffe ich Esperoglou von der Sondereinheit MAT und Gonatas von der Antiterrorabteilung, die ihren Mokka beziehungsweise Tee trinken. Auf ihre Frage nach Katerinas Befinden verkünde ich stolz, dass sie seit heute wieder arbeiten könne. Ich heimse noch ein paar Genesungswünsche ein und fahre zu meinem Büro hoch.

Kaum habe ich das Croissant aus der Zellophanhülle befreit, läutet das Telefon.

»Safiriou hier, von der Abteilung für Ballistik, Herr Kommissar. Ich habe Dimitriou übersprungen und wende mich direkt an Sie, damit Sie alles aus erster Hand erfahren.«

Instinktiv kriecht der Verdacht in mir hoch, dass mir das, was ich gleich hören werde, nicht gefallen wird.

»Das Opfer wurde mit einem Revolver der Marke Smith & Wesson, Kaliber .38 erschossen, Herr Kommissar. Es ist das sehr verbreitete Modell Victory, Baujahr 1949 oder 1950. Solche Revolver wurden damals von den US-Amerikanern an die griechischen Streitkräfte geliefert.«

Na prima, der oder die Mörder unterzeichnen nicht nur als »Griechen der fünfziger Jahre«, sondern sie töten auch mit einer Waffe aus den fünfziger Jahren.

»Wissen Sie, wo der Mörder einen solchen Revolver herhaben könnte?«, frage ich Safiriou.

»Nur aus dem Kriegsmuseum oder der Waffenabteilung des Nationalhistorischen Museums«, entgegnet mir Safiriou sofort. »Überprüfen Sie die beiden Museen, vielleicht ist in der letzten Zeit etwas weggekommen.«

Nachdem ich dankend aufgelegt habe, beauftrage ich meine Assistenten mit der Recherche, ob in den genannten Museen ein Revolver des beschriebenen Typs vermisst wird. Die Wahrscheinlichkeit ist gering, da Museen solche Diebstähle umgehend melden. Es gibt nur eine einzige andere Möglichkeit – nämlich, dass das Fehlen der Waffe noch nicht bemerkt wurde.

»Wurde er damit umgebracht?«, fragt Vlassopoulos.

»Ja.«

»Die ›Griechen der fünfziger Jahre‹ sind konsequent und töten auch mit einem Revolver aus den fünfziger Jahren«, kommentiert Papadakis leichthin, womit er meinen eigenen Gedanken bestätigt.

Meine erste Reaktion ist paradoxerweise Erleichterung. Jetzt ist nämlich klar, dass es sich um eine Mörderbande handelt. Welche Ideologie sie vertritt, ist erst mal zweitrangig.

Die Aufgabe, die sich uns nun allerdings stellt, ist nicht leicht. Zunächst einmal muss nachgewiesen werden, ob Makridis' Selbstmord tatsächlich die Ursache dafür war, dass die »Griechen der fünfziger Jahre« in Erscheinung traten und mit dem Töten begannen. Und sollte sich diese Hypothese erhärten, dann ist die Frage: Was in Makridis' Vergangenheit veranlasste die »Griechen der fünfziger Jahre« dazu, seinen Suizid für ihre Zwecke zu nutzen?

Aus den Ermittlungen jedenfalls ist bisher kein entscheidender Hinweis hervorgegangen. Nun gut, die Nachforschungen waren provisorisch und beschränkten sich auf Makridis' Aufenthalt und Tätigkeit in Griechenland. Wir werden seine Vergangenheit in Deutschland durchleuchten müssen, um uns ein vollständiges Bild zu machen. Einer dieser »Griechen der fünfziger Jahre« könnte ein zurückgekehrter Gastarbeiter sein und etwas über Makridis' Familie wissen, auf das wir noch nicht gestoßen sind. Eventuell steht das Schreiben an die deutsche Botschaft damit in Zusammenhang.

Was könnte der Inhaber eines privaten Nachhilfeinstituts in einer heruntergekommenen Athener Gegend mit einem Deutschgriechen zu tun haben, der hierherkam, um Windparks zu errichten? Hat das Klassenfoto aus den fünfziger Jahren etwas mit Makridis zu tun? Vielleicht war er ja mit einem der abgebildeten Schüler verwandt?

Die Wahrscheinlichkeit, mit Hilfe des Fotos irgendeine verborgene Beziehung aufzudecken, liegt unter dreißig Prozent. Wie sollen wir bloß herausfinden, in welchem Dorf sich die Schule befindet? Und wer auf der Aufnahme wer ist? Aber wenn wir das Foto und den im Internet geposteten Text als Bekennerschreiben werten, müssen wir auch davon ausgehen, dass es sich bei der Bande durchaus um eine Terrororganisation handeln könnte.

Hier bremse ich meinen Gedankenfluss etwas und mache mich auf den Weg zu Gikas.

»Sie können eintreten, er ist gerade allein«, verkündet mir Stella.

Er sitzt am Schreibtisch und unterschreibt irgendwelche

Akten. Ich nehme ihm gegenüber Platz und berichte ihm von dem Gespräch mit Safiriou. Da erst hebt er den Blick von den Papieren und heftet ihn auf mich.

»Bei Ihnen ist mir eins nie klar: Wann ich vor Ihnen den Hut ziehen muss und wann Sie mir auf die Nerven gehen«, sagt er.

»Wieso?«, frage ich, während ich zu begreifen versuche, welche Laus ihm über die Leber gelaufen ist.

»Einerseits bewundere ich Ihren scharfen Verstand, weil Ihnen vom ersten Augenblick an diese ›Griechen der fünfziger Jahre‹ nicht in den Kram gepasst haben. Andererseits machen Sie mir mit Ihren Aktionen die Hölle heiß, und das bringt mir nur Ärger ein.«

Ich schlucke seine Bemerkung hinunter, schon allein deshalb, weil ich nicht weiß, ob ich sie als Lob oder als Tadel auffassen soll. Stattdessen lege ich ihm meine Theorie über Makridis, Nikitopoulos und die »Griechen der fünfziger Jahre« dar.

Er hört mir aufmerksam zu und stellt dann die klassische Frage:

»Und was schlagen Sie vor?«

»Zunächst einmal sollten wir Gonatas hinzuziehen, um die Meinung eines Fachmanns einzuholen im Hinblick auf die Frage, ob es sich um eine Terrorgruppe handeln könnte.«

Gonatas ist drei Minuten später bei uns und hört sich die ganze Geschichte an.

»Halten Sie es für wahrscheinlich, dass eine Terrororganisation dahintersteckt?«, fragt ihn Gikas.

»Wie bitte, Herr Kriminaldirektor? Die müssen doch heute um die neunzig sein. Haben Sie schon mal eine terroristische Vereinigung gesehen, die aus lauter Neunzigjährigen besteht?«

»Jedenfalls liegt ein Schreiben vor, das man als Bekennerbrief werten könnte«, sage ich. »Die ›Griechen der fünfziger Jahre‹ könnten durchaus auch dreißig oder vierzig Jahre alt sein. Vielleicht wollen sie mit dieser Bezeichnung nur Verwirrung stiften.«

Gikas zieht die Fotografie und den Text aus seiner Schublade. Gonatas mustert das Klassenfoto, dann liest er den Text. Schließlich hebt er den Kopf und blickt uns an.

»Wie Sie wissen, sollte ein terroristisches Bekennerschreiben eine politische Analyse und ein politisches Programm beinhalten«, doziert er. »Hier ist bloß die Rede davon, unter welchen Umständen die auf der Aufnahme abgebildeten Personen ihren Kindern ein Studium ermöglicht haben und wie es im Gegensatz dazu heute damit steht. Also, Familienväter sind mir bisher als Terroristen noch nicht untergekommen.« Dann meint er zu mir: »Kostas, tut mir leid, aber die Antiterrorabteilung ist hier nicht zuständig. Es ist Ihr Fall, und ich wünsche Ihnen viel Erfolg.«

Erfolg wäre ja schön, aber wenn Gonatas eine terroristische Handlung ausschließt, wird der Fall noch schwieriger. Trotzdem freue ich mich, dass diese Möglichkeit ad acta gelegt wurde. Wahrscheinlich hätte sie uns nur auf eine falsche Fährte gebracht.

»Das sollte Ihnen eine Lehre sein! Sie haben ja eine richtige Schwäche für die ›Griechen der fünfziger Jahre‹ entwickelt«, meint Gikas spöttisch.

Zusammen mit Gonatas verlasse ich kommentarlos den Raum.

»Herr Kommissar, Herr Sonaras möchte Sie sprechen«, gibt mir Stella Bescheid.

Mir ist klar, dass es etwas mit dem Wachpolizisten zu tun haben muss. Daher mache ich mich schnurstracks auf den Weg zu Sonaras, dessen Büro auf derselben Etage liegt.

»Das war nicht einfach ein Handy, sondern die Telefonzentrale der Goldenen Morgenröte!«, ruft er begeistert. »Er hatte sogar die Nummern ihrer Abgeordneten. Wir haben herausgefunden, mit wem er gesprochen hat, als Ihre Tochter attackiert wurde: Es war ein Mitglied der Goldenen Morgenröte aus Agios Panteleimon. Wir werden den Wachpolizisten sofort vom Dienst suspendieren und ein Disziplinarverfahren einleiten. Durchaus möglich, dass wir die Angreifer auf Ihre Tochter bald schnappen.«

»Wer von diesen Faschos hat bloß die gloriose Idee gehabt, den Überfall zu filmen?«, frage ich Sonaras. »Damit hat er uns einen großen Dienst erwiesen.«

»Tja, bald schon wird man mit Handys Röntgenbilder machen können«, antwortet er scherzend. »Das Vorgehen dieser Leute hat Methode. Damit kommen sie bei ihrer Klientel gut an. Nur Pech, dass der Wachpolizist mit drauf war.«

Kaum bin ich in meinem Büro angekommen, rufe ich Katerina an, um ihr die Neuigkeiten zu erzählen.

»Es besteht also die Möglichkeit, dass sie gefasst werden?«, fragt sie.

»Das hängt davon ab, wie kooperativ sich der Wachpolizist zeigt, wenn er mit einem blauen Auge davonkommen will.«

»Das musst du Mama erzählen, wo sie doch so gerne über die Polizei herzieht«, meint sie lachend.

»Ja, das macht ihr Spaß. Wenn ich ihr das jetzt erzähle, kann ich mir schon lebhaft vorstellen, wie sie reagiert: ›Na, dann habt ihr wenigstens einmal eure Arbeit richtig gemacht.‹«

Lachend beenden wir das Gespräch. Dann rufe ich meine Assistenten zu mir und bringe sie auf den neusten Stand, um die weitere Vorgehensweise zu besprechen.

»Ein Museumsdiebstahl wurde nicht gemeldet«, verkündet Koula gleich zu Beginn.

Das erschwert unsere Arbeit. Wie sollen wir herauskriegen, woher die Mörder eine Smith & Wesson, Modell Victory, Herstellungsjahr 1949 oder 1950, haben?

»Da haben wir den Salat, Herr Kommissar«, meint Papadakis. »Sieht so aus, als würden die systematisch vorgehen und es nicht bei einem einzigen Mord bewenden lassen.«

»Sag mal, Papadakis, ist das dein Spezialgebiet in unserer Abteilung? Den Leuten die Laune zu verderben?«, meint Vlassopoulos gespielt empört. Seit er seine Kinder in der Schule in Chalkida angemeldet hat, sie bei seinen Eltern wohnen und er sie jedes Wochenende besuchen fährt, ist er guter Dinge.

»Papadakis hat schon recht«, sage ich. »Vermutlich machen sie weiter.«

»Na, so haben wir wenigstens Arbeit und laufen nicht Gefahr, nach den neusten ›Flexibilitäts-Richtlinien‹ in andere Abteilungen versetzt zu werden«, bemerkt Dermitsakis.

»Koula, finden Sie mir bitte heraus, aus welcher Schule das Klassenfoto im Internet stammt. Und checken Sie alles über Makridis' familiäres Umfeld in Griechenland. Ich glaube, dass der Mord an Nikitopoulos mit Makridis' Vergangenheit zu tun hat. Setzen Sie sich mit der deutschen Polizei in Verbindung, und holen Sie Auskünfte über Makridis und seine Familie ein.«

»Am schwierigsten ist die erste Aufgabe, die anderen beiden Dinge sind ein Kinderspiel«, antwortet Koula. »Wie soll man bloß herauskriegen, welche Schule auf dem Foto abgebildet ist? Wenn wir einen Abzug hätten, könnten wir aus dem Stempel des Fotografen auf der Rückseite bestimmte Schlüsse ziehen. Das funktioniert im Netz aber nicht.«

»Such doch im Netz nach Bildern von Schulgebäuden aus ganz Griechenland«, schlägt Papadakis vor. »Vielleicht kannst du die Schule anhand des Gartens oder der Fassade, die auf dem Foto teilweise zu erkennen ist, zuordnen. Oder scanne das Foto ein, und starte die Google-Bildersuche.«

»Klasse, gute Idee!« So lautet Koulas Reaktion, bevor sie sich hinter ihren Computer klemmt.

Dann lasse ich meine Mitarbeiter einen Streifenwagen ordern, denn ich will die Umgebung des Nachhilfeinstituts abgrasen. Wir sollten schon etwas in der Hand haben, bevor wir mit der Sekretärin und der Witwe des Opfers sprechen.

13

Eine Gruppe von Kindern spielt unbekümmert vor dem Nachhilfeinstitut. Auch ein kleiner dunkelhäutiger Junge ist dabei. Mit geschlossenen Augen ist es unmöglich, ihn herauszuhören, denn er spricht genauso gut Griechisch wie die übrigen Kinder.

Meine Tochter würde sich bestätigt fühlen. Aber wer an eine gute Welt glauben möchte, erklärt schnell die Ausnahme zur Regel.

Ich muss an die Redewendung denken: »Wenn's am heißesten ist, zirpen die Grillen am lautesten«, denn rundum tobt ein Zikadenkonzert von ohrenbetäubender Lautstärke. Doch Bäume sind weit und breit keine zu sehen. Wo sitzen die Viecher bloß und schlagen solchen Lärm?

»Wie gehen wir am besten vor?«, fragt Papadakis und unterbricht meine philosophischen Anwandlungen.

»Ihr geht von Tür zu Tür und klappert das Viertel ab, und ich übernehme das Nachhilfeinstitut«, erwidere ich.

Mein ursprünglicher Gedanke war, die Ermittlungen im Wohnviertel zu beginnen, um auf das Treffen mit der Sekretärin vorbereitet zu sein. Doch mittlerweile habe ich meine Meinung geändert. Jetzt finde ich es vielversprechender, zunächst mit der Putzfrau zu sprechen, um ihre Aussage aus erster Hand zu hören.

Meine Assistenten marschieren los, während ich mich im

Institut auf die Suche nach der Putzfrau mache, die hier jeden Morgen arbeitet. Doch an der Steriadi komme ich nicht unbemerkt vorbei. Sie sitzt an ihrem Schreibtisch und studiert einen Aktenordner. Als sie mich hört, hebt sie den Blick und begrüßt mich.

»Leider ist die Lage komplizierter als gedacht«, sage ich und erzähle ihr, dass Nikitopoulos mit einer Waffe aus den fünfziger Jahren ermordet wurde. »Deshalb müssen wir seine Vergangenheit durchleuchten. Vielleicht können wir so das Knäuel entwirren.«

»Was wollen Sie da durchleuchten?«, erwidert sie wie aus der Pistole geschossen. »Chronis Nikitopoulos' Leben spielte sich zwischen dem Nachhilfeinstitut und seiner Familie ab. Geld war für ihn kein Thema, und Feinde hatte er auch keine. Was die Waffe betrifft, so wurde sie bestimmt für wenig Geld beim Trödler gekauft.«

Ja gut, es könnte durchaus sein, dass er die Waffe aus einem Trödelladen hat. Aber woher hatte er die Projektile für dieses museale Stück? Da liegt der Hase im Pfeffer.

»Woher stammt Nikitopoulos eigentlich?«, frage ich die Steriadi.

»Seine Familie stammt ursprünglich aus Pyrgos in der Provinz Elis, aber er selbst ist in Athen geboren und aufgewachsen. Soviel ich weiß, hat er keine Verwandten mehr auf dem Peloponnes.«

»Ihre Putzfrau hat meiner Kollegin erzählt, dass sie ein Telefongespräch mit angehört hat. Darin hat Nikitopoulos am Morgen des Tattages gesagt, der Anrufer könnte abends vorbeikommen und sich von ihm persönlich beraten lassen.«

Die Steriadi zuckt mit den Schultern. »Schon möglich. Da

er oft länger hier war als ich, kam es immer wieder vor, dass er auch abends Besucher empfangen hat. Viele Eltern sind berufstätig und können zu den normalen Öffnungszeiten nicht kommen.«

»Ist die Putzfrau jetzt hier? Kann ich sie sprechen?«

»Klar, sie reinigt gerade die Klassenzimmer.«

Als die Steriadi sie herbeirufen will, halte ich sie zurück. »Lassen Sie nur, ich gehe selbst zu ihr.«

Die Putzfrau wischt in der ersten Etage den Boden eines Unterrichtsraumes, der gleich an der Treppe liegt.

»Bleiben Sie bitte draußen, sonst hinterlassen Sie Spuren«, warnt sie mich.

Als ich an der Türschwelle stehenbleibe, lehnt sie den Wischmopp an die Wand und kommt auf mich zu. Sie muss Mitte dreißig sein und ist eine jener Frauen, die auch ohne jede Schminke schön sind.

»Wie heißen Sie?«, frage ich sie.

»Anna Salafi, aus Argyrokastro in Albanien.«

»Anna, als Sie vorgestern Morgen Nikitopoulos' Büro gereinigt haben, haben Sie ein Telefongespräch mitbekommen.«

»Ja, richtig. Herr Nikitopoulos hat am Telefon gesagt, dass Beratungsgespräche im Sekretariat stattfinden. Aber schließlich hat er dem Anrufer einen Termin am Abend gegeben, um selbst mit ihm zu sprechen.«

»Haben Sie vielleicht irgendeinen Namen gehört?«

»Nein, Herr Nikitopoulos hat keinen Namen erwähnt. Und meiner Meinung nach hat er den Anrufer auch nicht gekannt.«

Ich denke gerade nach, was ich sie sonst noch fragen könnte, als mich Vlassopoulos' Anruf unterbricht.

»Herr Kommissar, an der Straßenecke liegt ein Kafenion. Können Sie bitte gleich herkommen?«

»Was gibt es denn so Dringendes?«, frage ich.

»Hier ist jemand, mit dem Sie sich unterhalten sollten.«

Vlassopoulos wartet in einem typischen traditionellen Kafenion. Eine Gruppe von Männern spielt Karten, zwei weitere eine Partie Tavli. Vlassopoulos sitzt bei einem bärtigen Vierzigjährigen, der einen Overall trägt.

»Das hier ist Adi«, stellt Vlassopoulos ihn mir vor. »Er kannte Nikitopoulos gut.«

»Woher stammen Sie, Adi?«, frage ich.

»Aus Georgien, aus Tiflis.«

»Wie lange sind Sie schon hier?«

»Zwölf Jahre, für Arbeit.«

»Und dann hat dich die Krise kalt erwischt«, lacht Vlassopoulos.

»Gibt Arbeit«, antwortet der Georgier. »Wenn du suchst, gibt Arbeit. Ich Elektriker, aber ich reparieren alles. Türen und Fenster, alles. Nur Menschen ich kann nicht reparieren«, fügt er mit einem Grinsen hinzu.

Er ist ein Mädchen für alles, sage ich mir. Heutzutage sind die Arbeitsmigranten – Albaner, Georgier und Rumänen – gewiefter als die Griechen. Unsere Landsleute sind es nicht mehr gewohnt, in einer Mangelwirtschaft zu überleben.

»Sie haben also Nikitopoulos gekannt?«, frage ich ihn.

»Ich alles gemacht in Nachhilfeschule, Türen, Fenster, Schulbänke, Wände streichen.« Er hält inne und wartet auf meine Reaktion. Als sie ausbleibt, fährt er fort: »Aber Herr Nikitopoulos große Geizhals. Immer runterhandeln und dann lange nicht zahlen. Immer heißt es: ›Komm morgen, komm übermorgen, komm Montag, Dienstag, Mittwoch …‹ Große Geizhals!«

»Hat das Nachhilfeinstitut viele Schüler?«, fragt ihn Vlassopoulos.

»Viele, aber Herr Nikitopoulos wieder Geizhals. Hier in Gegend Leute sind arm. Ich hören, wie sie sagen: ›Herr Nikitopoulos, mach uns bessere Preis.‹ Und er sagen: ›Meine gute Preis ist, dass eure Kinder auf Uni gehen. Dafür ich zahlen gute Lehrer. Sonst eure Kinder nicht kommen auf Uni, und das ist schlechte Preis.‹«

Der Georgier zerstört damit das Bild, das die Steriadi sorgsam aufgebaut hat. Und ihm glaube ich eher, denn die Steriadi war nicht nur seine Sekretärin, sondern auch eine Freundin der Familie.

Die Aussagen des Georgiers eröffnen uns eine ganze Bandbreite an Verdächtigen und Ermittlungsmöglichkeiten im Fall Nikitopoulos. Insbesondere in dieser ärmlichen Wohngegend macht man sich mit Geiz und Geldgier bestimmt nicht beliebt. Aber reicht das schon, um ermordet zu werden, noch dazu mit einer Waffe aus den fünfziger Jahren?

Diese Gedanken gehen mir durch den Kopf, als Papadakis eintritt.

»Herr Kommissar, ich habe eine Kursleiterin ausfindig gemacht, die am Nachhilfeinstitut unterrichtet und uns etwas erzählen könnte.« Er zieht den Zettel in seiner Hand zu Rate und ergänzt: »Meropi Davaki.«

»Weißt du, wo sie wohnt?«

»Ja, Acharnon-, Ecke Konstanta-Straße. Das ist nicht weit von hier.«

Ich lasse Vlassopoulos seine Ermittlungen in der unmittelbaren Nachbarschaft fortsetzen und nehme mit Papadakis den Streifenwagen.

Wir halten vor einem vierstöckigen Wohnhaus. Meropi Davaki wohnt in der zweiten Etage. Auf unser Klingeln öffnet eine weißhaarige ungeschminkte Sechzigjährige. Sie trägt eine verwaschene Kombination aus Rock und Bluse und an den Füßen Pantoffeln.

»Kommen Sie weiter«, sagt sie, als wir uns vorstellen, und führt uns in ein einfaches Wohnzimmer mit einem Sofa und zwei Sesseln.

An der einen Wand steht der Fernseher und an der anderen ein altmodischer Schreibtisch mit Ablagen und Ordnern. Über dem Schreibtisch sind drei Regalbretter angebracht.

In dem einen Sessel sitzt ein alter Mann, irgendwo zwischen achtzig und der Ewigkeit. Der Griff seines Gehstocks ist an der Armlehne eingehakt, und er starrt vor sich hin.

»Mein Vater«, stellt ihn die Davaki vor, doch der alte Mann löst den Blick nicht vom Fußboden. Überhaupt scheint er unsere Anwesenheit gar nicht zu bemerken.

»Frau Davaki, Sie unterrichten an Chronis Nikitopoulos' Nachhilfeinstitut Chronos, stimmt das?«, frage ich sie.

»Ja, richtig. Ich habe Sprache und Geschichte studiert. Zum Glück konnte ich nach meiner Pensionierung weiter am Nachhilfeinstitut arbeiten. So, wie die Renten zusammengestrichen wurden, und mit einem alten Vater, der Betreuung braucht, kann ich den Lohn gut gebrauchen.« Sie seufzt auf und schüttelt den Kopf. »Was für ein tragischer Tod, meine Güte!«

»Arbeiten Sie schon lange bei Chronos?«

»Seit meiner Zeit als Lehrerin am Lyzeum.«

»Und was halten Sie von dem Nachhilfeinstitut?«, hakt Papadakis nach.

»Es ist sehr gut organisiert und hat ein hervorragendes Lehrpersonal«, entgegnet die Davaki, ohne zu zögern. »Das zeigt sich auch am Erfolg unserer Schüler bei den Aufnahmeprüfungen zur Universität.«

»Hatten Sie Probleme mit Nikitopoulos bei den Lohnzahlungen?«, will ich wissen.

»Nein, nie.«

»Wir haben gehört, dass er des Öfteren säumig war«, erläutert Papadakis.

»Hören Sie, wir leben in einer ärmlichen Gegend. Viele Eltern sind mit den Unterrichtsgebühren im Rückstand. Das verzögert dann auch die Lohnzahlungen. Aber Nikitopoulos hat seine Lehrer genau ausgesucht. Chronos ist eine hervorragende Schule, deshalb hat hier auch kein anderes Nachhilfeinstitut Fuß fassen können.«

»Jetzt lüg doch nicht, Meropi«, ertönt plötzlich die Stimme des Alten.

Alle starren ihn an. Er blickt immer noch vor sich hin, als spräche er zum Fußboden.

»Warum sollte ich lügen, Papa?«, fragt ihn die Tochter.

»Jetzt lüg doch nicht«, beharrt der Alte, immer noch den Blick auf den Fußboden geheftet. »Du hast von mir ordentlich Prügel bezogen, damit du lernst, keine Lügen zu erzählen. Aber du lügst immer noch. Das beweist zumindest, dass Prügel keine effektive Erziehungsmethode sind.«

»Ich sage die Wahrheit.«

»Ja, aber nur die halbe. Erzähl auch die andere Hälfte.«

»Welche andere Hälfte?«

Der Alte nimmt seinen Gehstock von der Armlehne und wedelt damit in Richtung seiner Tochter. Offenbar ist ihm inzwischen wieder entfallen, dass Prügel nicht die beste Erziehungsmethode sind.

»Es trifft nicht zu, dass Chronos derart hervorragend war, dass die Konkurrenz keinen Stich hatte. Nikitopoulos hatte einfach gute Beziehungen ins Ministerium.«

Obwohl der Alte immer noch auf den Boden starrt und uns beharrlich ignoriert, klingen seine Worte klar. Sein Verstand funktioniert einwandfrei.

»Das ist mir neu. Aber du weißt ja bestens Bescheid, zumindest glaubst du das. Du konntest Nikitopoulos ja noch nie leiden«, entgegnet ihm die Tochter mit unterdrückter Wut.

»Nikitopoulos hat in seinem ganzen Leben nie unterrichtet. Seit 1981 hat er sich von einem Posten zum nächsten gehangelt. Sein Papa war seit dem Bürgerkrieg ein Rechter und blieb es auch, doch sein Sohn war schlauer. Der wollte zuerst sehen, woher der Wind weht. Und als er das begriff, hat er sich zunächst einmal in die gewerkschaftliche Arbeit gestürzt. Er war Berater des Ministers, als ich Direktor am 4. Lyzeum in Chalandri war. Er setzte sich dafür ein, den Unterrichtsstoff am Lyzeum zu vereinfachen, weil die Kinder überfordert seien, wie er sagte. Dadurch sank jedoch das Niveau der öffentlichen Schulbildung, und die Nachhilfeinstitute zur Vorbereitung auf die Aufnahmeprüfungen an die Universität schossen wie Pilze aus dem Boden. Er hatte die Lehrer auf seiner Seite, weil ihnen die Anstellung an den privaten Instituten einen zweiten Monatslohn sicherte.« Er hält inne und blickt zum ersten Mal seine Tochter an. »All das weißt du, Meropi. Und zwar von mir, aber du sagst es nicht.«

»Schon, aber das sind alte Geschichten, Papa. Ich sehe nicht ein, was sie mit Nikitopoulos' Ermordung zu tun haben könnten.«

»Ich auch nicht. Ich weiß aber, dass er seit seiner Zeit als Ministerberater ein Nachhilfeinstitut eröffnen wollte. Dafür hat er den Boden vorbereitet. Keine Ahnung, woher er das Geld dafür nahm. Sein Vater war bettelarm. Die Funktionäre der Rechten waren Ideologen, sie haben sich ein Bein für die Nation und für ›Gott, Familie, Vaterland‹ ausgerissen. Aber Geld haben sie nicht gemacht. Das kam erst später. Wo hatte Nikitopoulos also das Geld her? Und wer weiß, an wie vielen anderen Nachhilfeschulen er stiller Teilhaber war und abkassierte?«

»Keine Ahnung, Papa. Und ich will es auch gar nicht wissen. Ich kann nur über das Nachhilfeinstitut sprechen, an dem ich angestellt bin. Und dort wird gute Arbeit geleistet. Das sieht man an den Erfolgen der Schüler.«

»Jedes Nachhilfeinstitut ist ein Dolchstoß in den Rücken der öffentlichen Schulbildung«, erwidert der alte Mann.

Papadakis wirft mir einen vielsagenden Blick zu, und auch ich denke, dass der Alte ein Glücksfall ist. Dabei wollten wir ursprünglich nur zur Tochter.

»Vielen Dank, Herr Davakis«, sage ich zu ihm. »Sie haben uns mit Ihrer Aussage sehr weitergeholfen.«

Der Alte ist inzwischen zu seiner ursprünglichen Haltung zurückgekehrt, heftet den Blick wieder auf den Boden und schenkt uns keine Beachtung mehr.

Als wir aufbrechen, begleitet uns die Davaki zur Tür.

»Verstehen Sie meinen Vater nicht falsch«, meint sie entschuldigend. »Manchmal macht er tagelang den Mund nicht auf. Aber wenn, dann will er alles auf einmal loswerden.«

»Da war nichts falsch zu verstehen. Ganz im Gegenteil, seine Worte waren sehr aufschlussreich«, entgegne ich ihr.

»Ich hoffe, dass Sie Nikitopoulos' Mörder fassen«, meint sie abschließend und verabschiedet sich höflich von uns.

Als ich im Streifenwagen sitze, überkommen mich quälende Gedanken. Warum wurde Nikitopoulos umgebracht? Möglich, dass ihn jemand getötet hat, der sich beruflich von ihm übervorteilt fühlte. Kann aber auch sein, dass es sich um eine späte Rache für die Taten seines Vaters aus dem Bürgerkrieg oder der Zeit danach handelt. Im zweiten Fall müsste man eine Menge Nachforschungen mit unsicherem Ausgang anstellen. Wie viele Zeitzeugen sind überhaupt noch am Leben, die uns darüber Auskunft geben könnten?

»Was machen wir jetzt?«, will Papadakis von mir wissen.

»Zuerst vernehmen wir die Witwe. Dann müssen wir uns mit Spyridakis von der Steuerfahndung kurzschließen, denn mein kleiner Finger sagt mir, dass wir Nikitopoulos' Bankkonten offenlegen müssen.«

»Dann fangen wir also in Chalandri an«, schlussfolgert Papadakis und tritt aufs Gaspedal.

14

Die zündende Idee kommt mir im Streifenwagen. Im Grunde hätte es mir schon früher einfallen können, aber nach dem Angriff auf Katerina war mein Denkvermögen doch etwas beeinträchtigt.

Ich rufe Koula an. »Drucken Sie die Fotografie, die man uns zusammen mit dem Bekennerschreiben geschickt hat, ein paarmal aus. Aber nur die Aufnahme, nicht den Text. Warten Sie dann am Eingang auf uns.«

Dann wende ich mich an Papadakis. »Wir hätten sie Davakis zeigen sollen.«

»Dass wir da nicht früher draufgekommen sind«, findet auch er.

»Manchmal kommt man nicht gleich auf das Nächstliegende.«

»Wir können ja, falls nötig, noch einmal zu ihm hinfahren. Er läuft uns nicht weg.«

Nach einem Zwischenstopp im Präsidium, wo wir die Fotos abholen, fährt Papadakis den Kifissias-Boulevard hoch und über den Georgiou-Boulevard bis zur Kapodistriou. Nikitopoulos' Wohnung liegt in der Profitou-Ilia-Straße, in der Nähe des Stadttheaters von Chalandri.

»Was ist der Unterschied zwischen dem Athener Zentrum und Chalandri, Herr Kommissar?«, fragt mich Papadakis.

»Das sagen Sie mir bestimmt gleich.«

»Im Zentrum springt einem das Elend ins Auge. Hier versteckt man es. Im Zentrum sieht man auf Schritt und Tritt Menschen, die in Mülleimern wühlen. Hier haben die Läden geöffnet, und die Leute sind wie früher auf den Straßen unterwegs. Die Bewohner von Chalandri halten ihr Elend unter der Decke, weil es ihnen noch peinlich ist. Die Leute im Zentrum kennen keine Scham mehr.«

Unsere Abteilung hat einen Beamten mit guter Beobachtungsgabe hinzugewonnen, sage ich mir. Das ist für die Abteilung von Vorteil, aber ich bin mir nicht sicher, ob es ihm selber guttut. Vielleicht hilft es ihm, vielleicht bringt es ihn aber auch in die Bredouille. Diejenigen, die im griechischen öffentlichen Dienst Karriere machen, gehören normalerweise zur Kategorie »Mittelmaß bis Idioten«. Wenn man klug, aber ohne Beziehungen ist, kommt man auf der Karriereleiter nur im Schneckentempo voran.

Nikitopoulos' zweistöckiges Haus befindet sich im Norden von Rematia. Es zählt zu den Häusern, für deren Ankauf man ein Vermögen und für deren Anmietung man ein Monatsgehalt hinblättern muss.

Nikitopoulos' Witwe öffnet uns die Tür und führt uns ins Wohnzimmer. Die Inneneinrichtung kontrastiert mit dem teuren Haus. Das Wohnzimmer ist schlicht möbliert – mit dem klassischen Set aus Sofa, zwei Sesseln und dem obligaten Fernseher.

Wer weiß, vielleicht hat bei Nikitopoulos das Geld nicht mehr gereicht, um teures Mobiliar zu kaufen. Kann aber auch sein, dass er seinen Reichtum nicht zur Schau stellen wollte. Das wird sich zeigen, sobald wir seine Konten öffnen.

In einem der Sessel sitzt ein junger Mann um die dreißig und erhebt sich zur Begrüßung.

»Das ist mein Sohn, Fedon Nikitopoulos«, stellt ihn uns seine Mutter vor.

Der Sohn begrüßt uns mit Handschlag, während seine Mutter einladend auf das Sofa deutet.

»Haben Sie ihn?«, fragt sie, sobald wir Platz genommen haben.

»Ich verstehe Ihre Ungeduld, aber wenn wir Straftäter so einfach finden würden, wäre die Kriminalitätsrate in Athen verschwindend gering.«

»Das ist doch nicht schwer. Sie brauchen doch nur alle Ausländer in der Gegend aufzulesen. Einer wird die Tat schon gestehen.«

»Mama, ich verstehe nicht, warum du dich so auf die Ausländer eingeschossen hast«, greift ihr Sohn ein. »Das ist ja schon paranoid. Ich lebe seit mehr als zehn Jahren in London, um uns herum leben Inder, Pakistaner, Nigerianer, Somalier … Wenn ein Mord passiert, kommt keiner auf die Idee, dass es unbedingt ein Einwanderer gewesen sein muss.«

»Du hast Glück, Fedon. Du lebst in einer anderen Welt und weißt nicht, was wir hier durch diesen Abschaum mitmachen, der sich bei uns eingenistet hat.«

Ich merke, dass das Gespräch zu einem Mutter-Sohn-Konflikt über Zuwanderungspolitik auszuarten droht, und beeile mich, es in eine andere Richtung zu lenken. Nikitopoulos ist definitiv nicht von einem Einwanderer getötet worden, und ich habe keine Lust, meine Zeit zu verplempern.

»Wir haben gerade erst die Ermittlungen aufgenommen

und benötigen Ihre Mithilfe. Wissen Sie vielleicht, ob es in der Vergangenheit Ihres Mannes irgendetwas gibt, das ein Mordmotiv bilden könnte?«

Sie starrt mich mit offenem Mund an.

»In seiner Vergangenheit? Was könnte die Vergangenheit meines Mannes mit seiner Ermordung zu tun haben?«, meint sie, sobald sie meine Frage verdaut hat.

»Ihr Mann wurde mit einem Revolver aus den fünfziger Jahren erschossen. Das könnte mit einer Auseinandersetzung oder mit offenen Rechnungen aus der Vergangenheit zu tun haben. Das ist eine Hypothese, die wir überprüfen müssen.«

»In Chronis' Vergangenheit gibt es nichts Derartiges. Absolut gar nichts«, bekräftigt sie fast beleidigt. »Chronis hat ein beschauliches Leben geführt, zuerst im öffentlichen Dienst und dann im Nachhilfeinstitut. Verdruss oder auch ein paar Reibereien kommen doch überall vor. Das kann nicht der Grund für seinen Tod gewesen sein. Die einzige Gewalttat, die er in seinem ganzen Leben erleiden musste, war sein Ende«, fügt sie hinzu und bricht in Tränen aus.

Der Sohn springt aus dem Sessel auf, nimmt auf ihrer Armlehne Platz und drückt sie an sich.

»Leben seine Eltern noch?«, fragt Papadakis nach.

»Nein, sie sind schon vor Jahren gestorben«, antwortet sie, während sie sich mit dem Handrücken die Tränen abwischt.

»Mein Vater liebte seine Mutter über alles, aber mit Großvater war die Beziehung eher förmlich«, greift der Sohn in das Gespräch ein.

»Fedon, was redest du da?«, protestiert seine Mutter.

»Das ist die Wahrheit, Mama«, erwidert er. »Ihre Beziehung ging über Glückwünsche zu Familienfesten und Feiertagen nicht hinaus.«

»Gab es einen Grund dafür, oder haben sie sich einfach nicht so gut verstanden?«, fragt Papadakis ihn.

»Mein Großvater war ein Nationalkonservativer. Er hat es seinem Sohn nie verziehen, dass er den Nationalisten den Rücken gekehrt und einen anderen Weg eingeschlagen hat.«

»Und du glaubst, dass man ihn deswegen umgebracht hat?«, fragt seine Mutter sauer.

»Das war nicht die Frage. Der Kommissar wollte wissen, warum mein Vater und mein Großvater einander nicht leiden konnten.«

»Glauben Sie, die politischen Differenzen waren der Grund für die Entfremdung?«, frage ich ihn.

»Nach politischen Meinungsverschiedenheiten fragen Sie mich besser nicht, davon habe ich keine Ahnung. Politik hat mich nie interessiert, und ich habe auch nie verstanden, warum die Griechen sich deswegen in die Haare geraten. Ich bin meinem Vater dankbar, dass er mir ermöglicht hat, in England zu studieren. Den ideologischen Hass auf meinen Großvater habe ich nie begriffen, und es hat mich auch nicht interessiert. Ich bin froh, in England zu leben und nicht mal zur Wahl gehen zu müssen. Wenn Sie mich fragen: Ich glaube nicht, dass der Mord an meinem Vater einen politischen Hintergrund hat. Er war ein kluger Mann und hätte sein Leben niemals für so etwas aufs Spiel gesetzt.«

Ich ziehe einen Ausdruck des Klassenfotos aus der Tasche und reiche ihn Frau Nikitopoulou.

»Erkennen Sie vielleicht eins der Kinder auf dieser Aufnahme?«

Sie nimmt das Foto entgegen und mustert es eingehend.

»Nein, tut mir leid«, sagt sie schließlich.

Ihr Mann wäre ihr auf der Fotografie bestimmt aufgefallen.

»Sagt Ihnen das Schulgebäude etwas?«, frage ich weiter.

»Nein, gar nichts.«

Ich stecke die Fotografie wieder ein. Papadakis hat recht. Bei Davakis hätten wir vielleicht mehr Glück gehabt, aber da war ich noch nicht so weit.

»Ich sag's Ihnen noch mal: Überprüfen Sie die Ausländer. Die haben ihn auf dem Gewissen.«

Die Nikitopoulou bleibt bei ihrer fixen Idee. Vielleicht deshalb, weil sie am unverfänglichsten ist.

Ich erachte es als überflüssig, sie mit Herrn Davakis' Ansicht zu konfrontieren. Sie wäre imstande, irgendeinen Ausländer ans Messer zu liefern, nur um die Sache aus der Welt zu schaffen.

»Was schließen Sie daraus?«, fragt mich Papadakis, als wir in den Streifenwagen steigen.

»Dasselbe wie Sie«, entgegne ich.

Er blickt mich überrascht an.

»Ach ja?«

»Sie halten sich bedeckt. Wie es, wenn ich Sie zitieren darf, zu den Bewohnern von Chalandri passt.«

Er lacht auf.

»Sie haben aber noch etwas anderes gesagt«, meine ich.

»Und was?«

»Dass wir Davakis die Aufnahme hätten zeigen sollen. Also, auf geht's!«

Da er nichts antwortet, weiß ich nicht, ob er seinen eigenen Vorschlag bereut oder ob er sich darüber freut, dass ich darauf eingehe. Jedenfalls fährt er den Kifissias-Boulevard stadteinwärts in Richtung Alexandras-Boulevard, und eine halbe Stunde später sind wir an der Acharnon-, Ecke Konstanta-Straße.

»Haben Sie etwas vergessen?«, wundert sich Meropi Davaki, als sie uns erblickt.

»Ja, aber es wird nicht lange dauern«, gebe ich zurück. »Ich möchte Ihrem Vater nur eine Fotografie zeigen.«

Erneut führt sie uns ins Wohnzimmer. Davakis verharrt immer noch in derselben Position wie vorhin und starrt auf den Fußboden.

Ich ziehe das Klassenfoto hervor und zeige es ihm.

»Herr Davakis, erkennen Sie vielleicht eins der Kinder auf dem Foto wieder?«

Er blickt die Aufnahme an, ohne sie in die Hand zu nehmen, und antwortet kurz angebunden: »Nein.«

»Sagt Ihnen vielleicht dieses Schulgebäude etwas?«

»Suchen Sie in Epirus«, lautet seine Antwort. »Es sieht aus wie eine Volksschule in den fünfziger Jahren in Epirus.«

In der Dürreperiode ist selbst der Hagel ein Segen. Wenigstens wissen wir jetzt, wo wir nach der Schule suchen müssen.

15

Bevor ich den Heimweg antrete, will ich noch schnell Gikas im Präsidium informieren, damit ich morgen Vormittag freie Hand habe.

Da ihm Stella meinen Besuch angekündigt hat, steht er bereits wartend in seinem Büro.

»Gibt's was Neues von den ›Griechen der fünfziger Jahre‹?«

Der anfängliche Spott hat sich verflüchtigt, und die Frage verrät seine große Anspannung.

»Nicht direkt, aber wir haben ein paar Indizien gefunden«, antworte ich und berichte, was uns Herr Davakis mit dem starren Blick erzählt hat.

»Glauben Sie, dass Nikitopoulos' Ermordung mit der Vergangenheit seines Vaters zu tun hat?«

»Theoretisch denkbar, aber irgendwie scheint es mir an den Haaren herbeigezogen. Wem sollte denn nach fünfzig Jahren plötzlich einfallen, den Sohn umzubringen, nur weil er mit dem Vater noch ein Hühnchen zu rupfen hat? Höchstens, dass der Täter seinen Rachedurst stillen wollte, bevor er selber endgültig abtritt. Aber auch das überzeugt mich nicht wirklich.«

»Dieser Jemand könnte die Sache seinem Sohn oder einem nahen Verwandten übertragen haben«, hält er mir entgegen, »oder sich mit etwas Geld auch einen Killer nehmen können. Es gibt hier genug Albaner oder Rumänen, die so etwas gern erledigen.«

Sein Gedankengang ist richtig. Jemand hätte Nikitopoulos locker von einem Auftragsmörder aus dem Weg räumen lassen und danach die Fotografie und das Bekennerschreiben im Internet posten können. Wobei der Mörder und derjenige, der das Bekennerschreiben veröffentlicht, nicht notgedrungen ein und dieselbe Person sein müssen.

»Und wie geht's jetzt weiter?«, fragt mich Gikas.

»Wir sollten Spyridakis rufen und uns Zugang zu Nikitopoulos' Konten verschaffen. Wenn Davakis' Thesen zutreffen, dann könnte uns ein Blick auf die Überweisungen weiterhelfen. Wir dürfen uns nicht nur an den ›Griechen der fünfziger Jahre‹ orientieren und bloß die Vergangenheit untersuchen. Vielleicht hat der Mord gar nichts damit zu tun, sondern mit Bestechungsgeldern aus Nikitopoulos' Zeit im Bildungsministerium.«

»Ich beantrage heute Abend noch Einsicht in Nikitopoulos' Konten bei der Staatsanwaltschaft«, meint Gikas.

Die öffentlichen Verkehrsmittel sind für mich zwar gratis, aber unpraktisch. Ich muss den Trolleybus bis zur Rigillis-Straße nehmen und dann die Rigillis hinunterlaufen bis zum Vassileos-Konstantinou-Boulevard, von wo ich einen weiteren Bus nehme, der mich in die Nähe unserer Wohnung bringt.

Die Aristokleous-Straße war noch nie eine Lichtermeile, aber jetzt ist sie aufgrund der Einsparungen stockdunkel. Ich biege um eine Ecke, als plötzlich ein Typ aus der Dunkelheit auf mich zuspringt. Sein Gesicht kann ich nicht deutlich erkennen, aber die gesamte Erscheinung sagt mir, dass es der Wachpolizist ist.

»Du und dein Busenfreund Sonaras habt dafür gesorgt, dass ich vom Dienst suspendiert werde. Nur, weil deine Tochter sich ein paar Maulschellen dafür eingefangen hat, dass sie sich mit Niggern einlässt. So läuft jetzt nämlich das Spiel: Griechen gegen Nigger.«

Ich habe keine Lust, auf seine Worte zu reagieren, und gehe einfach weiter. Doch er baut sich vor mir auf und versperrt mir mit seiner hünenhaften Gestalt den Weg.

»Ich hab keine Angst vor euch! Hörst du, was ich sage? Ich hab keine Angst vor euch! Ihr könnt mich auch entlassen, das ist mir egal. Ich finde problemlos eine Stelle bei einem Security-Dienst und kann dann tun und lassen, was ich will. Denn letztlich wäscht eine Hand die andere. Helfen dir deine Freundchen, so helfen mir meine. Was meinst du, wann war unser Land so richtig am Arsch? Unter Metaxas? Unter Papadopoulos? Nein, jetzt! Und ihr spielt in diesem Sumpf auch noch die Wachhunde. Aber die Stunde des Großreinemachens kommt bestimmt, und dann kriegt jeder das, was er verdient. Die Verbannungsinseln gibt's nach wie vor. Und die haben die Kommunisten nicht für sich gepachtet, da ist auch noch Platz für euch. Ihr seid mittlerweile sowieso ein und dieselbe Mischpoke.«

»Du tust, was du kannst, und ich tue, was ich kann«, sage ich ruhig. »Einer von uns beiden wird obenauf sein, und der andere untendurch.«

Normalerweise bin ich derjenige, der untendurch ist, aber das sage ich ihm nicht. Dann gehe ich an ihm vorbei auf unser Wohnhaus zu.

»Schöne Grüße ans Töchterchen«, ruft er hinter mir her.

Ich beiße die Zähne zusammen und antworte nichts. Dann

trete ich ins Wohnhaus und bleibe an der Treppe im Hausflur stehen. Ich atme tief durch, um meine Fassung wiederzuerlangen. Wenn ich in dem Zustand die Wohnung betrete, merkt Adriani sofort, dass etwas vorgefallen ist.

Morgen informiere ich zuallererst Sonaras und Gikas. Damit rechnet der Galgenvogel natürlich, und es kümmert ihn kein bisschen. Er hat sich ja offensichtlich mit seiner Entlassung aus dem Polizeidienst schon abgefunden. Das erklärt auch die Kaltblütigkeit, mit der er mir aufgelauert und mich attackiert hat. Nur gut, dass er sich auf einen verbalen Angriff beschränkt hat und ihm nicht die Idee kam, mich auf dieselbe Art und Weise wie meine Tochter zu behandeln.

Vielleicht hat er aber auch deshalb keine Angst, weil seine Genossen gute Beziehungen zur Polizei haben und er sich dadurch unangreifbar fühlt. Dann hätte er mich nicht aus persönlichen Gründen abgepasst, sondern um Macht zu demonstrieren und mich einzuschüchtern.

Morgen tritt der Fall Nikitopoulos jedenfalls in den Hintergrund, und wir müssen uns mit anderen Dingen beschäftigen.

Bevor ich den Schlüssel in die Wohnungstür stecke, setze ich ein breites Lächeln auf, um meine Verstörung und Anspannung zu verbergen. Ich trete ins Wohnzimmer, wo ich den engeren Familienkreis vorfinde: Adriani, Katerina und Fanis.

»Wie schön, dass die ganze Familie versammelt ist«, erkläre ich, immer noch mit dem breiten Lächeln auf den Lippen.

Sie blicken mich mit eisiger Miene an, und keiner scheint

in der Stimmung, meine – wenn auch künstliche – Freude zu teilen.

»Ist etwas passiert?«, frage ich, während mir das aufgesetzte Lächeln vergeht.

»Wir haben jedenfalls keinen Grund zur Freude«, erwidert Adriani kühl.

Meine Gedanken gehen sofort zu dem Wachpolizisten. Womöglich hat er, bevor er sich meine Person vorknöpfte, erneut Katerina angegriffen. Nur so lässt sich die eisige Stimmung erklären.

»Mach dir jetzt keinen Kopf, Adriani«, sagt Fanis zu ihr. »In unserer derzeitigen Lage ist das so etwas wie ein Kollateralschaden.«

»Was ist denn los?«, frage ich.

»Mein Vater musste seinen Laden zusperren.«

Ein neuerliches Schweigen untermauert die depressive Stimmung. Mir bleibt nichts anderes übrig, als weiterzufragen.

»Lief der Laden nicht mehr?«

»Das war nicht der einzige Grund. Gut, der Umsatz war eingebrochen, und der Laden trug sich nicht mehr. Aber der Hauptgrund waren die Steuern. Das lag ihm schwer auf der Seele. Jetzt hat er jemanden gefunden, der den Laden als Fast-Food-Restaurant betreiben möchte. Es schien ihm besser, den Laden zu schließen und neu zu vermieten, damit er wenigstens einen Teil der Steuerlast stemmen kann.«

»Siehst du, wie weit sie es getrieben haben?«, fragt mich Adriani.

Ich erspare mir die Antwort, um ihr keinen Vorwand zu bieten, ihren Frust wie gewohnt an mir auszulassen und die

Polizei zum Sündenbock zu stempeln. Nur, weil sie den Finanzminister immer noch nicht dingfest gemacht hat. Für heute reicht mir der Fascho im Pelz des Wachpolizisten, der mich »Wachhund in diesem Sumpf« genannt hat.

»Es ist weniger der geschlossene Laden als vielmehr, dass er keine Aufgabe mehr hat«, fährt Fanis fort. »Er ist nicht der Typ, der im Kafenion herumhängt. Und wenn er den ganzen Tag zu Hause bei meiner Mutter sitzt, muss ich bald mit ihm zum Psychiater. Er hat zwar noch diese Landparzelle, um die er sich an den Wochenenden kümmert, aber das ist eine Reminiszenz aus seiner Herkunft und nur ein Zeitvertreib. In seinem Alter kann er nicht wieder Landwirt werden.«

Wie hatte es mein Vater ausgedrückt? Die guten Nachrichten kommen tröpfchenweise, die schlechten eimerweise.

»Meiner Meinung nach sollten sie von Volos eine Weile nach Athen kommen. Ein Tapetenwechsel könnte nicht schaden«, sagt Katerina. »Sie haben eine Wohnung hier, sie haben uns und meine Familie ... Da werden sie sich leichtertun.«

»Nur, dass jetzt Mania und Uli in ihrer Wohnung leben«, wendet Fanis ein. »Mania hat ja ihre eigene Wohnung zum Büro umfunktioniert. Das hatten wir so besprochen, und das war auch richtig so.«

»Schön, dann sollen sich Mania und Uli eine Wohnung mieten. Die Preise sind ohnehin im Keller, und sie werden leicht etwas finden. Uli verdient jetzt Geld und kann die Hälfte der Miete übernehmen. Manias Anteil übernimmt das Büro.«

»Katerina, das hat keinen Sinn«, entgegnet Fanis. »Wenn meine Eltern in die Wohnung ziehen, müssen sie auch die

Immobiliensteuer und die Nebenkosten übernehmen, die jetzt Mania und Uli bezahlen. Ganz abgesehen davon, dass mein Vater nicht aus Volos wegwill. Dort hat er seine Freunde und Bekannten. In Athen kriegt er keine Luft.«

»Also gut, dann werden sie eben bei uns wohnen«, wirft Adriani ein. »Sie sollten sich den Anblick des Fast-Food-Lokals ersparen, das tut ihnen zu weh. So können sie erst mal zur Ruhe kommen und danach wieder nach Hause fahren.«

Sie wartet unsere Meinung gar nicht ab, sondern geht zum Telefon und ruft auf der Stelle Fanis' Mutter an.

»Sevasti, wir wissen Bescheid, Fanis hat uns alles erzählt. Es hat jetzt keinen Sinn, lang zu diskutieren. Wir haben beschlossen, dass du und Prodromos nach Athen kommt und bei uns wohnt. Ein bisschen Abstand wird euch guttun. Hier sind wir und die Kinder, und ihr seid nicht so allein. Und wenn es euch bessergeht, fahrt ihr wieder nach Hause.«

Sie lauscht Sevastis Antwort und fährt mit entschiedener Stimme fort: »Danke wozu? Hör doch auf! Wir sind eine Familie. Was für einen Sinn hat denn die Familie, wenn sie in schweren Zeiten nicht zusammenhält? Also, besprich dich mit Prodromos, und wir erwarten euch bei uns. Und wenn Prodromos was dagegen hat, sag Bescheid, dann spreche ich mit ihm.«

»In Ordnung, die Sache ist geritzt«, verkündet sie uns, nachdem sie den Hörer auf die Gabel gelegt hat. Wir starren sie nur sprachlos an.

Die Henne mit ihren Küken, sage ich mir. Anfangs hatten wir nur ein Küken, nämlich Katerina. Dann kam mit Fanis das zweite hinzu, und zusammen mit ihm auch die anderen beiden, Prodromos und Sevasti. Und dann ging es weiter mit Sissis und zuletzt mit Mania und Uli. Wenn sie so weitermacht, müssen wir bald ein größeres Hühnerhaus finden, denn es wird zu eng für uns alle. Aber bei dem Expansionstempo kommt bald nur noch das Obdachlosenasyl dafür in Frage.

»Wie hast du es bloß geschafft, meine Mutter zu überreden?«, fragt Fanis Adriani überrascht. »Ich hätte sie selbst nach einem stundenlangen Gespräch nicht so weit gebracht.«

»Frauen sind eben kreativ, Fanis«, erwidert sie mit einem befriedigten Lächeln. »Frauen bringen nicht nur Kinder, sondern auch Ideen auf die Welt.«

Damit ist die Diskussion beendet, und sie erhebt sich, um das Essen zu servieren. Kaum ist sie in der Küche verschwunden, bricht Katerina in Gelächter aus.

»Was ist so lustig?«, fragt Fanis.

»Sie hat für alles eine Erklärung«, entgegnet sie. »Uns braucht die nicht mal einzuleuchten, denn die Erklärung ist gar nicht für uns bestimmt, sondern für sie selbst, und das reicht ihr.«

Adriani kommt mit dem Essen herein. Sie hat grüne Bohnen zubereitet, garniert mit Schafskäse und Oliven.

»Gibt's heute gar keine Sardellen?«, frage ich sie – halb ironisch und halb, weil ich sie tatsächlich vermisse.

»Bei dieser unerträglichen Hitze machen Sardellen nur durstig«, antwortet sie.

Schon wieder hat sie eine Erklärung gefunden. Und während wir darüber lachen, vergessen wir auch unsere Sorgen.

16

B*ankrott, der: Bankbruch [aus it. banca rotta: zerbrochener Tisch des Geldwechslers, wohl aber eher bildlich als wörtlich zu verstehen. Dass dem zahlungsunfähigen Geldwechsler öffentlich der Wechseltisch zerschlagen wurde, ist nicht belegt], finanzieller Zusammenbruch, Zahlungsunfähigkeit; Konkurs, Pleite; geistiger, moralischer, politischer Bankrott.*

Keine der Bedeutungen passt zu Prodromos' Fall. Er ist nicht bankrottgegangen, sondern einfach nicht in der Lage, die Steuern zu zahlen, die wie ein Hagelschauer nach dem anderen über ihn hereinbrechen.

Die einzige Bedeutung, die man – nicht in Bezug auf Prodromos, sondern generell – gelten lassen kann, ist: geistiger, moralischer und politischer Bankrott. Wir haben vor den »modernen Sicherheitsbataillonen«, wie Sissis die Goldene Morgenröte nennt, und ihren Verbindungen in Polizeikreise kapituliert. Sie finden unsere Telefonnummern heraus, ihre Schläger attackieren unsere Kinder, und ihre Kumpel bei der Polizei lachen uns ins Gesicht. Und wenn wir sie zur Rede stellen, lauern sie uns auf und bedrohen uns. Das ist geistiger, moralischer und politischer Bankrott, wie er im Buche steht.

Adriani ist auf den Wochenmarkt gegangen, um Vorräte einzukaufen für den Besuch von Fanis' Eltern. Ich bin zu

Hause geblieben und möchte das Alleinsein noch ein Weilchen genießen.

Daher suche ich einen Lexikoneintrag, der besser zu Prodromos' Fall passt, und lande bei »Haradsch«.

Haradsch, der; – [zu türk. haraç – »Tribut, Kopfsteuer«]: früher der von allen Nichtmuslimen an die Moslems zu zahlende Tribut, wofür im Gegenzug der Militärdienst erlassen wurde.

Das ist das Problem von Prodromos und allen anderen Griechen, die der populären Redewendung folgend »ein Dach über dem Kopf« anstrebten. Sie haben nicht gemerkt, dass wir zur Türkenherrschaft zurückgekehrt sind und dass erneut eine Kopfsteuer eingetrieben wird. Nur dass es jetzt schlimmer ist als unter den Türken, denn damals entgingen wir mit dem Zehnten dem Militärdienst. Heute muss man zum Militär und darüber hinaus noch den Tribut entrichten.

Klar, wenn man die Politiker, die uns regieren, fragt, werden sie sagen, dass wir keine Kopfsteuer, sondern einen »Notgroschen« für die Rettung des armen Griechenland bezahlen. Damit spenden wir so etwas wie die traditionelle Totenspeise, die bei Begräbnissen und Seelenmessen verteilt wird.

Ich schlage das Dimitrakos-Wörterbuch zu und mache mich auf den Weg zur Bushaltestelle, um ins Präsidium zu fahren.

Mokka und Croissant verschiebe ich auf einen späteren Zeitpunkt und gehe schnurstracks zu Sonaras' Büro. Ich kann es kaum erwarten, endlich den gestrigen Vorfall loszuwerden.

»Was ist los?«, fragt er erschrocken, als ich hereinstürme.

Ich überspringe die Einleitungsfloskeln und erzähle ihm von meiner Begegnung mit dem Wachpolizisten in aller Ausführlichkeit. Während mir Sonaras zuhört, verfinstert sich seine Miene mit jedem meiner Worte noch etwas mehr.

Als ich mit meinem Bericht fertig bin, nimmt er den Telefonhörer zur Hand und bittet Stella um einen sofortigen Termin bei Gikas.

»Berichten Sie ihm den Vorfall, dann wird ihm vielleicht klar, in was für einem Schlamassel wir stecken«, meint er zu mir.

»Solche morgendlichen Überfälle gefallen mir ganz und gar nicht«, sagt Gikas, als wir in sein Büro treten. »Das kann nur etwas Unangenehmes bedeuten.«

Während ich die Geschichte noch mal von vorn erzähle, umwölkt sich seine Stirn. Als ich geendet habe, tut er genau dasselbe wie Sonaras. Er hebt den Telefonhörer ab und zitiert den ganzen Führungsstab herbei: Gonatas von der Antiterrorabteilung, Esperoglou von der Sondereinheit MAT und Lambropoulos von der Computerkriminalität.

Nachdem alle am Konferenztisch Platz genommen haben, gebe ich die historische Begebenheit mit dem Wachpolizisten zum dritten Mal zum Besten. Der einzige Unterschied zu den letzten beiden Versionen ist die Reaktion, die folgt: nämlich kein Telefonat, sondern betretenes Schweigen.

»Ist Ihnen klar, was das bedeutet?«, fragt Gikas in die Runde. »Wenn ein vom Dienst suspendierter Mann von der Wachpolizei es wagt, einem Kollegen aufzulauern und ihn zu beschimpfen, ist die Lage außer Kontrolle.« Er hält inne und sagt zu Sonaras: »Sie laden ihn morgen zu einer zweiten

Anhörung vor, und dann schließen wir ihn endgültig aus dem Polizeikorps aus. Wir müssen seinen Gesinnungsgenossen zeigen, dass sie damit nicht durchkommen.«

Esperoglou blickt ihn skeptisch an und beschließt, den Mund aufzumachen.

»Wenn Sie ihn aus dem Polizeidienst entlassen, werden wir einen großen Teil der Kollegen gegen uns haben«, sagt er zu Gikas.

»Was reden Sie da, Grigoris? Sollen wir so tun, als hörten, sähen und wüssten wir nichts? Nur, damit seine Kumpels nicht unglücklich sind?«

»Es ist doch so, dass die Wachpolizisten die Drecksarbeit machen«, erwidert Esperoglou. »Kann sein, dass sie aufgeplusterte Muskelprotze sind, aber die halten den Kopf hin, wenn's hoch hergeht. Wenn wir sie gegen uns aufbringen, werden sie nur noch Dienst nach Vorschrift tun. Und das Land kann derzeit keine solchen Spielchen gebrauchen.«

»Glauben Sie, dass sie uns nicht mehr grüßen, wenn wir jemanden bestrafen, der sich unverantwortlich verhalten hat – zuerst beim Angriff auf die Tochter eines Kollegen, dann auf den Kollegen selbst?!«, sagt Gonatas.

Esperoglou wählt mich als Rettungsanker. »Tut mir leid, Kostas, wenn ich das jetzt sage«, meint er entschuldigend. »Ich verstehe deinen Ärger und bezweifle nicht, dass alles so passiert ist, wie du es beschrieben hast. Mit dem Vorgehen dieses Schweinehunds bin ich natürlich nicht einverstanden. Aber ich habe die Verantwortung für jede Kundgebung, jede Demonstration und jeden Protestmarsch. Und ich weiß, dass ich ohne diese Leute meine Aufgabe nicht bewältigen kann.«

»Grigoris hat recht«, sage ich zu Gikas. Er hat nicht erwartet, dass ich Esperoglou zustimme, und starrt mich mit offenem Mund an. »Wenn Sie ihn zu der Anhörung vorladen, wird er alles abstreiten, und ich habe keinen Zeugen, um das Gegenteil zu beweisen. Er wird sagen, dass ich mich bloß an ihm rächen will. Wenn Sie ihn trotzdem aus dem Polizeidienst entlassen, werden nicht nur seine Kumpels, sondern auch alle anderen glauben, dass Sie ihn meinetwegen ungerecht behandeln. Das ist weder für mich noch für das Polizeikorps gut.«

»Ich könnte es nicht besser formulieren«, bemerkt Esperoglou und wirft mir einen dankbaren Blick zu.

»Gut, dann höre ich Ihre Vorschläge«, sagt Gikas.

»Der Vorschlag wäre: stillhalten«, meint Lambropoulos. »Wir unternehmen nichts, sondern überwachen diskret jede seiner Bewegungen und vor allem sein Telefon.«

»Welches Telefon?«, unterbricht ihn Gikas. »Der hat sich doch gleich ein neues Telefon auf den Namen seiner Schwiegermutter oder seines Schwiegervaters oder seines Trauzeugen geholt, weiß der Kuckuck.«

»Das ist kein Problem«, mischt sich Sonaras ein. »Wir kennen seine Sippschaft und werden sie überwachen.«

»Ich bin der Meinung, dass er glauben wird, Kostas hätte sich nicht getraut, die Sache anzuzeigen, wenn er sieht, dass nichts passiert. Dann wird er Mut fassen. So können wir seine Amigos dingfest machen und auch herausfinden, mit wem von der Polizei er ganz dicke ist«, meint Lambropoulos.

»Sie haben mich überzeugt. So werden wir vorgehen«, lautet Gikas' Fazit am Schluss der Besprechung.

»Übrigens«, meint Gikas noch, bevor ich sein Büro verlasse. »Wir haben die staatsanwaltliche Genehmigung für die Einsicht in Nikitopoulos' Konten.« Das ging ja schnell, denke ich zufrieden.

Ich gehe kurz bei Koula vorbei, um zu sehen, ob sie die Schule in Epirus ausfindig machen konnte. Sie sitzt mit der Nase dicht am Bildschirm.

»Geben Sie mir noch eine halbe Stunde, dann kann ich Ihnen mehr sagen«, meint sie.

Die halbe Stunde passt mir gut, denn so habe ich Zeit, in die Cafeteria hinunterzufahren und mir Kaffee und ein Croissant zu holen. Bis auf eine Gruppe uniformierter Beamter, die plaudernd an einem der Tische sitzt, ist die Cafeteria leer. Sie blicken zu mir herüber. Wer von ihnen weiß von dem gestrigen Vorfall?, frage ich mich. Vielleicht einer, vielleicht zwei, vielleicht auch gar keiner.

Rasch verscheuche ich den Gedanken. Wenn mir jeder x-beliebige Polizist verdächtig erscheint, könnte sich das zu einem regelrechten Verfolgungswahn auswachsen.

Während ich in aller Ruhe mein Croissant esse, um Koula genügend Zeit zu geben, denke ich über das Gespräch in Gikas' Büro nach. Ich kann es mir nicht leisten, mir unter den Kollegen noch mehr Feinde zu machen. Ich weiß, dass vielen, auch wenn sie es nicht offen sagen, meine Tochter ein Dorn im Auge ist, weil sie Zuwanderer verteidigt. Wenn der Wachpolizist meinetwegen entlassen wird, ohne dass ich Beweise für seine Drohung habe, wird ihre Antipathie noch weiter anwachsen. Nicht nur gegen Katerina, sondern auch gegen mich selbst. Und wenn du weißt, dass ein Teil der Belegschaft dich nicht leiden kann und es dir auch noch deutlich zu verstehen gibt, kann das für deine Arbeit äußerst unangenehm sein.

Jedenfalls bin ich überzeugt, dass die Entscheidung richtig ist, selbst wenn die Gesinnungsgenossen des Wachpolizisten glauben werden, dass ich die Hosen voll habe. Sonaras ist gut organisiert und wird nicht so schnell aufgeben. Er wird Hinweise sammeln und sie dann am Schlafittchen packen, wenn er so weit ist.

Ich trinke den letzten Schluck von meinem Kaffee und gehe dann zu meinen Assistenten. Koula lehnt sich in ihrem Bürostuhl zurück und blickt mich triumphierend an.

»Ich weiß jetzt, wo die Schule liegt«, sagt sie. »In einem Dorf bei Papingo.«

Die Gegend kenne ich gut. Es handelt sich um eine jener Schulen, die während des Bürgerkriegs im Zuge des Marshallplans errichtet wurden – einerseits wollte der Staat den Bewohnern damit signalisieren, dass er sich sogar in Kriegszeiten für die Bildung der Kinder starkmacht, andererseits zielte er darauf ab, den Kindern von klein auf eine nationale Gesinnung einzuimpfen.

»Ich habe da noch eine Überraschung für Sie«, sagt Koula und überreicht mir einen Ausdruck.

»Was ist das?«

»Eine Namensliste der Schüler. Damit Sie nicht sagen, dass uns die EU nur Unglück bringt. Das stimmt zwar, aber sie gibt uns auch Geld, damit wir Schülerlisten auf Mikrofilmen archivieren können. Schauen Sie mal auf Seite drei.«

Ich blicke hin und lese den Namen »Charalambos Makridis«.

»Das muss ein Verwandter von Makridis sein«, sage ich zu Koula.

»Vom Alter her passt es, aber soll ich Ihnen meine Meinung sagen?«

»Ja, Sie sind ja heute mein Glücksbringer.«

»Mein kleiner Finger sagt mir, dass es Makridis' Vater ist. Er könnte durchaus eins der Kinder auf der Aufnahme sein. Vermutlich wurde sie aus dem Grund gepostet.«

»Stimmt, das wäre folgerichtig.«

Ich blättere die Namensliste durch in der Hoffnung, auf den Namen »Nikitopoulos« zu stoßen, aber vergeblich. Eigentlich war es eine spontane Eingebung. Nikitopoulos' Eltern stammten vom Peloponnes. Was sollte er in Epirus zu schaffen haben?

Als mein prüfender Blick nach einem neuerlichen Durchgang wieder zum Anfang der Liste zurückspringt, bleibt er am Namen »Gonatas« hängen. Ich frage mich, ob diese Person mit unserem Gonatas etwas zu tun haben könnte. Vielleicht ist es bloß eine Namensgleichheit, aber ich vergebe mir nichts, wenn ich nachfrage.

Ich melde mich telefonisch bei ihm und stehe kurz darauf in seinem Büro.

»Ist vielleicht ein Verwandter von Ihnen in Papingo in die Volksschule gegangen?«

»Ja, mein Vater«, antwortet er sofort. »Er hat dort die Volksschule besucht.«

»Hatte er einen Mitschüler namens Makridis? Das könnte nämlich der Vater des Selbstmörders sein.«

Er begreift sofort, worauf ich hinauswill. »Warten Sie, ich frage ihn gleich direkt. Mein Vater lebt immer noch in Papingo.« Er greift nach dem Telefon. »Hallo, Vater, kann ich dich was fragen? Kannst du dich erinnern, ob du in der Volksschule einen Mitschüler hattest, der Makridis hieß?«

Als er die Antwort vernimmt, meint er zu mir: »Hieß er Lambis?«

»Ja, Charalambos.«

Gonatas wiederholt den Namen und lauscht den Worten seines Vaters.

»Bleib dran«, sagt er zum Schluss und meint zu mir: »Er erinnert sich an Lambis und daran, dass er irgendwann als Gastarbeiter nach Deutschland gegangen ist. Von der Familie ist keiner mehr im Ort, und er weiß nicht, wohin sie gezogen sind.«

»Fällt ihm möglicherweise jemand ein, der mit ihm befreundet war und ihn besser kannte?«

Gonatas wiederholt meine Frage und sagt dann: »Gut, ruf mich zurück.«

Dann erklärt er mir: »Er denkt darüber nach und meldet sich wieder.«

Ich könnte bei der deutschen Polizei anfragen, aber die griechische Vergangenheit von Makridis senior scheint mir interessanter als sein Leben in Deutschland.

»Glauben Sie, dass Ihnen die Information weiterhilft?«, fragt mich Gonatas.

»Eins der Kinder auf der Fotografie muss Makridis' Vater sein. Ob mich diese Erkenntnis allerdings weiterbringt, ist noch fraglich. Vielleicht kann ich aber von da die ganze Geschichte aufrollen.«

Das Klingeln des Telefons unterbricht uns. Gonatas hört seinem Vater zu und fragt ihn dann: »Kannst du dich an die

Fachrichtung erinnern? Gut, Vater. Vielen Dank für deine Hilfe!«

Er legt auf und wendet sich mir zu.

»Meinem Vater ist ein gewisser Langadas, Vorname Nikos oder Pavlos, eingefallen. Er war der Einzige aus dem Dorf, der es zu einem Studienabschluss gebracht hat. Wenn er sich recht erinnert, ist er ein bekannter Arzt geworden, aber er weiß nicht mehr, welche Fachrichtung.«

»Macht nichts, das finden wir im Internet. Wenn Koula es nicht schafft, dann vielleicht Lambropoulos. Vielen Dank, Thanassis.«

»Sie wissen ja, bei Ermittlungen braucht man immer auch ein Quentchen Glück.«

Ich eile in Koulas Büro.

»Machen Sie mir einen Arzt ausfindig, Dr. Nikos oder Pavlos Langadas. Mehr weiß ich auch nicht.«

Ungeduldig bleibe ich neben Koula stehen und verfolge ihre Spurensuche im Internet. Langadas muss tatsächlich ziemlich prominent sein, da Koula keine fünf Minuten braucht, um ihn zu finden. Pavlos Langadas ist ein Herzchirurg, der in den USA studiert und in Houston gearbeitet hat. Als aktueller Arbeitsplatz wird das Onassis-Herzzentrum angeführt.

»Ruf im Onassis-Herzzentrum an und sag, dass wir Langadas sprechen müssen«, sage ich zu Vlassopoulos.

Der greift sofort zum Telefonhörer und berichtet mir kurz darauf: »Langadas ist nicht mehr als Herzchirurg aktiv, er ist in Rente gegangen.«

»Dann frag nach, ob sie seine Adresse haben.«

»Er wohnt in Voula, in der Nireos-Straße«, informiert mich Vlassopoulos nach einem weiteren kurzen Telefonat.

»Fahren wir, und beten wir zum Himmel, dass Langadas etwas über Makridis senior sagen kann. Sonst müssen wir nach Epirus und ganz Papingo auf den Kopf stellen.« Und zu Koula sage ich: »Stella soll Spyridakis den staatsanwaltlichen Bescheid zur Einsicht in Nikitopoulos' Konten schicken. Und dann geben Sie Spyridakis Bescheid, dass er die Konten von Nikitopoulos, seiner Ehefrau und dem Nachhilfeinstitut durchforsten soll. Es ist dringend!«

Der Streifenwagen wartet schon vor dem Präsidium, und wir fahren sofort los. Ich kann es kaum erwarten, diesen Langadas kennenzulernen.

17

Vlassopoulos fährt am Zappeion-Palais vorbei und von dort auf den Vouliagmenis-Boulevard. Die Wahl der Fahrtroute erweist sich als richtig, denn die Verkehrslage hier ist entspannt, und so erreichen wir in Kürze die Alimou-Straße.

»Da musste erst die Krise kommen, damit der Verkehr endlich fließt«, sagt er zu mir. »Nun können wir uns sogar die Sirene sparen.«

Zwanzig Minuten später kommen wir schon in Voula an. Langadas' Wohnhaus liegt in der Nireos-Straße und ist ein zweistöckiges Gebäude mit Garten aus der Zeit, da Voula noch eine Sommerfrische war. Als wir an der Klingel läuten, erwarten wir die obligate Asiatin. Doch zu unserer großen Überraschung öffnet uns ein kleingewachsener Mittsiebziger im Anzug und mit Fliege. Er stellt sich als Pavlos Langadas vor. Wir folgen ihm durch einen gepflegten Vorgarten, der erstaunlicherweise keine Bäume, aber eine Vielfalt von Blumen aufweist.

Das Haus hat keinen Flur. Man tritt direkt in einen großen Raum, der Wohn- und Speisezimmer zugleich ist. Das Mobiliar ist so altmodisch, dass man es nicht einmal mehr auf dem Flohmarkt in Monastiraki finden würde. Solche Dinge kann man nicht mehr kaufen, sondern nur noch erben.

Langadas weist uns rechts über eine Treppe den Weg in

ein riesiges Büro. Zwei Wände sind bis oben hin mit Bücherregalen bedeckt, während sich hinter dem Schreibtisch eine Glasfront erstreckt, die auf eine Terrasse hinausführt. Mein Blick fällt auf ein paar Baumwipfel. Die Bäume, die ich zuvor vermisst hatte, befinden sich also im hinteren Teil des Gartens.

»Womit kann ich Ihnen dienen?«, fragt Langadas, während er an seinem Schreibtisch Platz nimmt und auf die beiden Sessel gegenüber deutet.

Unsere Namen und Dienstränge interessieren ihn gar nicht. Für ihn sind wir bloß zwei Polizisten, die von ihm irgendwelche Auskünfte wollen.

»Wir haben erfahren, dass Sie in Papingo die Volksschule besucht haben«, beginne ich.

»Ja, Papingo ist mein Heimatdorf und der Ausgangspunkt meiner Laufbahn«, erwidert er lächelnd.

Ich ziehe das Klassenfoto aus der Jackentasche und überreiche es ihm.

»Erkennen Sie auf dieser Aufnahme vielleicht ein paar Kinder wieder?«

Er nimmt sie in die Hand und betrachtet sie aufmerksam.

»Das bin ich«, sagt er amüsiert und zeigt uns einen Jungen, der vorne in der Mitte steht. »Und das hier ist Lambis.«

»Meinen Sie Charalambos Makridis?«, frage ich.

»Genau. An Lambis kann ich mich erinnern, weil wir damals eng befreundet waren.«

»Wissen Sie vielleicht, was aus Makridis geworden ist?«, fragt Vlassopoulos.

Langadas hebt ratlos die Hände. »Wenn man in Armut lebt, braucht man vor allem etwas Glück. Ich hatte es, Lambis nicht. Wir sind bis zur dritten Klasse zusammen ins Gymnasium gegangen. Nach dem Tod seines Vaters hat Lambis die Schule abgebrochen, weil er die Familie ernähren musste. Schließlich war er das älteste Kind und auch noch ein Junge. Mein Vater hatte etwas Geld, und so konnte ich ein Universitätsstudium absolvieren. Als ich meinen Facharzt machte, kam Lambis mich einmal besuchen. Er erzählte mir, dass er als Gastarbeiter nach Deutschland gehen wolle, weil er nicht mehr weiterwusste. Er war am Boden zerstört. Da seine Familie eine linke Vergangenheit hatte, verlangte man von ihm eine Reueerklärung als Voraussetzung für die Ausstellung eines Reisepasses. Ich erinnere mich noch genau an seine Worte. ›Nicht genug damit, dass mein Land mich nicht ernähren kann. Fortgehen lässt es mich auch nicht‹, hat er voller Bitterkeit gesagt.«

Nach einer kleinen Pause fährt Langadas fort: »Deshalb erwähnte ich vorher das Glück. Ich stamme aus einer politisch rechten Familie und hatte kein Problem, mir ein Stipendium zu sichern und in die USA zu gehen. Lambis wurde selbst dafür gedemütigt, dass er in Deutschland arbeiten wollte.« Er hält inne und blickt mich an. »Sehen Sie, wie ich gekleidet bin? Mit Anzug und Fliege. Finden Sie das nicht etwas übertrieben?«

Mit dieser Frage bringt er mich in Verlegenheit, und ich hülle mich lieber in Schweigen.

»Doch, bestimmt. Aber Sie genieren sich, es mir zu sagen«, meint er ganz offen. »Mit dem ersten Gehalt, das ich nach meinem Medizinstudium in den USA verdiente, habe ich mir einen Anzug und eine Fliege gekauft. Ich wollte so aussehen wie einer meiner Universitätsprofessoren für Innere

Medizin, den ich sehr schätzte. Meine Kollegen in Houston haben mich deswegen belächelt, aber ich war sehr stolz darauf. Ich spürte, dass ich gleich zwei Leitern hinaufgeklettert war: die wissenschaftliche und die soziale. So sind Anzug und Fliege zu meinem Markenzeichen geworden, auf das ich nicht mehr verzichten möchte.«

Mit einem feinen Lächeln wartet er auf meine Reaktion, die aber wieder ausbleibt.

»Ich ging also nach Amerika und Lambis nach Deutschland. Und seitdem ist unser Kontakt abgebrochen. Irgendwann habe ich gehört, dass er in Deutschland gestorben ist.«

»Und sein Sohn hat Selbstmord begangen.«

Das sage ich ganz unvermittelt, um zu sehen, wie er darauf reagiert.

»Selbstmord? Wo? In Deutschland?«

»Nein, hier in Griechenland.«

»Wissen Sie, warum?«

»Er wollte Geschäfte in Griechenland machen, und man hat ihm nur Steine in den Weg gelegt. Anscheinend war das der Grund.«

»Also, ich habe ihn ja nie kennengelernt, aber manche Familien haben ein schockierend tragisches Schicksal. Das muss selbst ich als rationaler Wissenschaftler sagen.«

Ich beschließe, ihm reinen Wein einzuschenken, denn das Versteckspiel hat keinen Sinn. Ich erzähle ihm von dem Brief, den die »Griechen der fünfziger Jahre« an die deutsche Botschaft geschickt haben.

»Gibt es irgendeinen Zweifel daran, dass Makridis Selbstmord begangen hat?«, fragt mich Langadas.

»Absolut keinen. Makridis hat sich zweifellos umgebracht.«

»Dann handelt es sich um einen schlechten Scherz.«

»Das haben wir anfangs auch angenommen. Sagt Ihnen der Name Chronis Nikitopoulos etwas?«

»Nein, den höre ich zum ersten Mal«, entgegnet er, ohne zu zögern.

Dann beschreibe ich ihm Nikitopoulos' Mordfall in allen Einzelheiten. Das Einzige, was ich verschweige, ist die Smith & Wesson. Er hört mir ruhig und aufmerksam zu.

»Sie haben recht, es kann sich nicht um einen Scherz handeln«, meint er, als ich fertig bin. »Mit dem Klassenfoto wollen sie eine Botschaft vermitteln. Aber welche?« Er überlegt und fährt dann fort: »Diese ›Griechen der fünfziger Jahre‹ müssen mein Jahrgang sein.«

»Genau.«

»Glauben Sie, dass Menschen über siebzig die Chuzpe und die Kraft haben, eine Mordserie zu organisieren?«

»Das ist zwar nicht auszuschließen, aber sehr wahrscheinlich ist es nicht.«

Er lacht auf. »Zum Glück sind wir nicht in Amerika und Sie nicht beim FBI. Sonst würden Sie nun sämtliche Bürger von siebzig an aufwärts kontrollieren. Tut mir leid, dass ich Ihnen nicht helfen kann«, ergänzt er und erhebt sich zum Zeichen, dass er den Besuch für beendet erachtet.

»Immerhin konnten wir mit Ihrer Hilfe klären, dass einer der fotografierten Schüler Makridis' Vater ist.«

Wenn wir jetzt noch klären könnten, warum man uns die Aufnahme geschickt hat, wären wir noch einen Schritt weiter. Aber man kann nicht alles haben.

18

Guter Stimmung kehre ich ins Präsidium zurück, doch die Journalistenmeute, die mir vor meinem Büro auflauert, verdirbt mir gleich wieder die Laune.

Merikas, Sotiropoulos' Nachfolger, startet die Attacke. »Wer sind die ›Griechen der fünfziger Jahre‹?«, fragt er.

Mit dem alten Fuchs Sotiropoulos habe ich so manchen Strauß ausgefochten, weil er mich gerne provozierte. Doch das war mir hundertmal lieber als Merikas' Dummdreistigkeit. Abgesehen davon zauberte der linke Aktivist Sotiropoulos auch immer interessante Informationen aus dem Hut.

»Wenn wir das wüssten, säßen sie schon im Gefängnis«, antworte ich kühl.

»Und wieso haben Sie uns nicht gesagt, dass Nikitopoulos mit einer Pistole aus den fünfziger Jahren ermordet wurde?«, mischt sich die Bohnenstange ein.

»Bei unserem letzten Treffen wollte ich Ihnen über den Mord an Nikitopoulos berichten, aber seine Person war Ihnen ja keine Nachricht wert«, erwidere ich.

»Der Herr Kommissar hat ganz recht, genau so war's«, schaltet sich die Kurze mit den ausnahmweise nicht rosa bestrumpften Beinen ein. Da muss die Bohnenstange klein beigeben. Und der junge Mann im T-Shirt meint versöhnlich: »Okay, unser Fehler. Aber können Sie uns jetzt trotzdem etwas darüber verraten?«

Ich liefere ihnen einen detaillierten Bericht, der bis auf Nikitopoulos' Kontobewegungen alles Wichtige enthält. Über die »Griechen der fünfziger Jahre« und über die Pistole wissen sie ohnehin durch ihre Zuträger Bescheid. Ob die nun im Präsidium oder in der Gerichtsmedizin sitzen, wird man wohl nie herauskriegen.

»Haben Sie auch die Möglichkeit im Auge, dass es eine Terrororganisation sein könnte?«, fragt Merikas.

»Komm schon, mein Guter. Hast du schon mal eine Terrorgruppe gesehen, die aus lauter Alten besteht?«, spottet die Bohnenstange, die Merikas gerne an den Karren fährt.

»Momentan laufen die Ermittlungen auf Hochtouren und sind vollkommen offen«, antworte ich beiden. »Ich halte Sie auf dem Laufenden, sobald wir mehr wissen.«

Als sie merken, dass nichts mehr für sie herausspringt, ziehen sie ab. Darauf hat Spyridakis anscheinend nur gewartet. Sobald die Reporter weg sind, stürmt er in mein Büro.

»Ich habe alle Konten durchforstet«, sagt er ohne Umschweife.

Da ich weiß, wie rasch er arbeitet, macht mir das keinen großen Eindruck.

»Und was haben Sie gefunden?«

»Zunächst einmal gibt es das Konto des Nachhilfeinstituts Chronos. Das ist ein normales Geschäftskonto, mit Einnahmen aus den Kursgebühren und Zahlungen an das Lehrpersonal sowie den laufenden Kosten. An diesem Konto ist Nikitopoulos' Frau nicht beteiligt, unterschriftsberechtigt ist eine gewisse Konstantina Steriadi.«

»Die Sekretärin des Nachhilfeinstituts. Offenbar hat die Steriadi die Buchhaltung übernommen.«

»Auf sie komme ich noch zurück«, sagt er und fährt fort: »Das Konto von Panajota Kalokyri, Nikitopoulos' Witwe, weist nur Zahlungseingänge aus der Vermietung einer ihrer Wohnungen in der Ethnikis-Antistasseos-Straße in Chalandri auf.«

»Es gibt also keine Verdachtsmomente.«

»Eine Sache ist allerdings seltsam, und zwar betrifft es Konstantina Steriadis Konto«, legt er mir dar. »Koula hat mir gesagt, dass die Steriadi nicht nur Sekretärin am Nachhilfeinstitut, sondern auch eine enge Freundin der Familie sei. Da habe ich mir überlegt, dass auch ihr Konto interessant sein könnte. Beim Staatsanwalt habe ich dafür telefonisch eine vorläufige Genehmigung eingeholt.«

»Und was ist dabei rausgekommen?«

»Noch nichts Konkretes, aber zwei Dinge sind mir aufgefallen: Erstens hat die Steriadi ein sehr gut gefülltes Konto, wenn man bedenkt, dass sie bloß Sekretärin ist und kein nennenswertes Privatvermögen besitzt.«

»Wie haben Sie das alles in so kurzer Zeit herausgefunden?«, frage ich, nun doch perplex.

Er lacht auf. »Das war kein großer Aufwand, sondern reine Routine. Interessant daran ist, dass es neben den hohen Summen regelmäßige Überweisungen nach Großbritannien gibt.«

»Großbritannien? Dort lebt doch Nikitopoulos' Sohn.«

»Genau. Es fließen also Summen auf ihr Konto, die sie dann an Nikitopoulos' Sohn überweist. Die Frage ist nur, von wem sie das Geld bekommt. Es wird in bar eingezahlt und nie mehr als zehntausend Euro pro Zahlung, damit die Bank nicht wegen Schwarzgeldverkehr hellhörig wird.«

»Vielleicht stammt es von Nikitopoulos.«

»Möglich, aber hat er der Steriadi so blind vertraut? Geld entzweit ganze Familien, und da soll er einer Freundin so hohe Summen anvertrauen?«

»Der schnellste Weg zum Ziel ist, sie selber zu fragen.«

»Wann?«

»Jetzt gleich. Das Gespräch werden – als sachlich zuständiger Beamter – Sie führen.«

Ich finde es besser, nicht mit dem Streifenwagen zu fahren, sondern mit dem Seat, damit es nicht wie ein offizieller Besuch aussieht. Außerdem werden für Dienstfahrten die Benzinkosten übernommen. Die Frage ist nur, wann.

Anscheinend ist die Straße vor dem Nachhilfeinstitut der Lieblingsplatz der Nachbarskinder, denn auch heute spielen sie dort.

Die Steriadi sitzt wie immer in ihrem Büro. Sie scheint nicht überrascht zu sein, als wir zu zweit bei ihr auftauchen. Ich mache die beiden miteinander bekannt, und Spyridakis ergreift das Wort.

Er erklärt der Steriadi, dass es sich im Zuge der Ermittlungen als notwendig erwiesen habe, die Konten des Nachhilfeinstituts sowie von Nikitopoulos und seiner Frau zu überprüfen, und in der Folge habe man sich auch ihres angesehen.

»Wenn Sie die Rechtmäßigkeit unseres Vorgehens anzweifeln, kann ich Ihnen den Namen des Staatsanwalts geben, der die Genehmigung erteilt hat«, erklärt er der Steriadi.

»Nicht nötig, ich glaube Ihnen«, erwidert sie knapp und ungerührt.

»Auf Ihrem Konto gibt es eine Reihe von Einzahlungen über jeweils zehntausend Euro. Die Steuerfahndung möchte gern wissen, woher dieses Geld stammt.«

Wortlos zieht die Steriadi eine Schublade ihres Schreibtisches auf, holt ein Schriftstück hervor und überreicht es Spyridakis. Während er sich darin vertieft, beuge ich mich über seine Schulter, um zu sehen, worum es sich handelt.

Es ist ein Vertrag über zehntausend Euro zwischen Polychronis Nikitopoulos als Darlehensgeber und Konstantina Steriadi als Darlehensnehmerin.

»Das hier ist der letzte«, sagt die Steriadi zu Spyridakis. »Zu Hause habe ich noch weitere. Wenn es Sie interessiert, kann ich sie holen.«

»Darf ich fragen, aus welchem Grund Sie sich so viel Geld geliehen haben? Für einen Haus- oder Wohnungskauf hätten Sie doch einen Bausparkredit aufnehmen können.«

»Das geht Sie gar nichts an«, antwortet die Steriadi abweisend. »Vielleicht habe ich mir das Geld für eine Reise geliehen, vielleicht auch für Klamotten oder Schmuck. Es handelt sich um eine vertraglich geregelte Angelegenheit. Chronis Nikitopoulos hat mir ein Darlehen gegeben, und ich habe es ihm zurückbezahlt.«

»Nicht ihm selbst, sondern auf ein britisches Konto.«

»Ja, auf das Konto seines Sohnes, der dort lebt und arbeitet.«

»Wissen Sie, ob die Summen, die Sie sich geliehen und ins Ausland überwiesen haben, in Nikitopoulos' Steuererklärung berücksichtigt sind?«

»Nein. Da müssen Sie seine Frau fragen.«

»Wie haben Sie das Geld von Nikitopoulos bekommen?«

»In bar.«

»Und ist es Ihnen nicht seltsam vorgekommen, dass er Ihnen das Geld nicht auf Ihr Konto überwiesen hat?«

»Hören Sie, wenn Ihnen jemand freundlicherweise Geld leiht, werden Sie ihn nicht fragen, warum er es Ihnen in bar gibt und nicht per Banküberweisung. Sie nehmen es einfach und sagen Danke schön«, meint die Steriadi frostig.

Damit hat sie Spyridakis mundtot gemacht.

»Möglicherweise muss ich noch einmal auf Sie zurückkommen«, sagt er schließlich, um zu signalisieren, dass er ihren Ausführungen nicht traut.

»Ich stehe Ihnen jederzeit zur Verfügung«, erwidert die Steriadi reserviert, und kurz darauf verabschiedet sie uns.

»Was für Schlüsse ziehen Sie daraus?«, frage ich Spyridakis, als wir wieder im Seat sitzen.

»Dass Nikitopoulos Schmiergelder angenommen hat. Um das zu vertuschen, hat er sich diesen Trick mit einer Person seines Vertrauens ausgedacht. Ich gehe davon aus, dass er die Gelder nicht versteuert hat – das werde ich gleich überprüfen. Damit kommt seine Familie jedoch nicht einfach so davon. Das Finanzamt wird die Steuer nachträglich berechnen, und seine Erben werden sie bezahlen müssen, wenn sie die Erbschaft annehmen, wovon ich ausgehe. Auf jeden Fall hat er einen äußerst cleveren Weg gefunden, Schwarzgeld an der Steuer vorbeizuschleusen. Hut ab!«

»Ja, schon, aber er hätte es auch in einer fiktiven Offshorefirma platzieren können«, bemerke ich, um zu zeigen, dass auch ich Ahnung habe und nicht völlig auf dem Schlauch stehe.

Spyridakis muss lachen.

»Offshorefirmen sind das Erste, wonach wir suchen, auch wenn es uns eine Menge Zeit kostet.«

»Warum?«

»Weil es mehr Offshorefirmen vor den griechischen Stränden gibt als Badegäste«, entgegnet er. Dann fragt er mich: »Und welche Schlüsse haben Sie gezogen?«

»Dieselben wie Sie. Dass er Bestechungsgelder kassiert hat, was er auf diese Art und Weise vertuscht hat. Und das ging munter weiter, auch nach seinem Abgang vom Ministerium. Das heißt, dass er an vielen Nachhilfeinstituten eine Art stiller Teilhaber war.«

Es liegt nahe, dass einer der von ihm Geschröpften genug hatte und einen Auftragskiller angeheuert hat. Diese logische Schlussfolgerung hat jedoch einen Schwachpunkt: Sie liefert keine Erklärung für die Waffe aus den fünfziger Jahren. Natürlich hätte der Killer uns damit bewusst in die Irre führen können. Aber Auftragsmörder geben sich nicht mit solchen Feinheiten ab.

19

Ich klammere mich an den Haltegriff und schwanke bei jeder abrupten Bremsung des Busses vor und zurück. Gleichzeitig versuche ich, alle bisher eingeholten Informationen und auch meine Gedanken zu ordnen.

Was unterscheidet Langadas und Makridis von mir? Alle drei stammen wir aus Epirus, sie aus dem Dorf Papingo, ich aus der Kleinstadt Konitsa. Und alle drei sind wir in Armut aufgewachsen. Aber Langadas hat recht. Es gab zwei Faktoren, die unsere Zukunft bestimmten: Glück oder Pech.

Langadas hatte das meiste Glück von uns allen und schaffte den Sprung von Papingo nach Amerika. Nicht als einfacher Auswanderer, sondern als Student, der später eine medizinische Koryphäe werden sollte. Obwohl ich schon weniger Glück hatte, schaffte ich den Sprung an die Athener Polizeischule, da mein Vater Offizier war. Makridis hatte Pech, weil er aus einer linken Familie stammte. Damals war das eine Art unheilbare Krankheit. So, als wäre man mit dem Downsyndrom geboren. Makridis packte seine Siebensachen und ging, auf der Suche nach Heilung, nach Deutschland.

Schön und gut, aber was haben all diese wehmütigen Geschichten mit dem Suizid von Makridis zu tun? Oder gar mit dem Mord an Nikitopoulos?

Der Mord an Nikitopoulos sollte womöglich die Inhaber von Nachhilfeinstituten einschüchtern und ein Schritt in

Richtung Abschaffung solcher Schulen sein. Schon allein deshalb, weil Nikitopoulos seit Jahren Schmiergelder kassierte.

Daraus hätte eine fundierte These werden können, wäre nicht das Klassenfoto mit Makridis senior dazwischengekommen. Was hatte Makridis' Vater mit Nikitopoulos' Ermordung zu tun? Und warum ausgerechnet der Vater und nicht der Sohn? Der Sohn brachte sich um, als der Vater längst tot war. Und was bedeutet die Nachricht an die deutsche Botschaft, in der behauptet wird, der Tod von Makridis junior sei kein Selbstmord, sondern Mord?

Ich weiß, dass ich das Rätsel nicht lösen werde, wenn ich auf folgende drei Fragen keine Antwort finde: Wer sind die »Griechen der fünfziger Jahre«? Warum behaupten sie, Andreas Makridis sei ermordet worden, obwohl an seinem Selbstmord kein Zweifel besteht? Und was könnte das Klassenfoto von Makridis senior mit Chronis Nikitopoulos' Ermordung zu tun haben?

Mit diesen Gedanken steige ich aus dem Trolleybus, doch ich verscheuche sie, sobald ich in die Aristokleous-Straße einbiege. Ich bin ganz schön angespannt, weil ich befürchte, der Wachpolizist könnte jede Zurückhaltung fallenlassen. Da seine erste Pöbelei ohne Folgen blieb, versucht er es vielleicht noch mal.

Doch die Straße ist menschenleer, und ich erreiche die Haustür ohne unangenehme Überraschungen.

Adriani sitzt vor dem Fernseher. Ich bin überrascht, da sie das Gerät nach Ausbruch der Krise unter Quarantäne gestellt hatte. Außerdem sind wir mittlerweile nur noch selten allein zu Haus.

»Aha, endlich wieder ein gemütlicher Fernsehabend zu zweit?«, frage ich.

»Nein, jemand hat die Küche okkupiert«, erwidert sie zufrieden.

Ich marschiere zur Küche – überzeugt, dort Katerina vorzufinden – und treffe auf Sissis, der sich gerade zum Backofen hinunterbeugt.

»Was, du kochst?«, entfährt es mir.

»Deine Frau hat mir ja Mitbringsel verboten, wenn ich zum Essen bei euch eingeladen bin. Dann will ich wenigstens mal kochen, um mich zu revanchieren«, antwortet er heiter.

»Und was machst du?«

»Blätterteigkuchen mit Wildkräuterfüllung.«

Plötzlich fällt mir etwas ein, woran ich gar nicht mehr dachte, seit Sissis zum Freund der Familie wurde. Dass er nämlich, was rechte und linke Beteiligte am Bürgerkrieg betrifft, ein wandelndes Lexikon ist.

»Sag mal, kennst du vielleicht einen gewissen Makridis noch aus der Zeit des Bürgerkriegs?«, frage ich.

»Makridis? Nein, nie gehört. Woher stammt der?«

»Aus Papingo.«

»Nein. Mit Epiroten hatte ich nicht viel zu tun.«

»Oder sagt dir der Name Nikitopoulos etwas?«

Er lässt den Kochlöffel sinken. Anscheinend beginnt er, in seinem Gedächtnis zu kramen.

»Weißt du etwas über seine Herkunft?«

»Er stammt aus Elis.«

»Meinst du Vassilis Nikitopoulos?«

»Seinen Vornamen weiß ich nicht. Sein Sohn, Chronis Nikitopoulos, wurde ermordet, und die Ermittlungen haben ergeben, dass er sich mit seinem Vater überworfen hatte. Der war ein Konservativer und hat seinem Sohn nie verziehen, dass er vom rechten Weg abgekommen ist.«

»Dann handelt es sich tatsächlich um Vassilis Nikitopoulos. Der war Offizier und Mitglied von IDEA. Weißt du, was IDEA war?«

»Ja, eine Organisation nationalkonservativer Offiziere.«

»Hat man euch das in der Polizeischule so erklärt?«

»Ja.«

»Der ›Heilige Bund Hellenischer Offiziere‹ war eine paramilitärische Organisation, die während und nach dem Bürgerkrieg vor allem die Landbevölkerung terrorisierte. Offenbar hat der Sohn nach der Junta erkannt, dass er von den Rechtsextremen nicht viel zu erwarten hatte, und beschlossen, sein Mäntelchen nach dem Wind zu hängen.«

»Wurde er womöglich deshalb umgebracht?«

Er lacht auf. »Komm schon. IDEA gibt's schon lang nicht mehr. Die paar, die noch nicht tot sind, sind in meinem Alter. Warum sollten sie ausgerechnet jetzt einen Rachefeldzug starten?«

Damit sind wir wieder gleich weit: Am Ende jeder Überlegung stellt sich genau diese Frage. Der Vollständigkeit halber erzähle ich ihm von der Smith & Wesson.

»Das hat nicht viel zu sagen«, bemerkt er. »Gut, das Militär bekam Smith & Wesson-Revolver von den Amis. Aber wir hatten auch welche, und zwar aus Überfällen auf militärische Waffendepots oder von Kriegsgefangenen.«

Es läutet, und Adriani öffnet der ersten Ladung Küken, die sie unter ihre Fittiche genommen hat. Ich überlasse Sissis seiner Pitta und begebe mich ins Wohnzimmer.

Katerina empfängt mich mit einer Umarmung und Küsschen, Fanis mit einem »Hallo« und einem Lächeln. Doch er richtet sich sofort an Adriani.

»Meine Mutter ist ganz aus dem Häuschen, und mein Vater ist erleichtert. Sobald der Laden leergeräumt ist, kommen sie nach Athen.«

»Hauptsache, das Fast-Food-Lokal sperrt nicht wieder zu«, meint Katerina. »Zurzeit gibt es zwar viele Neueröffnungen von Läden, aber oft müssen sie kurz darauf wieder zumachen.«

»Cafés und Fast-Food-Lokale ausgenommen«, antwortet Adriani im Brustton der Überzeugung.

»Wieso bist du dir da so sicher?«, fragt Fanis.

»Fanis, das liegt doch auf der Hand. Da man keine neuen Arbeitsplätze schaffen kann, sind Cafés und Imbissbuden die einzigen Lokale, in denen die Arbeitslosen sich den Tag mit einem einzigen Kaffee um die Ohren schlagen können.«

Wir müssen über die entwaffnende Logik ihres Arguments lachen. Dann fordert Adriani Katerina auf, mit ihr den Tisch zu decken.

»Darf ich raten, was du gekocht hast?«, neckt Katerina ihre Mutter. »Grüne Bohnen oder Auberginen Imam?«

»Nichts dergleichen. Ich habe nämlich gar nicht gekocht.«

»Wer sonst?«, wundert sich Katerina.

»Der Freund deines Vaters.«

»Onkel Lambros?«

»Er ist der Einzige, der mich aus der Küche vertreiben kann«, gibt Adriani zu.

Katerina übernimmt das Tischdecken, während Adriani aufsteht, um sich um den Salat zu kümmern. Beim Hinausgehen bemerkt sie: »Hoffentlich jagt er mich nicht wieder davon.«

»Sie ist wieder ganz die Alte«, erläutert mir Fanis mit gesenkter Stimme Katerinas Zustand.

»Sie muss aufpassen, denn die schrecken vor nichts zurück«, gebe ich zu bedenken. Die Attacke vom Vorabend gegen mich lasse ich unter den Tisch fallen.

Da erscheint Sissis mit dem Blätterteigkuchen. Er stellt ihn auf den Tisch und schneidet ihn an.

»Ich hoffe, das schmeckt nicht so wie dein Makronissos-Menü, das du uns einmal bei dir zu Hause vorgesetzt hast«, zieht Fanis ihn auf.

»Das war kein Menü, das war eine therapeutische Maßnahme für Leute, die in der Krise nicht mehr ein und aus wussten. Das hier ist Wildkräuterpitta, nach dem leicht abgewandelten Rezept meiner Mutter.«

»Leicht abgewandelt?«, fragt Adriani.

»Normalerweise hat sie nur Wildkräuter reingetan, die sie zwischen Nea Filadelfia und Kokkinos Mylos gesammelt hat. Manchmal hat sie auch, wenn Geld übrig war, ein bisschen Ziegenkäse hinzugefügt. Ich habe Feta genommen, wie es heute üblich ist. Meine Mutter hat sie aber auch ›mit ohne‹ gemacht, wenn sie keine Zeit zum Kräutersammeln hatte.«

»›Mit ohne‹? Wie ging das?«, fragt Katerina nach.

»Bloßer Blätterteig mit ein bisschen Öl. Sie hat einfach ein Ei aufgeschlagen und zwischen den Blättern verstrichen. Und zwar nicht nur das Eigelb, sondern auch das Eiweiß, so dass man hätte denken können, das Weiße sei Käse.«

Der Blätterteigkuchen schmeckt vortrefflich, und Adriani ist die Erste, die das anerkennt.

»Lambros, hervorragend! Gibst du mir das Rezept?«

»Beim nächsten Mal kommst du mit in die Küche und schaust zu, wie ich die Pitta zubereite.«

»Ja, wenn du mich reinlässt«, gibt Adriani zurück. »Diesmal war ja der Zutritt verboten.«

Lambros nimmt eine Gabel voll Salat, dann einen Bissen von der Pitta und krönt das Ganze mit einem Schluck Tsipouro, dem doppelt gebrannten Trester, den wir nur seinetwegen besorgt haben.

»Kommissar, zum Glück habe ich im Obdachlosenheim jede Menge zu tun, sonst müsste ich auf meine alten Tage noch darüber nachdenken, was für Idioten wir doch alle waren.«

»Wie meinst du das?«, frage ich neugierig.

»Wir haben hier im Kapitalismus gelebt und Pitta mit Wildkräutern und oft ›mit ohne‹ gegessen, weil wir den Sozialismus einführen wollten, um bessere Sachen zu essen. Drüben in Albanien und Bulgarien lebten sie im Sozialismus auch von Wildkräuterpitta und träumten vom Kapitalismus, um bessere Dinge zu essen. Was uns trennte, waren das Kapital und die Revolution. Was uns einte, war der Blätterteigkuchen.«

Er sagt das mit ruhiger Stimme, aber an seinem Blick kann ich seine Ernüchterung ablesen. Ich komme jedoch nicht dazu, ihm zu antworten, da mein Handy läutet.

»Herr Kommissar, eine Motorradstaffel hat uns einen Toten gemeldet, der in einem Auto aufgefunden wurde. Vermutlich erschossen.«

»Geben Sie mir die Adresse durch.«

Der Beamte vom Notruf tut wie geheißen, und ich rufe sofort Vlassopoulos an.

»Hol mich mit Dermitsakis im Streifenwagen ab. Es gibt einen Toten in der Vyronos-Straße in Argyroupoli. Koula soll die Spurensicherung und die Gerichtsmedizin verständigen und mit Papadakis nachkommen. Ich brauche die ganze Truppe.«

Die anderen haben das Essen unterbrochen und lauschen meinen Anweisungen.

»Ich muss los. Ich fürchte, es gibt ein weiteres Opfer. Hebt mir ein Stück Pitta auf. Nicht, dass ihr mir alles wegesst!«, sage ich, um die betretene Stimmung aufzulockern.

20

Zehn Minuten später steht der Streifenwagen vor der Haustür. Der Vouliagmenis-Boulevard wirkt wie ausgestorben. Nur die vollbesetzten Taxistände sind belebt. Die Fahrer bringen die Wartezeit mit Pläuschchen über die Runden, da sich die Leute keine Taxifahrt mehr leisten können.

Athen ist bei Nacht so leer wie das Portemonnaie der Griechen: einsame Straßen, leergefegte Bürgersteige, spärlich besuchte Esslokale. Tagsüber wirkt die Stadt müde, abends todtraurig.

Die Einfahrt zur Vyronos-Straße wird durch einen Streifenwagen blockiert. Der davor postierte Kriminalhauptwachtmeister führt uns zum Wagen des Opfers, einem schwarzen Ford Laguna. Das Fenster zum Fahrersitz ist heruntergekurbelt. Dem Fahrer wurde in die linke Schläfe geschossen, sein Kopf ist auf das Lenkrad gesunken. Er trägt T-Shirt und Leinenhosen und ist kaum älter als Mitte dreißig.

»Da er das Fenster heruntergekurbelt hat, muss der Mörder ihn angesprochen haben«, bemerkt Vlassopoulos.

»Vielleicht, vielleicht aber auch nicht«, widerspricht Dermitsakis. »Bei dieser Hitze hat er es womöglich nur geöffnet, um etwas Fahrtwind abzukriegen.«

»Der Wagen hat eine Klimaanlage, und der Schlüssel steckt«, hält ihm Vlassopoulos entgegen. »Da schließt man doch die Fenster und schaltet die Klimaanlage ein.«

»Darüber brauchen wir uns im Moment noch keine Gedanken zu machen«, sage ich zu den beiden. »Entweder hat er von sich aus das Fenster heruntergekurbelt oder weil ihn jemand angesprochen hat. Eins jedoch ist klar: dass er aus nächster Nähe erschossen wurde. Und was uns daran am brennendsten interessiert, ist: mit welcher Waffe?«

Ich blicke mich um. Es ist ein ruhiges Wohnviertel. Erstaunlicherweise ist nur ein Typ auf den Balkon getreten, um sich das Schauspiel anzusehen. Alle anderen Balkone sind leer. Die Bewohner haben sich in ihren Wohnungen verbarrikadiert, obwohl die Nacht nach einem weiteren heißen Tag für etwas Erleichterung sorgen könnte.

»Wir haben nichts angefasst und alles der Spurensicherung überlassen«, erklärt mir der Kriminalhauptwachtmeister.

»Wer hat ihn gefunden?«

»Zwei Jugendliche, die gerade vom Nachhilfeinstitut nach Hause gingen. Ihnen war aufgefallen, dass er über dem Lenkrad zusammengebrochen war. Dann haben sie das Blut gesehen. Der eine hat per Handy den Polizeiruf gewählt. Wir haben sie hierbehalten, damit Sie sie befragen können.«

»Hat niemand einen Schuss gehört?«, fragt Dermitsakis.

»Danach haben wir noch nicht gefragt. Wir haben auf Sie und auf weitere Anweisungen gewartet.«

»Vielleicht hat deswegen niemand was gehört, weil die Leute mit voller Lautstärke ferngesehen haben«, bemerkt Vlassopoulos. Er wirft einen Blick auf die Wohnbauten und fügt hinzu: »Einige müssen Klimaanlagen haben, sonst würden sie jetzt die Nachtluft hereinlassen.«

Koula und Papadakis treffen zusammen mit dem Transporter der Spurensicherung im Streifenwagen ein. Dimitriou steigt aus, wirft einen Blick auf das Opfer und sagt zu mir: »Nachher untersuchen wir ihn in Ruhe im Labor, jetzt müssen wir das Projektil finden.«

»Und den Namen des Opfers.«

»Und was machen wir?«, fragt mich Papadakis.

»Ihr klappert die Anwohner ab und fragt, ob jemand einen Schuss gehört oder etwas beobachtet hat. Vlassopoulos kommt mit mir zur Befragung der Jungs, die ihn gefunden haben.«

»Sie warten in der Wohnung der Familie Kassiopoulos. Vyronos, Ecke Miaouli, zweite Etage«, erläutert uns der Kriminalhauptwachtmeister.

Das Wohnzimmer der Familie Kassiopoulos ist ein Musterbeispiel für den neugriechischen Einrichtungsgeschmack: ein Ensemble aus Sofa und zwei Sesseln, gegenüber die Fernsehkonsole und ein Glasschrank mit Glaswaren und Nippes. Wenn man wie wir von Berufs wegen reihenweise griechische Wohnungen besucht, hat man nach ein paar Besuchen den Eindruck, dass man immer wieder dasselbe Wohnzimmer betritt.

Auf dem Sofa sitzen eng aneinandergedrängt zwei Jugendliche sowie zwei Frauen, die ihre Mütter sein müssen. Sie halten ihre Jungs fest an sich gedrückt, die sich ihrerseits voll und ganz ihren Handys hingeben und eifrig vor sich hin tippen. Offenbar schicken sie Mitteilungen an ihre Klassenkameraden, um morgen als Helden gefeiert zu werden.

»Wie heißt ihr?«, frage ich, sobald ich und Vlassopoulos in den Sesseln Platz genommen haben.

»Hören Sie, hat die Vernehmung nicht bis morgen Zeit? Die Jungs sind noch ganz mitgenommen«, mischt sich die eine Frau ein.

»Vor der Haustür gibt's einen Toten. Wir müssen herausfinden, was geschehen ist, damit wir die Ermittlungen aufnehmen können«, erwidere ich ruhig.

»Ach was, euch geht es doch nur darum, euch im Fernsehen wichtigzumachen«, bemerkt die andere Mutter abschätzig. »Wenn wir einen Diebstahl angezeigt hätten, wäre der Streifenwagen frühestens nach drei Stunden eingetrudelt.«

Ich halte mich zurück und wende mich zum zweiten Mal an die Jungs.

»Das ist mein Sohn, Jannis Kassiopoulos«, funkt die erste Mutter dazwischen.

»Lassen Sie die jungen Leute bitte selbst antworten?«, schaltet sich Vlassopoulos mit sanfter Miene ein.

Am liebsten würde ich die Mütter hinauswerfen, aber sie werden sich darauf berufen, dass ihre Söhne noch minderjährig sind. Die beiden sind imstande, mir einen Anwalt auf den Hals zu hetzen.

»Und wie heißt du?«, frage ich den Zweiten.

Er lässt von seinem Handy ab und blickt mir zum ersten Mal ins Gesicht.

»Ich bin Stelios Nikas«, lautet seine Antwort.

»Also, dann erzählt uns mal, was ihr gesehen habt.«

Die beiden blicken sich an.

»Willst du?«, fragt Stelios.

»Nein, sag du«, meint Jannis.

»Wir waren auf dem Heimweg vom Nachhilfeinstitut, als uns der geile Wagen aufgefallen ist. Den wollten wir uns mal näher anschauen.«

»Und da haben wir gesehen, dass der Typ über dem Lenkrad hing«, fällt ihm Jannis Kassiopoulos ins Wort.

»Okay, Kinder, das reicht«, greift Stelios' Mutter ein. »Ihr müsst jetzt nichts mehr sagen.«

»Wenn Sie die beiden am Reden hindern, muss ich die Jungs aufs Präsidium mitnehmen. Dann können Sie gern mit Ihrem Anwalt nachkommen«, sage ich streng und wende mich wieder Stelios zu. »Und dann?«

»Dann haben wir das Blut an der Schläfe gesehen. Da war uns alles klar«, ergreift Jannis das Wort.

»Jannis hat von seinem Handy aus den Polizeinotruf gewählt, und ich habe meine Eltern angerufen«, ergänzt Stelios.

»Bravo, Jungs! Ihr habt alles richtig gemacht«, sage ich zu ihnen.

»Tja, die beiden sind nicht auf den Kopf gefallen. Und Mathe-Cracks sind sie obendrein«, brüstet sich Jannis' Mutter.

»Habt ihr vielleicht jemanden auf der Straße bemerkt?«, fragt Vlassopoulos die beiden.

»Nein, die Straße war leer«, antwortet Jannis. »Stimmt's, Stelios?«

»Keine Menschenseele«, bekräftigt Stelios.

»Haben Sie vielleicht einen Schuss gehört?«, wendet sich Vlassopoulos jetzt an die beiden Mütter.

»Ich war nicht zu Hause. Ich bin erst nach Stelios' Anruf hergekommen«, entgegnet Frau Nika.

»Ich war in der Küche und hatte beim Essenmachen das Radio an. Die Küche geht nach hinten zum Lichtschacht raus, daher habe ich nichts gehört«, sagt die Kassiopoulou.

»Schön, dann war's das. Sie müssen die Jungs noch zur offiziellen Vernehmung aufs Präsidium bringen, aber das muss nicht noch heute Abend sein.«

Als wir wieder auf die Vyronos-Straße treten, erkennen wir gleich neben dem Wagen der Spurensicherung den Transporter der Gerichtsmedizin. Wir gehen auf Dimitriou und Stavropoulos zu, um Näheres zu erfahren.

»Was ich jetzt sage, wird Ihnen nicht gefallen. Das Projektil stimmt überein«, sagt Dimitriou. »Wir werden es natürlich an die Ballistiker weiterschicken, aber ich bin mir sicher, dass dieselbe Waffe benutzt wurde.«

Ich habe nichts anderes erwartet, als erneut auf die Smith & Wesson, Modell Victory, zu treffen. Ob es mir gefällt, ist eine andere Frage.

Stavropoulos beugt sich gerade über das Opfer.

»Wie geht's Ihrer Tochter?«, fragt er, als ich näher komme.

»Alles wieder gut.«

»Schön, das ist sehr erfreulich.«

»Und was ist mit den weniger erfreulichen Dingen?«

»Er wurde aus nächster Nähe erschossen, vor maximal vier Stunden. Nach der Obduktion kann ich Genaueres sagen.«

»Lassen Sie mich überschlagen: Er muss also drei bis vier Stunden vor dem Notruf getötet worden sein.«

Ich blicke auf meine Uhr. Es ist elf Uhr abends. Demnach muss er zwischen sieben und acht Uhr abends ums Leben gekommen sein.

Stavropoulos richtet sich auf und dirigiert die Sanitäter zur Leiche. Währenddessen gehe ich zu Dimitriou hinüber.

»Haben Sie ihn identifizieren können?«

»Ja, mit seinem Führerschein. Er heißt Efstathios Vranas. Er wohnte in der Pasteur-Straße in Maroussi.«

Entweder hat er in Argyroupoli einen Bekannten besucht

oder irgendetwas zu erledigen gehabt, denn Maroussi liegt am anderen Ende der Stadt. Anscheinend hat ihn sein Mörder verfolgt und wusste über seine Route Bescheid. Es schien ihm wohl günstiger, sein Opfer hier – in einer ruhigen Wohnstraße – zu töten.

Dann rufe ich Koula und Papadakis an, übermittle ihnen den Namen des Opfers und weise sie an, seinen Bekanntenkreis zu überprüfen. Ich frage nach, ob sie jemanden gefunden haben, der den Schuss gehört hat.

Die Antwort lautet: Die einen schauten fern, die anderen hielten ihre Fenster wegen der Klimaanlage geschlossen. Nur Papadakis hat jemanden aufgetrieben, der den Schuss vernommen hat. Offenbar war es derjenige, den wir auf dem Balkon stehen sahen. Ich frage nach, ob er den Täter auch gesehen hat.

»Er hat jemanden weglaufen sehen«, berichtet Papadakis.

»Ist er tatsächlich zu Fuß weggerannt, oder hat ein Motorrad auf ihn gewartet?«

»Nein, ein Motorrad hat er nicht bemerkt. Aber wollen Sie meine Meinung hören?«

»Nur zu.«

»Selbst wenn sie etwas gehört hätten, würden die Leute den Mund halten, weil sie Schiss haben. Die sagen sich: ›Vielleicht ist es ein Bandenkrieg, vielleicht eine Auseinandersetzung unter Ausländern, vielleicht ein Terroranschlag. Also lieber weghören!‹«

Damit liegt er nicht falsch. Durchaus möglich, dass einige den Schuss gehört, sich aber aus Angst in ihre Höhlen verkrochen haben.

Der Transporter der Gerichtsmedizin ist bereits abgefahren, nur Dimitriou gibt seinen Leuten noch Anweisungen, wie sie Vranas' Wagen abtransportieren sollen.

Was hatte ein Bewohner des Stadtteils Maroussi und Inhaber eines Ford Laguna in Argyroupoli zu suchen? Die Antwort darauf werden wir kaum um diese Uhrzeit finden. Morgen früh müssen wir alles systematisch angehen – sobald das Bekennerschreiben der »Griechen der fünfziger Jahre« eingetroffen ist, mit dem wir ohnehin alle rechnen.

21

Vranas tritt gerade aus einem Wohnhaus. Der geparkte Ford Laguna steht ein Stück entfernt. Die Fotografie muss, dem Licht nach zu urteilen, am frühen Morgen und mit einem Teleobjektiv aufgenommen worden sein. Genauso wie bei dem Klassenfoto steht ein Text unter der Aufnahme.

Er trägt ein T-Shirt von Ralph Lauren, eine Hose von Armani, Mokassins von Gucci. Er fährt einen Ford Laguna.

Frage eins: Was war am Textilunternehmen Tria Alpha und an der Schuhfirma Sevastakis auszusetzen, dass ihr sie in den Ruin getrieben habt und jetzt stattdessen Armani und Gucci tragt?

Frage zwei: Kann es sein, dass sich ein Arbeitsloser so kleidet und einen Ford Laguna fährt?

Kehrt um und geht zurück auf Start. Aber diesmal richtig!

Die Griechen der fünfziger Jahre

»Wenigstens müssen wir uns auf keine neuen Namen einstellen«, sagt Vlassopoulos, der neben mir das Schreiben mitliest. »Es ist wieder dieselbe Gruppierung, die sich zur Tat bekennt, und auch der Ton stimmt mit den letzten Schreiben überein.«

»Aber eine Überraschung gibt es doch«, antworte ich.

»Ja, und welche?«

»Dass er als Arbeitsloser einen Ford Laguna fährt. Wenn die ›Griechen der fünfziger Jahre‹ das behaupten, dann haben sie das zuverlässig recherchiert.«

»Richtig, aber dass in Griechenland ein Arbeitsloser einen Ford Laguna fährt, ist doch keine Überraschung«, hält er mir entgegen.

»Na dann, mal sehen, woher er das Geld dazu hat. Sobald ich Gikas in Kenntnis gesetzt habe, nehmen wir zwei uns Vranas' Wohnung in Maroussi vor. Koula und Papadakis fahren noch mal nach Argyroupoli, vielleicht sind die Anwohner morgens etwas gesprächiger. Und verständigt die Spurensicherung, sie sollen einen Schlosser zu Vranas schicken. Möglicherweise muss die Tür aufgebrochen werden.«

Dann rufe ich Stella an.

»Er kann es kaum erwarten«, erwidert sie lachend, als ich um einen Termin beim Kriminaldirektor ersuche.

Gikas tigert nervös in seinem Büro hin und her, er scheint von bösen Vorahnungen geplagt.

»Schon wieder die ›Griechen der fünfziger Jahre‹?«, fragt er mich gleich bei meinem Eintreten.

Ich liefere einen kurzen Bericht ab mit allem, was ich weiß.

»Ein Gutes hat dieser Fall ja«, lautet sein Kommentar.

»Und das wäre?«, wundere ich mich.

»Dass die Opfer keine Prominenten sind. Der eine war Inhaber eines Nachhilfeinstituts, der andere arbeitslos. Wenigstens sitzen uns die Politiker und die Presse nicht im Nacken.«

So tickt die Welt heutzutage, sage ich mir. Wenn du keinen Namen hast, kümmert es niemanden, ob du tot oder lebendig bist.

»Freuen Sie sich nicht zu früh. Wenn die Reporter rauskriegen, dass schon wieder die ›Griechen der fünfziger Jahre‹ im Spiel sind, werden sie uns mit Fragen bombardieren.«

Das ist meine kleine Rache. Und da wir nichts weiter zu besprechen haben, lasse ich ihn allein. Soll er weiter in seinem Büro auf und ab tigern.

Der Streifenwagen erwartet mich schon am Eingang. Zum Glück ist die Strecke nach Maroussi frei.

Die Pasteur-Straße liegt an der Grenze zwischen Nea Filothei und Maroussi. Vranas wohnte in der zweiten Etage eines fünfstöckigen Wohnhauses. Der Schlosser wartet am Eingang neben seinem Moped.

»Welche Tür sollen wir öffnen?«, fragt er.

»Erst mal noch keine. Wir werden versuchen, jemanden aufzutreiben, der den Schlüssel hat.«

Wir klopfen auf gut Glück an die erste Tür im Erdgeschoss. Die junge Frau, die im Türspalt erscheint, kann uns weiterhelfen: Dimitra Chalari von der vierten Etage kümmere sich um Dinge, die das Haus betreffen.

Eine Frau um die sechzig mit kurzem weißem Haar öffnet uns die Tür. Als wir uns vorstellen, lädt sie uns freundlich in ihre Wohnung ein.

»Ich hab's heute Morgen in den Nachrichten gehört«, spielt sie auf Vranas an. »Aber wer sollte den armen Stathis umbringen wollen?«

»Was hat er beruflich gemacht?«, will Vlassopoulos wissen. »Wir fragen, weil wir seinen Arbeitsplatz unter die Lupe nehmen müssen.«

Die Chalari zögert. »Offiziell war er arbeitslos«, meint sie dann vorsichtig.

»Und inoffiziell?«

Wieder zögert sie und ringt nach Worten. »Ich würde seine Tätigkeit ›Vermittlung‹ nennen.«

»Aha, zwischen wem hat er denn vermittelt?«

»Zwischen dem Staat und den Bürgern. Wenn jemand ein Problem mit dem Finanzamt, dem Bauamt oder einer anderen Behörde bekam, hat er die Sache in die Hand genommen.«

Vlassopoulos und ich blicken uns an, sagen aber nichts.

»Hatten Sie auch geschäftlich mit ihm zu tun?«, fragt Vlassopoulos.

»Ich, Herr Kommissar, war früher bei der Nationalbank und bin jetzt Rentnerin. Diese Wohnung ist alles, was ich habe, die Hausbetreuung mache ich nebenbei, weil ich sonst nicht viel zu tun habe. Meine Rente ist total zusammengestrichen worden, und für die Wohnung muss ich noch und nöcher Steuern zahlen. Wie sollte mir Vranas da helfen?«

Ihre Frage bleibt – aus erklärlichen Gründen – unbeantwortet im Raum stehen.

Ich frage, ob sie Vranas' Wohnungsschlüssel hat, was sie verneint.

»Sein wirklicher Beruf war wohl Schmierer«, kommentiert Vlassopoulos, als wir die Wohnung der Chalari verlassen. »Er hatte gute Beziehungen zu den staatlichen Stellen, wusste genau, wen man schmieren muss, und hat die Vermittlungsgebühr schwarz eingestrichen. Da werden einem die ›Griechen der fünfziger Jahre‹ langsam sympathisch!«

Vranas' Wohnung verfügt über eine Alarmanlage, die der Schlosser näher unter die Lupe nimmt.

»Gibt's Probleme?«, will Vlassopoulos wissen.

Der Schlosser lacht auf.

»Jeder Hühnerdieb knackt bei uns Alarmanlagen, warum sollten ausgerechnet wir daran scheitern?«

Fünf Minuten später ist die Tür geöffnet, und wir betreten die Wohnung. Es ist das vielleicht chaotischste Apartment, das ich in meiner ganzen Dienstzeit jemals gesehen habe. Auf dem Sofa und den Sesseln, ja selbst auf dem Fernseher türmen sich Aktenordner und lose Unterlagen. Die Dokumente sind nicht ordentlich übereinandergestapelt, sondern liegen überall herum. Am einen Ende des Sofas liegt ein Laptop.

»Wenigstens hat der Typ uns das Leerräumen der Schubladen erspart«, meint Vlassopoulos.

Das geräumige Wohnzimmer geht in eine offene Wohnküche über. Schlafzimmer und Bad liegen am anderen Ende des Apartments. Ich schicke Vlassopoulos ins Schlafzimmer, während ich mir den Papierwust vorknöpfe.

Ich muss bei der Durchforstung der Unterlagen systematisch vorgehen. Denn ich kann unmöglich alle Personen vernehmen, die darin vorkommen, noch bei sämtlichen erwähnten Behörden nachfragen. Also muss ich einen anderen Weg finden, um auf einen grünen Zweig zu kommen.

Erst mal blättere ich die Anträge, Behördenbescheide und Ministerialbeschlüsse auf gut Glück durch, komme aber auf keinen grünen Zweig. Bis ich begreife, dass ich mich auf die Adressen der Betroffenen konzentrieren muss. Wenn Vranas nach Argyroupoli gefahren ist, dann wollte er vielleicht einen von ihnen treffen.

Die Idee ist gut, doch ihre Umsetzung schwierig. Während ich mich ganz verloren umblicke, fällt mir der Laptop ins Auge. Verflixt, es können doch nicht alle Lektionen, die mir Uli erteilt hat, umsonst gewesen sein! Nachdem ich den Computer eingeschaltet habe, starte ich die Suche. Nach einer halben Stunde werde ich fündig: Die Adressen stehen nicht im Outlook, sondern in einem gesonderten Dokument mit irreführendem Dateinamen. Darin finde ich zwei Personen, einen gewissen Nikolaos Sekletis, der in der Thiras-Straße 22 wohnt, und Stefanos Sissimopoulos aus der Thermopylon-Straße 31 in Argyroupoli.

Erneut arbeite ich mich durch den Dokumentenwust, doch diesmal weiß ich, wonach ich suche. Schließlich finde ich auf dem Fernseher die Kopie eines Schreibens von Stefanos Sissimopoulos an die Generaldirektion für öffentliche Aufträge des Umweltministeriums.

Ich rufe sofort Koula an.

»Haben Sie was rausgefunden?«, frage ich.

»Nein. Bisher konnten wir niemanden auftreiben, der Stathis Vranas kannte.«

»Fahrt in die Thermopylon-Straße 31. Dort wohnt ein gewisser Stefanos Sissimopoulos. Den bringt ihr mir aufs Präsidium zur Vernehmung.«

»Was hat er getan?«, fragt sie neugierig.

»Ich habe ein Schreiben von ihm an das Umweltministerium in Vranas' Unterlagen gefunden. Aber das müssen Sie ihm ja nicht sagen. Lassen Sie ihn ruhig ein wenig schmoren. Und Papadakis soll mir später Nikolaos Sekletis vorbeibringen. Er wohnt in der Thiras-Straße 22. Aber Vorsicht: Die beiden dürfen einander nicht begegnen.«

Vlassopoulos kommt mit einem Mobiltelefon in der Hand auf mich zu.

»Das war im Nachttischchen«, sagt er. »Das muss sein

Zweithandy gewesen sein, denn er ist bestimmt nicht ohne Telefon aus dem Haus gegangen.«

»Gib es zusammen mit dem Laptop an Dimitriou weiter. Er soll die Spurensicherung herschicken und die Papiere ins Präsidium bringen, damit wir sie in Ruhe durchgehen können.« Dann erzähle ich ihm von Sissimopoulos. »Es hat keinen Sinn, die Nachbarn aus dem Wohnhaus zu vernehmen. Schauen wir erst einmal, was wir von Sissimopoulos erfahren.«

Wir sind schon abmarschbereit, als wir plötzlich jemand sagen hören: »Wer sind Sie denn?«

An der Tür steht eine junge Frau Mitte dreißig mit einer Plastiktüte in der Hand und starrt uns an.

»Polizei«, entgegnet Vlassopoulos. »Und wer sind Sie?«

»Loukia. Ich kümmere mich um die Wohnung von Herrn Vranas. Was ist denn los?«

»Haben Sie keine Nachrichten gesehen?«, fragt Vlassopoulos.

»Nein. Ich gehe früh schlafen, und morgens komme ich als Erstes hierher. Was ist passiert?«, will sie erneut wissen.

»Vranas ist gestern Abend ermordet worden.«

Sie erstarrt, und die Plastiktüte gleitet ihr aus der Hand.

»Wo? Hier?«

»Nein, in Argyroupoli. Wissen Sie vielleicht, was er dort wollte?«

»Welcher Beschäftigung er nachging, weiß ich nicht. Ich habe mich nur um die Wohnung gekümmert.« Als sie merkt, dass ich mich erstaunt umschaue, fügt sie hinzu: »Aufräumen durfte ich hier nicht. Ich habe nur den Boden gesaugt.«

»Wann haben Sie Vranas zum letzten Mal gesehen?«, frage ich.

»Gestern Mittag. Ich habe ihm noch sein Essen serviert, dann bin ich gegangen.«

»Hat Vranas zu Hause manchmal Besuch bekommen?«

»Nein. Er hat mir sogar ausdrücklich verboten, fremden Leuten die Tür zu öffnen, wenn er nicht da war«, antwortet sie.

Er hatte Angst und wollte sich bedeckt halten. Wie alle, die schmutzige Geschäfte machen.

»Sie müssen jetzt gehen, weil wir die Wohnung versiegeln«, erkläre ich der Haushälterin.

»Kann ich meine Arbeitskleider holen?«

»Klar.«

Sie überlegt kurz und blickt mich an.

»Der Ärmste. Es tut mir leid, was ihm zugestoßen ist. Aber ich muss an mich selber denken«, sagt sie. »Ein Auftraggeber weniger! Heute kann man die Kundschaft, die eine Haushälterin sucht, an den Fingern einer Hand abzählen.«

Sie muss Vlassopoulos die von ihr zusammengesuchten Kleidungsstücke vorzeigen, dann darf sie gehen. Kurz darauf ziehen auch wir ab.

Die Straße ist ruhig, keine spielenden Kinder weit und breit. Hier ist ja auch das Grenzgebiet zwischen Nea Filothei und Maroussi, und nicht die Vlastou-Straße, in der das Nachhilfeinstitut Chronos liegt.

22

Stefanos Sissimopoulos sitzt mir im Vernehmungsraum gegenüber und blickt mich an. Er ist sechzig, dick und kahlköpfig. Glatze und Gesicht glänzen vor Schweiß. Koula hat mit ihrem Laptop neben mir Platz genommen, um die Befragung zu protokollieren.

»Herr Sissimopoulos, schildern Sie bitte Ihr Verhältnis zu Efstathios Vranas.«

»Zu wem?«, fragt er verständnislos. Dennoch scheint ihn die Frage nicht ganz unvorbereitet zu treffen. Langsam kommt sein Gehirn auf Touren. »Meinen Sie den Toten von gestern Abend?«

Ich ziehe das Schreiben an das Umweltministerium aus der Tasche, das Vranas' Namen und Unterschrift trägt, und lege es ihm vor.

»Dieses Dokument haben wir in den Unterlagen des Opfers gefunden«, sage ich. »Los, sagen Sie schon, was Sie mit ihm zu tun hatten. Wir wollen nicht unnötig Zeit verlieren.«

Er blickt zuerst auf das Schreiben, und, um Zeit zu gewinnen, studiert er es ganz langsam und ausführlich.

»Ich bin Bauunternehmer und hatte Scherereien mit dem Bauamt von Ilioupoli«, sagt er schließlich. Ich befürchte schon, dass ich ihm jedes Wort aus der Nase ziehen muss, als er hinzufügt: »Vranas hat sich bereit erklärt, die Sache mit dem Ministerium zu regeln.«

»Und warum haben Sie das nicht gleich gesagt, sondern behauptet, Sie kennten Vranas nicht?«

»Hören Sie, Vranas ist umgebracht worden, und ich habe keine Lust auf Stress mit der Polizei. Mir reicht es, wenn ihr mir das Leben auf dem Bau schwermacht.«

Koula hebt den Blick vom Computerbildschirm.

»Hat er Ihnen diesen Gefallen aus alter Freundschaft getan oder gegen Bezahlung?«

Sissimopoulos blickt sie von oben herab an. »Was hat das Mädel hier zu melden?«

»Das ›Mädel‹ heißt Kyriaki Fotiadou und ist als Polizeibeamtin berechtigt, Ihnen Fragen zu stellen«, sage ich scharf.

Er blickt mich an und wagt kein Widerwort mehr.

»Antworten Sie jetzt auf die Frage?«

Er schweigt weiter.

»Es gibt zwei Lösungen«, erkläre ich ihm. »Entweder Sie sagen mir, was für eine Beziehung Sie zu Vranas hatten, oder ich schicke das Schreiben an die Steuerfahndung, die Ihre Firma dann gründlich durchleuchten wird. Die Entscheidung bleibt Ihnen überlassen.«

»Okay, es ist kein großes Geheimnis«, sagt er schließlich. »Wie jeder Bauunternehmer habe ich ständig Stunk mit den Behörden. Jeder erwartet eine Gegenleistung dafür, dass er sich um deine Angelegenheiten kümmert. Stathis hatte es übernommen, diese Dinge für mich zu regeln.«

»Warum haben Sie es nicht selbst gemacht?«

»Aus zwei Gründen. Zum einen gibt es eine Menge Behörden, und man weiß ganz einfach nicht, wen man wo am besten bestechen kann. Zum anderen kannte Stathis den ganzen Staatsapparat in- und auswendig und hat vielen Leuten beigestanden. Die Beamten haben sich mit weniger zufriedengegeben, weil er immer wieder auf sie zurückgekommen ist.«

»Hat er Sie gestern Abend besucht?«

»Ja, er wollte mir sagen, dass meine Angelegenheit auf einem guten Weg sei und wie viel es mich kosten würde. Wir wollten uns heute zur Geldübergabe treffen.«

»Haben Sie den Schuss nicht gehört?«

»Nein. Ich hatte mich schon hingelegt. Das Schlafzimmer ist nach hinten raus, und ich schlafe sehr fest.«

»Warum sind Sie zum Umweltministerium gegangen, statt Ihr Problem auf dem Bauamt zu lösen?«, fragt ihn Koula.

»Weil wir auf einen Sturkopf gestoßen sind, der sich partout nicht schmieren lassen wollte. Es gibt solche Weltverbesserer«, antwortet er, ohne zu zögern.

»Wissen Sie vielleicht, was Vranas beruflich machte, bevor er seine Vermittlungstätigkeit begonnen hat?«, frage ich.

»Keine Ahnung. Ein Freund hatte ihn mir empfohlen. Er meinte, Vranas sei bestens vernetzt und der richtige Mann für mich.«

»Kennen Sie noch andere Personen, denen er geholfen hat?«

»Nein, aber ich würde sie Ihnen ohnehin nicht nennen. So etwas tut man nicht. Das müssen Sie schon selbst herausfinden.«

»Eine letzte Frage: Wissen Sie vielleicht, wem Vranas das Geld geben wollte?«

»Nein. Das wollte ich auch gar nicht wissen. Genau dafür hatte ich ja Stathis, weil ich mit den Mafiosi nichts zu tun haben wollte.«

Für Sissimopoulos sind also alle, die sich nicht schmieren lassen, Sturköpfe, und alle, die sich schmieren lassen, Mafiosi. Und dazwischen steht er selbst, das arme Opfer.

Da ich keine weiteren Fragen an ihn habe, schicke ich ihn nach Hause.

»Geben Sie mir das Schreiben ans Umweltministerium. Es gehört mir«, sagt er zum Abschied.

»Es ist Teil unserer Ermittlungen zum Mordfall Vranas und bleibt unter Verschluss«, erwidere ich.

Nach Sissimopoulos' Abgang warte ich im Vernehmungsraum auf Nikolaos Sekletis, den Papadakis schon angekündigt hat.

Fünf Minuten später tauchen beide auf. Sekletis ist ein schlanker Mann mit Schnauzer und zirka zehn Jahre jünger als Sissimopoulos. Entspannt nimmt er auf dem Stuhl gegenüber Platz.

»Haben Sie auch Sissimopoulos vorgeladen?«, fragt er ohne jede Einleitung.

»Wir stellen hier die Fragen, Herr Sekletis«, halte ich ihm entgegen.

»Hören Sie: Da ich diese Fragerei hasse, erzähle ich Ihnen lieber alles freiwillig, dann haben wir's hinter uns. Vranas war ein Schurke, aber einer von der Sorte, die man in Griechenland, wo Bürokratie und Korruption untrennbar verbunden sind, zum Überleben braucht.«

»Was machen Sie beruflich?«, frage ich.

»Eins nach dem anderen, Sie werden schon noch alles erfahren. Ich besitze eine Reihe von Imbisslokalen in Argyroupoli, in Ilioupoli und in Alimos. Als ich das erste in Ilioupoli eröffnen wollte, lief ich mir wegen der Papiere und Genehmigungen die Hacken ab. Ständig stieß ich auf Widerstand. Jeden Tag lief ich zu den Behörden, aber nichts ging voran. Bis eines Tages Vranas auftauchte. Er erklärte mir: Wenn ich ihm soundso viel gebe, könne er mir alles Nötige besorgen. Und so war es dann auch. Seit damals hat sich Vranas um jede neue Filiale gekümmert. Als ich es einmal allein versuchen wollte, bin ich wieder gescheitert. Vranas sah erst einmal zu, wie ich mir eine blutige Nase holte, dann kam er zu mir und sagte: ›Aha, du wolltest die Sache ohne mich durchziehen. Jetzt wird das Ganze wesentlich teurer.‹ Seitdem habe ich alle Angelegenheiten von Anfang an mit ihm geregelt und hatte meine Ruhe. Das Problem war nur: Kaum hatte ich einen Laden eröffnet, begannen die Kontrollen. An allem und jedem fanden sie etwas auszusetzen. Wieder war Vranas zur Stelle. Er sagte zu mir: ›Gib soundso viel, dann hast du ein Jahr lang Ruhe.‹ Und er hielt sein Wort. Das war Vranas: ein Rüpel in einem rüpelhaften Staat.«

Dann hält er inne, atmet tief durch und blickt mich an.

»Jetzt denken Sie vielleicht, ich wäre sauer auf ihn gewesen und hätte ihn um die Ecke gebracht. Aber keiner tötet das Maultier, das ihm den Karren zieht. Und genau das war Vranas' Rolle, da sollten wir uns nichts vormachen.«

Schon allein sein Alter schließt eine Mitgliedschaft bei den »Griechen der fünfziger Jahre« aus. Und sein Argument ist stichhaltig: Vranas' Dienste haben ihn zwar etwas gekostet, aber dadurch hatte er freie Hand.

»Haben Sie den Schuss gehört?«, fragt Papadakis.

»Hab ich.«

»Und?«

Sekletis blickt ihn an.

»Welchen Beruf habe ich vorhin angegeben?«, fragt er zurück.

»Besitzer von Imbisslokalen.«

»Und was tut so jemand, wenn in der Nähe seines Ladens ein Schuss zu hören ist? Dann sperrt er zu und lässt die Rollläden runter. Genau das habe ich auch getan. Ich habe die Fenster zugemacht, die Rollläden runtergelassen und die Klimaanlage angestellt.«

»Können Sie sich vielleicht an die Uhrzeit erinnern, als der Schuss fiel?«, frage ich.

»Das muss zwischen sieben und halb acht gewesen sein«, entgegnet er. Und diese Antwort sichert ihm einen eleganten Abgang.

Schön, jetzt wissen wir die Tatzeit, ebenso Stathis Vranas' Beruf, wenn man das, was er tat, als solchen bezeichnen kann. Beruf hin oder her – jedenfalls konnte er sich dadurch wie ein Lord kleiden und sich einen Ford Laguna leisten.

Mich braucht es nicht zu interessieren, welche Privatpersonen und Unternehmer Vranas' Dienste noch in Anspruch nahmen. Das ist Aufgabe der Steuerfahndung unter Spyridakis. Was mich interessiert, ist, ob die »Griechen der fünfziger Jahre« noch ein anderes Motiv hatten, ihn umzubringen. Gut, da sind seine schicken Klamotten und der Ford Laguna, aber das allein kann es wohl nicht gewesen sein.

In Nikitopoulos' Fall stellte sich ein Bezug zu Makridis heraus. In Vranas' Fall scheint es so einen Bezug auf den ersten Blick nicht zu geben. Das wundert mich, da die »Griechen der fünfziger Jahre« nichts dem Zufall überlassen. Sowohl bei Makridis' Selbstmord, den sie ja als Mord bezeichnen, als auch bei Nikitopoulos folgten sie einem bestimmten Plan.

Die einzige Art, einen Zusammenhang zu finden, ist: Recherche vor Ort. Ich bitte Koula, in Makridis' Büro anzurufen, während ich zwecks Berichterstattung zu Gikas hochfahre.

»Makridis' Selbstmord und der Nikitopoulos-Mord weisen einen gemeinsamen Nenner auf. Irgendeinen Bezug muss es auch zu Vranas' Ermordung geben«, meine ich zum Schluss meiner Zusammenfassung.

»Das klingt glaubhaft. Bisher lagen Sie ja bei den ›Griechen der fünfziger Jahre‹ immer richtig«, erwidert er. Damit heimse ich eins seiner seltenen Lobesworte ein.

Das Glück bleibt mir hold, denn wie ich höre, wartet Vassiliki Georgiou, Makridis' Sekretärin, in seinem Büro auf uns.

»Machen Sie eine Kopie nur von Vranas' Foto, ohne den Text«, sage ich zu Koula.

Dann machen Papadakis und ich uns auf den Weg zu Makridis' Büro in die Paradissou-Straße.

Das Büro wird gerade geräumt. Überall stehen offene Umzugskartons, und zwei Angestellte einer Transportfirma sind dabei, das Bücherregal zu leeren und den Inhalt in die Kisten zu verfrachten. Mittendrin steht die Sekretärin und beaufsichtigt die Auflösung des Büros. Damit ist allerdings auch ihr Arbeitsverhältnis beendet.

»Anweisung von Frau Rießen«, erläutert sie uns.

»Wer ist Frau Rießen?«

»Herrn Makridis' Schwester. Sie hat mich beauftragt, das ganze Büro einzulagern, bis sie herkommt und weitere Entscheidungen trifft.«

»Wir würden Frau Rießen gern sprechen.«

»Ich werde es ihr sagen, aber –«

»Aber?«

»So, wie sie mit mir am Telefon gesprochen hat, scheint sie kein einfacher Mensch zu sein. Wenn man etwas gegen ihre Anweisungen einwenden möchte, fährt sie einem über den Mund: ›Tun Sie, was ich Ihnen sage.‹«

Ich hake das Thema »Frau Rießen« erst mal ab und ziehe Vranas' Foto heraus.

»Sagt Ihnen diese Person etwas?«

Sie wirft einen Blick auf die Aufnahme und nickt.

»Na und ob … Der stand jeden zweiten Tag vor der Tür, saugte sich fest wie eine Zecke.«

»Hatte er mit Makridis geschäftlich zu tun?«

»Das hätte er wohl gern. Er versuchte ihn zu überzeugen, dass er ohne seine Hilfe mit dem griechischen Staat nicht zurechtkommen würde. Doch Makridis kam aus Deutschland und verstand nicht, warum er einen Vermittler einschalten sollte, um in Griechenland ein Unternehmen zu gründen. Vor allem jetzt, da alle – auch Politiker und Funktionäre – den Aufschwung herbeisehnen. Schließlich hat Makridis ihn eines Tages vor die Tür gesetzt und ihm Hausverbot erteilt.« Dann zögert sie kurz und fügt hinzu: »Ich kann es zwar nicht beweisen, aber ich glaube, dass dieser Typ damals Andreas Makridis Knüppel zwischen die Beine geworfen hat, wo er nur konnte.«

Der Sturkopf, der keine Schmiergelder zahlen wollte, und der Mafioso, der sich mit Hilfe von Schmiergeldern schick kleiden konnte, waren aufeinandergestoßen. Der eine hat sich umgebracht, der andere wurde umgebracht.

»Sagt Ihnen der Begriff ›Griechen der fünfziger Jahre‹ etwas?«, fragt Papadakis.

Sie sieht ihn etwas ratlos an. »Mein Opa gehörte zu dieser Generation, aber er ist schon tot«, entgegnet sie und setzt bitter hinzu: »Wäre ich auch aus dieser Generation, hätte ich einen Job als Hauswartin und mir so die Miete erspart.«

Somit können wir schlussfolgern: Beide Morde haben, direkt oder indirekt, mit Makridis zu tun.

23

Als wir Makridis' Büro verlassen, fühle ich mich vollkommen erledigt und beschließe, da ich ohnehin nichts weiter tun kann, für heute Schluss zu machen.

»Lassen Sie mich an einer Bushaltestelle aussteigen, damit ich nach Hause fahren kann.«

»Machen Sie Witze? Ich fahre Sie mit dem Streifenwagen nach Hause. Soll ich die Sirene anschalten, damit wir schneller vorankommen?«

»Nein, wir haben Zeit.«

Außerdem ist die Straße frei, und unser Wagen rollt ungehindert dahin. Zwanzig Minuten später stehe ich vor unserem Wohnhaus. Als ich die Tür aufschließe, dringen aus dem Wohnzimmer Stimmengewirr und Gelächter an mein Ohr.

Fanis' Eltern aus Volos sind da, dazu ihr Sohn, Katerina und Adriani. Am Gespräch und Gelächter beteiligen sich alle fünf außer Prodromos, der in einem Sessel sitzt und wortlos vor sich hin starrt.

»Schön, dass du da bist«, meint Adriani. »Komm zu uns.«

Sevasti erhebt sich und umarmt mich.

»Vielen Dank, Kostas«, flüstert sie mir zu.

Adriani hat mitgehört und meint: »Lass mal das ewige Dankeschön, sonst kriege ich noch schlechte Laune.«

Nach Sevasti begrüße ich Prodromos.

»Lieber Prodromos«, sage ich. »Herzlich willkommen!«

»Danke, Kommissar«, antwortet er. Dabei bleibt sein Blick nach wie vor auf den Boden geheftet.

»Mach dir keine Gedanken, er wird schon wieder. Die Ereignisse sind noch zu frisch«, erklärt mir Fanis, doch sein Blick verrät, dass er besorgt ist.

»Ich weiß, es ist schwierig. Aber wir haben schon viel Schlimmeres überstanden, Prodromos«, sage ich zu ihm.

»Ja, aber damals waren wir jünger und haben mehr ausgehalten«, lautet sein Argument, womit er mir den Mund stopft. »Damals haben wir trotz aller Schwierigkeiten unseren Laden aufgebaut, der jetzt den Bach runtergeht.«

»Wir müssen die Zähne zusammenbeißen und durchhalten«, entgegnet Katerina an meiner Stelle. »Trübsal blasen bringt nichts.«

»Sevasti, komm, wir machen das Essen fertig«, sagt Adriani, die der Meinung ist, dass jede Depression vergeht, wenn man einfach zupackt.

Sie hat gefüllte Tomaten zubereitet, die schon seit Monaten nicht mehr auf der Speisekarte standen. Eine Überraschung bilden die kleinen Tintenfische, die sie mit Wildkräutern serviert. Befriedigt nimmt sie das »Oh« und »Ah« zur Kenntnis, die der Anblick der Servierplatten hervorruft. Das ist ihr ein Trost, denn ihr Tagesbudget muss sie bei weitem überschritten haben. Wer weiß, wie lange wir jetzt mit Linsen und Bohnensuppe über die Runden kommen müssen, bis sie das Finanzloch wieder gestopft hat.

»Ich habe einen wunderbaren kretischen Tresterschnaps aufgetrieben, der geht runter wie Öl«, sagt sie zu Prodromos, als sie die Flasche und eine Schüssel mit Eiswürfeln auf den Tisch stellt.

»Aber Mama, Papa trinkt doch nur Tsipouro aus Volos«, meint Katerina lachend.

»Volos ist nicht der Nabel der Welt. Kreta ist auch nicht zu verachten«, lautet ihre trockene Antwort.

Damit verbreitet sie allgemeine Heiterkeit, und selbst Prodromos lächelt.

Das Essen ist so köstlich, dass sich alle die Finger lecken. Da ich tatsächlich kein Fan des kretischen Raki bin, ziehe ich Wein vor.

»Adriani, wenn wir eine Taverne mit dir als Köchin aufmachen würden, hätten wir ausgesorgt«, meint Fanis.

»Ach was, die müssten wir nach drei Monaten wieder zusperren. Wer hat in Zeiten wie diesen Geld fürs Restaurant?«, erwidert Adriani. Und gleich steht mir wieder der traurige Anblick des nächtlichen Athen vor Augen.

Als wir die Tomaten aufgegessen haben und zu den gefüllten Paprika übergehen, klingelt Katerinas Handy. Sie blickt auf die Nummer und meldet sich mit einem »Was ist los, Cédric?«. Während sie ihrem Gesprächspartner lauscht, verfinstert sich ihr Gesicht mehr und mehr. »Wer war es?«, fragt sie. Gleich darauf hakt sie nach: »Wie geht es ihm jetzt? Gut, ich komme sofort.«

Nachdem sie das Gespräch beendet hat, wendet sie sich an Fanis.

»Fanis, kannst du einen Krankenwagen in die Lachana-Straße in Kato Patissia schicken? Mitglieder der Goldenen Morgenröte haben Maurice zusammengeschlagen, er ist ohnmächtig geworden. Wir müssen hinfahren.«

»Aber, mein Liebes –«, entgegnet Adriani, doch weiter kommt sie nicht.

»Mama, bitte halte dich da raus.« Dann meint sie zu mir: »Papa, ich möchte, dass du mitkommst. Diese Dreckskerle mussten einsehen, dass sie mich nicht stoppen können. Jetzt haben sie sich ein leichteres Opfer gesucht.«

Weder Fanis noch ich wagen, Widerspruch zu äußern. Fanis ruft einen Krankenwagen, und ich telefoniere mit der Einsatzzentrale, um einen Streifenwagen anzufordern.

Wir nehmen zu dritt in Fanis' Wagen Platz. Katerina sitzt auf dem Beifahrer- und ich auf dem Rücksitz. Wortlos bringen wir die Strecke hinter uns.

Katerina blickt aus dem Fenster. Irgendwann meint sie, ohne den Blick von der Straße zu lösen: »In diesem Land müssen die Bürger für die Fehler der Politiker büßen.«

»Wie meinst du das?«, fragt Fanis.

»Jahrelang haben sie das Geld mit vollen Händen ausgegeben, und jetzt werden die Bürger bestraft, die davon profitiert haben. Jahrelang haben die Politiker kein Konzept für die Migranten in Athen entwickelt, und jetzt müssen die Zuwanderer den Kopf für das Versagen der Politiker hinhalten. Wir alle müssen für ihre Fehler büßen, während sie behaupten, sie täten das alles nur, um uns zu retten.«

Sie erhält keine Antwort, da weder Fanis noch ich etwas darauf zu sagen wissen.

Die Lachana-Strasse liegt in einem heruntergekommenen Athener Viertel – sie ist, wie so viele hier, schlecht beleuchtet, und an den Fenstern und Balkonen der billig hochgezogenen Wohnblocks hängt Wäsche zum Trocknen.

Streifenwagen und Krankenwagen sind noch nicht eingetroffen. Wir nähern uns drei Afrikanern, die einen Landsmann umringen, der mitten auf der Straße liegt. Das muss

Maurice sein. Katerina springt aus dem Wagen und läuft auf das Grüppchen zu, während wir ihr etwas langsamer folgen. Ich sehe, dass Maurice eine Wunde an der Stirn hat, aus der das Blut bis auf seine Wange herabgelaufen ist.

Als sich Fanis zu ihm hinunterbeugt, hören wir die Sirene des Krankenwagens. Fanis zieht dem Mann ein Augenlid hoch, dann wirft er einen Blick auf die Wunde.

»Maurice, hörst du mich? Ich bin's, Katerina.«

»Es hat keinen Sinn, mit ihm zu sprechen. Er kann dich nicht hören«, meint Fanis.

»Wie geht es ihm?«, will sie wissen.

»Ohne CT kann ich dazu nichts sagen.«

Die Sanitäter heben Maurice auf die Trage.

»Fahren Sie ihn ins Allgemeine Staatliche Krankenhaus. Ich komme mit«, sagt Fanis zu ihnen, während er sein Handy herausholt, um mit dem Krankenhaus zu telefonieren.

»Ich auch«, erklärt Katerina.

»Du bleibst hier und beschäftigst dich mit den rechtlichen Fragen. Die Medizin ist mein Revier.«

Der Krankenwagen fährt gerade los, als der Streifenwagen eintrifft.

»Was ist passiert?«, fragt ein Kriminalhauptwachtmeister aus der Besatzung des Streifenwagens.

Ich stelle mich vor und erläutere, dass der Verletzte ein Mandant meiner Tochter sei.

»Cédric, erzähl, was geschehen ist«, sagt Katerina zu Maurices Freund.

»Wir haben uns an Ecke unterhalten, da sind die gekommen«, sagt Cédric.

»Wer ist gekommen?«, fragt der Beamte.

»Goldene Morgenröte. Gekommen und schlagen.«

Einer seiner beiden Freunde sagt etwas auf Französisch zu ihm, worauf Cédric abwehrend reagiert. Doch Katerina kann Französisch und versteht, dass mit der Aussage ihres Mandanten etwas nicht stimmt.

»Cédric, ich bin eure Rechtsanwältin. Ich muss die Wahrheit wissen. Sag mir, was wirklich geschehen ist«, meint sie streng.

»Morgenröte nicht schlagen«, sagt Cédrics Freund, während der versucht, ihm ins Wort zu fallen.

»Wer hat euch verprügelt?«, frage ich diesmal.

»Cédric, sagst du mir jetzt die Wahrheit?«, mischt sich Katerina ein.

»Ein paar Leute uns angreifen«, antwortet Cédric mit hängendem Kopf. »Leute von uns verkaufen Drogen. Maurice ihnen gesagt, sie nicht Drogen an kleine Kinder verkaufen, weil eins davon sein *cousin*. Dann sie ihn angreifen.«

»Was heißt *cousin*?«, frage ich Katerina.

»Vetter«, antwortet sie mir und sagt dann zu Cédric: »Warum hast du das nicht gleich gesagt?«

»Katerina, du nicht leben hier. Hier nix reden. Ohren zu, Augen zu und Mund zu.«

Darauf kann Katerina nichts erwidern. Stattdessen ziehe ich mein Handy heraus, um Konstantinidis von der Drogenfahndung anzurufen.

»Wen du rufen an?«, fragt Cédric.

»Die Drogenfahndung.«

Alle drei reden gleichzeitig auf mich ein.

»Nein, Herr Kommissar. Wenn Polizei rufen, dann sie wissen, dass wir geredet, und uns töten.«

Unschlüssig halte ich mein Handy in der Hand und blicke fragend zu den Polizeibeamten aus dem Streifenwagen hinüber.

»Herr Kommissar, die sind jetzt über alle Berge«, meint der Fahrer. »Die Drogenfahndung wird keinen finden. Und die Jungs haben recht. Wir können sie nicht rund um die Uhr beschützen. Wir haben ohnehin alle Hände voll zu tun. Wir kommen den Anrufen nicht hinterher.«

Bei diesen Worten kommt mir die rettende Idee, und ich rufe Sissis im Obdachlosenasyl an, wo er fast jeden Abend übernachtet.

»Wir haben hier drei Afrikaner, die bedroht werden. Nicht von der Goldenen Morgenröte, sondern von ihren Landsleuten. Kannst du sie ein paar Tage bei euch unterbringen, bis sich die Aufregung gelegt hat?«

»Bring sie her, hier ist genug Platz«, erwidert er.

Ich sage den dreien, dass sie in Fanis' Wagen Platz nehmen sollen. Diesmal fährt Katerina, und ich sitze auf dem Beifahrersitz.

»Was hast du vor?«, fragt sie mich.

»Ich lasse ein paar Tage verstreichen, damit die Täter glauben, dass keiner sie angezeigt hat. Wenn sie sich wieder hervorwagen, schicke ich ihnen die Drogenfahndung auf den Hals. Aber ohne das örtliche Polizeirevier zu verständigen. Kann sein, dass einer von dort die Drogenhändler warnt.«

Die Fahrt bis zum Obdachlosenheim geht zügig vonstatten. Sissis erwartet uns bereits am Eingang. In der Cafeteria sitzen eine Frau und zwei Männer, alle um die sechzig, und plaudern. Beim Anblick der Afrikaner stehen sie auf und kommen in die Lobby des ehemaligen Hotels.

»Wohnen die jetzt auch hier?«, will einer der beiden Männer wissen.

»Ja, wir haben noch Betten frei und können sie aufnehmen«, antwortet Sissis gelassen.

»Sollen wir jetzt mit Schwarzen unter einem Dach leben?«, fragt die Frau.

»Zoi, das hier ist ein Zufluchtsort nicht nur für griechische Obdachlose«, entgegnet Sissis ruhig. »Alle, die ein Dach über dem Kopf brauchen, finden hier Unterkunft. Schwarze, Gelbe, Weiße – alle.«

»Ich schlafe aber nicht mit denen im selben Zimmer«, erklärt der andere Mann.

In der Zwischenzeit sind auch die anderen Obdachlosen heruntergekommen und verfolgen die Szene von der Treppe aus.

»Beschwert euch lieber nicht«, ruft ihnen einer der Sechzigjährigen zu. »Sonst müssen wir noch in einem Bett mit den Typen hier schlafen. Macht euch darauf gefasst!«

»Wir werden sie in einem extra Zimmer unterbringen, damit sie zusammen sind«, erklärt Sissis und fügt hinzu: »Wem's nicht passt, der kann ja in ein städtisches Heim gehen, oder auch ins Hotel oder auf die Parkbank.«

»Lambros, du bist ja eigentlich ein feiner Kerl. Wenn du nur nicht diese kommunistischen Ideen hättest«, ruft ihm eine Frau von der Treppe zu.

»Ob kommunistisch oder nicht: Solange ich hier bin, wird jeder Obdachlose bei uns eine Unterkunft finden«, erwidert er.

Die Obdachlosen sehen, dass sie gegen Sissis keine Chance haben, und ziehen sich auf ihre Zimmer zurück.

»Vor ein paar Jahren hätte mich das noch nicht so mitgenommen«, sagt Katerina zu mir. »Aber jetzt bin ich total empört und weiß nicht, was ich von diesen Fremdenhassern halten soll.«

»Die Menschen ändern sich nicht. Ob obdachlos oder nicht, spielt dabei keine Rolle, Katerina«, hält ihr Sissis entgegen. »Um das zu kapieren, habe ich lange gebraucht. Du kannst es jetzt schon begreifen.«

Dann wendet er sich an die drei Afrikaner: »Kommt«, sagt er und bringt sie hoch zu ihrem Zimmer.

Als wir aus dem Obdachlosenheim treten, hängt sich Katerina bei mir ein und lässt ihren Kopf auf meine Schulter sinken.

24

Zuerst besuche ich Konstantinidis, den Leiter der Drogenfahndung, in seinem Büro, um ihm die Ereignisse vom Vorabend zu berichten. Da ich mir meinen Kaffee schon mitgebracht habe, muss er mir keinen mehr anbieten.

Konstantinidis hört mir wortlos zu, und sein Gesichtsausdruck sagt, dass er ähnliche Geschichten schon unzählige Male gehört hat.

»Kostas, in diesen Vierteln herrscht das Gesetz des Dschungels«, meint er dann. »Im Dschungel fressen die Großen die Kleinen. Daher haben die kleinen Angst vor den großen, wilden Tieren und ergreifen die Flucht, um sich in Sicherheit zu bringen. Ich bin in Athen geboren und aufgewachsen. Diese Gegenden sind nicht mehr so wie zu Zeiten meiner Großeltern. Dort herrschen heute Terror und Angst.«

»Was wollen Sie unternehmen?«, frage ich.

»Dasselbe, woran Sie auch gleich gedacht haben. Die Täter sind untergetaucht und warten ab. Wenn wir jetzt eine Razzia machen, kriegen wir gar keinen. Außerdem wird niemand den Mund aufmachen. Wir werden ein paar Tage warten, bis sie überzeugt sind, dass das Opfer und seine Freunde dichthalten. Nur dann werden sie sich wieder hervorwagen und in ihr Revier zurückkehren. Aber auch das nur unter Vorbehalt.«

»Warum?«

»Weil der Mandant Ihrer Tochter vor der Besatzung des Streifenwagens geredet hat und keiner weiß, ob die Drogenhändler nicht einen Informanten im lokalen Polizeirevier haben. Dann gibt es noch die schlimmste Variante: dass das Opfer nicht überlebt. Dann handelt es sich um Mord, und die Täter werden endgültig untertauchen.«

Ich rufe Fanis von meinem Handy aus an, um nach Maurice zu fragen.

»Er hat ein schweres Schädel-Hirn-Trauma.«

»Wird er durchkommen?«

»Die ersten achtundvierzig Stunden sind entscheidend. Wenn er die übersteht, stehen seine Chancen gut.«

Ich leite Fanis' Aussage an Konstantinidis weiter.

»Wie lange können die Afrikaner im Obdachlosenheim bleiben?«, fragt er.

»Ich hoffe, ein paar Tage, ohne dass die anderen Bewohner einen Aufstand machen.«

»Schön, dann lassen wir die achtundvierzig Stunden verstreichen, die Ihr Schwiegersohn angesprochen hat. Wenn das Opfer überlebt, machen wir die Razzia.«

Ich fahre in den dritten Stock hinunter und freue mich schon, meinen Kaffee in meinem Büro in Ruhe austrinken zu können. Doch Koula macht mir einen Strich durch die Rechnung.

»Wir haben Besuch.«

»Wen?«

»Vranas' Eltern. Sie sind aus Malakassa angereist und wollen wissen, wann die Leiche freigegeben wird.«

»Bringen Sie sie her. Ich will mit ihnen sprechen.«

Dem Ehepaar, das in mein Büro tritt, sieht man seine ländliche Herkunft schon von weitem an. Die zweite Tatsache, die ins Auge springt, ist der große Altersunterschied zwischen den beiden. Der Mann ist Mitte bis Ende achtzig, während die Frau nicht älter als sechzig sein kann. Doch trotz seiner Jahre wirkt der Mann »robust«, wie man in seiner Generation gerne sagte.

Ich fordere sie auf, Platz zu nehmen, und behalte auch Koula zur Befragung da.

»Kriminalobermeisterin Fotiadou hat mir gesagt, dass Sie wissen möchten, wann die Leiche Ihres Sohnes freigegeben wird«, sage ich.

»Hier kann ich weiterhelfen: ab morgen«, schaltet sich an dieser Stelle Koula ein.

»Ich würde Ihnen bei dieser Gelegenheit gern ein paar Fragen über Ihren Sohn stellen«, fahre ich fort.

»Wir hatten den Kontakt zu unserem Sohn abgebrochen und wussten nicht, was er treibt«, erwidert Vranas sofort.

»Gab es Familienstreitigkeiten?«

Er blickt mich etwas ratlos an, als wüsste er nicht, wo er anfangen soll.

»Ich bin Bauer, Herr Kommissar«, meint er schließlich. »Ich habe ein Stück Land in Malakassa, das ich bebaue. Und von den Erträgen lebe ich. Ich habe keine einzige Tomate auf den Müll geworfen, um mir Agrarsubventionen als Altenteil zu sichern. Herr Kommissar, ich habe im Bürgerkrieg gekämpft. Ich war ein Kommunistenfresser, aber Geld habe ich mir nie unter den Nagel gerissen. Gute Beziehungen hatte ich schon, das gebe ich zu, aber ich habe sie nie für mich selbst genutzt. Als Stathis das Polytechnikum abgeschlossen hatte, sorgte ich dafür, dass er im Athener Bauamt unterkam. Ein Jahr später hat er sich in Athen eine Wohnung gesucht. Wir hörten, dass er auf großem Fuß lebte, und wunderten uns, wie er sich das mit seinem Gehalt aus dem Bauamt leisten konnte. Bis man ihn eines Tages mit markierten Geldscheinen erwischte. Dadurch kam heraus, dass er seinen Lebenswandel nicht von seinem Gehalt finanzierte, sondern durch Schmiergelder und illegale Provisionen. Seit damals haben wir jeden Kontakt zu ihm abgebrochen. Stathis war ein Schandfleck für uns.«

Während Vranas spricht, weint seine Frau lautlos. Immerfort laufen ihr Tränen aus den Augen, die sie mit dem Handrücken fortwischt.

»Sprich nicht so über Stathis«, sagt sie scharf zu ihrem Mann, während sie versucht, ein Schluchzen zu unterdrücken. »Respektiere ihn wenigstens jetzt, wo er tot ist.«

»In meinem Leben habe ich zweimal den Lebensretter gespielt«, entgegnet er. »Einmal bei dir und einmal bei unserem Sohn. Du hast den Rettungsring gepackt und bist eine gute Hausfrau und Mutter geworden. Aber meinem Sohn war eine Luxusjacht lieber. Nur, dass er mit ihr untergegangen ist.« Sein Blick schweift von seiner Frau zu mir. »Es gibt eben auch Männer, die arme Mädchen ohne Mitgift heiraten, Herr Kommissar. Ich habe eins zur Frau genommen, dessen Vater auf Ai-Stratis verbannt war.«

»Was soll das wieder heißen!«, ruft seine Frau empört. »Meine Familie hat mich hochkant rausgeworfen und wie einen Putzlappen behandelt, weil ich dich geheiratet habe. Als mein Vater starb, war ich nicht auf seinem Begräbnis. Als meine Mutter im Krankenhaus war, habe ich sie kein einziges Mal besucht. Du hast mir den Rettungsring zugeworfen, ja, aber das Meer, das ich damit durchquert habe, war voller Scheiße.«

»Dein Sohn schlägt ganz nach eurer Sippe. Die hat unser Land mit dem Gewehr in der Hand in den Abgrund gestürzt. Ganz so, wie jetzt dein Sohn mit seinen Schmiergeldaktionen. Und ich als Nationalkonservativer lande auf dem Müllhaufen«, sagt Vranas bitter.

So also erklärt sich der Altersunterschied. Der Mann aus dem nationalkonservativen Lager nimmt ein sehr viel jüngeres Mädchen aus einer politisch linksstehenden Familie zur Frau. Und sie heiratet einen sehr viel älteren Mann, weil sie von Unglück, Verbannung und zerstörten Familien genug hat.

»Wissen Sie vielleicht, wer der Vorgesetzte Ihres Sohnes beim Bauamt war?«, frage ich Vranas.

»Es war eine Frau«, antwortet er. »Anna Kokkolaki. Ich kannte ihren Vater, der Stathis die Anstellung vermittelt hat.«

»Wissen Sie, wo sie jetzt ist?«

»Sie muss mittlerweile Rentnerin sein. Mehr weiß ich auch nicht.«

Eine letzte Frage fällt mir doch noch ein: »Sagt Ihnen der Name Nikitopoulos etwas, Herr Vranas?«

»Wenn Sie General Nikitopoulos meinen, dann ja: Wir haben ihn alle sehr verehrt«, erwidert er.

Koula händigt den beiden die Adresse der Gerichtsmedizin und den Namen des zuständigen Arztes aus.

Beim Hinausgehen werden Vranas die Knie weich. Schmerz und Bitterkeit scheinen dem Alten gehörig zuzusetzen. Seine Frau leiht ihm ihren Arm als Stütze.

»Komm, Thodoros«, sagt sie diesmal sanft zu ihm. »Unser Sohn hatte sich schon lange, bevor wir ihn abgeschrieben haben, von uns losgesagt. Diese alten Geschichten haben wir doch längst hinter uns gelassen, also reg dich jetzt nicht so auf.«

Im Vorüberhumpeln wendet sich die Frau mit bitterer Ironie an mich:

»Der stolze Bauernstand lässt grüßen, Herr Kommissar.«

Ich blicke ihnen hinterher und denke, dass eigentlich Sissis die beiden hätte vernehmen sollen. Er hätte ihnen bestimmt mehr entlockt als ich.

Die »Griechen der fünfziger Jahre« müssen jetzt im Alter von Vranas senior sein. Hätte jemand in Vranas' Alter Nikitopoulos und Vranas junior töten können? Bestimmt nicht, und das macht den Fall so absurd: Menschen bekennen sich zu Morden, zu denen sie gar nicht mehr in der Lage sind.

»Also, so etwas!«, meint Koula, als das Ehepaar gegangen ist, und schlägt das Kreuzzeichen.

»Was meinen Sie?«, frage ich.

»Was für eine widersprüchliche Familie!«, bemerkt sie.

»Genauso widersprüchlich wie der vorliegende Fall. Suchen Sie die Adresse dieser Kokkolaki heraus. Vielleicht bringt sie uns ja weiter.«

Koula geht hinaus und überlässt mich meinen Gedanken. Wir haben es mit zwei Opfern zu tun, deren Erzeuger nationalkonservative Bürgerkriegskämpfer waren. Der eine hatte sich mit seinem Vater überworfen, der andere jeden Kontakt zu seiner Familie abgebrochen. Wenn sie nicht wegen irgendwelcher Schmiergeld- und Steueraffären umgebracht wurden, dann reicht der Fall bis in Bürgerkriegszeiten zurück. Das Schlimme an dieser Schlussfolgerung ist, dass wir keine Toten exhumieren werden, sondern Gespenster. Wobei ich die Technik, Gespenster zu vernehmen, nicht beherrsche. Dafür wäre Sissis der richtige Mann.

25

Anna Kokkolaki wohnt in einem Wohnblock in der Mavrommateon-Straße, der aus den fünfziger Jahren übrig geblieben ist, als die Gegend mit dem Café Green Park und dem Freilichttheater eine Blütezeit erlebte. Jetzt ist das Green Park geschlossen und über und über mit Plakaten beklebt, und der Park ist vernachlässigt und menschenleer. Nur der Panhellenische Sportverein hält noch die Stellung.

Ich nehme meine Assistenten immer abwechselnd mit, damit sich keiner beschweren kann und kein Konkurrenzkampf ausbricht. Heute ist Dermitsakis an der Reihe.

Kokkolakis Wohnung liegt in der vierten Etage. Eine Dame Mitte sechzig öffnet uns die Tür. Sie trägt ein graues Kostüm und eine elegante Brille. Sie führt uns in ihr Wohnzimmer, das sich schon allein dadurch auszeichnet, dass kein Fernseher zu sehen ist.

»Frau Kokkolaki, als Sie beim Bauamt beschäftigt waren, war Stathis Vranas einer Ihrer Mitarbeiter«, beginne ich.

»Stimmt. Er ist vor zwei Tagen ermordet worden, wenn ich mich nicht irre«, erwidert sie.

»Sie irren sich nicht. Wir haben erfahren, dass Stathis Vranas unter dem Vorwurf der Bestechlichkeit entlassen wurde.«

»Das war nicht nur ein Vorwurf. Er wurde auf frischer Tat ertappt.« Sie seufzt und schließt kurz die Augen, als wolle sie sich den Vorfall vergegenwärtigen. »Diese Geschichte hat mich zehn Jahre meines Lebens gekostet, meine Herren. Bevor er im Bauamt anfing, kannte ich Stathis Vranas nicht persönlich, aber unsere Väter waren alte Freunde. Deshalb habe ich mich dafür eingesetzt, dass er in unserer Behörde eine Anstellung bekam, obwohl es zwei wesentlich qualifiziertere Kandidaten gab.«

»Wie lange war er in Ihrer Behörde tätig?«, will Dermitsakis wissen.

»Fünf Jahre, wenn ich mich nicht täusche.«

»Und in der ganzen Zeit ist Ihnen gar nichts aufgefallen?«

»Ganz im Gegenteil. Die Akten, die er mir zur Unterschrift vorlegte, waren tadellos.« Sie bemerkt Dermitsakis' verwunderten Blick und lächelt zum ersten Mal. »Er war sehr geschickt«, meint sie. »Er hat nicht gegen Regeln verstoßen, sondern eine Verzögerungstaktik angewendet. Er hat die Leute von einer Behörde zur nächsten geschickt, bis sie die Waffen streckten und ihn fragten, was es koste, die Sache zu beschleunigen. Die Akten, die er mir brachte, enthielten lauter überflüssige Schriftstücke. Als ich ihn fragte, wozu das alles nötig sei, meinte er, wir sollten uns besser nach allen Seiten absichern. ›Wer weiß, wer plötzlich auftaucht und nachzufragen beginnt!‹, lautete sein Argument. Doch schließlich ist einem Betroffenen der Kragen geplatzt, und er hat ihn verraten.« Sie denkt kurz nach und fährt dann fort: »Zum Glück hat er keine Formfehler begangen. Sonst wäre ich möglicherweise auch dran gewesen.«

»Wissen Sie, womit sich Vranas nach seinem Ausscheiden aus Ihrer Behörde beschäftigt hat?«

Sie lacht auf.

»Kommen Sie, Herr Kommissar. Selbstverständlich weiß ich das. Er hat sich zwar nicht getraut, hier noch mal aufzutauchen, aber man hat darüber geredet. Wie sich im Nachhinein herausstellte, hatte er in allen öffentlichen Ämtern einen regelrechten Schattenstaat installiert. Nicht nur bei den Bauämtern, sondern auch in den Ministerien und den Finanzämtern, einfach überall! Das musste böse enden. Beim ersten Mal wurde er nur angeschwärzt, beim zweiten Mal hat er es mit dem Leben bezahlt.«

Möglich, aber ich bin mir gar nicht sicher, ob ihn eins seiner Opfer getötet hat. Die »Griechen der fünfziger Jahre« gehörten vermutlich auch nicht zum Kreis seiner Opfer, da sie abgesehen von ihren Rentenbezügen mit dem griechischen Staat nicht mehr viel zu tun hatten.

»Ich bin auf ihn reingefallen wie eine Anfängerin«, fährt die Kokkolaki fort. »Und ich dachte, ich hätte alles im Griff. Wie eine blutige Anfängerin! Das werde ich mir nie verzeihen.«

»Kennen Sie vielleicht ein paar von den Leuten, die sich mit Vranas eingelassen haben?«, fragt Dermitsakis.

Die Kokkolaki wirft ihm einen Blick zu.

»Sie sind doch Polizeibeamter, oder?«, meint sie dann.

»Genau.«

»Gehört die Polizei nicht auch zum öffentlichen Dienst?«

»Soweit ich weiß, ja«, lacht Dermitsakis.

»Und wissen Sie nicht, dass im griechischen öffentlichen Dienst das Gesetz des Schweigens gilt?« Dermitsakis sucht noch nach einer passenden Antwort, als die Kokkolaki schon fortfährt: »Im griechischen Staatsdienst vertraut keiner seinem Nächsten – hier gibt es nur Förmlichkeiten und Smalltalk. Im griechischen Staatsdienst gilt: ›Die rechte Hand weiß nicht, was die linke tut.‹ Im wörtlichen wie im übertragenen Sinn, Herr Kommissar.«

Das Schweigen, das sich zwischen uns breitmacht, signalisiert das Ende des Gesprächs.

»Vielen Dank, Frau Kokkolaki«, sage ich beim Aufstehen.

Ich versuche, die neuen Informationen zu verarbeiten. Eine Gemeinsamkeit zwischen den beiden Morden ist, dass die Väter beider Opfer im Bürgerkrieg auf der Seite der Nationalkonservativen kämpften. Somit könnte jemand die Söhne getötet haben, um sich an den Vätern zu rächen. Aber nehmen wir mal an, die Täter sind Linke: Wieso sollten sie erst jetzt zuschlagen? Vranas könnten sie damit noch treffen, doch die Theorie geht nicht auf, denn Nikitopoulos' Vater ist längst tot.

Die zweite Gemeinsamkeit ist Makridis. Makridis senior ist auf dem Klassenfoto zu erkennen, das die »Griechen der fünfziger Jahre« nach dem Nikitopoulos-Mord im Internet gepostet haben. Makridis junior kommt bei Vranas' vergeblichem Versuch ins Spiel, ihm Bestechungsgeld zu entlocken.

Die zweite Spur scheint mir mehr Erfolg zu versprechen, da ich das Gefühl nicht loswerde, dass Makridis' Selbstmord der Ausgangspunkt für alles Weitere ist. Aber auch dazu fehlt mir das Schlüsselmotiv.

»Die hat's uns aber gezeigt«, meint Dermitsakis, als wir in den Streifenwagen steigen.

»Jeder glaubt, so etwas käme nur in seiner Behörde vor. Dabei passiert es überall. Das war die eigentliche Kernaussage der Kokkolaki.«

Wir sind den Alexandras-Boulevard schon halb hochgefahren, als mich Fanis anruft.

»Maurice möchte dich und Katerina sprechen«, sagt er. »Sein behandelnder Arzt ist alles andere als begeistert. Er liegt ja auf der Intensivstation, wo Besuch verboten ist. Aber Maurice ist dermaßen aufgewühlt, dass der Arzt fürchtet, die Aufregung könnte ihm mehr schaden als ein Gespräch. Die Bedingung des Arztes für ein Treffen ist, dass ihr Maurice keine Fragen stellt, weil ihn das zu sehr anstrengt. Ich habe Katerina Bescheid gesagt, sie ist schon unterwegs.«

Wir fahren also am Präsidium vorbei zum Krankenhaus. Fanis erwartet uns am Eingang und führt uns direkt zu Maurices Zimmer. Katerina ist schon vor uns eingetroffen und sitzt neben ihrem Mandanten. Sein Kopf ist einbandagiert, gerade mal sind seine auf Katerina gerichteten Augen zu erkennen. Fanis bringt mir einen Stuhl und zieht den weißen Vorhang vor, der als Sichtschutz zum Nachbarbett dient.

»Guten Tag, Herr Kommissar«, sagt Maurice mit heiserer Stimme. »Ich wollen mit dir und Katerina sprechen.«

Bei unserer ersten Begegnung kam mir sein Griechisch viel flüssiger vor. Anscheinend haben sich seine Sprachkenntnisse durch den Vorfall und die Aufregung verschlechtert.

»Sie können mit mir sprechen, aber bleiben Sie ganz ruhig«, stelle ich klar und halte mich an Fanis' Anweisungen.

»Die verkaufen viele Jahre Drogen. Jeden Morgen auf Straße viele Menschen, Weiße, Schwarze, liegen vor Türen. Als ich Laden hatte, ich nix sagen. Keiner sagt was, weil es sind unsere Leute. Und unsere Leute nix anzeigen bei Polizei. Dann Goldene Morgenröte meine Laden kaputtmachen, und ich ganze Tag auf Straße und sehe, sie verkaufen Drogen wie Orangen auf Markt. Dann die Frau von meine Bruder ruft an. Der ...«

Er weiß das Wort nicht und fragt Katerina auf Französisch.

»Neffe«, antwortet sie ihm.

»Meine Neffe...« Wieder braucht er sprachliche Hilfe von Katerina. »Bewusstlos«, sagt er, als er das richtige Wort gehört hat. »In Klasse bewusstlos. In Krankenhaus Doktor sagt uns, nix bewusstlos, aber Drogen. Ich finden Telefonnummer von Dealer. Ich anrufen, aber er auflegen. Ich ihn anrufen alle fünf Minuten, weil ich wissen, er schaltet nicht aus, weil er muss dealen. Ich mit ihm reden, ganz ruhig. Ich sagen: Du machen deine Arbeit, aber nix verkaufen an kleine Kinder. Er dann sagen, er sich mit mir treffen zum Reden. Erst wir treffen uns beide, dann andere kommen und mich schlagen. ›Du jetzt Mund halten‹, sie sagen.«

Den letzten Satz hat er fast geschrien, und jetzt keucht er. Eine Krankenschwester kommt hereingestürzt und eilt auf ihn zu.

»Maurice, wenn du weiter so schreist und dich aufregst, muss ich die Herrschaften wegschicken«, warnt sie ihn.

»Okay, okay, Entschuldigung«, sagt Maurice beschwichtigend.

Bevor sie wieder geht, wirft ihm die Krankenschwester noch einen strengen Blick zu.

»Herr Kommissar, ich kommen aus Land, wo man nix redet. Egal, was passieren, du nix reden. Jetzt ich bin hier, und wieder Mund zu. Sie mir Laden kaputtmachen, meine Neffe Drogen geben, und ich Mund zu. In meine Land, wenn du reden, es gibt Prügel. Hier, wenn du reden, es gibt Prügel. Wenn du nix reden, wieder Prügel. Besser, du reden und kriegen Prügel.«

Er hält inne und tastet mit der Hand unter sein Kopfkissen. Dann zieht er sein Handy hervor und übergibt es Katerina.

»Name von Dealer ist Abdul«, sagt er. »Ich haben seine Handynummer.«

Er verstummt und schließt die Augen zum Zeichen, dass er müde ist und sich ausruhen möchte. Katerina und ich erheben uns und treten auf den Flur, wo uns Fanis schon erwartet.

»Er hat uns alles gesagt«, stelle ich fest und sage dann zu Katerina: »Such nach der Nummer von diesem Abdul.«

Katerina scrollt die Adressliste durch und gibt mir die Nummer. Sofort melde ich mich bei Konstantinidis.

»Wir werden gleich alle Viertel durchkämmen, in denen gedealt wird«, meint er. »Machen Sie sich keine Sorgen, wir werden ihn finden. Er ist bestimmt irgendwo am Dealen. Er hat nur den Standort gewechselt.«

»Wird Maurice es überstehen?«, fragt Katerina Fanis.

»Für eine eindeutige Aussage ist es noch zu früh. Vorläufig ist alles im grünen Bereich.«

Katerina gibt Fanis einen Kuss auf die Wange und geht zum Ausgang. Und ich tue es ihr nach.

26

Bestechlichkeit, die: Verführbarkeit, Verderblichkeit; Käuflichkeit, Korruption, moralischer Verfall. Im juristischen Sinne: Forderung einer Gegenleistung für die Durchführung einer Diensthandlung durch einen Amtsträger.

Sowohl der allgemeine als auch der juristische Sinn entspricht meinen Erwartungen. Vranas hatte sich zunächst durch seine Position im öffentlichen Dienst einen finanziellen Vorteil verschafft. Als er dort aufgeflogen war, blieb er käuflich und korrupt, und sein moralischer Verfall setzte sich ungehindert fort.

Ich sitze im Wohnzimmer und blättere im Dimitrakos-Lexikon. Adriani trinkt mit Sevasti Kaffee, während Prodromos in seinem Zimmer hockt. Dort verbringt er die meiste Zeit des Tages. Da sich Fanis ernsthaft Sorgen um ihn macht, hat er Mania um Rat gefragt. Sie schlug vor, er solle seinen Vater in ihre Praxis bringen, sobald er sich etwas erholt habe, denn bei uns zu Hause könne sie nicht mit ihm reden.

Mit einem kurzen Abschiedsgruß an Adriani und Sevasti gehe ich aus dem Haus – wobei ich vor der Arbeit bei Sissis einen Zwischenstopp einlegen möchte. Ich weiß zwar nicht, wie er mir helfen könnte, aber wenn man nicht mehr weiterweiß, greift man nach jedem Strohhalm.

Am Amerikis-Platz steige ich aus dem Trolleybus. Von hier aus ist es nicht mehr weit zum Obdachlosenheim. Sissis unterhält sich gerade mit einem jungen Mann aus der Gruppe von Freiwilligen, die die Einrichtung betreibt.

Die drei Afrikaner sitzen plaudernd an einem Tisch in der Cafeteria. Sonst ist der Raum leer.

»Du wirst es nicht glauben«, sagt Sissis und deutet mit dem Kopf zur Treppe. »Wenn das Trio hier unten ist, kommen die anderen nicht aus ihren Zimmern. Sie warten, bis die drei weg sind, erst dann tauchen sie hier auf. Wenn die Afrikaner nicht in der Cafeteria sind, kommen sie runter und besetzen schnell alle Tische, um sie zu vertreiben.«

»Sie werden sich schon dran gewöhnen«, bemerkt der junge Mann. »Jetzt, da die drei nun mal hier sind und keine andere Unterkunft gefunden haben, müssen sie sich wohl oder übel damit abfinden.«

»Richtig«, stimmt Sissis zu. »Am besten tun wir, als wäre nichts, und lassen ihnen einfach Zeit.«

Auf einmal wird ihm bewusst, dass ich Gesprächsbedarf haben muss, wenn ich so früh vorbeischaue.

»Willst du etwas besprechen?«, fragt er mich. »Warte kurz, ich mache schnell mit Jorgis die Abrechnung fertig, dann bin ich frei.«

Ich lasse die beiden ihre Aufgabe erledigen und gehe zu den Afrikanern hinüber. Alle drei begrüßen mich unisono und mit einem Lächeln auf den Lippen.

»Maurice hat mir gestern alles erzählt«, stelle ich fest. Sie blicken sich an und wirken erleichtert, allen voran Cédric. »Werdet ihr eine Aussage bei der Polizei machen, wenn wir die Täter fassen?«

»Ich kommen«, sagt der Afrikaner, der Cédric gedrängt hatte, die Wahrheit zu sagen.

»Ich auch«, sagt der zweite.

»Ich reden auch«, muss nun auch Cédric als Dritter einräumen, obwohl ihm bei der Vorstellung der Schweiß ausbricht.

»Schön, Katerina gibt euch dann Bescheid«, sage ich zu Cédric und gehe, als sich Sissis nähert, zum Nebentisch hinüber.

»Was gibt's?«, fragt er.

Ich gebe ihm mein Gespräch mit dem alten Vranas und der Kokkolaki wieder. Er hört mir nachdenklich zu, immer wieder wiegt er den Kopf.

»Weißt du was?«, sagt er, als ich geendet habe. »Griechenland war besser dran, als man hier noch mit der Formel unterschreiben musste: ›Der Unterzeichnete ist des Schreibens mächtig und hat nichts weiter zu erklären.‹ Ganz anders als heute, da die jungen Leute ein Diplom nach dem anderen erwerben. Selbst Vranas, dieses Tier, war besser dran als sein Sohn mit Hochschulabschluss.«

»Kanntest du ihn?«

»Nicht persönlich, aber den Namen Vranas kannten wir alle. Jedes Mal, wenn er genannt wurde, konnten wir damit rechnen, dass wieder viele unserer Leute umgebracht worden waren. Sogar die Sicherheitsbataillone versuchten, ihn zu bremsen, aber er ließ sich nichts sagen. Nach dem Ende des Bürgerkriegs beschlossen seine Kameraden, ihn umzusiedeln, da er ein rotes Tuch für die Anwohner war. Sie überließen ihm – er war ja Landwirt – einen Acker irgendwo in Attika. Er war weder bei der Gendarmerie noch bei den

Sicherheitsbataillonen gern gesehen.« Er hält lächelnd inne. »Es gibt doch eine göttliche Gerechtigkeit. Wie man hört, hat er eine Frau aus einer linken Familie geheiratet.«

»Seine Frau hat mir erzählt, dass sie seit der Heirat keinen Kontakt mehr zu ihren Leuten habe. Nicht mal zum Begräbnis ihres Vaters durfte sie kommen.«

»Das wundert mich nicht. Sie hatte mit der Heirat eine Art politische Reueerklärung abgegeben und ihrer Überzeugung öffentlich abgeschworen. Wer so etwas tat, galt als Verräter. Und seine ganze Familie auch, selbst wenn sie links war.« Er schüttelt den Kopf. »Wenn ich mir das jetzt so überlege, wird mir eins klar: Seine Ideologie erlaubte es Vranas zu töten, aber Stehlen war tabu. So erklärt es sich, dass er seinem Sohn nie verziehen hat. In seinen Augen war er ein ganz gewöhnlicher Dieb.«

Damit könnte ich das Dimitrakos-Wörterbuch um eine weitere Interpretation bereichern, sage ich mir.

»Würdest du mit ihm sprechen, wenn ich dich darum bitte? Das heißt, wenn es notwendig sein sollte«, füge ich hinzu, damit er die Anfrage leichter schluckt.

»Kostas, wir sind Freunde. Für mich spielt es keine Rolle, dass du Kommissar bist, genauso wenig wie für dich, dass ich Kommunist bin. Doch es gibt bestimmte Tatsachen, die lassen sich nicht vom Tisch wischen. Darüber solltest du dir im Klaren sein. Vranas würde sich niemals auf ein Gespräch mit mir einlassen.«

»Und seine Frau?«

»Seine Frau schon.«

Dabei belasse ich es, denn ich weiß nicht, ob ich seine Hilfe überhaupt in Anspruch nehmen werde. Ich stehe auf und merke erst jetzt, dass, seit die Afrikaner fort sind, unsere Landsleute in der Cafeteria Einzug gehalten haben.

Ich nehme den 14er, der über die Patission-Straße zum Alexandras-Boulevard fährt, um zur Dienststelle zu kommen. Seit ich nicht mehr mit dem Auto unterwegs bin, kenne ich das Netz des öffentlichen Nahverkehrs in- und auswendig.

Auf meinem Schreibtisch warten der Autopsiebericht und das Ergebnis der ballistischen Untersuchung auf mich. Ich fange mit dem zweiten Text an, um vollkommen sicherzugehen, dass der Mord tatsächlich mit einer Victory von Smith & Wesson begangen wurde. Als sich dies bestätigt, gehe ich zum Autopsiebericht über, den ich brav lese, obwohl ich weiß, was drinsteht. Ein Anruf von Sonaras unterbricht meine Lektüre.

»Können Sie in mein Büro kommen?«

Ich lasse Stavropoulos' Bericht liegen und gehe zum Fahrstuhl. Mir ist klar, dass es um Katerina gehen muss.

Auf dem Stuhl vor Sonaras' Schreibtisch sitzt der Wachpolizist und lässt den Kopf hängen. Nicht einmal bei meinem Eintreten blickt er auf.

»Erkennen Sie ihn?«, will Sonaras von mir wissen.

»Solche Visagen vergisst man nicht.«

Der Wachpolizist hält den Kopf nach wie vor gesenkt, ohne zu reagieren.

»Darf ich vorstellen: Periklis Valassis. Ich bitte um respektvolle Begrüßung, denn er ist Ausbilder«, sagt Sonaras zu mir.

Mir bleibt die Spucke weg.

»Ausbilder?«, wiederhole ich und traue meinen Ohren nicht.

»Nein, nicht bei der Bergwacht und auch nicht bei der Polizei, sondern bei den Raufbolden. Er bildet Mitglieder der Goldenen Morgenröte aus«, erklärt er. »Schauen Sie sich das an.«

Ich trete hinter seinen Schreibtischstuhl, während Sonaras einen Film abspielt. Er wurde in einem abgelegenen Waldgebiet aufgenommen. Eine Truppe junger bewaffneter Burschen in soldatischem Outfit wird mit dem üblichen Gebrüll ausgebildet. Der Anführer, der sie befehligt, ist niemand anderer als der Wachpolizist.

»Ein Vollprofi, wie man sieht«, spottet Sonaras.

»Wo haben Sie das her?«

»Aus einer Wohnung in Kolonos, wo wir Waffen, Hitlerbilder, Hakenkreuze und andere Utensilien der Goldenen Morgenröte gefunden haben.« Dann wird er ernst und wendet sich an den Wachpolizisten. »Dir ist wohl klar, dass man dich anklagen wird, Mitglied einer terroristischen Vereinigung zu sein?«, sagt er. »Deine Laufbahn bei der Polizei ist damit beendet. Nach deiner Entlassung erwartet dich aller Wahrscheinlichkeit nach die Untersuchungshaft. Du hast nur noch eine Chance: Nenn uns die Namen der Auszubildenden, und sag uns, wer die Tochter des Kommissars überfallen hat. Das würde sich zu deinen Gunsten auswirken.«

Der Wachpolizist hebt zum ersten Mal den Kopf.

»Zuerst will ich mit einem Anwalt sprechen«, sagt er zu Sonaras.

»Das kannst du, nur lass mich dir eins sagen: Wenn du uns die Namen jetzt sofort nennst, werden wir sagen können, dass wir die Leute gefasst haben, weil du dich kooperativ gezeigt hast. Aber wenn du jetzt auf den Anwalt wartest und dann erst mit dem Untersuchungsrichter sprichst, sind die in der Zwischenzeit abgetaucht. Dann müssen wir erst mühsam nach ihnen suchen, und das würde sich auf die Bewertung deiner Mitarbeit auswirken.«

Der Wachpolizist denkt nach. Seine Arroganz ist wie weggeblasen.

»Gut, ich rede«, sagt er schließlich. »Aber ich weiß nicht alle Namen auswendig.«

»Dann verrate uns für den Anfang die, an die du dich erinnerst«, sagt Sonaras. »Plus die der beiden Typen, die die Tochter des Kommissars angegriffen haben.«

Der Wachpolizist beginnt, einige Namen aufzuzählen, und Sonaras notiert sie. Am Schluss fügt er noch die der beiden Angreifer auf Katerina hinzu.

»Das ist alles, was ich weiß«, meint er abschließend.

»Ich hoffe, du hast mir keine Phantasienamen genannt, denn sonst werden aus den entlastenden schnell wieder belastende Hinweise«, sagt Sonaras streng zu ihm.

»Nein, die Namen stimmen«, bekräftigt der Wachpolizist.

Sonaras ruft einen Beamten herein. »Nehmen Sie ihn mit, aber geben Sie ihm Zivilkleidung. Wenn ich ihn in Uniform in den Arrest schicke, werden ihn die anderen in der Luft zerreißen.«

Der Wachpolizist wird abgeführt. Dabei würdigt er mich keines Blickes, sondern schaut zu Boden.

»Das war's«, meint Sonaras zufrieden und fügt hinzu: »Vorläufig zumindest.«

»Vielen Dank!«, sage ich.

»Das waren wir der Polizei und den Kollegen doch schuldig«, entgegnet er lachend.

Zurück im Büro, rufe ich Katerina an. »Wir kennen jetzt die Schläger«, verkünde ich ihr.

»Die Maurice zusammengeschlagen haben?«

»Nein. Die dich überfallen haben. Der Wachpolizist hat uns ihre Namen genannt.«

Ich fasse ihr meine Begegnung von soeben zusammen.

»Bravo, Papa! Und ich hatte sie schon abgeschrieben. Ihr seid die Größten!«, sagt sie zufrieden.

»Sag das mal deiner Mutter, die nur das Schlechteste von uns denkt.«

Wir legen auf. Dann greife ich wieder nach Stavropoulos' Bericht, doch erneut unterbricht mich ein Anruf.

»Herr Kommissar, hier spricht Vassiliki Georgiou, die Sekretärin von Andreas Makridis, falls Sie sich erinnern. Frau Rießen, Herrn Makridis' Schwester, ist hier. Ich habe ihr gesagt, dass Sie sie sprechen wollen, und sie möchte wissen, wo und wann sie sich mit Ihnen treffen kann.«

»Wenn möglich, jetzt sofort und vorzugsweise in meinem Büro.«

Nach einer kurzen Pause ist die Georgiou wieder am Apparat.

»In einer Stunde ist sie bei Ihnen.«

Nicht, dass ich mir etwas Weltbewegendes davon verspreche. Aber wenigstens kann ich dann das Kapitel Makridis abschließen.

27

Frau Rießen ist größer und jünger als ihr Bruder. Auf den ersten Blick sieht sie weder aus wie Makridis' Schwester noch wie eine Deutsche. Die Deutsche kommt erst zum Vorschein, wenn sie zu sprechen anfängt, denn sie hat einen starken Akzent, obwohl ihr Griechisch flüssig ist. Offensichtlich spricht sie es nur selten.

»Sie haben Andreas' Sekretärin gesagt, dass Sie mich sprechen wollen, Herr Kommissar«, meint sie, sobald sie mir gegenüber Platz genommen hat.

»Ja, ich möchte Sie über die bisherigen Ermittlungsergebnisse in Kenntnis setzen und ein Thema mit Ihnen besprechen, das sich aus dem Selbstmord Ihres Bruders ergeben hat.« Ich gebe ihr einen kurzen Überblick über die Vorgeschichte und komme dann auf das Schreiben zu sprechen, welches die »Griechen der fünfziger Jahre« an die deutsche Botschaft geschickt haben.

»Glauben auch Sie, dass mein Bruder ermordet wurde?«, fragt sie, als ich zu Ende gesprochen habe.

»Nein, Frau Rießen, aber wir können die Möglichkeit nicht ausschließen, dass jemand Ihren Bruder in den Selbstmord getrieben hat. Wenn Sie dazu etwas wissen, würde uns das weiterhelfen.«

Sie denkt kurz nach und beginnt dann zu reden. »Ich hatte zu meinem Bruder so gut wie keine Beziehung, Herr Kommissar. Ab und zu haben wir telefoniert, das ist alles. Wir lebten in verschiedenen Städten, und wir hatten uns seit Jahren nicht mehr gesehen.«

Sie macht eine Pause. Ich merke, dass sie weiterreden will, und lasse ihr Zeit, ihre Gedanken zu formulieren.

»Nein, das stimmt so nicht«, sagt sie schließlich. »Es war nicht nur Andreas. Ich bin zu meiner ganzen Familie auf Distanz gegangen.«

»Warum?«

Sie zuckt mit den Schultern. »Das ist das Schicksal der Gastarbeiterkinder, Herr Kommissar. Mein Vater war zuerst allein ausgewandert. Ein Jahr später hat er meine Mutter und Andreas nach Deutschland geholt. Mich ließen sie bei den Großeltern im Dorf. Ich war die Kleinste und noch dazu ein Mädchen. Andreas, der Stammhalter, sollte in Deutschland studieren. Sie können sich nicht vorstellen, wie bitter das für mich war und wie sehr ich darunter gelitten habe. Ich dachte, dass mich meine Eltern nicht mehr liebhatten, weil sie mich nicht zu sich geholt haben. Immer wenn es Sommer wurde, sagte meine Oma, dass jetzt bald Papa, Mama und Andreas kämen. Und ich dachte bei mir: ›Bloß nicht!‹ Und wenn sie dann da waren, ließ ich mich weder umarmen noch berühren. Ich sah, dass das meine Mutter traurig machte, und freute mich, dass ich sie zum Weinen gebracht hatte. Eines Nachmittags hörte ich, wie mein Vater zu meiner Mutter sagte: ›Wie soll das gehen? Sie ist noch klein. Wir arbeiten doch beide, und Andreas geht zur Schule. Wer soll auf sie aufpassen?‹«

Sie hält inne und holt tief Luft. Ihr Gesicht ist ausdruckslos geblieben, aber in ihrem Inneren muss ein Sturm toben.

»Alle sagen, wie schwer es die Gastarbeiter in Deutschland hatten. Aber keiner redet davon, wie sehr alle die gelitten haben, die zurückbleiben mussten.«

»Ich weiß, ich stamme auch aus Epirus«, sage ich.

»Woher?«

»Aus einem Dorf bei Konitsa.«

Da lächelt sie zum ersten Mal. »Vielleicht ist das der Grund, dass ich Ihnen das alles erzähle. Ich habe nämlich noch nie darüber gesprochen, mit niemandem.«

Sie macht eine neuerliche Pause, wohl um den Faden wiederzufinden.

»Als sie mich dann nach Deutschland holten, war es auch nicht einfach für mich. Alle naselang sagten sie zu mir: ›Wir sind hier in Deutschland, nicht in Griechenland. Hier macht man das so und nicht anders.‹ Damals habe ich beschlossen, ganz und gar Deutsche zu werden, Herr Kommissar. Ich habe Deutsch gelernt, bin in eine deutsche Schule gegangen und habe zu Hause nur noch Deutsch gesprochen. Wenn sich jemand darüber wunderte, habe ich nur gesagt: ›Wir sind doch hier in Deutschland.‹ In der Schulzeit fühlte ich mich bei meinen deutschen Mitschülern viel wohler als bei uns zu Hause. Nach meinem Abitur brach ein neuer Streit aus. Ich wollte studieren, aber meine Eltern hatten beschlossen, dass ich einen Beruf erlernen und arbeiten gehen sollte. Da habe ich mich an der Uni eingeschrieben und einen Job als Serviererin in einem griechischen Restaurant angenommen, um ihnen nicht zur Last zu fallen. Oder vielleicht auch, um ihnen zu zeigen, dass ich allein zurechtkomme. Wahrscheinlich war's beides zusammen.«

Wieder unterbricht sie ihre Erzählung und wartet auf

meine Reaktion. Mania und Uli wäre vielleicht etwas dazu eingefallen, aber ich muss sie enttäuschen. Als ihr klarwird, dass von mir nichts kommt, fährt sie fort:

»Als mir dann eines Tages mein Verlobter einen Heiratsantrag machte, sagte ich zu ihm: ›Nur unter der Bedingung, dass wir in eine andere Stadt ziehen.‹ Er wunderte sich zwar darüber, willigte aber ein. In Hamburg wurde ich dann vollkommen zur Deutschen. Ich habe jede Beziehung zu Griechenland abgebrochen, mit meiner Familie stehe ich nur noch telefonisch in Kontakt. Wir fahren dorthin in Urlaub, wo auch die Deutschen hinfahren: Mallorca, Sizilien und Sardinien. Nur meine beiden Kinder haben griechische Namen. Sie heißen Nikos und Alexandra, nach meinen Großeltern, die mir immer eine große Stütze waren.«

Mit leerem Blick fixiert sie die Wand hinter mir.

»Ich bin Deutsche, aber Andreas ist halb Grieche geblieben, Herr Kommissar. Er lebte in Deutschland, aber er vermisste Griechenland. War er aber mal in Griechenland, wollte er gleich wieder nach Deutschland zurück. Er war nicht der Einzige, dem es so ging. Die meisten aus der ersten und zweiten Gastarbeitergeneration waren weder Griechen noch Deutsche. Das habe ich beim Servieren in dem griechischen Lokal schon sehr früh aus den Gesprächen herausgehört. Ich weiß nicht, warum Andreas in Griechenland Unternehmer werden wollte, wir haben nie darüber gesprochen. Aber ich glaube, auf diese Weise wollte er Deutschland und Griechenland in sich vereinigen.«

Als sie verstummt, halte ich die Geschichte für beendet, doch ich irre mich. Sie öffnet ihre Handtasche und holt einen zusammengefalteten A4-Umschlag hervor.

»Das sind Briefe, die Andreas an einen Freund namens Franz geschrieben hat«, erklärt sie mir. »Keine Ahnung, wer dieser Franz ist. Tatsache ist jedenfalls, dass er die Briefe nicht an Franz, sondern an einen anderen Freund geschickt hat.«

»Was hat das zu bedeuten?«, wundere ich mich.

»Da muss ich ein wenig ausholen. Als ich von Andreas' Selbstmord erfuhr, musste ich nach Esslingen fahren, um seine Wohnung aufzulösen. Unsere Eltern sind gestorben, also war ich die einzige Angehörige. Zwei Tage später klingelte das Telefon. Ein gewisser Karl Vogel war am Apparat. Er erzählte mir, er habe einige Briefe von Andreas in seinem Besitz, die aber nicht an ihn selbst gerichtet seien, sondern an einen gewissen Franz. Zu seiner großen Verwunderung seien diese Briefe bei ihm gelandet. Hier, nehmen Sie sie. Vielleicht helfen sie Ihnen dabei, die Hintergründe von Andreas' Selbstmord aufzuklären. Allerdings sind sie auf Deutsch, aber es wird nicht schwer sein, sie zu übersetzen.«

»Haben Sie sie gelesen?«, frage ich.

»Ich habe kurz reingeschaut, aber ich werde Ihnen nicht sagen, worum es darin geht. Das könnte Sie beeinflussen.«

Sie erhebt sich und übergibt mir den Umschlag. »Entschuldigen Sie, wenn ich Sie mit meiner privaten Lebensgeschichte behelligt habe, Herr Kommissar, aber ich wollte, dass Sie unser Verhältnis verstehen und auch, wie unterschiedlich wir waren. Es tut mir leid, dass sich Andreas umgebracht hat, aber ich will weder Sie noch mich selbst belügen. Meine Beziehung zu Andreas war schon seit geraumer Zeit abgekühlt. Daher hält sich auch meine Trauer in Grenzen.«

Sie reicht mir die Hand und geht. Und ich denke mir, dass

sie ihr Ziel, eine Deutsche zu werden, voll und ganz erreicht hat.

Als ich den Umschlag öffne, gleiten sechs Computerausdrucke heraus. Ich mache mir gar nicht die Mühe, sie durchzublättern, sondern stecke sie gleich zurück in den Umschlag und beschließe, zur Berichterstattung zu Gikas hochzufahren.

Als ich eintrete, sitzt er zurückgelehnt in seinem Sessel.

»Wie Sie sehen, haben wir die Mitglieder der Goldenen Morgenröte regelrecht auseinandergenommen«, sagt er mit einem glückseligen Lächeln.

Ich bin mir sicher, dass er sich nach der Ankündigung meines Besuchs in Positur geworfen hat, um seinen Triumph auszukosten.

»Ja, Sonaras hat tolle Arbeit geleistet«, erwidere ich.

»Der ist gut … richtig gut«, betont er.

Dann begibt er sich mit der Frage »Irgendwelche Neuigkeiten?« wieder in die Niederungen des Alltags. Ich berichte ausführlich von meinem Treffen mit Vranas' Eltern und Anna Kokkolaki. Mein vertrauliches Gespräch mit Sissis behalte ich für mich.

»Und was schließen Sie daraus?«, fragt er mich am Schluss.

»Wenn Sie meine Meinung hören wollen: Die beiden Morde hängen irgendwie mit Makridis' Selbstmord zusammen. Im Zuge des Nikitopoulos-Mordes taucht Makridis senior auf dem Klassenfoto auf, das im Internet gepostet wurde. Im Zuge des Vranas-Mordes hat das Opfer versucht, Makridis junior Knüppel zwischen die Beine zu werfen, was das von ihm geplante Unternehmen betraf.«

Als krönenden Abschluss präsentiere ich die Geschichte von Frau Rießen und den Briefen.

»Was versprechen Sie sich davon?«, fragt er skeptisch. »Makridis hat sich doch umgebracht. Ich kann mir kaum vorstellen, wie sich durch die Briefe Hinweise auf die beiden Morde ergeben sollten.«

»Ich mir auch nicht, aber eine Sache ist seltsam.«

»Und zwar?«

»Dass Empfänger und Adressat nicht dieselbe Person sind. Makridis hat die Briefe zwar an einen Freund adressiert, sich darin jedoch an einen gewissen Franz gerichtet, von dem der Freund noch nie etwas gehört hat.«

»Meinen Sie, wir decken da eine Verschwörung der ›Griechen der fünfziger Jahre‹ mit den ›Deutschen der fünfziger Jahre‹ auf?«, meint er amüsiert.

»Ich wäre sehr froh, wenn ich wüsste, was dahintersteckt. Das lässt mir einfach keine Ruhe«, entgegne ich ernst.

»Jemand muss uns die Briefe übersetzen.«

»Wir könnten sie an die deutsche Botschaft schicken.«

»Auf gar keinen Fall!«, meint er kategorisch. »Wir wissen nicht, was Makridis über die Griechen geschrieben hat. Die Deutschen verwenden doch alles, was wir sagen, gegen uns. Wir schicken sie an den Übersetzungsdienst des Außenministeriums.«

Plötzlich fällt mir das Nächstliegende ein.

»Lassen Sie mal, ein Freund meiner Tochter kann Deutsch. Der kann sie mir grob übersetzen. Und wenn sie wichtige Hinweise enthalten und wir eine offizielle Übersetzung benötigen, können wir sie immer noch an die Dienststelle des

Außenministeriums schicken. So gewinnen wir wertvolle Zeit.«

Mit diesem Vorgehen erklärt er sich zum Glück einverstanden. Jetzt ist Uli gefragt.

28

Träume ich? Mitten im Journalistenpulk, der den Zugang zu meinem Büro blockiert, steht Sotiropoulos und fixiert mich grinsend.

»Na, zurück aus dem Rentnerdasein?«, frage ich. Zwar ist er mir immer wieder auf die Nerven gegangen, doch ich freue mich, ihn wiederzusehen, weil mir seine scharfsinnige Art gefehlt hat.

Er lacht auf.

»Wie der Spion, der aus der Kälte kam?«, fragt er zurück. »Nein. Ein paar Kollegen – teils arbeitslos, teils Rentner wie ich – haben sich zusammengetan und einen Blog mit dem englischen Titel *Research* ins Leben gerufen. Wie der Name schon sagt, stellen wir Recherchen an: zu Morden, Skandalen, politischen Ränkespielen und so weiter. Wir hatten den Eindruck, dass die ›Griechen der fünfziger Jahre‹ unsere Aufmerksamkeit verdienen könnten. Deshalb unser heutiges Wiedersehen.«

»Nur, dass du dich hier nicht wie früher mit deinen Fragen als Chef aufspielen solltest«, sagt die Bohnenstange spöttisch.

»Koralia, vielleicht kannst du mit solchen Bemerkungen meinen Nachfolger in der Redaktion einschüchtern, aber an mir prallen sie ab. Deshalb lass es einfach bleiben«, entgegnet er ernst. Die übrigen Journalisten schauen sich vielsagend an und warten auf die Fortsetzung der Fehde, doch dazu kommt es nicht, da die Bohnenstange den Mund hält.

»Können wir endlich zur Sache kommen?«, fragt der junge Mann im T-Shirt und wendet sich dann an mich. »Glauben Sie, dass die Morde an Nikitopoulos und Vranas etwas miteinander zu tun haben?«

»Was für eine Frage!«, protestiert die Bohnenstange erneut. »Wenn in beiden Fällen die ›Griechen der fünfziger Jahre‹ die Verantwortung übernehmen! Dann müssen sie doch in Verbindung stehen.«

Anscheinend lässt sie nun an dem jungen Mann im T-Shirt ihren Frust aus, doch Sotiropoulos' Zurechtweisung hat befreiend gewirkt.

»Koralia, du kannst gerne deine Fragen stellen, wenn du an der Reihe bist, aber meine brauchst du nicht zu kommentieren«, entgegnet er, und die Bohnenstange muss die zweite Kröte schlucken.

»Vielleicht kann ich die Frage etwas umformulieren, damit wir auf einen grünen Zweig kommen?«, greift die Kurze mit den bleichen Beinen ein. »Gibt es über das Bekennerschreiben hinaus einen weiteren Anhaltspunkt dafür, dass die beiden Morde in Zusammenhang stehen?«

»Ja, die Waffe«, antworte ich. »In beiden Fällen wurde dasselbe Fabrikat verwendet: eine amerikanische Smith & Wesson, die in den fünfziger Jahren vom griechischen Militär eingesetzt wurde.«

»Also gibt es zwei Anhaltspunkte, die in die fünfziger Jahre führen: das Bekennerschreiben und die Waffe«, schlussfolgert Merikas, Sotiropoulos' Nachfolger. Währenddessen mustert sein Vorgänger demonstrativ die Wände des Büros und ignoriert den Redebeitrag.

»Aber was wäre das Motiv?«, fragt die Kurze mit den bleichen Beinen.

»Das, was in der Bekennernachricht steht. Sie wollen die Uhr zurückdrehen und einen Neubeginn machen wie in den fünfziger Jahren. Ein anderes Motiv konnten wir vorläufig nicht entdecken.«

»Wie werden Sie weiter vorgehen?«, fragt die Bohnenstange.

»Unspektakulär. Wir suchen einfach so lange weiter, bis wir auf einen grünen Zweig kommen.«

Das ist mein Schlusswort, und sie sehen ein, dass eine Fortsetzung des Frage-Antwort-Spiels nichts bringt. Sotiropoulos lässt die anderen hinausgehen und bleibt als Letzter zurück. Da die Kollegen wissen, dass er ältere Rechte hat, wenden sie nichts dagegen ein.

»Der Mensch ist ein Gewohnheitstier«, sage ich lachend.

»Was wollen Sie damit sagen?«, wundert er sich.

»Dass Sie immer noch als Letzter zurückbleiben, um unter vier Augen noch irgendein Detail in Erfahrung zu bringen.«

»Ich nutze eben unsere alte Freundschaft.« Dann wird er sofort wieder ernst. »Besteht eine Verbindung zum Bürgerkrieg?«, fragt er.

»Ja, die Väter der beiden Opfer haben im Bürgerkrieg auf Seiten der Nationalkonservativen gekämpft. Nikitopoulos' Vater war bei den Sicherheitsbataillonen, Vranas senior war ein Kommunistenfresser.«

Makridis senior behalte ich für mich, denn Sotiropoulos muss nicht alles wissen.

»Jedenfalls müssen diejenigen, die im Namen der ›Griechen der fünfziger Jahre‹ unterzeichnen, einer jüngeren Generation angehören«, meint er.

»Es könnte jemand sein, der sich an den Söhnen dafür rächt, was den Eltern angetan wurde. Smith & Wesson-Revolver hatten, entweder aus Beutezügen oder aus Überfällen auf Militärdepots, auch die Linken. Wenn jemandem zufällig die alte Waffe seines Vaters in die Hände gefallen ist, könnten alte Geschichten wieder hochkochen.«

»Wer befasst sich denn während der Krise mit dem Bürgerkrieg?«

»Gerade jetzt wird abgerechnet. Wenn man schon dreißig Jahre zurückgeht, um die Schuldigen für die Krise zu finden, warum nicht noch mal dreißig Jahre tiefer in der Vergangenheit schürfen? In der Zeit unmittelbar nach dem Bürgerkrieg?«

»Vielleicht haben Sie recht, aber ich habe da so meine Zweifel«, erwidert er, bevor er geht.

Ich folge seinem Beispiel, weil es für mich im Büro nichts mehr zu tun gibt. Da ich in einer Sackgasse feststecke, warte ich auf ein Wunder. Und das tritt üblicherweise erst ein, wenn der Täter einen folgenschweren Fehler begeht.

Mit dem Umschlag von Frau Rießen unterm Arm treffe ich zu Hause ein. Ich weiß, dass Mania und Uli heute zum Abendessen kommen, denn Mania möchte Prodromos näher kennenlernen. Eine gute Gelegenheit, sie um eine Rohübersetzung von Makridis' Briefen zu bitten.

Stimmengewirr und Gelächter dringen bis ins Vorzimmer. Katerina, Mania und Fanis amüsieren sich lautstark, während es Uli gelungen ist, Zugang zu Prodromos zu finden. Unter Sevastis erstauntem Blick unterhalten sich die beiden angeregt. Vermutlich fragt sie sich, wie es sein kann, dass sich Prodromos' Zunge ausgerechnet bei einem Deutschen löst, während er im Kreise seiner Lieben tagelang den Mund nicht auftat. Adriani ist nicht zu sehen. Daraus schließe ich, dass sie in der Küche zu finden sein muss.

»Glückwunsch!«, ruft mir Mania entgegen, als ich ins Wohnzimmer trete. »Ihr habt die Dreckskerle gefasst!«

»Nicht wir, die Abteilung für Interne Ermittlungen. Ich bin ja in den Fall persönlich involviert«, erwidere ich.

»Was passiert mit ihnen?«, fragt Fanis.

»Der Wachpolizist kommt bestimmt in Untersuchungshaft. Was die anderen betrifft, bleibt abzuwarten, was Untersuchungsrichter und Staatsanwalt nach der Festnahme beschließen. Höchstwahrscheinlich setzt man sie unter bestimmten Auflagen auf freien Fuß.«

»Und was ist mit Abdul?«, fragt Katerina. Als sie merkt, dass mir der Name nichts sagt, präzisiert sie: »Ich meine den Drogenhändler, der Maurice zusammengeschlagen hat.«

»Nur Geduld! Der ist erst einmal bei seinen Kumpanen untergetaucht, und es wird eine Weile dauern, bis wir ihn da hervorlocken können.«

»Können Cédric und die anderen nach Hause zurück? Sie fühlen sich im Obdachlosenheim nicht besonders willkommen.«

»Nicht, solange Abdul auf freiem Fuß ist. Wir wissen nicht, wie gut er vernetzt ist. Und da sie als Zeugen gegen ihn aussagen könnten, wird er sie zumindest einschüchtern, vielleicht sogar beseitigen wollen.«

Das leuchtet Katerina ein, und ich betrachte das Thema als abgeschlossen.

Ich reiche Mania den Umschlag, den ich auf den Knien halte. »Andreas Makridis – ihr erinnert euch: der Selbstmörder – hat offensichtlich Briefe an einen Freund geschrieben. Seine Schwester hat sie mir heute gebracht. Sie sind auf Deutsch. Könnt ihr beide, du und Uli, sie mir vielleicht übersetzen? Korrekterweise müsste ich sie an den Übersetzungsdienst des Außenministeriums schicken, aber das würde mich zu viel Zeit kosten.«

»Gern, aber ich kann Uli nur beim Griechischen helfen, mein Deutsch ist lausig.« Dann sagt sie zu Uli, der sich immer noch mit Prodromos unterhält: »Uli, eine neue Herausforderung für dich.«

»Eine Herausforderung?«, wiederholt Uli, dem das griechische Wort anscheinend nicht geläufig ist.

»Aufgabe«, erklärt ihm Mania und übergibt ihm den Umschlag.

Uli tauscht mit Mania den Platz und kommt an meine Seite.

»Was ist das?«, fragt er.

Ich wiederhole die Geschichte, die ich Mania vorhin erzählt habe.

»Glauben Sie, dass in den Briefen eine Erklärung für seinen Selbstmord zu finden ist?«

»Ich weiß zwar noch nicht, was drinsteht, aber eher nicht. Es ist aber durchaus möglich, dass mir die Briefe weiterhelfen.«

»Soll ich Ihnen alle zusammen abliefern oder einen nach dem anderen?«, fragt er mit deutscher Gründlichkeit, die man unter Griechen gern als »Korinthenkackerei« bezeichnet.

»Wenn's geht, einen nach dem anderen. Das wäre für mich

ein Zeitgewinn. Denn ich weiß nicht, welcher Brief mir wirklich etwas bringt.«

Ich danke ihm und gehe in die Küche, um Adriani zu begrüßen, die sich hier offensichtlich verschanzt hat.

Sie beugt sich gerade zum Ofen hinunter.

»Was machst du Schönes?«, frage ich.

»Seebrasse nach Spetses-Art. Wenn ihr diese Strolche schon gefasst habt, sollte man das gebührend feiern.«

»Immer schön langsam. Wir haben ja erst einen, nach den anderen beiden wird noch gefahndet.«

»Die werdet ihr schon kriegen«, meint sie. »Es ist nur eine Frage der Zeit.«

»Wieso bist du dir so sicher? Du hältst doch sonst nicht besonders viel von unserer Arbeit. Normalerweise hast du an der Polizei immer etwas auszusetzen.«

»Aber dafür bezahlen wir doch unsere Steuern, Kostas! Für das Recht zu nörgeln. Wenn ein Steuerflüchtling herummäkelt, ist das illegal.«

Ich muss lachen, werde aber sofort wieder ernst, denn eine Frage schießt mir durch den Kopf.

»Sag mal, wie kommst du eigentlich finanziell über die Runden? Jetzt, da wir noch zwei Personen mehr verköstigen?«

»Das willst du gar nicht wirklich wissen«, lautet ihre trockene Antwort.

Im Eingang unterhalten sich gerade Mania und Fanis leise über Prodromos.

»Es ist der Schock, dass er den Laden aufgeben musste«, sagt Mania zu Fanis. »Das ist nicht einfach. Ein ganzes Stück seines Lebens ist ihm weggebrochen.«

»So weit reichen meine Psychologiekenntnisse auch, Mania«, erwidert Fanis.

»Dann brauchst du auch nicht in Panik zu geraten. Frau Adriani hat ihm sehr damit geholfen, dass sie ihn zur Reise nach Athen überredet hat. Gib ihm ein bisschen Zeit, er wird sich von dem Schlag schon erholen. Schreib ihm ein leichtes Schlafmittel auf, damit er zur Ruhe kommt. Sevasti hat Katerina erzählt, dass er die ganze Nacht im Wohnzimmer sitzt. Ein Spaziergang ab und zu würde ihm auch guttun. Am besten zusammen mit deiner Schwiegermutter. Wenn er allein mit Sevasti unterwegs ist, redet er nur über den Laden. Ich werde mit Frau Adriani sprechen. Zu mir soll er im Moment nicht kommen, besser erst in einer Woche, wenn er ruhiger ist. Wenn du ihm heute sagst: ›Mach einen Termin mit Mania‹, wird er sich hundertprozentig wehren, und das macht alles nur schlimmer.«

Fanis schaut sie skeptisch an. Als Mania seinen Blick bemerkt, umarmt sie ihn.

»Mach dir keine Sorgen, wir bauen ihn schon wieder auf«, sagt sie. »Wenn er nach Volos zurückkehrt, muss er in der Lage sein, sich der Situation zu stellen – und das wird ihm schwerfallen. Deshalb braucht er noch Zeit.«

Zuerst treten Mania und Fanis ins Wohnzimmer und dann erst ich, damit es nicht nach einer Verschwörung aussieht. Gleich hinter mir kommt Adriani mit dem Fisch. Während sie die Speisen aufträgt, übernehme ich den Weinausschank.

Kurz darauf setzen die Lobeshymnen auf Adrianis meisterliche Kochkunst ein. Prodromos hebt als Erster das Glas.

»Lasst uns auf das Maklerbüro anstoßen!«, schlägt er vor.

»Was für ein Maklerbüro?«, fragt Sevasti wie vom Donner gerührt.

»Uli hat mir erzählt, dass viele Deutsche im Pilion Häuser kaufen. Da wäre ein Maklerbüro doch eine gute Idee.«

Keiner rührt sich. Katerina blickt zu Fanis hinüber, und Fanis starrt auf seinen Teller.

»Uli, du bist Computerfachmann, kein Berufsberater. Hast du das vergessen?«, faucht Mania.

Das Problem mit den Deutschen ist, dass sie nicht nur überzeugt sind, sie hätten eine gesunde Wirtschaft, was zweifellos zutrifft. Sondern auch, dass sie den gesunden Menschenverstand gepachtet hätten – woran man durchaus seine Zweifel haben kann.

29

Konstantinidis erreicht mich auf dem Handy, als ich gerade im Bus sitze.

»Wenn Sie Monsieur Abdul kennenlernen wollen, kommen Sie in mein Büro.«

»Bin schon unterwegs, in zehn Minuten bin ich da.«

Mein erster Impuls ist, Katerina anzurufen, um ihr die gute Neuigkeit zu erzählen, doch dann überlege ich es mir anders. Besser spreche ich zuerst mit Konstantinidis, dann kann ich ihr Genaueres berichten.

Kaffee und Croissant müssen so lange warten. Atemlos treffe ich in Konstantinidis' Büro ein. Er steht auf und begrüßt mich mit Handschlag und einem breiten Lächeln.

»Darf ich Ihnen Abdul vorstellen?«, fragt er und deutet auf den dunkelhäutigen Schrank von Mann, der in Handschellen vor seinem Schreibtisch sitzt. Sein Kopf ist kahlrasiert, und um den Hals trägt er ein afrikanisches Halsband. Alle zehn Finger sind mit Ringen bestückt. Ich frage mich, wie er sie unter ihrem Gewicht überhaupt noch bewegen kann. Sein Blick ist starr auf die Tür gerichtet.

»Wo habt ihr ihn geschnappt?«, frage ich.

»In Aspropyrgos. Dort war er bei seinen Kumpels untergetaucht. Wir hatten Glück und haben gleich ein ganzes Drogenlager ausgehoben.« Er wendet sich an den Dealer: »Eine richtiges Verlustgeschäft, nicht wahr, Abdul?«

Der Typ tut, als hätte er nichts gehört, und blickt weiterhin ausdruckslos zur Tür.

»Warum schaust du ständig zur Tür? Hast du es so eilig, in deine neuen Gemächer einzuziehen?«, meint Konstantinidis, während er auf den Flur hinaustritt. »Stratos!«, ruft er laut.

Augenblicklich erscheint ein junger, uniformierter Polizeibeamter.

»Bringen Sie ihn fort«, sagt Konstantinidis und deutet auf Abdul, der sich gehorsam erhebt und mit Stratos hinausgeht.

»Ihre Tochter sollte ihre Mandanten zur Vernehmung herbegleiten«, bemerkt Konstantinidis.

Ich gratuliere ihm und verspreche, Katerina sofort anzurufen. Dann verlasse ich sein Büro.

Ich nehme den Umweg über die Cafeteria, um mir meine Frühstücksration zu holen. Zurück an meinem Schreibtisch, reiße ich die Zellophanhülle auf, doch noch bevor ich einen Bissen von meinem Croissant nehmen kann, steht Koula bereits auf der Türschwelle.

»Sotiropoulos hat schon dreimal angerufen.«

»Sotiropoulos?«, wundere ich mich.

Kaum haben wir wieder Kontakt, wird er lästig, denke ich mir. Das eine zieht unweigerlich das andere nach sich.

»Ja, und er hat mir eingeschärft, Sie sollen ihn sofort anrufen, wenn Sie kommen. Für alle Fälle hat er mir auch seine Handynummer hinterlassen, da er meinte, Sie hätten vielleicht seine Nummer gelöscht, seit er in Rente ist.«

»Gut, ich melde mich bei ihm«, sage ich zu Koula und beiße in mein Croissant.

Koula blickt mich zweifelnd von der Seite an, aber sie zieht es vor, mich nicht weiter zu drängen.

Trotz meiner Wertschätzung für Sotiropoulos habe ich nicht vor, mich mit ihm näher einzulassen. Ich kenne seine Leidenschaft, immer der Erste zu sein, und ich traue ihm zu, dass er mich mit Anrufen bombardiert.

Dann beschließe ich, Katerina anzurufen.

»Ich habe es nicht für möglich gehalten«, sage ich, sobald ich ihre Stimme höre, »aber Abdul ist schon gefasst.«

»Anscheinend unterschätzt nicht nur Mama die Polizei, sondern sogar mein Papa, der selber Polizist ist«, antwortet sie lachend.

»Deine Mandanten werden eine Aussage machen müssen.«

»Maurice geht es besser, aber er ist noch bettlägerig. Wenn es eilt, muss die Vernehmung im Krankenhaus stattfinden. Cédric und die beiden anderen bringe ich vorbei.«

Ich gebe ihr Konstantinidis' Telefonnummer, damit sie sich direkt mit ihm in Verbindung setzen kann. Kaum lege ich auf, klingelt das Telefon schon wieder – ich komme nicht einmal dazu, die Mokkatasse abzustellen.

»Hat Ihnen Ihre Assistentin nicht gesagt, dass ich Sie sprechen will?«, höre ich Sotiropoulos' empörte Stimme.

»Sotiropoulos, Sie wissen, ich mag Sie, aber übertreiben Sie's nicht«, sage ich streng.

»Ich mag Sie auch. Deshalb will ich Ihnen ja helfen«, erwidert er ruhig. »Außer, Sie brauchen meine Hilfe nicht.«

»Was reden Sie da? Jede Hilfe ist willkommen!«, sage ich in einem schon viel herzlicheren Ton.

»Haben Sie gehört, dass gestern Nachmittag zwei Landwirte ermordet wurden, die sich an der Mautstellenblockade bei Kalamata beteiligt haben?«

»Nein, davon weiß ich nichts. Zu Hause schauen wir gar nicht mehr fern, und auch hier im Präsidium bin ich den ganzen Morgen nicht zum Verschnaufen gekommen, deshalb bin ich nicht auf dem Laufenden.«

»Wie es aussieht, hat man den beiden in der Nähe der Mautstelle aufgelauert. Sie wurden mit einem Kopfschuss getötet und neben ihren Traktoren gefunden. Die Polizeidirektion Messenien hat die Ermittlungen aufgenommen. Ich war nicht persönlich dort, aber ein Kollege aus der Gegend, der einen guten Draht zur Polizei hat. Die Ermittler glauben, dass Erntehelfer, denen die beiden Opfer Geld schuldeten, die Täter sind.«

»Danke für die Auskunft, aber welches Interesse sollte ich an zwei Bauern haben, die an der Mautstelle von Kalamata von zugewanderten Tagelöhnern umgebracht wurden?«

»Ein großes, denn wir haben noch etwas anderes erfahren.«

»Und was?«

»Laut Autopsiebericht wurden die beiden mit einer altmodischen Waffe ermordet. Genau so hat es mein Kollege formuliert: ›altmodische Waffe‹.«

Bei diesem Wort schrillen bei mir die Alarmglocken. »Wollen Sie damit sagen –«

»Ich sage gar nichts. Die Schlüsse müssen Sie selber ziehen. Die Ermittler haben die Gegend durchkämmt und zwei Migranten gefunden, die sich bei dem einen als Erntehelfer verdingt hatten. Die beiden wurden in Untersuchungshaft genommen.«

»Wurde eine Waffe gefunden?«

»Soviel ich weiß, nein.«

»Projektile?«

»Fragen Sie nach. Ich gebe Ihnen noch ein Sprichwort zu den ›Griechen der fünfziger Jahre‹ mit auf den Weg.«

»Ich höre.«

»›Dreht sich das Schicksalsrad, wird auch der Arme satt.‹ Meiner Meinung nach sind die Täter arme Schlucker, die dem Schicksal nachhelfen wollen. Sie werden schon sehen, dass ich recht habe«, sagt er mit der Überzeugung des Altlinken, der die Wahrheit für sich gepachtet hat, und legt auf.

Ich rufe umgehend Dimitriou von der Spurensicherung an und fasse Sotiropoulos' Anruf kurz zusammen. Am Schluss meiner Ausführungen bitte ich ihn, bei der Abteilung für Ballistik nachzufragen, ob die Projektile zur Identifizierung eingegangen sind.

Nach Beendigung des Gesprächs eile ich zum Büro meiner Assistenten.

»Suchen Sie im Netz, ob ein Bekennerschreiben vorliegt«, ersuche ich Koula, nachdem ich die Geschichte ein weiteres Mal vorgetragen habe.

Kaum bin ich zurück in meinem Büro, meldet sich Dimitriou.

»Bei der Ballistik weiß man von nichts«, sagt er.

Ich rufe die Polizeidirektion Messenien an und frage mich nach dem Zuständigen für den Fall durch. Nach einer Weile lande ich bei einem gewissen Kommissar Petropoulos.

»Herr Kollege, gestern Nachmittag sind in Ihrem Revier zwei Morde passiert«, sage ich einleitend.

»Ja, es wurden zwei von den Landwirten ermordet, die die Autobahn bei Kalamata blockiert haben«, entgegnet er prompt.

»Da die Morde vermutlich mit anderen Taten, die wir hier

in Athen untersuchen, zusammenhängen, bräuchte ich ein paar Auskünfte.«

»Keine Ahnung, in welchen Mordfällen Sie ermitteln, aber hier bei uns sind die Dinge sonnenklar. Die beiden Bauern hatten auf ihren Feldern Migranten im Einsatz, denen sie die Löhne schuldig waren. Irgendwann brannte bei denen die Sicherung durch, und sie haben ihre Arbeitgeber umgebracht. Wir haben sie gefasst und verhören sie gerade. Der eine ist Georgier, der andere Rumäne. Sie haben noch nicht gestanden, aber keine Frage, sie werden die Wahrheit schon ausspucken.«

»Wie ich höre, wurde die Tat mit einer musealen Waffe begangen.«

Ich vermeide den Begriff »altmodisch«, damit er nicht meint, ich hätte einen Informanten in seinen Kreisen.

»Kommen Sie, Kollege«, entgegnet er gelangweilt. »Die kommen doch schon bewaffnet aus ihrer Heimat und bringen mit, was ihnen in die Hände fällt. Da ist nicht immer eine Magnum dabei.«

»Haben Sie die Projektile gefunden?«

»Ja, alle.«

»Haben Sie sie der Ballistik geschickt?«

»Wollen Sie mir vorschreiben, wie ich meine Arbeit tun soll, Kollege?«, lautet seine genervte Antwort. »Alle weiteren Informationen holen Sie gefälligst auf dem Amtsweg ein.« Damit knallt er den Hörer auf die Gabel.

Anschließend trommle ich Vlassopoulos, Dermitsakis und Papadakis zusammen. In meinem Büro gebe ich ihnen einen kurzen Lagebericht und bitte sie, einen Streifenwagen nach Kalamata zu organisieren. Dafür ernte ich zwar verwunderte Blicke, aber sie halten sich mit Kommentaren zurück und machen sich an die Vorbereitung der Fahrt auf den Peloponnes.

Dann rufe ich erneut Dimitriou an. »In Kalamata haben sie die Patronenhülsen als Souvenir behalten wollen«, meine ich zu ihm. »Wären Sie bereit mitzukommen, um sich die Projektile anzuschauen und sie gegebenenfalls an die Ballistik weiterzuleiten?«

»Gern, wenn mir die Dienstreise genehmigt wird.«

»Gikas wird sich darum kümmern«, versichere ich ihm, bevor ich auflege.

Anscheinend ahnt Gikas etwas, denn seine Sekretärin Stella meldet sich umgehend bei mir.

»Er will Sie sprechen«, sagt sie und fügt hinzu: »Vorsicht, er ist ganz schön geladen.« Ich frage mich, welcher wilde Affe ihn nun wieder gebissen hat.

Das Rätsel löst sich, kaum dass ich sein Büro betreten habe.

»Wie konnten Sie nur die Polizeidirektion Messenien so brüskieren?«, fragt er. »Jetzt tanzen sie Kalamatianos auf unseren Köpfen!«

»Ich habe sie doch gar nicht brüskiert«, entgegne ich, sobald ich mich von der Überraschung erholt habe, dass ein kurzes Telefonat von mir gleich solche Kreise zieht. »Es gibt ein paar Anhaltspunkte dafür, dass die beiden Morde in Messenien mit den ›Griechen der fünfziger Jahre‹ zu tun haben könnten.«

»Was für Anhaltspunkte?«, fragt er, während er seinen durchdringenden Blick aufsetzt.

»Der Autopsiebericht führt an, dass sie mit einer ›altmodischen‹ Waffe getötet wurden, und die beiden Morde der

›Griechen der fünfziger Jahre‹ sind mit einer altmodischen Smith & Wesson begangen worden, wenn Sie sich erinnern.«

»Der Kommissar, der sich mit dem Fall befasst, hat Ihnen erklärt, dass man bereits zwei Verdächtige aus Osteuropa festhält, die bekanntlich gern mit ihren antiken Schießeisen bewaffnet einreisen.«

»Was für antike Schießeisen, Herr Kriminaldirektor? Die verwenden doch alle die neuesten Kalaschnikows. Ich wollte nur wissen, ob er die Projektile an die Ballistik geschickt hat.«

»Das hätten Sie alles auf dem Amtsweg erledigen müssen.«

»Wenn ich den Amtsweg eingeschlagen hätte, wären die Opfer schon beerdigt worden, und wir müssten händeringend eine Exhumierungserlaubnis einholen und hätten es mit heulenden und protestierenden Angehörigen zu tun.«

»Das können Sie alles dem Polizeipräsidenten erklären. Der schäumt gerade vor Wut über Ihr Vorgehen. Und diesmal müssen Sie die Sache allein ausbaden. Ich habe genug davon, Ihnen ständig den Rücken freizuhalten.«

Stella erscheint in der Tür. »Koula lässt Ihnen ausrichten, dass sie fündig geworden ist.«

Das nennt man perfektes Timing.

»Wissen Sie, was Koula gefunden hat?«, frage ich Gikas.

»Woher soll ich das wissen?«

»Das neue Bekennerschreiben der ›Griechen der fünfziger Jahre‹«, vermelde ich triumphierend, worauf sich seine ganze Vorgesetzten-Attitüde aus Strenge und Überlegenheit vor meinen Augen in Luft auflöst.

»Offenbar bezieht es sich auf die beiden ermordeten Landwirte.« Ich gehe zur Tür, wo ich kurz stehen bleibe. »Wenn ich es durchgelesen habe, leite ich es Ihnen auf dem Amtsweg weiter. Dann können Sie Ihrerseits den Herrn Polizeipräsidenten auf dem Amtsweg informieren.«

Beim Hinausgehen werfe ich die Tür mit einem Knall hinter mir zu. Ich nehme zwei Stufen aufs Mal und stürme ins Büro meiner Assistenten.

»Schauen Sie sich das an«, meint Koula.

Das Bekennerschreiben wird diesmal von vier Fotografien eingeleitet: Auf den oberen beiden sind zwei Bauern auf ihren Traktoren inmitten einer ganze Kolonne von landwirtschaftlichen Gefährten zu sehen – offenbar sind die Aufnahmen während der Autobahnblockade entstanden; darunter zwei luxuriöse Einfamilienhäuser. Auf die vier Fotografien folgt das Bekennerschreiben.

Charalambos Mattheou und Jannis Kontopoulos: zwei Vertreter des stolzen griechischen Bauernstandes. Ihre Väter haben die verbrannte Erde des Bürgerkriegs beackert und bestellt. Die Kinder dagegen haben Mülldeponien angelegt, auf die sie ihre eigenen Agrarerzeugnisse kippten, um Subventionen einzustreichen und damit ihre Villen zu finanzieren. Als ihnen das Geld immer noch nicht reichte, haben sie die Tagelöhne der armen Schlucker einbehalten, die auf ihren Äckern schufteten. Kehrt um und geht zurück auf Start! Aber diesmal richtig!

Die Griechen der fünfziger Jahre

»Drucken Sie mir eine Kopie davon aus, und leiten Sie das Schreiben an Gikas' Büro weiter«, sage ich zu Koula.

Sie blickt mich überrascht an.

»Wollen Sie es ihm nicht selbst bringen?«, fragt sie.

»Nein, alles streng nach Vorschrift.«

Ich kehre mit dem Bekennerschreiben in mein Büro zurück und rufe Stavropoulos an.

»Wir haben zwei neue Opfer der ›Griechen der fünfziger Jahre‹, aber ein bisschen weiter weg.«

»Das heißt?«

»In Kalamata.«

»Ich habe alle Hände voll zu tun und kann nicht weg«, sagt er, als wären die Athener Straßen mit Leichen gepflastert. »Ich schicke Ihnen Ananiadis, meinen Assistenten. Keine Angst, der ist ein cleverer Bursche«, fügt er hinzu und legt schnell auf, bevor ich etwas entgegnen kann.

Nachdem ich auch Dimitriou gesagt habe, er solle sich bereithalten, mache ich es mir im Büro bequem und warte ab. Nach einer Viertelstunde gibt mir Papadakis Bescheid, dass wir loskönnen. Aber ich antworte ihm, dass wir erst starten, wenn Gikas uns das Okay gibt.

Erst nach einer halben Stunde läutet das Telefon. Gikas höchstpersönlich ist am Apparat.

»Wollen Sie noch lange die beleidigte Leberwurst spielen?«, sagt er. »Kommen Sie zu mir, damit wir Nägel mit Köpfen machen.«

Stella empfängt mich mit wedelnden Händen, was man mit »Hier ist der Teufel los« übersetzen könnte.

»In Ordnung, Sie hatten recht, aber jetzt erwarten Sie nicht, dass wir wie früher vor unseren Vätern auf Knien um Verzeihung bitten.«

Ich übergehe den Kommentar geflissentlich.

»Kalamata sollte klar sein, dass ab sofort wir für den Fall zuständig sind.«

»Das hat der Polizeipräsident schon erledigt.«

»Die Opfer dürfen noch nicht zur Beerdigung freigegeben werden. Unsere Rechtsmedizin soll sie noch einmal untersuchen.«

»Der Leiter der Polizeidirektion Messenien fragt nach, was er mit den beiden festgenommenen Verdächtigen tun soll.«

»Ich glaube nicht, dass sie etwas mit den Morden zu tun haben, aber sie sollen sie so lange festhalten, bis wir sie vernommen haben. Vielleicht haben sie irgendetwas bemerkt, als sie in der Nähe waren. Das war's, ich halte Sie auf dem Laufenden«, sage ich und gehe zur Tür.

»Jedes Mal, wenn ich nicht auf Sie höre, bereue ich es«, ruft er in einer Aufwallung von Ehrlichkeit hinter mir her.

Ich drehe mich um und schenke ihm ein Lächeln, das irgendwo zwischen »Danke« und »Recht geschieht dir« angesiedelt ist. Dann mache ich mich zu Fuß auf den Weg nach unten.

30

Die Temperaturen draußen sind unerträglich. Zum Glück hat Papadakis einen Streifenwagen mit funktionierender Klimaanlage ausgesucht, so dass wir nicht vor Hitze umkommen. Wir sind zu fünft: Vlassopoulos sitzt am Steuer, da er die Gegend am besten von allen kennt, und ich auf dem Beifahrersitz. Auf der Rückbank haben Dermitsakis und Papadakis Platz genommen, dazwischen der Gerichtsmediziner Ananiadis, ein bärtiger Mittdreißiger in Jeans und T-Shirt. Er ist zwar lang, aber zum Glück auch dürr, so dass es hinten für die anderen beiden nicht zu eng wird.

Koula hält als unsere IT-Expertin die Stellung im Büro, damit sie auf Abruf im Internet recherchieren kann.

In einigem Abstand folgt uns der Transporter der Spurensicherung. Normalerweise hätte ich nur Dimitriou mitgenommen, da die Spurensicherung kaum etwas am Tatort finden wird, aber ich wollte unser Eintreffen etwas spektakulärer gestalten.

»An der alten Strecke hätten wenigstens ein paar nette Bergdörfer gelegen«, bemerkt Vlassopoulos. »Meligalas oder Arfaras. Und wir wären durch Tripoli gefahren.«

»Welchen Unterschied macht es, ob du durch eine vor Hitze glühende Ebene fährst oder durch glühende Bergdörfer?«, fragt Dermitsakis spöttisch.

»Kreta stöhnt übrigens auch unter der Hitzewelle«, meint

Papadakis, dessen Nachname schon seine kretische Herkunft verrät. »Aber in Kreta bist du überall sofort am Meer. Da geht selbst bei der größten Hitze immer ein Lüftchen.«

»Ja, in Kalamata auch«, tröstet ihn Vlassopoulos.

»Ach was, der Messenische Golf ist so windstill wie eine Badewanne«, gibt Dermitsakis zurück.

Dann erstirbt das Gespräch. Ich habe die ganze Zeit eine neutrale Haltung bewahrt, da ich aus Epirus stamme und mir nicht sicher bin, ob am See von Ioannina der Meltemi bläst.

Die Mautstelle bei Kalamata hat wieder geöffnet. Nur noch wenige Traktoren stehen am Straßenrand. Die Fahrer stehen rauchend und plaudernd davor. Der Anblick des Streifenwagens scheint sie nicht zu beunruhigen. Auf meine Anweisung hin hält Vlassopoulos an, und wir nehmen Kontakt zu einem Dreiergrüppchen auf, das auf der Fahrbahn Richtung Kalamata steht, um die Lage zu sondieren.

»Wurde die Blockade aufgelöst?«, frage ich sie.

»Wer hat denn noch Lust auf Blockaden, nach dieser üblen Geschichte?«, fragt der Erste zurück.

»Die haben Lambis und Jannis hinterrücks ermordet!«, erklärt sein Kollege. Und ein Dritter meint: »So ein Ende wünscht man seinem schlimmsten Feind nicht!«

»Sind Ihnen Personen aufgefallen, die am Tattag hier unterwegs waren?«, fragt Dermitsakis.

»Na, jede Menge«, erwidert der Zweite. »Hier war ganz schön was los! Autos, Streifenwagen, Schaulustige… Ein richtiger Volksauflauf.«

»Man hat sie unter dem Vorwand, dass auf ihren Feldern irgendwas los ist, von der Blockade weggelockt und dann umgebracht. Genau so war's, wenn Sie mich fragen«, erklärt der Dritte entschieden.

»Undankbares Pack!«, meint der Erste. »Hier kriegen sie einen Platz zum Schlafen, etwas zu essen und einen Tagelohn. Und dann bringen sie ihre Wohltäter einfach um! Geht's ihnen in ihrer Heimat vielleicht besser?«

»Mach mal halblang, du weißt doch, was für Geizkragen Lambis und Jannis waren«, sagt der Zweite. »Wir geben den Feldarbeitern einen Vorschuss oder auch ein bisschen Taschengeld. Aber die beiden haben ihre Leute stets hingehalten und ihnen keinen Euro gegeben, selbst wenn sie dringend Geld für ihre Familie benötigten. Und auch uns haben sie reingelegt, indem sie hinter unserem Rücken Deals mit den Obst- und Gemüsehändlern abgeschlossen haben, so dass wir auf unserer Ware sitzengeblieben sind.«

Die Befragung der drei hat sich als ergiebig erwiesen. Wir haben nicht nur erfahren, dass sich an der Mautstelle eine große Menschenmenge angesammelt hatte, was dem Plan der »Griechen der fünfziger Jahre« bestimmt entgegenkam, sondern auch, dass die beiden Opfer bei den anderen Landwirten alles andere als beliebt waren.

Ananiadis und Dimitriou, der inzwischen eingetroffen ist, sind beim Streifenwagen stehen geblieben und verfolgen das Gespräch aus der Ferne.

»Warum stehen die Bauern immer noch da?«, fragt Ananiadis, als wir wieder im Streifenwagen Platz nehmen.

»Um den Autofahrern zu signalisieren, dass sie sich nicht zu früh freuen sollen. Die Blockade ist noch nicht aufgelöst«, erläutert ihm Papadakis. »Aufgrund der Morde wurde sie kurz unterbrochen. Aber bald soll es weitergehen.«

»Mumpitz! Die organisieren sich so schnell nicht neu«, bemerkt Dimitriou.

»Griechenland …«, stöhnt Ananiadis. Und als er unsere fragenden Blicke sieht, fügt er hinzu: »Wenn ich dran denke: Ich hatte ein Angebot aus Singapur, aber ich Idiot habe abgelehnt.«

»Warum denn?«, frage ich.

»Weil mein Vater darauf bestanden hat. ›Ich habe doch nicht mühsam dein ganzes Studium finanziert, damit jetzt die Singapurer davon profitieren‹, meinte er. Aber in Singapur hätte ich mehr verdient und wäre der Chef. Hier krieg ich einen miesen Lohn und bin Assistent.«

Er hält inne und murmelt noch mal: »Ich Idiot!« Das alles erinnert mich an meine Diskussionen mit Katerina, als sie noch mit dem Gedanken spielte auszuwandern.

Dann fahren wir die fünf Kilometer von der Mautstelle zum Iroon-Polytechniou-Platz, wo die Polizeidirektion Messenien liegt.

Petropoulos, ein Mittdreißiger in Uniform, empfängt uns in seinem Büro.

»Wir sind korrekt vorgegangen«, meint er anstelle einer Begrüßung.

»Daran besteht nicht der geringste Zweifel«, antworte ich beschwichtigend. »Sie konnten ja nicht wissen, dass vorher zwei vergleichbare Morde in Athen passiert waren. Und dass sich dieselbe Gruppierung dazu bekannt hat.«

»Das besprechen wir alles besser in der Direktion«, meint Petropoulos. »Kommen Sie mit, der Leiter möchte persönlich informiert werden.«

»Gern, aber davor sollte einer Ihrer Mitarbeiter unserer

Spurensicherung den Tatort zeigen. Die wartet nämlich an der Mautstelle.«

Ich gebe ihm zwecks Absprache mit Dimitriou dessen Handynummer. Während Petropoulos ihm telefonisch Anweisungen gibt, geht er zur Tür und bedeutet mir, ihm zu folgen. Mit einer Kopfbewegung bitte ich meine Mitarbeiter mitzukommen. Wenn der Leiter der Polizeidirektion eine offizielle Berichterstattung wünscht, dann erscheine ich auch mit meinem ganzen Tross.

Genauso wie in der Privatwirtschaft befinden sich auch im öffentlichen Dienst die Büros der Führungsriege immer auf der obersten Etage – entweder, weil sie von dort den besseren Überblick hat, oder, weil sie dann dem Herrgott näher ist, von dem sie sich Erleuchtung erhofft. Das Büro des Polizeidirektors von Messenien bildet da keine Ausnahme.

Das Schildchen auf seinem Schreibtisch besagt, dass der weißhaarige Herr in meinem Alter Antonios Karakassis heißt. Sein Anblick führt mir mit einem Schlag all die Beförderungen, die ich verpasst habe, vor Augen. Andererseits bleibt die Frage offen, ob ich den Posten des Dienststellenleiters in Kalamata der Position eines Hauptkommissars in Athen vorziehen würde. Finanziell wäre es vielleicht günstiger, aber was die Lebensqualität betrifft, ziehe ich die Arbeit in der Hauptstadt vor.

»Dieses Missverständnis hätten wir vermeiden können, wenn alles den normalen Dienstweg gegangen wäre«, sagt Karakassis gleich nach den Einleitungsfloskeln.

»Es liegt kein Missverständnis vor«, entgegne ich ruhig, während ich das Bekennerschreiben der »Griechen der fünfziger Jahre« aus der Tasche ziehe und auf seinen Schreibtisch lege.

Nachdem er es gelesen hat, hebt er den Blick. Er ringt sichtlich mit sich, wie er am besten darauf reagieren soll.

»Na gut, Schwamm drüber«, sagt er einlenkend, um seine Verlegenheit zu überwinden. »Was können wir für Sie tun?«

»Zunächst einmal schlage ich vor, dass Herr Ananiadis, der Gerichtsmediziner, die Opfer untersucht. Da er an der Obduktion der anderen beiden Mordopfer beteiligt war, kann er möglicherweise Gemeinsamkeiten feststellen, die uns nützliche Anhaltspunkte liefern.«

»Unser Arzt ist auch hier, ich hole ihn sofort her«, sagt Petropoulos und verlässt das Büro.

Kurz danach kehrt er in Begleitung eines Fünfzigjährigen in Leinenanzug und Krawatte zurück.

»Das hier ist Dr. Vlassis Karadimos«, stellt er ihn uns vor.

Ananiadis macht einen Schritt auf ihn zu und reicht ihm die Hand. Ich weiß nicht, was für einen Eindruck der Kollege mit Vollbart und T-Shirt auf Karadimos macht, jedenfalls zeigt sich der Ältere erleichtert.

»Ehrlich gesagt bin ich froh, dass Sie die Autopsie übernehmen, lieber Kollege«, sagt er zu Ananiadis. »Da kann man sagen, was man will, Sie in Athen haben die größere Erfahrung.«

Karadimos' Wort in Gottes Ohr. Wenn nur der Dienststellenleiter auch schon so weit wäre!

»Wie können wir Ihnen sonst noch helfen?«, fragt Antonios Karakassis, nachdem sich die beiden Gerichtsmediziner zur Leichenschau begeben haben.

»Wir würden gern die zwei Festgenommenen befragen.

Nicht, weil wir glauben, dass sie die Täter sind, sondern weil sie an der Mautstelle etwas beobachtet haben könnten.«

»Einverstanden, aber ich möchte, dass Petropoulos bei der Vernehmung dabei ist.«

Da ich keine Einwände habe, fahren wir in Petropoulos' Büro hinunter, und der schickt einen seiner Assistenten nach den beiden Untersuchungshäftlingen.

Kurz darauf tauchen zwei kräftige Burschen um die dreißig auf. Der Blonde ist Rumäne und stellt sich als Emil vor, der andere ist ein dunkelhaariger Georgier namens Vassili.

»Hören Sie, es ist uns klar, dass Sie nicht die Täter sein können«, sage ich zu den beiden.

»Da bin ich mir nicht so sicher«, mischt sich Petropoulos ein, während er die beiden mit einem scharfen Bullenblick taxiert.

Es gibt gewisse Grenzen, und wenn die überschritten werden, kann einem schon mal der Geduldsfaden reißen.

»Gehen wir einen Moment hinaus, ich würde gern ein paar Takte mit Ihnen reden, Kollege«, sage ich zu Petropoulos.

Auf dem Weg zur Tür fange ich Papadakis' genervten Blick auf, während mir Vlassopoulos süffisant zulächelt.

»Hören Sie, Kollege, Ihr Vorgesetzter wollte, dass Sie bei der Vernehmung dabei sind, und ich bin darauf eingegangen«, sage ich mit strenger Miene und denke etwas wehmütig an Gikas, der mir bei Vernehmungen freie Hand lässt. »Es war nur von Dabeisein die Rede, die Befragung führen wir durch.«

»Sie kennen sich mit denen nicht aus«, entgegnet er. »Die muss man härter rannehmen. Die reden nur, wenn sie glauben, dass sie damit ihre Haut retten können.«

»Das Gegenteil ist der Fall«, erwidere ich. »Wenn sie befürchten, lebenslänglich zu kriegen, werden sie so wenig wie möglich sagen, um sich keine Blöße zu geben und sich nicht zu belasten. Sie müssen sich sicher fühlen, sonst erzählen sie uns nicht, was sie sonst noch an der Mautstelle beobachtet haben. So, jetzt gehen wir rein, und Sie lassen mich meine Arbeit auf meine Weise tun.«

Dann kehre ich ins Büro zurück. Mir ist egal, ob er mir hinterherkommt oder ob er draußen bleibt, um seinen Ärger runterzuschlucken.

»Also, Jungs, noch mal von vorn. Ihr seid Erntehelfer, richtig?«

»Ja«, antworten sie wie aus einem Mund.

»Und wer arbeitet bei wem?«, fragt Vlassopoulos.

»Ich arbeiten bei Jannis«, antwortet der Georgier.

»Und ich bei Lambis«, sagt der Rumäne.

»Gut, aber wieso wart ihr dann an der Mautstelle, wenn ihr zu tun hattet?«, fragt Papadakis. »Unterbrecht ihr eure Arbeit, wenn die Autobahn blockiert wird?«

Vassili lacht auf.

»Wir arbeiten«, meint er zu Papadakis. »Wir arbeiten, aber nix Geld. Monatelang uns nix zahlen.«

»Wenn wir eine Tag nix arbeiten, sie uns kürzen das, was sie uns nicht zahlen«, sagt Emil im Scherz.

»Waren viele Leute an der Mautstelle?«, frage ich sie.

»Viele, ja«, antwortet Vassili mit Nachdruck. »Waren Bauern, dann waren Autofahrer, die Bauern sagen, sie sollen vorbeilassen. Und Frauen, die Bauern Essen bringen. Viele Leute nur zuschauen.«

»Waren auch noch andere Erntehelfer dort?«, fragt Dermitsakis.

»Albaner, aber die nix reden mit uns.«

»Warum?«

»Die vergessen, sie selber Einwanderer. Jetzt sie haben ihre Familien in Griechenland und sagen, ihr Ausländer, wir nicht.«

»Haben Sie Griechen gesehen?«, fragt Vlassopoulos.

»In Autos, bei Polizei und Frauen von Bauern«, entgegnet Emil.

Nicht ausgeschlossen, dass die Täter mit dem Auto kamen und den Mord mitten in dem ganzen Trubel begangen haben. Sie brachten die beiden um, gingen zu ihrem Auto und fuhren nach Athen zurück. Keiner hätte in dem Tumult darauf geachtet.

Die von mir aufgestellte Hypothese hat zwar Hand und Fuß, aber trotzdem überzeugt sie nicht. Wie wussten sie, wen sie töten sollten? Da hätten sie vorher in der Gegend herumfahren und ein paar Informationen einholen müssen.

Wenn sie tatsächlich vorher Auskünfte eingeholt haben, müssen sie durch die Kafenions der Gegend gezogen sein. Das heißt, dort müssen wir ansetzen und mit Befragungen beginnen. Wenn wir Glück haben, finden wir raus, wer sich nach den Opfern erkundigt hat. Dadurch wird vielleicht auch klar, mit welchem Täterkreis wir es zu tun haben.

»Haben Sie in den Kafenions, die von den Bauern besucht werden, die Leute befragt?«, frage ich Petropoulos.

»Ja, und alle haben auf die ausländischen Arbeiter verwiesen«, antwortet er. »Die hatten ein Motiv für den Mord, weil man sie nicht bezahlt hat.«

Da Petropoulos glaubte, die Mörder gefunden zu haben, und nach Hinweisen und Zeugen suchte, die seine These untermauern konnten, verwundert es mich nicht, dass die Leute alle gleich antworteten.

»Ihr beiden könnt gehen«, sage ich zu Vassili und Emil. »Ihr habt mit den Morden nichts zu tun.«

»Ohne das Einverständnis des Dienststellenleiters kann ich sie nicht laufenlassen«, sagt Petropoulos.

»Dann holen Sie es ein und halten die beiden Arbeiter nicht unnötig fest«, antworte ich und wende mich an die beiden. »Ein wenig Geduld noch, dann können Sie gehen«, beruhige ich sie. Dass Petropoulos das Gesicht verzieht, ist mir vollkommen schnuppe.

31

Dimitriou ist zurück von seiner Mission.

»Fehlanzeige, Herr Kommissar«, verkündet er. »Nichts zu finden.«

Das überrascht mich nicht, da mehr als vierundzwanzig Stunden seit der Tat vergangen und kaum noch Spuren nachzuweisen sind.

»Nur eins steht fest: dass der Täter zu Fuß gekommen ist«, fährt Dimitriou fort. »Im ganzen Umkreis gibt's nur die Reifenspuren der Traktoren, die den Opfern gehörten.«

»Genau das hat uns zu den beiden Ausländern geführt«, erklärt Petropoulos, der das Gespräch mitverfolgt. »Die beiden waren vor Ort, sie wurden bei den Traktoren gesehen, und sie kannten die Opfer.«

Noch immer will er mir beweisen, dass er kein ahnungsloser Idiot ist. Dabei schätze ich ihn gar nicht so ein. Ihm fehlt einfach die Erfahrung. Außerdem halte ich es für durchaus denkbar, dass die Idee der Festnahme von seinem Chef stammt und er bloß dessen Anweisungen befolgt hat.

»Können wir die Projektile haben?«, frage ich ihn.

Er zieht die Schreibtischschublade auf, holt eine Plastiktüte mit zwei Patronenhülsen heraus und übergibt sie mir. Na prima, sage ich mir, warum stellt er sie nicht gleich in einer Vitrine aus. Ich reiche die Tüte Dimitriou, der gleich einen Blick hineinwirft.

»Ich werde sie natürlich an die Ballistiker weiterleiten, aber sie stammen bestimmt von derselben Waffe«, erklärt er.

»Die Waffe ist eine amerikanische Smith & Wesson, Typ Victory«, erläutere ich Petropoulos. »Solche Revolver hat das griechische Militär in den fünfziger Jahren von den Amerikanern bekommen. Das heißt, die Mörder stammen mit Sicherheit aus Griechenland. Die Immigranten aus Osteuropa haben so eine Smith & Wesson nicht mal im Traum gesehen.«

»Ja, aber wie alt wären diese ›Griechen der fünfziger Jahre‹ heute?«, fragt sich Petropoulos – genau wie alle anderen, die sich auch schon über diesen Punkt gewundert haben.

»Die Mörder müssen nicht notgedrungen in den fünfziger Jahren jung gewesen sein«, erläutert ihm Vlassopoulos. »Vielleicht sind es die Kinder oder die Enkel dieser Generation, die uns mit dieser Bezeichnung in die Irre führen wollen.«

»Die zweite Gemeinsamkeit ist der Bürgerkrieg«, gebe ich Petropoulos zu bedenken. »Bei allen Morden haben wir eine Beziehung der Opfer zu gewissen Ereignissen des Bürgerkriegs ausgemacht. Wissen Sie vielleicht, welche Rolle die Familien der Opfer damals innehatten?«

Petropoulos zuckt mit den Schultern.

»Keine Ahnung. Meine Familie stammt aus Pyrgos, aber ich bin in Thrakien aufgewachsen. Mein Vater war bei der Gendarmerie.«

»Meiner war Gendarmerieoffizier in Epirus«, sage ich, und zum ersten Mal blitzt ein Lächeln in seinen Augen auf. Mit dem gemeinsamen Hintergrund unserer Väter ist das Eis zwischen uns gebrochen.

»Wir kommen um einen Besuch bei den Familien der Opfer nicht herum«, schlussfolgere ich. »Aber zuerst möchte ich noch eine Runde durch die Kafenions machen. Wenn der Mörder aus Athen angereist ist, hat er vermutlich Auskünfte über seine Opfer eingeholt.«

Doch Ananiadis kommt uns zuvor.

»Die Morde an den beiden Landwirten stimmen mit den Athener Fällen überein«, erklärt er. »Meiner Meinung nach handelt es sich zweifelsfrei um ein und denselben Täter.«

Ich schlage Ananiadis und Dimitriou vor, mit dem Transporter der Spurensicherung nach Athen zurückzufahren. Wozu sollten die beiden in Kalamata warten, während wir die Gegend nach Zeugen abgrasen?

Petropoulos erklärt uns, dass die meistbesuchten Kafenions etwas außerhalb von Kalamata liegen. Das beliebteste behalte ich mir vor und schicke meine Assistenten in Begleitung lokaler Polizeibeamter zu den anderen.

Petropoulos sitzt neben mir am Steuer des Streifenwagens. »Viel dürfen Sie sich aber nicht erhoffen«, meint er.

»Wieso nicht?«

»Weil die Leute hier eine verschworene Gemeinde sind. Auch wenn sie etwas wüssten, würden sie das keinem Außenstehenden verraten. Einem Fremden gegenüber schweigen sie wie ein Grab. Die berühmte Offenheit der Messenier ist ein Märchen. Obwohl ich schon fünf Jahre hier Dienst tue, verstummen die Gespräche, sobald ich das Kafenion betrete, und man geht zu Wald-und-Wiesen-Themen über.«

Er hat bestimmt recht. Nur, wenn man nicht nach ihren Landsleuten, sondern nach den Ausländern fragt, wird man sie zum Reden bringen.

Das Kafenion, zu dem uns Petropoulos fährt, liegt auf einem Dorfplatz. Die Bauern sitzen draußen und unterhalten sich. Kaum steigen wir aus dem Streifenwagen, verstummen die Gespräche schlagartig.

»Guten Tag«, sagt Petropoulos freundlich.

Als Antwort ernten wir ein allgemeines Gemurmel, was unter anderem auch als »Guten Tag« verstanden werden könnte.

Petropoulos tut so, als bemerke er die ablehnende Stimmung nicht.

»Der Herr Kommissar ist aus Athen gekommen und möchte euch ein paar Fragen zu den Morden an Charalambos Mattheou und Jannis Kontopoulos stellen«, erläutert er.

Wir stehen einer Mauer des Schweigens gegenüber. Ich beschließe, meine Fragen dennoch vorzubringen, steige die Treppe hoch und stelle mich mitten unter sie.

»Ich möchte wissen, ob ein Ortsfremder an der Mautstelle nach den beiden Opfern gefragt hat«, sage ich.

Sie blicken sich an – einerseits, um zu sehen, ob jemand tatsächlich mit einem Unbekannten gesprochen hat, und andererseits, um sich zu verständigen, wer als Erster das Wort ergreifen soll.

»Also, an der Stelle, wo ich war, hat uns kein Fremder angesprochen«, sagt schließlich ein Fünfzigjähriger.

»Ich habe mich auch nicht mit Fremden unterhalten«, ergänzt ein anderer, etwas älterer Mann.

»Warum sollten uns Fremde ansprechen, wenn die beiden, die Jannis und Lambis umgebracht haben, zwei einfache Erntehelfer sind?«, fragt ein junger Mann. »Man muss ja nicht gleich eine Verschwörung ausländischer Kräfte vermuten, oder?«

»Wir ermitteln gerade, ob die Morde an den beiden Anwohnern möglicherweise mit zwei weiteren Gewalttaten in Athen in Zusammenhang stehen«, erläutere ich.

»Anders gesagt, Petropoulos: Ihr habt wieder mal kläglich versagt!«, sagt der junge Mann höhnisch zu Petropoulos. Da geht mir der Hut hoch.

»Hören Sie, es gibt zwei Möglichkeiten«, erkläre ich scharf. »Entweder unterhalten wir uns hier in aller Ruhe bei Kaffee und Limonade, oder wir fahren zur Polizeidirektion und laden euch allesamt einzeln zur Vernehmung vor. Ihr habt die Wahl!« Danach wende ich mich an den jungen Mann: »Kommissar Petropoulos konnte von den Athener Morden nichts wissen. Deswegen sind wir jetzt hier.«

»Leute, hat jemand von uns an den beiden Tagen, als wir bei der Autobahnblockade waren, mit einem Fremden gesprochen?«, ruft ein Vierzigjähriger in die Runde. »Wenn ja, dann soll er es sagen, damit wir die Sache hinter uns bringen und in Ruhe unseren Kaffee trinken können.«

Die allgemeine Antwort aus der Runde ist ein donnerndes »Nein!«.

»Schön, das hätten wir geklärt«, sage ich diesmal ganz freundschaftlich.

»Kann mir vielleicht jemand etwas über Mattheous' und Kontopoulos' Vergangenheit sagen?«

»Welche Vergangenheit?«, fragt der Fünfzigjährige, der sich als Erster zu Wort gemeldet hatte. »Lambis war Lambis und Jannis war Jannis. Wir kannten uns von klein auf.«

»Ich meine die Zeit des Bürgerkriegs«, erläutere ich.

»Wer erinnert sich denn noch an diese ollen Kamellen?«, meldet sich ein Sechzigjähriger zu Wort. »Wir haben hier immer über die Ernte, den Dünger und das Wetter geredet. Was früher war und auf welcher politischen Seite einer steht, interessiert hier keinen. Ist ja alles die gleiche Scheiße.«

»Das war's dann auch, vielen Dank«, sage ich und wende mich zum Gehen.

»Und tschüs! Sie brauchen auch nicht wiederzukommen!«, sagt der Vierzigjährige, während der junge Mann spöttisch lächelt.

Wenigstens wissen wir jetzt, dass kein Ortsfremder Erkundigungen über die beiden Opfer eingezogen hat, sage ich mir auf dem Weg zum Streifenwagen. Natürlich bleibt noch abzuwarten, was meine Mitarbeiter herausfinden, aber ich mache mir keine großen Hoffnungen. Wenn sich meine These als richtig erweist, dann hatte der Mörder seine eigenen Informationsquellen und wusste, wo er zuschlagen musste.

»Glauben Sie, wir könnten bei den Familien mehr über die Vergangenheit der Opfer herausfinden?«, will ich von Petropoulos wissen, als wir in den Streifenwagen steigen.

Statt den Motor anzulassen, verharrt er reglos und denkt nach.

»Ich bringe Sie zu jemandem, der Ihnen weiterhelfen kann. Aber ich bleibe im Streifenwagen, sonst macht er den Mund nicht auf.«

Dann tritt er aufs Gas und fährt aus dem Dorf hinaus. Rundherum reiht sich ein Acker an den anderen und alle sehen gleich aus, doch Petropoulos fährt mit schlafwandlerischer Sicherheit von einem Sträßchen zum nächsten, bis er schließlich vor einer Kurve anhält. Er deutet zu einem alten Bauernhaus auf der Kuppe des Hügels vor uns.

»Gehen Sie zu Fuß zum Hof hinauf«, sagt Petropoulos. »Dort wohnt Lagouras. Er ist der Einzige, der über die beiden Familien Bescheid weiß, aber er hat jeden Kontakt zum Dorf abgebrochen. Er verachtet das Dorf, und das Dorf verachtet ihn.«

Ich steige aus und folge einem Pfad hinauf zu dem kleinen Gut. Noch während ich mich dem Haus nähere, geht die Tür auf, und ein alter Mann tritt mit einem Stuhl in der Hand heraus. Überrascht bleibt er einen Augenblick lang stehen. Dann stellt er den Stuhl ab und nimmt darauf Platz. Er muss über neunzig sein, doch die Art, wie er sich bewegt, lässt ihn jünger wirken.

›Das ist das zweite lebende Exemplar der Griechen der fünfziger Jahre nach Vranas senior‹, sage ich mir.

»Guten Tag«, grüße ich, als ich vor ihm stehe.

Er mustert mich von oben bis unten, bequemt sich jedoch zu keinem Gegengruß. Ich stelle mich vor. Er hört mir zwar zu, doch sein Blick ruht auf den Feldern.

»Man hat mir gesagt, Sie könnten mir einige Auskünfte über die Familien der beiden vorgestern an der Mautstelle ermordeten Bauern geben.«

Er dreht sich zu mir um und blickt mich an. »Wer hat Sie hergeschickt?«

»Der Betroffene hat mich gebeten, seinen Namen nicht zu nennen.« Damit sage ich immerhin die halbe Wahrheit.

»Und warum sollte ich einem Bullen die Geschichte von Lambis Mattheou und Jannis Kontopoulos erzählen?«

»Weil ein Mörder zwischen Athen und Kalamata unterwegs ist, der wahrscheinlich noch weitere Opfer auf seiner Liste hat.«

»Bringt er nur Linke um?«, will er wissen.

»Er hat auch Nikitopoulos' Sohn getötet.«

»Nikitopoulos von den Sicherheitsbataillonen?«

»Ja.«

»Und warum sollte ich Ihnen weiterhelfen? Damit Sie den Täter fassen, der meine Feinde umbringt?«

Plötzlich kommt mir – spät, aber doch – eine Idee.

»Waren die beiden Mordopfer Linke?«, frage ich ihn.

»Das waren zwei Galgenvögel«, erwidert er trocken. »Und bei Galgenvögeln ist es egal, ob sie rechts und links sind. Es sind einfach nur Galgenvögel.«

Genau dasselbe hat Vranas über seinen Sohn gesagt.

Lagouras hat seinen Blick nachdenklich auf mich geheftet. »Christos Mattheou und Themis Kontopoulos waren Genossen«, erzählt er. »Wir waren zusammen in der Demokratischen Armee, auch bei Meligalas haben wir Seite an Seite gekämpft, dann standen wir gemeinsam vorm Militärgericht und gingen auch zusammen ins Exil. Danach sind wir alle wieder hierher zurückgekehrt. Wir haben die Verfolgung überstanden, den Terror der Sicherheitsbataillone und der Gendarmerie ...«

Er hält inne und blickt mich an. »Dass ich das alles überlebt habe, ist der einzige Kampf, den ich in meinem Leben gewonnen habe. Christos' und Themis' Kinder wurden in der Schule wie Aussätzige behandelt. Erst Mitte der sechziger Jahre hat sich die Lage etwas entspannt, aber kaum konnten wir aufatmen, brach die Junta über uns herein. Wieder Verfolgung! Christos und Themis sind damals gestorben. Es stellte sich heraus, dass ihre Kinder nur eins wollten: Geld machen, und seit den achtziger Jahren haben sie abgesahnt, wo sie nur konnten. Zuerst Subventionen, dann Kooperativen, und zum Schluss haben sie die ausländischen Arbeiter bestohlen. Und wenn sie im Kafenion saßen, haben sie sich mit ihren Vätern gebrüstet und vor Wut gegen die Rechte geschäumt. In einem einzigen Punkt hatten sie allerdings recht: Wären in den Jahren nach der Junta die Rechten am Ruder gewesen, hätten zumindest die Kooperativen ihre Finger nicht so tief ins Butterfass tauchen können.«

Er seufzt tief auf und verstummt – vermutlich, weil er müde ist.

»Meine Frau ist gestorben, und Kinder habe ich keine. Zum Glück, denn die wären sonst genau solche Galgenvögel geworden. Gott hat, wenn es ihn denn gibt, kein Erbarmen mit mir. Er lässt mich immer weiter leiden. Dabei könnte er mich einfach sterben lassen, damit ich endlich meine Ruhe habe.«

Dann erhebt er sich zusammen mit seinem Stuhl und kehrt ins Haus zurück. Ohne einen Abschiedsgruß zieht er die Tür hinter sich zu.

Ich wandere den Pfad wieder hinunter und denke über die Generation der Söhne und Töchter nach. Der Sohn von Nikitopoulos von den Sicherheitsbataillonen, der Sohn des Kommunistenfressers Vranas und die Söhne von Mattheou und Kontopoulos von der Volksfront wurden allesamt zu Aasgeiern und fanden den Tod. Makridis' Sohn ist nach Griechenland zurückgekehrt und hat Selbstmord begangen. Und seine Tochter mutierte zur Deutschen, um ihre Haut zu retten.

»Na, hat es was gebracht?«, fragt Petropoulos, als ich in den Streifenwagen steige.

Ich erzähle ihm, was Lagouras zu berichten wusste.

»Welchen Schluss ziehen Sie daraus?«

»Dass ich einmal recht hatte und einmal unrecht. Richtig lag ich damit, dass die Morde mit dem Bürgerkrieg zu tun haben müssen. Falsch lag ich mit der These, dass jemand die Kinder der Nationalkonservativen tötet, um sich im Nachhinein an den Vätern zu rächen.«

Meine Assistenten warten in der Polizeidirektion Messenien auf mich. Sie haben nichts herausgekriegt. Doch meine eigenen Nachforschungen waren so ergiebig, dass wir nach Athen zurückfahren können.

Die Kinder sind also der Schlüssel. So weit, so gut. Nur das passende Schloss habe ich noch nicht gefunden.

32

Lieber Franz,

seit gestern bin ich in meiner ursprünglichen Heimat. Doch wenn ich das so schreibe, kommt mir der Gedanke, dass diese Aussage vielleicht gar nicht stimmt. Wenn ich in Deutschland bin, empfinde ich Deutschland als meine eigentliche Heimat. Wenn ich in Griechenland bin, wird Griechenland zu meiner ursprünglichen Heimat. Vielleicht sollte ich sagen, dass Griechenland mein Herkunftsland ist. Von hier hat mein Vater den Keimling nach Deutschland verpflanzt, der dort zum Baum herangereift ist.

Vielleicht sollte ich anders anfangen, um Klarheit zu schaffen. Seit gestern bin ich im Land des Lichts. Es ist Januar, und Athen ist in helles Licht getaucht. Ich blicke aus meinen Fenstern auf die Akropolis und den leuchtenden Parthenon gegenüber. Ich schaue nach unten und sehe Menschen ohne Regenschirme, ohne Mäntel oder Mützen, Menschen, die nicht im Schnee versinken.

Es ist ein Paradies, Franz. Meine erste Kontaktaufnahme zu Dir erfolgt also aus dem Paradies, auch wenn Gott die Welt erst im Nachhinein in Paradies und Hölle geteilt hat. Hier herrschen, was Natur und Klima betrifft, paradiesische Zustände, doch die Lebens- und Überlebensbedingungen in der Krise sind die Hölle. Umgekehrt ist Deutschland klimatisch gesehen die Hölle, doch die Lebensumstände sind paradiesisch.

Ich wohne in einem sehr schönen Hotel. Aber da ich beschlossen habe, mich in Athen niederzulassen, muss ich eine Wohnung finden. Wie man mir in der deutschen Botschaft sagte, seien die Mieten spottbillig, und es werde mir nicht schwerfallen, eine geeignete und preisgünstige Wohnung zu finden. Doch das muss noch ein paar Tage warten. Zuerst möchte ich auf die Insel reisen, in der ich den Windpark errichten will, um die Gegend genau zu erkunden.

Die Möglichkeiten, eine Stromleitung in die Türkei zu legen, werde ich später prüfen, wenn ich mich für einen Standort entschieden habe. Dafür werde ich auf jeden Fall einen Geldgeber finden müssen – entweder direkt aus der Türkei oder auf dem Umweg über Deutschland.

Hier endet mein Brief, da ich beschlossen habe, mir heute freizunehmen und den sonnigen Tag zu genießen. Würdest Du Athen kennen, würdest Du mich um diesen Spaziergang beneiden.

Dein treuer Freund
Andreas

Andreas Makridis' erster Brief teilt nicht mehr als seine Begeisterung über das Athener Wetter mit. Na toll! Jeder Tourist aus Mittel- oder Nordeuropa setzt sich – sei es am Strand oder im Athener Zentrum – in die pralle Sonne, während die Griechen einen frischen Meltemiwind herbeisehnen. Makridis' philosophische Gedanken zum Thema lassen mich kalt. Wenn seine übrigen Briefe ähnlich sind, dann kann ich es vergessen, auf diesem Wege mehr herauszubekommen.

»Da steht nichts Besonderes drin«, meint auch Mania, die mir die Übersetzung des Briefes gebracht hat.

»Wenn das so weitergeht, dann hat sich Uli ganz umsonst die Mühe gemacht, fürchte ich.«

»Ach wo, Uli ist Deutscher und macht das Beste draus: Er sieht im Übersetzen keine Quälerei, sondern eine gute Gelegenheit, seine Griechischkenntnisse zu verbessern.«

»Morgen bin ich mit dem zweiten fertig«, sagt Uli und schenkt Manias Kommentar keine Beachtung. »An seiner Sprache merke ich jedenfalls, dass er mehr Deutscher als Grieche war. Er denkt und formuliert wie ein Deutscher.«

»Findest du den zweiten Brief interessanter?«, will ich wissen, weil es mich schon in den Fingern juckt.

»Freud und Leid gehören zusammen«, erwidert er unbestimmt.

»Auf Griechisch sagt man das treffender«, mischt sich Prodromos ein. »Was schön beginnt, endet leidvoll.«

Das trifft in Makridis' Fall hundertprozentig zu.

Meine Tochter und mein Schwiegersohn sind auch da. Das heißt, die ganze Familie hat sich samt Freunden und Verwandten zur Essensausgabe versammelt.

»Wie war's in Kalamata?«, fragt mich Fanis.

»Was die Hitze angeht, unerträglich. Was die Behandlung betrifft, unfreundlich. Was die Recherchen betrifft, nicht ganz unergiebig, aber ich weiß noch nicht, ob es uns wirklich weiterbringt.«

»Wenn es auf dem Peloponnes heiß ist, dann aber richtig!«, bemerkt Adriani.

»Wieso? Ist es in Epirus weniger heiß?«, fragt Katerina.

»In Epirus weht immer ein Lüftchen von den Bergen«, erwidert ihre Mutter zu Recht.

»Es stimmt, was Adriani sagt«, bekräftigt Sevasti. »Auch in Volos ist das so, selbst in der größten Hitze.«

Katerina wendet sich an mich. »Ich habe Cédric und seine beiden Freunde zu Konstantinidis gebracht«, sagt sie. »Und Maurice wurde von einem seiner Mitarbeiter im Krankenhaus vernommen.«

»Haben deine Mandanten geredet?«

»Maurice war sehr offen. Er hat ausgesagt, wie der Drogenring im Viertel funktioniert. Seine beiden Freunde haben auch nichts verschwiegen. Aber Cédric musste man alles aus der Nase ziehen. Das wundert mich, denn bei der Anzeige, die seinen Laden betraf, hat er keine Sekunde gezögert.«

»Vielleicht hat ihn die Attacke der Goldenen Morgenröte auf dich eingeschüchtert«, meint Mania. »Er hat gesehen, was sie mit dir gemacht haben, und fürchtet sich jetzt davor, dass ihm das auch passieren könnte. Damit haben die Schläger auch ihr längerfristiges Ziel erreicht, nicht nur dem Opfer, sondern auch den anderen Angst einzujagen.«

Adriani kommt mit dem Essen. Sie hat Auberginen Imam zubereitet.

»Ich wollte auch gebratene Sardinen auftischen, aber die Auberginen sind ohnehin schon schwer. Da hätten uns die Sardinen bei dieser Hitze im Magen gelegen«, erläutert sie uns.

Wenn Uli bei Adriani zum Essen zu Gast ist, vergisst er seine guten deutschen Manieren. Zuerst stürzt er sich gierig auf seinen Teller, und dann tunkt er mit dem Brot auch noch die ganze Soße auf.

»Wir machen's wie in früheren Zeiten«, sagt er mit seinem deutsch klingenden Griechisch lachend zu mir.

»Was willst du damit sagen, Uli?«, will Mania wissen.

»Ich mache die Übersetzung für den Herrn Kommissar, und seine Frau bezahlt mich mit Auberginen Imam.«

»Du bist auch ohne Übersetzung immer willkommen«, sagt Adriani zu ihm.

Es ist schon nach elf, als die Gäste an Aufbruch denken. Ich kann meine Augen kaum mehr offen halten vor lauter Müdigkeit und zähle die Sekunden, bis ich endlich ins Bett kann.

Gerade als ich im Schlafzimmer meine Kleider ausziehen will, läutet mein Handy. Leise fluche ich vor mich hin, da ein Anruf zu dieser Uhrzeit selten etwas Gutes bedeutet. Sollte es gerade jetzt ein neues Mordopfer geben, dann setzt der Täter wirklich alles daran, mir das Leben schwerzumachen.

»Guten Abend, Herr Kommissar«, sagt eine Frauenstimme. »Hier spricht Chariklia, die Mutter von Stathis Vranas. Entschuldigen Sie, dass ich so spät noch anrufe, aber ich habe gewartet, bis mein Mann schläft. Ich habe in der Zeitung gelesen, dass Lambis Mattheou ermordet wurde, und deshalb möchte ich Sie sprechen, aber nicht auf der Polizei.«

Mit ihrem Anruf habe ich nicht gerechnet. Ich denke, dass es von Vorteil sein könnte, wenn Sissis bei dem Gespräch dabei wäre. Ich gebe ihr die Adresse des Obdachlosenheims und erkläre ihr den Weg. Wir verabreden uns für den nächsten Morgen um elf.

Und wie für einen Mörder, der im Affekt gehandelt hat, trifft auch auf mich der Satz zu: Was danach passierte, weiß ich nicht mehr.

33

Chariklia Vrana klingelt, wie besprochen, Punkt elf an der Tür des Obdachlosenasyls. Sissis öffnet ihr und führt sie in die leere Cafeteria. Er hat die Bewohner gebeten, uns nicht zu stören.

Chariklia Vrana trägt dieselben Kleider wie bei unserer ersten Begegnung, als sie zusammen mit ihrem Mann, dem Kommunistenfresser, in mein Büro gekommen ist. Nach der Begrüßung fällt ihr auf, dass Sissis am Tisch Platz genommen hat.

»Wer ist der Herr? Auch von der Polizei?«, fragt sie irritiert.

Statt meine Antwort abzuwarten, stellt Sissis sich selbst vor. Daraufhin mustert Chariklia ihn eingehend.

»Sind Sie der Lambros Sissis, der mit meinem Vater, Jorgos Stavridis, auf der Verbannungsinsel Ai-Stratis war?«, fragt sie schließlich.

Jetzt ist Sissis völlig baff. Und ich hätte mir auch nicht träumen lassen, dass ich mit der Bitte an Sissis, bei dem Gespräch dabei zu sein, derart ins Schwarze treffe.

»Du bist Jorgos' Tochter?«, stammelt Sissis ungläubig.

»Ja, ich bin Jorgos Stavridis' Tochter, aber ich habe den Nachnamen meines Mannes angenommen«, erwidert sie mit dem Gleichmut eines Menschen, der die Vergangenheit hinter sich gelassen hat. »Mein Vater und meine Familie haben mich verstoßen.«

»Das hat deinem Vater sehr weh getan. Ich war im selben Zelt wie er, da habe ich alles aus nächster Nähe miterlebt.«

»Alle sagen, dass er sehr darunter gelitten habe. Aber was er uns angetan hat, interessiert keinen«, gibt die Vrana pikiert zurück.

»Ich war dabei, als ihn die Parteizelle nach deiner Heirat zur Selbstkritik aufforderte«, fährt Sissis fort. »Er ging nach vorn, hat seine Fehler eingeräumt und bekannt, ein schlechter Vater gewesen zu sein. Fast zwei Stunden lang hat er sich selber als Versager dargestellt. Am Schluss musste er dich verstoßen, er hatte keine andere Wahl.«

»In einem Punkt hatte er recht: Als Vater hat er versagt. Nur hätte ich es anders ausgedrückt. Denn wissen Sie, was es für ihn hieß, ein schlechter Vater zu sein? Nicht nur, dass seine Tochter keine Kommunistin wurde, sondern dass sie ihren Körper auch noch an den Klassenfeind verkauft hat.«

»Als er ins Zelt zurückkam, brach er in Tränen aus. Er konnte sich stundenlang nicht beruhigen.«

»Warum hat er geweint? Hat er um sein Kind getrauert, das für ihn quasi gestorben war?«, fragt Chariklia.

Mit jedem Satz versucht sie, Sissis zu provozieren und ihm dieselbe Geringschätzung zu zeigen wie ihrem Vater. Doch Sissis gehört nicht zu der Sorte, die schnell die Ruhe verliert.

»Ich weiß nicht, warum er weinte, Chariklia. Aber ich kann dir sagen, was ich glaube.«

»Und? Was glauben Sie, Herr Lambros?«, will sie, nun etwas ruhiger, von ihm wissen.

»Ich glaube, dass er dasselbe gemeint hat wie du, als er in seiner Selbstkritik davon sprach, als Vater versagt zu haben.

Als er im Zelt weinte, tat er das, weil es ihn zutiefst betrübte, dass er dich und die ganze Familie ihrem Schicksal überlassen hatte. Er hat sich selbst die Schuld gegeben, dass du vom rechten Weg abgekommen bist.«

»Das war vielleicht wirklich so. Aber er hat ja bei euch Trost gefunden.«

»Da irrst du dich. Kann sein, dass wir – wie es damals so schön hieß – einmütig gegen den Klassenfeind aufgetreten sind. Kann sein, dass wir uns gegenseitig ›Genossen‹ genannt haben. Aber wenn's brenzlig wurde, stand jeder von uns allein da. Vor allem, wenn man eine Reueerklärung unterschreiben oder Selbstkritik üben musste.«

»Möglich. Aber es gibt einen Unterschied. Er hatte es in der Hand. Unser Schicksal war nicht selbstgewählt, sondern hing von seiner Entscheidung ab. Wir waren allein und völlig hilflos. Meine Mutter und meine Brüder haben das ertragen, ich nicht. Als mir der viel ältere Vranas über den Weg lief, habe ich ihn geheiratet. Aber nicht um meinem Vater eins auszuwischen. Sondern um unser Leben, das keins mehr war, hinter mir zu lassen.«

»Und? Ist es dir gelungen?«, fragt Sissis leise, fast tonlos.

»Ja, aber den Bazillus bin ich nie losgeworden. Selbst nach so vielen Jahren habe ich immer noch diese ansteckende Krankheit.«

Jetzt schalte ich mich ein: »Welchen Bazillus?«

»Den Bazillus, aus einer linken Familie zu stammen, Herr Kommissar«, entgegnet sie. »Den bin ich nie losgeworden. Wenn mein Mann und ich uns stritten, war immer meine Familie schuld. Das wurde noch schlimmer, als er von den Mauscheleien unseres Sohnes erfuhr. Bei jeder Gelegenheit rieb er mir unter die Nase, dass er unserer Sippe nachgerate. Alle Linken seien Hühnerdiebe und schreckten vor nichts zurück. ›Unser größter Fehler war, dass wir euch nicht mit Stumpf und Stiel ausgerottet haben‹, erklärte er mir. Aber die Muttergottes hatte Erbarmen mit mir, das Schlimmste hat er gar nicht mitbekommen.«

»Und was war das Schlimmste?«, frage ich, weil ich das Gefühl habe, dass wir jetzt zum Kern der Sache vordringen.

»Nun kommt Lambis Mattheou ins Spiel. Er war ein Vetter zweiten Grades von mir«, antwortet sie. »Ich wollte Sie nicht auf einem Polizeirevier treffen, weil sonst mein Mann Verdacht geschöpft hätte.«

»Welchen Verdacht?«, frage ich.

»Dass Stathis mit meinem Vetter Geschäfte machte.«

»Wie ist es dazu gekommen?«, fragt Sissis neugierig.

»Als mein Mann eines Tages nicht da war und wir allein zu Hause saßen, fragte Stathis nach meiner Familie. Da habe ich ihm die ganze Geschichte erzählt, weil ich plötzlich fand, er sollte davon wissen. Er fragte mich, ob ich noch Verwandte hätte. Da erzählte ich ihm von dem entfernten Cousin, eben Mattheou, der irgendwo bei Kalamata lebe. Er hat dann ohne mein Wissen Kontakt zu ihm aufgenommen. Erst nach einer ganzen Weile hat er mir schöne Grüße von meinem Cousin ausgerichtet. Dabei hat er zugegeben, dass er ihn besucht habe und dass sie ins Geschäft gekommen seien. Stathis hat ihm zuerst über Agrarsubventionen und dann über Kooperativen zu Fördergeldern verholfen. Ich beschwor ihn, seinem Vater nichts zu sagen, worauf er nur lachte und meinte, er sei ja nicht verrückt. Klar war er nicht verrückt, denn seine Hilfe ließ er sich teuer bezahlen.«

Sie verstummt und blickt uns an, doch weder ich noch Sissis sagen ein Wort. Nach einer Weile holt sie tief Luft und fügt hinzu: »Das wollte ich Ihnen erzählen, Herr Kommissar. Was meinen Mann und meine Familie entzweit hat, war der Bürgerkrieg. Was unsere Kinder vereint hat, war die Korruption.«

Sie reicht Sissis zum Abschied die Hand.

»Es war schön, Sie kennenzulernen«, sagt sie, nunmehr ganz ruhig. »Immerhin habe ich von Ihnen ein paar neue Dinge über meinen Vater erfahren.«

Sissis bringt sie zur Tür. Danach nimmt er mir gegenüber Platz und blickt mich wortlos an.

»Als ich dir sagte, dass du beim Gespräch dabei sein solltest, wusste ich nicht, dass du ihren Vater kennst«, sage ich.

»Woher solltest du das auch wissen? Stavridis war einer der Häftlinge auf Ai-Stratis, die man nicht kleinkriegen konnte. Er ist erst zusammengebrochen, als er erfuhr, dass seine Tochter dieses Monstrum von Vranas geheiratet hat. Von dem Tag an war er ein anderer Mensch. Als er aus der Verbannung zurückkehrte, war er ein gebrochener Mann.«

»Du hast sie zum Reden gebracht.«

»Sie hätte sowieso geredet. Das war der Grund, warum sie hergekommen ist: Sie wollte alles loswerden. Chariklia und ich sind – jeder auf seine Art – durch eine harte Schule gegangen.«

»Welche Schule?«, frage ich neugierig.

»Kein Gymnasium und auch keine Universität, sondern eine Schule, in der es nur Ohrfeigen setzte«, antwortet er gelassen. »Wir hatten es mit harten Bandagen zu tun.«

Damit ist für ihn das Thema erledigt. Und ich gehe zum

Amerikis-Platz hinunter und nehme den Trolleybus, der den Alexandras-Boulevard hoch zum Präsidium fährt.

Auf der Fahrt denke ich darüber nach, was mir die Aussage der Vrana Neues bringt. Neben dem Bürgerkrieg, der alle Opfer miteinander verbindet, ist eine weitere Beziehung zutage getreten, und zwar zwischen dem Sohn der Vrana und Lambis Mattheou. Wusste der Mörder das, oder war die Wahl der beiden Opfer rein zufällig? Und wenn er davon wusste, wie hat er davon erfahren?

Hätte ich diese Information schon in Kalamata gehabt, hätte ich im Kafenion nach Stathis Vranas fragen können. Außerdem hätte ich bei Lagouras nachhaken können. Doch das kann ich jetzt nicht mehr, zumindest nicht persönlich.

Kaum bin ich im Büro, rufe ich Petropoulos an und erzähle ihm die Geschichte. »Versuchen Sie herauszukriegen, ob die anderen Vranas kannten und was sie von ihm hielten. Versuchen Sie auch, mit Lagouras zu sprechen.«

»Was die Dorfbewohner betrifft, sehe ich kein Problem. Bei Lagouras kann ich's versuchen, doch ich fürchte, er wird nicht mit mir sprechen. – Ich habe aber etwas erfahren, das Sie interessieren dürfte«, fügt er hinzu.

»Was denn?«

»Sowohl Mattheou als auch Kontopoulos setzten auf ihren Gütern albanische Vorarbeiter ein. Sie wissen ja, die sind griechischer als die Griechen. Als Vorgesetzte sind sie deshalb bei den ausländischen Erntehelfern nicht besonders beliebt.«

»Diese Information kann uns noch nützlich sein«, antworte ich, bevor ich auflege. Dass uns dieser Hinweis wohl kaum weiterbringt, sage ich ihm lieber nicht, um seinen Eifer nicht zu bremsen.

Ich bin drauf und dran, zwecks Zwischenbericht zu Gikas hochzufahren, als plötzlich Sotiropoulos in der Tür steht.

»Ich wollte meine Prozente einstreichen«, meint er mit einem spöttischen Lächeln auf den Lippen und nimmt unaufgefordert Platz.

»Den ganzen Morgen befasse ich mich schon mit Korruption«, erwidere ich. »Und jetzt wollen Sie auch noch abkassieren?«

»Gibt's was zu berichten?«, fragt er und überhört meine Worte geflissentlich.

Egal, ob Prozente oder nicht, ich weiß, was ich ihm schuldig bin.

»Es gibt Neuigkeiten, aber was ich Ihnen jetzt sage, sind Dienstgeheimnisse und nicht zur Veröffentlichung bestimmt.«

»Wir kennen uns seit Jahren, und Sie wissen, ich schweige wie ein Grab. Ich will einfach nur der Erste sein. Nennen Sie es Berufskrankheit, aber ich kann nicht anders.«

Ich gebe ihm eine kurze Zusammenfassung unserer Erkenntnisse in Kalamata und des Gesprächs mit Lagouras. Dann ergänze ich das Menü mit den Aussagen von Chariklia Vrana, wobei mir nicht klar ist, ob ich ihm damit die Hauptspeise oder die Beilage serviere.

Sotiropoulos pfeift anerkennend durch die Zähne. »Sie stecken ganz schön in der Scheiße«, lautet sein treffender Kommentar.

»Ich weiß.«

»Ich kann nur meinen ersten Eindruck wiederholen: Dreht sich das Schicksalsrad, wird auch der Arme satt. Meiner Ansicht nach haben die Fälle nichts mit Rache zu tun, sondern mit Geld. Der Mord an Vranas bestätigt das. Die Opfer machten gemeinsam Geschäfte. Und jemand, der beim Verteilen der Gelder leer ausgegangen ist, muss zum Mörder geworden sein.«

Schließlich geht er, und ich fahre in den fünften Stock, um Gikas Bericht zu erstatten. Ich beginne mit der Polizeidirektion Messenien, erzähle dann von den Landwirten und ende bei Lagouras. Dann mache ich einen Sprung zum Obdachlosenheim und schildere ihm die Szene mit Chariklia Vrana. Er hört mir zu, ohne mich zu unterbrechen, und äußert am Schluss denselben Gedanken wie Sotiropoulos.

»Halten Sie es für möglich, dass es sich gar nicht um einen Racheakt handelt? Sondern dass Geldgier das Motiv ist?«

»Nicht von der Hand zu weisen. Genau dort landen wir, wenn wir Vranas zum Ausgangspunkt nehmen. Es gibt Verbindungen zum Fall Nikitopoulos: Auch der hat Schmiergelder kassiert. Wir sollten jedoch im Auge behalten, dass alles mit Makridis' Selbstmord begonnen hat. Der Mord an Nikitopoulos scheint keinen Bezug zum Fall Makridis aufzuweisen.«

»Angesichts der Tatsachen sollten wir vielleicht gründlicher nach den Ursachen von Makridis' Selbstmord forschen.«

Meine Hoffnung ruht auf den Briefen, doch der erste war nicht sehr ergiebig. Zu Vranas werden sie uns auch nicht viel verraten, da ihn Makridis zum Teufel geschickt hat. Und wenn das Motiv tatsächlich Geldgier ist, welche Rolle spielt dann der Bürgerkrieg?

»Der Polizeipräsident lässt Ihnen ausrichten, dass Sie freie Hand haben«, sagt Gikas zu mir. »Die Polizeidirektion

Messenien ist nicht mehr weisungsbefugt. Sie wird sich darauf beschränken, Ihren Anweisungen zu folgen.«

»Vielen Dank«, sage ich, während ich mir gleichzeitig denke: So ist der griechische Staat. Wenn's dir schlechtgeht, zieht er dir das letzte Hemd aus. Und wenn's dir gutgeht, wirft er dir alles hinterher.

34

Lieber Franz,

vor einer Woche bin ich von der Insel zurückgekehrt. Alles ist nach Plan gelaufen. Ich habe einen geeigneten Standort in der Nähe der türkischen Küste gefunden. Außerdem stellte sich heraus, dass das Gebiet im Staatsbesitz ist. Daher stellt sich die Eigentümerfrage nicht, die eine wirtschaftliche Nutzung erschwert hätte.

Die einzige negative Erfahrung auf der Insel war, dass mich der Bürgermeister nicht empfangen hat. Natürlich sagte er nicht geradeheraus, dass er mich nicht treffen wolle, sondern schob verschiedene Verpflichtungen vor. Mal hatte er zu viele Termine, dann musste er dringend nach Athen. Bei jedem meiner Versuche, ein Treffen zu arrangieren, hatte er eine Ausrede parat.

Ich muss Dir gestehen, dass mich das verletzt und beunruhigt hat. Zum Glück jedoch stellten sich meine Sorgen als grundlos heraus, als ich den Ministerialdirektor des Entwicklungsministeriums traf. Ich übertreibe nicht, wenn ich sage, dass er mich mit großer Begeisterung empfing. Auch brachte er es fertig, mir schon am nächsten Tag einen Termin beim Staatssekretär zu besorgen.

Auch dort wurde ich mit Enthusiasmus begrüßt. Der Staatssekretär sagte, man wolle Unternehmer motivieren, in Griechenland zu investieren, und ich als Deutschgrieche sei natür-

lich erst recht willkommen. Er sicherte mir jede Unterstützung seitens des Ministeriums zu. Falls ich eine Finanzierung aus dem Nationalen Strategischen Rahmenplan der EU *bräuchte, würde mir das Ministerium dabei behilflich sein.*

Lieber Franz, für die Menschen in Griechenland sind Investitionen so wichtig wie das tägliche Brot, und ich bin froh, dass ich beschlossen habe hierherzukommen. Mein Vater war einer jener Kommunisten, die eine ›Reueerklärung‹ unterschrieben haben, das hat ihn sein ganzes Leben lang verfolgt, auch in Deutschland noch. Ich stehe dazu und bin stolz darauf, nach Griechenland zurückzukehren und meinem Herkunftsland wirtschaftlich wieder auf die Beine zu helfen – als Sohn eines traumatisierten Kommunisten, der seiner Weltanschauung abschwören musste.

Eins muss ich Dir unbedingt noch erzählen: Ich habe mir eine Bleibe und einen Arbeitsplatz in Athen organisiert. Es ist mir gelungen, eine Wohnung in einem sehr guten Viertel zu finden und ein Büro in einer Gegend, in der sich viele neue Unternehmen niederlassen. Ab morgen beginnen die Bewerbungsgespräche mit meinen zukünftigen Mitarbeitern.

Lieber Franz, alles läuft wie geplant, und das Entgegenkommen, auf das ich hier treffe, schenkt mir Zuversicht.

Dein Freund Andreas

Mania hat mir die Übersetzung von Makridis' zweitem Brief per E-Mail geschickt. Beim Lesen muss ich an Prodromos' Ausspruch denken: »Was schön beginnt, endet leidvoll.« Makridis' Selbstmord bestätigt diese These. Er legte voller Begeisterung und Hoffnung los. In seiner Unerfahrenheit wusste er nicht, dass man in Griechenland seine Erwartungen herunterschrauben muss. Es ist klüger, sich in Pessimismus zu üben. Dann ist man auf das Schlimmste vorbereitet.

Gleichzeitig kommt es mir ziemlich unwahrscheinlich vor, dass Makridis Suizid begangen hat, weil ihn Griechenland frustriert oder der Bürgermeister nicht empfangen hat. Die häufigsten Auslöser für Selbstmorde sind Insolvenzen und enttäuschte Liebe. Aber Makridis spricht von nichts dergleichen.

Das kurze Schreiben, das bei der deutschen Botschaft einging, behauptet, Makridis sei ermordet worden. Womit angedeutet wird, dass Makridis in den Selbstmord getrieben wurde. Das kommt zwar selten vor, ist für mich aber die einzig plausible Erklärung.

Petropoulos' Anruf reißt mich aus meinen Gedanken.

»Wissen Sie, wie man Vranas hier nannte?«, fragt er mich.

»Na wie?«

»Nimic.«

»Wer soll das sein?«, wundere ich mich.

»Also wirklich! Sie wollen Hauptstädter sein und kennen den Mann nicht, der als Unterhändler zwischen Skopje und Griechenland eine Lösung im Namensstreit um ›Mazedonien‹ sucht? Ganz ähnlich hat Vranas zwischen den Landwirten, dem griechischen Staat und der EU vermittelt, daher der Spitzname ›Nimic‹.«

»Hat sich Vranas nicht nur um seinen Onkel gekümmert? Hat er auch andere in ihren Angelegenheiten unterstützt?«

»Anfangs hat er tatsächlich nur für seinen Onkel vermittelt. Aber als ein paar Bauern sahen, dass Mattheou fein raus war, während sie selbst monatelang warten mussten, sprachen sie Vranas an. Da es sich der Onkel mit den anderen Dorfbewohnern nicht verderben wollte, übernahm Vranas die Fälle. Aber die Verwandtschaft hatte Vorrang. Zuerst wurde Mattheou bedient, danach erst die anderen. Trotzdem kriegten sie die Subventionen viel schneller als zuvor. Und sie mussten nicht mehr von einer Behörde zur nächsten pilgern. Vranas benachrichtigte sie, wann die Gelder freigegeben waren, und die Bauern kassierten.«

Wie nannte man das früher, wenn man eine Wohnung mietete? »Nur gegen Bürgschaft.« So ungefähr ging auch Vranas vor. Bei ihm hieß es allerdings »Nur gegen Bares.«

»Was hielten die Bauern von Vranas?«, frage ich Petropoulos.

»Sie fanden sein Vorgehen in Ordnung. Er sagte klipp und klar: ›Es kostet dich soundso viel, und dein Geld hast du dann und dann.‹ Wie viel davon Bestechungsgeld war und wie viel in Vranas' Tasche floss, interessierte keinen. Wenn's sehr dringlich war, schlug Vranas noch einen Eilzuschlag drauf. Ah, und noch etwas …«

»Ja?«

»Mattheous Familie hatte keine Ahnung von Vranas. Er ist nie bei ihnen zu Hause aufgetaucht, sie kannten nicht einmal seinen Namen. Aus Sicherheitsgründen haben Mattheou und Vranas ihre Verwandtschaft nicht publik gemacht.«

Logisch, weder wollte Mattheou vor den Dorfbewohnern zugeben, dass der Sohn des Kommunistenfressers mit ihm verwandt war und ihm bei Behördengängen half, noch wollte Vranas vor seinem Vater zugeben, dass er sich mit den Verwandten seiner Mutter einließ.

Trotzdem scheint es jemand gewusst oder entdeckt und daraufhin beide aus dem Weg geräumt zu haben.

»Bravo, tolle Arbeit!«, sage ich zu Petropoulos, und diesmal meine ich es auch so.

Bisher waren zwei Söhne nationalkonservativer Väter die Opfer, jetzt sind auch Linke darunter. Wenn es sich um einen Racheakt handelt, kann er nicht politisch motiviert sein. Schon allein aus dem einfachen Grund, dass man nicht gleichzeitig nationalkonservativ und links sein kann. Außer natürlich, der Mörder wäre Nachkomme einer politisch zerrissenen Familie, in der ein Teil national gesinnt war und der andere Teil linksgerichtet und sich beide Fraktionen gegenseitig auf dem Kieker hatten.

Besser, wir lassen ideologische Fragen hinter uns und wenden uns Naheliegenderem zu. Es ist ja keineswegs so, dass Geld immer nur die Familien entzweit. Geld kann sogar alte Feindschaften aus der Welt schaffen, wenn der gemeinsame Nutzen überwiegt. Damit bin ich wieder bei den Argumenten von Sotiropoulos und Gikas.

Ich beschließe, Schluss zu machen und nach Hause zu fahren, doch Manias Anruf hält mich zurück.

»Herr Kommissar, heute Abend sind Sie von Uli und mir zum Essen eingeladen. Ich habe Frau Adriani schon Bescheid gesagt.«

Sie gibt mir die Adresse einer Taverne in Petralona durch. Am liebsten würde ich dafür den Seat aus der Garage holen, doch dann fällt mir der Spruch »Wehret den Anfängen« ein, und ich entscheide mich für die Öffentlichen. Außerdem habe ich keine Lust, mir Adrianis strafende Blicke einzuhandeln.

Ich nehme den Bus zum Omonia-Platz und setze die Fahrt

mit der U-Bahn fort. Dann frage ich an einem Kiosk nach der Taverne, und der Besitzer nennt mir eine Straße in Ano Petralona.

»Sie wären besser an der Station Thissio ausgestiegen, das liegt viel näher«, meint er.

Ich laufe los. Zu allem Überfluss geht die Straße auch noch steil bergauf. Ich unterdrücke meinen Verdruss darüber, dass ich, hätte ich den Seat mit seinem GPS genommen, längst in der Taverne säße.

Nach einer halben Stunde Fußmarsch bin ich endlich am Ziel. Die ganze Gesellschaft ist schon da und harrt meiner Ankunft. Ich schüttle allen die Hände und nehme Platz.

»Mania, mein Kind, warum stürzt ihr euch so in Unkosten und ladet uns alle zum Essen ein?«, fragt Adriani.

»Fragen Sie Uli. Es war seine Idee«, erwidert Mania.

»Nur Geduld. Ich erkläre Ihnen, warum ich Sie eingeladen habe, wenn der Wein serviert wird«, meint Uli.

Daraus können wir erahnen, dass er uns etwas Bedeutungsvolles verkünden will. Ich versuche, Manias Blick abzufangen, aber der schweift in die Ferne, während Katerina sich im Lokal umblickt. Bei Fanis habe ich mehr Glück. Er erwidert meinen Blick und lächelt spitzbübisch.

Der Wein kommt zusammen mit den Vorspeisen auf den Tisch. Kurz darauf erhebt sich Uli mit seinem Glas in der Hand.

»Zuerst einmal möchte ich sagen, dass es mir bei euch in Griechenland sehr gut gefällt«, sagt er in korrektem Griechisch, aber mit deutschem Akzent.

»Wir mögen dich auch sehr, Uli«, unterbricht ihn Adriani, die sich mit Kommentaren nie zurückhalten kann.

»Zweitens möchte ich sagen, dass ich schon ein bisschen zum Griechen geworden bin. Ich fahre bei Rot über die Kreuzung, biege dort ab, wo es verboten ist, und kümmere mich nicht darum, wenn mich die anderen dafür zum Teufel jagen. Und wenn ich's eilig habe, parke ich auf dem Gehsteig. Ich spreche Griechisch mit deutschem Akzent und bin ein Deutscher mit griechischen Eigenschaften geworden.«

Das bietet Anlass zu Gelächter und in der Folge zu Applaus. Die Leute an den Nebentischen haben das Essen unterbrochen und verfolgen das Schauspiel ebenfalls.

»Da mir die griechische Sprache und die griechischen Eigenschaften allein nicht reichen, habe ich mich zu einem weiteren Schritt entschlossen. Den kann ich aber nicht allein tun«, fährt Uli fort. »Mania hat sich bereit erklärt, mir dabei zu helfen. So haben wir beschlossen zu heiraten.«

Der neuerliche Applaus beschränkt sich nicht nur auf unseren Tisch, sondern greift auch auf die anderen Tische über, von denen Zurufe wie »Herzlichen Glückwunsch!«, »Alles Gute!« und »Sie leben hoch!« herübertönen.

Katerina erhebt sich als Erste. Sie umarmt zunächst Uli, dann ihre Freundin.

»Und dabei hast du so große Töne gespuckt, dass sich keiner mehr in dein Leben einmischen darf!«, neckt sie ihre Freundin.

»Weißt du, Katerina, ich wusste ja, dass ich mich nie mehr mit einem komplexbeladenen Griechen einlassen wollte. Doch dann kam ein Deutscher, der sich etwas in den Kopf gesetzt hatte, und da habe ich die Waffen gestreckt.«

»Jedenfalls freue ich mich, dass du heiratest. Und noch dazu so schnell für deine Verhältnisse!«, sagt Adriani.

»Lassen Sie mich das erklären, Frau Adriani«, entgegnet Mania. »Ich habe mich umgeschaut und mir gesagt: ›Was hat es uns gebracht, dass wir Merkels Bedingungen monatelang abgelehnt haben? Wir haben es uns nur schwerer gemacht. Dasselbe gilt auch hier: Je schneller ich ja sage, umso besser fahre ich.«

Eine neue Welle der Heiterkeit erfasst den Tisch, während alle aufstehen, um Mania und Uli zu gratulieren, die sich im Arm halten.

Als ich an der Reihe bin, löst sich Mania aus Ulis Umarmung und drückt mich an sich.

»Alles hat damit begonnen, dass Katerina und ich uns wiedergetroffen haben. Und das verdanke ich Ihnen«, flüstert sie mir ins Ohr.

Auch ich drücke sie mit einem Kuss an mich, während Uli aufgestanden ist und wartet, bis er an der Reihe ist. Ich umarme ihn und sage, wie sehr ich mich freue. Als die Gefühlsausbrüche vorbei sind, nimmt er mich an den Oberarmen und blickt mich an.

»Das hat Makridis nicht verstanden«, sagt er. »Hätte er eine Griechin geheiratet, hätte er alles besser ertragen.«

»Ich verstehe nicht, was du meinst«, frage ich verwundert.

»Wenn Sie den nächsten Brief lesen, werden Sie es verstehen«, antwortet er geheimnisvoll und übergibt mir den dritten Brief.

Ich reiche ihn Adriani weiter, die ihn in ihrer Handtasche verstaut, und kehre an meinen Platz zurück.

»Herr Charitos, wir möchten, dass Sie und Frau Adriani unsere Trauzeugen sind«, sagt Mania.

»Was für eine große Freude und Ehre für uns, liebe Mania«, erwidert Adriani, die immer vor mir am Ball ist.

»Wollt ihr nicht standesamtlich heiraten?«, wundert sich Fanis.

»Beides! Zuerst heiraten wir standesamtlich, weil ich das gerne möchte, und danach kirchlich, weil Uli das ganze Paket haben will, bis hin zu einer griechisch-orthodoxen Hochzeit.«

»Weißt du, wie man dazu in Epirus sagt, Uli?«, fragt Adriani.

»Wie?«

»Wenn schon, denn schon. Wenn ich schon einen Türken heirate, dann muss es ein Pascha sein«, erklärt Adriani und hat die Lacher auf ihrer Seite.

35

Lieber Franz,

der Philosoph, der den Spruch »Gottes Mühlen mahlen langsam« prägte, wusste vermutlich nicht, wie langsam sie hier mahlen. Und es ist nicht die einzige Redensart, die mir einfällt, wenn ich an mein Leben hier in Griechenland denke. »Aus Lust wird Frust« passt ebenfalls perfekt. Diese Erfahrung mache ich hier seit einem halben Jahr tagtäglich. Das ist der Grund, warum ich Dir so lange nicht mehr geschrieben habe.

Am Tag nach dem Gespräch mit dem Staatssekretär machte ich mich hochmotiviert auf den Weg, um meinen Antrag bei der Regulierungsbehörde für Energie einzureichen. Unmittelbar danach stellte ich den Begutachtungsantrag beim Ministerium für Infrastruktur. Gleichzeitig reichte ich auch die Baupläne der Windräder ein.

Der zuständige Beamte im Ministerium war ein grimmig dreinblickender Mann, der meinen Gruß kaum erwiderte. Er nahm das Dossier entgegen und schlug es auf. Nachdem er ein wenig hin und her geblättert hatte, hob er den Kopf und blickte mich an.

»Was Sie mir hier vorlegen, reicht nicht«, sagte er. »Es müssen ein Gutachten zu den straßenbaulichen Maßnahmen und eine Studie zur Flächennutzung erstellt werden. Darüber hinaus benötigen wir noch eine ornithologische Ganzjahresstudie.«

»Das mit dem Gutachten zu den straßenbaulichen Maßnahmen verstehe ich, aber wozu brauchen Sie ein ornithologisches Gutachten?«, fragte ich ihn. »Ich will ja keine Hühnerfarm aufmachen.«

»In Griechenland gibt es Gesetze, mein Herr«, lautete die Antwort, mit der er mir die Unterlagen zurückgab. »Kommen Sie wieder, wenn Sie alle Dokumente beisammenhaben, sonst kann ich nichts für Sie tun.«

Dann vertiefte er sich wieder in seine Papiere, um mir zu signalisieren, dass er sich nicht länger mit mir beschäftigen wollte.

Sofort suchte ich um einen Termin beim Staatssekretär an, um die Sache zu klären. Doch der gab vor, unabkömmlich zu sein, und verwies mich an einen anderen leitenden Angestellten, einen gewissen Lefkodimos. Herr Lefkodimos bestätigte mir, das sei das rechtmäßige Vorgehen. Doch zugleich beruhigte er mich.

»Lassen Sie sich von dem Papierkrieg nicht abschrecken, den schaffen Sie mit links«, meinte er. Er gab mir sogar seine Durchwahl, falls ich seine Hilfe bräuchte.

Sein Zuspruch machte mir wieder Mut. Am nächsten Tag schickte ich einen Mitarbeiter auf die Insel, um die nötigen Behördengänge zu erledigen.

Man erklärte ihm, es seien nicht nur Gutachten vom Forstamt und von der Aufsichtsbehörde für Prähistorische und Klassische Altertümer erforderlich, sondern auch vom Amt für Neuzeitliche Altertümer sowie eine Ortsbegehung der Aufsichtsbehörde für Byzantinische Altertümer.

Ich ging davon aus, dass alles relativ schnell gehen würde. Schließlich handelte es sich für die Behörden um Standard-

gutachten. Doch es verging eine volle Woche, in der die Sache keinen Schritt vorankam. Ich schickte meinen Mitarbeiter jeden Tag auf die Ämter, um nach den Gutachten zu fragen. Ausnahmslos alle gaben ihm, wie auf Knopfdruck, die gleiche Antwort: Sie seien überlastet und unser Anliegen sei zeitaufwendig.

So wies ich den Mitarbeiter an, nach Athen zurückzukehren, da es keinen Sinn machte, für unabsehbare Zeit Reisespesen zu verschwenden.

Drei Wochen später rief ich bei der Nummer an, die man meinem Angestellten gegeben hatte. Man erklärte, dass noch keine Kommission vor Ort gewesen sei. Dann bat ich Lefkodimos um Hilfe. Er meinte, leider habe er keine Handhabe einzugreifen, da es sich um eigenständige Behörden handle.

Da begriff ich, dass ich persönlich hinreisen musste. Ich fuhr also erneut auf die Insel und machte einen Termin nach dem anderen bei den Leitern der Aufsichtsbehörden. Ich legte ihnen dar, wie wichtig das Projekt sei und dass die Insel nicht nur von neuen Arbeitsplätzen, sondern auch von der Zusammenarbeit mit der Türkei profitieren könne, was auch den Tourismus ankurbeln und weitere finanzielle Vorteile bringen würde.

Sie hörten mir durchaus aufmerksam zu, aber es war, als würde ich ihnen ein Märchen der Brüder Grimm erzählen, das sie schon unzählige Male gehört hatten. Sie meinten, es sei ein tolles Projekt und sie würden mir gerne helfen, doch dann kam jeweils voller Bedauern der Satz: »Das sind nun mal die Vorschriften.«

Lieber Franz, dieser Satz »Das sind nun mal die Vorschriften« ist der reinste Alptraum. Jeden Tag höre ich ihn, an wel-

che Tür ich auch klopfe. Mit diesem Satz schrecke ich nachts aus dem Schlaf. Er ist wie ein böser Geist, der mein Leben beherrscht.

Ich bin jetzt seit zwei Monaten auf der Insel und weiß nicht, ob ich noch länger bleiben oder nach Athen zurückfahren und telefonisch nachhaken soll.

Das Problem, lieber Franz, ist, dass der Deutsche Makridis die Griechen nicht versteht und der Grieche Makridis nicht weiß, wie er sich als Grieche verhalten soll.

Mit herzlichem Gruß,
Dein Freund Andreas

Gestern Abend hatte ich, im allgemeinen Trubel mit Häppchen und Wein, keine Lust, mir von Makridis' Brief die Laune verderben zu lassen. Daher lese ich ihn heute früh, bevor ich ins Büro fahre.

Was hat Makridis daran gehindert, wie ein Grieche zu denken und zu handeln? Wie immer in Momenten der Ratlosigkeit nehme ich beim Dimitrakos-Wörterbuch Zuflucht. Ich gehe alle Einträge durch, die mit der griechischen Mentalität in Verbindung stehen könnten, und komme schließlich auf folgende drei:

Bürokratie, die: [frz. bureaucratie zu bureau (Büro) und griech. kratein = herrschen] 1. a) Beamten- und Verwaltungsapparat, b) die in der Verwaltung Beschäftigten. 2. (abwertend) a) bürokratische Denk- und Handlungsweise. Bürokratismus: übertriebene Formenbewertung; Amtsschimmel. 3. (scherzhaft) ›heiliger Bürokratius‹: erfundener Heiliger der Formenkrämerei.

Obstruktionstaktik, die: [lat. obstructio = Verstopfung und griech. taktike = Anordnung, Stellung, bes. im Kriegswesen] 1. vorsätzliche Behinderung, Blockierung, Hemmung, Störung. Syn.: Hinhaltetaktik, Verhinderungstaktik, Verschleppungsmanöver, Verzögerungstaktik.

Inkompetenz, die: [lat. competere = wetteifern, kämpfen, fähig sein] Unfähigkeit, Unvermögen, Impotenz; (bildungsspr.): Insuffizienz. Syn.: Kraftlosigkeit, Machtlosigkeit, Schwäche, Unfähigkeit, Untauglichkeit, Untüchtigkeit, Unvermögen, Unzulänglichkeit, Unzuständigkeit, Versagen, Willensschwäche.

Das ist das Dreiergespann, das unser Leben in Griechenland bestimmt, sage ich mir und bin befriedigt, dass ich es auf den Punkt gebracht habe.

Der Deutsche Makridis konnte die griechische Bürokratie nicht verstehen, und vor allem das nicht, was Dimitrakos als »Formenkrämerei« und »Amtsschimmel« bezeichnet.

Was die Obstruktionstaktik betrifft, so hat sie sich seit Dimitrakos' Zeiten erheblich weiterentwickelt. Heute ist sie so weit institutionalisiert, dass sie einem einen Posten im Staatsdienst sichert. Man arbeitet so wenig und so langsam wie möglich, damit man seine Ruhe hat und sich nicht überanstrengt.

Wenn man zu den anderen beiden Begriffen noch die weitverbreitete Inkompetenz dazunimmt, dann ist das Dreigestirn komplett. Der unglückliche Makridis konnte als Deutscher die Tragweite der Inkompetenz nicht begreifen, weil er nicht nachvollziehen konnte, warum in Griechenland nicht die Fähigsten ausgewählt werden. Stattdessen haben wir die »Vorschriften« erfunden, die Makridis als böse Geister erschienen sind. Aber es sind keine bösen Geister, sondern nur ein Mittel, um die Inkompetenz derer zu kaschieren, die sich durch Parteizugehörigkeit und Vetternwirtschaft einen Platz im öffentlichen Dienst erschlichen haben.

Irgendwie tut er mir leid. Ich hätte ihm, wenn wir uns zu seinen Lebzeiten über den Weg gelaufen wären, alles erklären können, da ich doch aus denselben Gründen nicht befördert werde. Dann hätte er besser verstanden, worauf er sich einlässt.

Nun gut, aber aus den drei Briefen ergibt sich kein Hinweis, der die Behauptung der »Griechen der fünfziger Jahre« stützen könnte, Makridis sei einem Gewaltverbrechen zum Opfer gefallen. Weder die Bürokratie noch die Obstruktionstaktik, noch die Inkompetenz bilden ein Mordmotiv. Daher muss es anders gelaufen sein, wenn die Behauptung der Wahrheit entspricht. Vielleicht lassen sich aus den nächsten Briefen Schlüsse ziehen.

Ich bin gerade auf dem Weg zur Bushaltestelle, als Sonaras anruft.

»Wo sind Sie?«, fragt er mich.

»Unterwegs zur Dienststelle.«

»Kommen Sie gleich in mein Büro. Ich habe auch Ihre Tochter verständigt.«

»Ist etwas vorgefallen?«, frage ich besorgt.

»Ich habe zwei Kraftmeier hier, die wir für die Schläger halten. Ich habe Ihre Tochter gebeten herzukommen, weil sie, wenn sie die beiden vor sich sieht, sich vielleicht an Einzelheiten erinnert, die uns weiterhelfen könnten. Ich dachte, Sie wären bestimmt auch gern dabei.«

»Auf jeden Fall, ich bin gleich da«, sage ich, bevor ich auflege.

Als mir klarwird, dass ich bis zum Präsidium noch zweimal umsteigen muss, fluche ich innerlich. Das sind die Augenblicke, in denen ich meinen Wagen wirklich vermisse.

36

Hast du schon mit Sonaras gesprochen?«, frage ich, als ich Katerina vor dessen Büro antreffe.

»Nein, ich wollte auf dich warten. Ich weiß nicht, wie's mir geht, wenn ich diese Dreckskerle wiedersehe. Vielleicht macht mich das ganz fix und fertig.«

»Keine Sorge, es dauert nicht lange«, sage ich aufmunternd und begleite sie in Sonaras' Büro.

Er ist allein. Bei unserem Eintreten springt er auf und umarmt und küsst Katerina. Es ist schon seltsam: Die Kinder von uns Polizisten haben oft nichts miteinander zu schaffen, doch wir Väter umarmen die Kinder der Kollegen, als wären wir alle eine große Familie.

Er lädt Katerina ein, auf dem Stuhl vor seinem Schreibtisch Platz zu nehmen. Ich setze mich ihm schräg gegenüber.

»Bleib ganz ruhig«, sagt Sonaras zu ihr. »Lass dich von diesen Typen nicht kleinkriegen.«

»Vielleicht erkenne ich sie nicht wieder«, antwortet Katerina. »Sie hatten ja Helme auf.«

»Das eine schließt das andere nicht aus. Wir haben auch andere Beweismittel. Mich interessiert vor allem, wie sie reagieren, wenn sie dich sehen.«

Sonaras bestellt die beiden Verdächtigen in sein Büro. »Nur die beiden Mitglieder der Goldenen Morgenröte, nicht den ehemaligen Wachpolizisten«, sagt er.

Kurz darauf führt ein uniformierter Polizist zwei kahlgeschorene Bodybuilder herein. Arme und Nacken sind flächendeckend mit Mäandern, antiken Helmen und Hakenkreuzen tätowiert.

»Die Handschellen bleiben dran«, sagt Sonaras zu dem Beamten.

Die beiden Untersuchungshäftlinge behalten ihre eiskalte Miene bei. Der eine hat den Blick auf die Wand hinter Sonaras geheftet, der andere starrt Katerina herausfordernd an.

»Erkennst du sie wieder?«, fragt Sonaras Katerina.

Sie versucht, ihre sichtbar heftigen Gefühle zu beherrschen, und klammert sich mit den Fingern an die Schreibtischkante. Doch als sie zu sprechen anfängt, klingt ihre Stimme fest.

»Herr Kommissar, beide trugen einen Helm. Die Gesichter konnte ich nicht erkennen«, erwidert sie.

»War der Körperbau ähnlich?«

»Der eine saß die ganze Zeit auf dem Motorrad. Daher konnte ich mir kein Bild machen. Der andere, der mich angegriffen hat, würde vom Körperbau her passen.«

Der Mann, der sie die ganze Zeit fixiert, lacht höhnisch. Der andere würdigt uns keines Blickes.

Sonaras zieht einen Umschlag aus seiner Schreibtischschublade. Dann breitet er auf dem Schreibtisch eine Reihe von Motorradabbildungen aus.

»Erkennst du eventuell die Maschine wieder, die deine Angreifer benutzt haben?«, fragt er Katerina. »Schau sie dir ganz in Ruhe an. Wir haben Zeit.«

Katerina studiert die Fotografien sorgfältig. Dann greift

sie drei heraus, schiebt den Rest beiseite und konzentriert ihre ganze Aufmerksamkeit auf die ausgewählten Bilder.

Schließlich entscheidet sie sich für eine der Aufnahmen.

»Die hier.«

»In Ordnung, Katerina, das war's«, sagt Sonaras und steckt die anderen Bilder wieder in den Umschlag zurück.

Katerina verabschiedet sich einsilbig mit einem »Tschüs!« und geht sichtlich erleichtert zur Tür.

Der Kleiderschrank, der meine Tochter die ganze Zeit angestarrt hat, fixiert nun Sonaras.

»Fehlanzeige, Kommissar. Deine Rechnung ist nicht aufgegangen«, spottet er. »Und jetzt wollen wir gehen, wir haben alle Hände voll zu tun.«

»Nicht so eilig! Wir sind noch nicht fertig«, entgegnet Sonaras ruhig und nimmt den Hörer von der Gabel. »Bringt mir Valassis«, sagt er.

Die beiden Bodybuilder schauen sich an, und zum ersten Mal blitzt Besorgnis in ihren Blicken auf.

Als die Tür aufgeht, erscheint der Wachpolizist in Zivil. Es fällt auf, dass die drei jeden Blickkontakt vermeiden.

»Valassis, erkennen Sie die beiden wieder?«, fragt Sonaras.

Valassis schweigt und versucht, ihren Blicken auszuweichen.

»Hören Sie, den Polizeidienst haben Sie schon quittieren müssen«, sagt Sonaras. »Das ist Ihre letzte Chance, mit einem blauen Auge davonzukommen. Wenn Sie die verpassen, stehen Sie allein auf weiter Flur.«

Der Wachpolizist ringt mit sich. Als er endlich den Mund aufmacht, klingt seine Stimme wie ein Wispern.

»Die beiden waren's, Herr Kommissar.«

»Woher willst du das wissen, du Vollidiot?«, sagt der eine und blickt ihm zum ersten Mal voll ins Gesicht. »Die Angreifer der jungen Frau haben doch Helme getragen. Das sagt sie doch selbst.«

Der Wachpolizist weicht ihren Blicken nach wie vor aus und spricht weiter: »Sie haben sich am Gericht umgehört und Auskünfte eingeholt, Herr Kommissar. Mich haben sie direkt angesprochen. Ich sollte sie informieren, sobald die junge Anwältin eintrifft. Außerdem sollte ich den beiden durchgeben, wann der Gerichtstermin mit ihren Mandanten vermutlich zu Ende wäre. Das habe ich auch getan, deshalb wussten sie genau Bescheid.«

»Die beiden bleiben so lange in Haft, bis die Akte komplett ist und sie dem Untersuchungsrichter vorgeführt werden können«, sagt Sonaras zu dem Beamten, der die Schläger hereingeführt hat.

Da wendet sich der Wachpolizist ruckartig um und blickt die beiden Kleiderschränke an.

»Sorry, Leute, aber das Spiel ist aus«, meint er. »Jetzt heißt es: Rette sich, wer kann.«

Die beiden Mitglieder der Goldenen Morgenröte würdigen ihn keines Blickes. Sie drehen uns den Rücken zu und warten ab, dass der uniformierte Beamte ihnen die Tür nach draußen öffnet.

»Bravo, Valassis, das war clever!«, sagt Sonaras zufrieden, als sie draußen sind. »Wenn Sie Antrag auf Haftentlassung stellen, werde ich anmerken, wie kooperativ Sie waren.«

»Ich werde keinen Antrag auf Haftentlassung stellen, Herr Kommissar«, antwortet der Wachpolizist. »Wenn ich hier rausgehe, werden die keine Sekunde zögern, mich als

Zeugen zu beseitigen. Da sitze ich lieber im Knast, bevor ich mein Leben aufs Spiel setze.«

»Erst das Maul aufreißen und dann mit den Zähnen klappern! So funktionieren die!«, sagt Sonaras, als Valassis den Raum verlassen hat.

»Reicht Ihnen die Aussage des Wachpolizisten?«, will ich von ihm wissen.

»Wir werden das Motorrad schon noch identifizieren. Mit Sicherheit gehört es einem aus der Bande. Gleichzeitig checken wir ihre Handys durch. Da werden wir bestimmt fündig.«

Erleichtert gehe ich in mein Büro hinunter, doch meine gute Laune verfliegt im Nu, als ich den Journalistenpulk sehe, der den Zugang zu meinem Büro blockiert. Auch Sotiropoulos ist dabei.

»Hat sich irgendetwas getan, Herr Kommissar?«, fragt der junge Mann im T-Shirt. »Seit Tagen lassen Sie uns im Ungewissen. Wir müssen doch auch etwas schreiben.«

Ich liefere ihnen eine ausführliche Darstellung der beiden Morde von Kalamata, ohne mein Gespräch mit der Vrana zu erwähnen.

»Gibt's denn gar keine neuen Erkenntnisse?«, beharrt der junge Mann im T-Shirt. Offenbar ist es ihm wirklich ein Anliegen, produktiv zu werden.

»Es gibt bei den Vätern aller Opfer einen Bezug zum Bürgerkrieg. Und das ist gleichzeitig die Verbindung zu den Mördern, die sich als ›Griechen der fünfziger Jahre‹ bezeichnen. Was uns fehlt, ist das entscheidende Bindeglied zwischen Opfern und Tätern.«

»Das heißt also, es ist nur noch eine Frage der Zeit, bis

Sie die Akte ins Archiv abschieben«, bemerkt die Bohnenstange giftig.

Die anderen werfen ihr verwunderte Blicke zu.

»Koralia, wenn vier Morde vorliegen und es eine verbrecherische Organisation gibt, die tötet, schiebt man die Akte auf keinen Fall ins Archiv ab«, sagt Sotiropoulos gelassen, aber von oben herab.

»Kollegen, die mit der Polizei unter einer Decke stecken, sind mir zuwider«, erklärt die Bohnenstange empört.

»Du tust nur so engagiert, ich dagegen bin Reporter mit Leib und Seele«, erwidert Sotiropoulos, immer noch ruhig.

»Reporter in Rente«, kontert sie gallig.

»In Rente, ja, aber meinen Beruf habe ich nicht verlernt.«

»Leute, wir wollen uns hier nicht streiten. Unser Ziel ist doch, Informationen einzuholen«, bemerkt die Kurze mit den bleichen Beinen. »Wenn alles gesagt ist, dann gehen wir besser, bevor wir uns in die Haare geraten.«

»Ja, das war's für heute«, erkläre ich. Daraufhin wenden sie sich zum Gehen. Nur Sotiropoulos bleibt wie stets stehen.

»Na, was habe ich gesagt? Presse und Polizei unter einer Decke! Der Herr Kollege bleibt noch auf ein Tässchen Kaffee!«, wirft uns die Bohnenstange giftig an den Kopf, bevor auch sie abzieht.

Sotiropoulos blickt ihr kopfschüttelnd nach. »Ich habe gerade noch rechtzeitig den Absprung geschafft«, lautet sein Kommentar. »Jetzt werden nur noch Hungerlöhne gezahlt und inkompetente, unqualifizierte Schreiberlinge eingestellt.«

Er nimmt auf dem Stuhl mir gegenüber Platz. »Vorgestern

haben Sie mir eine exklusive Information zukommen lassen. Dafür wollte ich mich revanchieren.«

Er holt ein zusammengefaltetes Blatt Papier aus der Jackentasche und übergibt es mir.

Eilig falte ich es auf, um es durchzulesen. Ich ahne bereits, dass mir der Inhalt nicht gefallen wird.

Wer glaubt, dass wir jetzt aufhören, irrt sich. Wir werden die Blender und Betrüger so lange im Visier behalten, bis ihr umkehrt und zurück auf Start geht. Aber richtig.

Die Griechen der fünfziger Jahre

»Wann ist das eingetroffen?«, frage ich.

»Ich habe die Meldung heute Morgen in der Mailbox unserer Redaktion vorgefunden. Sie wurde gestern Abend abgeschickt. Was halten Sie davon?«

»Genau das, was hier steht: Sie werden weitertöten. Aber sie wagen sich aus der Deckung, und das könnte uns nützen.«

»Es gibt ein interessantes Detail: Wenn sie töten, posten sie das Bekennerschreiben im Internet. Wenn sie mit dem Weitermachen drohen, tun sie das auf dem Weg über eine Netz-Zeitung.«

»Können Sie diese Nachricht nicht ein wenig zurückhalten?«

»Ja, aber es macht wenig Sinn. Mit Sicherheit haben sie die Drohung auch anderswohin geschickt. Morgen steht sie in allen Massenmedien.«

»Nur damit wir, bevor sich alle darauf stürzen, herausfinden können, von wo sie die E-Mail abgeschickt haben.«

»Kommen Sie schon, aus irgendeinem Internetcafé, und danach haben sie alles gelöscht. Kann man die Nutzer von Internetcafés kontrollieren?«

Da er recht hat, beharre ich nicht weiter.

»Jedenfalls bin ich Ihnen für die Information etwas schuldig«, sage ich zu ihm.

Als Sotiropoulos gegangen ist, fahre ich eilig zu Gikas hoch und lege ihm den Ausdruck vor.

»Langsam machen Sie mir Angst«, meint er, als er ihn gelesen hat. »Jedes Mal, wenn Sie in mein Büro kommen, überbringen Sie mir eine Hiobsbotschaft.« Dann wird er nachdenklich. »Die Theorie mit dem Geld scheint sich jedenfalls zu bestätigen.«

»Wieso? Gut, ich muss ernst nehmen, was sie im Bekennerschreiben behaupten. Nämlich, dass sie Blender und Betrüger umbringen. Aber warum wollen sie, dass wir in die fünfziger Jahre zurückkehren? Das ist die Zeit unmittelbar nach dem Bürgerkrieg. Dazu fallen mir zwei Hypothesen ein, die mich aber beide nicht befriedigen. Nehmen wir mal an, es sind Linke, die ihre Niederlage im Bürgerkrieg noch immer nicht verdaut haben und es noch mal versuchen wollen. Aber was wollen sie versuchen? In Europa gibt's weit und breit kein sozialistisches Land mehr. Logischer erscheint mir, dass es Nationalkonservative sind, die zur Rückkehr in die fünfziger Jahre auffordern. Oder gar in die Zeit der Metaxas-Diktatur. Trotzdem ist auch das nicht plausibel, weil sie keinen Unterschied zwischen Linken und Rechten machen.«

»Außer, es sind Nachfahren«, hält er mir entgegen. Als ich ihn verständnislos anblicke, erläutert er: »Nachfahren von

Mitgliedern der Sicherheitsbataillone und der königstreuen, antikommunistischen Organisation Chi.«

»Warum sollten sie Nikitopoulos töten, dessen Vater General bei den Sicherheitsbataillonen war?«

»Weil er mit seinem Vater gebrochen hatte und weil sie die heutigen Rechten als Blender und Weicheier betrachten. Deshalb haben sie auch den Sohn des Kommunistenfressers Vranas auf dem Gewissen.«

Während ich die Treppe in die dritte Etage hinuntersteige, denke ich über Gikas' Theorie nach, die gar nicht so abstrus ist. Plötzlich kommt mir eine Idee, und ich stürme, zwei Stufen auf einmal nehmend, die Treppe hinunter. Ich könnte mich in den Hintern beißen, dass ich nicht früher daran gedacht habe. Ich trommle auf der Stelle meine Mitarbeiter zusammen.

»Setzen Sie sich mit Nikitopoulos' Witwe und seiner Sekretärin, Dina Steriadi, in Verbindung. Sie sollen eine Liste mit allen Personen erstellen, die mit Nikitopoulos freundschaftliche oder berufliche Beziehungen hatten. Dasselbe hätte ich gern auch von Vranas' Eltern und ebenso von Vassiliki Georgiou, Makridis' Sekretärin.«

»Makridis' Büro wurde doch aufgelöst«, wirft Vlassopoulos ein.

Ich gebe ihm die Telefonnummer der Georgiou. »Ruf sie an. Sie soll uns eine Liste zu Makridis' Kontaktpersonen schicken.«

»Wird erledigt, aber wozu das alles?«, fragt Dermitsakis.

»Um zu sehen, ob es Schnittstellen gibt. Also Personen, die mit mehreren Opfern Kontakt hatten«, erklärt ihm Papadakis an meiner Stelle.

Sobald sie losgestürmt sind, rufe ich Petropoulos an und bitte ihn, dasselbe auch für die Familien Mattheou und Kontopoulos in die Wege zu leiten.

»Ich schicke Ihnen morgen die Liste«, meint Petropoulos.

Abgesehen von der Erklärung, die Papadakis seinen Kollegen gerade geliefert hat, gibt es noch einen Grund, weshalb uns die Namenslisten weiterbringen könnten: dass nämlich die Personen, die mit mehreren Opfern bekannt waren, mit den geistigen Erben der Sicherheitsbataillone, also der Goldenen Morgenröte, zu tun haben könnten. Falls diese Vermutung zutrifft, kriegen wir eventuell auch aus den beiden Bodybuildern und vor allem aus Valassis etwas heraus.

Ich weiß, dass ich auf gut Glück agiere, aber wie Adriani sagen würde: »In der Dürreperiode ist selbst der Hagel ein Segen.« Und ich muss zugeben: Im vorliegenden Fall ist Gikas mit seiner einleuchtenden Theorie der Hagelschauer.

37

Den vierten Brief bringt mir Uli mit, als er mit Mania zusammen zu uns nach Hause kommt, um die Details für die Hochzeitsvorbereitungen zu besprechen. Es soll jetzt alles schnell organisiert werden – vor allem auf Ulis Drängen hin. Er mag ja behaupten, er sei inzwischen Grieche geworden, aber was Planung und Fristen angeht, denkt er nach wie vor sehr deutsch.

Einerseits könnte Mania das ganze Hochzeitsbrimborium schnell auf den Geist gehen. Andererseits hat Uli während ihres Zusammenlebens ihren Charakter so weit kennengelernt, um zu wissen, dass Mania jeden Moment ihre Meinung ändern und auf eine reine Ziviltrauung umdisponieren könnte. Die würde ihrem Naturell ohnehin besser entsprechen.

Da auch Fanis und Katerina mitgekommen sind, steht Adriani jetzt in Bezug auf Beköstigung vor einem unvorhergesehenen Problem. Aber als künftige Trauzeugin macht sie aus der Not eine Tugend. Sie gehört sowieso nicht zu den Menschen, die in unerwarteten Situationen ratlos dastehen. So landet sämtliches Gemüse aus dem Kühlschrank auf dem Backblech und wird nun zu einem Briam, das sie mit Schafskäse serviert.

»Erwartet nichts Besonderes zum Abendessen«, warnt sie. »Da ihr nicht eingeplant wart, musste ich auf eine der beiden Lösungen zurückgreifen, die wir in Epirus für unvorhergesehene Situationen parat haben.«

»Und die wären?«, fragt Sevasti.

»Wenn alle Stricke reißen, macht man entweder Briam oder Pitta. Aber da ich keinen Blätterteig zu Hause hatte, habe ich mich fürs Briam entschieden.«

Ihre Kochkunst rettet Adriani in jeder Lebenslage.

Bei Briam mit Schafskäse einigen sich Mania und Uli auf den Hochzeitstermin und auf eine kirchliche Trauung. Fanis und Katerina kommentieren die Überlegungen mit Neckereien, da sie das Ganze aus eigener Erfahrung kennen.

Adriani isst ihren Teller still leer und hört aufmerksam zu. Als die Details fertigbesprochen sind, sagt sie plötzlich: »Leute, wie hieß noch mal dieser Film mit dem amerikanischen Tänzer?«

»Meinst du Fred Astaire oder Gene Kelly?«, fragt ihre Tochter.

»Gene Kelly. Der tanzte doch mit dem Schirm in der Hand durch den Regen.«

»Meinst du *Singin' in the Rain*?«, fragt Katerina.

»Genau! So wie wir jetzt! Ein Platzregen nach dem anderen bricht über unser Leben herein, aber wir singen immer noch«, erklärt Adriani und fügt ihrer Sprüchesammlung eine neue Perle hinzu.

Plötzlich springt Prodromos auf, geht auf Adriani zu, drückt sie an sich und gibt ihr einen Kuss auf die Wange. Dann kehrt er wortlos zu seinem Platz zurück und isst weiter. Fanis wirft seinem Vater einen besorgten Blick zu, doch Mania gibt ihm durch ein Lächeln zu verstehen, dass er sich keine Sorgen zu machen braucht.

Als die Gäste aufbrechen, ist es bereits nach elf. Trotzdem will ich unbedingt noch Makridis' Brief lesen. Ich ersuche Adriani, mir einen Mokka zu bringen, und nehme im Wohnzimmer Platz.

»Willst du um diese Uhrzeit und mit vollem Magen wirklich noch arbeiten?«, fragt Adriani.

»Die Sache ist dringend«, erkläre ich ihr.

»Wenn es etwas Unangenehmes ist, wäre es besser, du liest es morgen früh. Es tut nicht gut, mit schweren Gedanken und vollem Magen ins Bett zu gehen.«

»Es muss ja nichts Unangenehmes sein. Nur, morgen früh muss ich unserer Abteilung klare Anweisungen geben können, damit es nicht noch mehr Opfer gibt.«

Sie beharrt nicht weiter, sondern bringt mir meinen Mokka und beginnt den Tisch abzuräumen, während ich den Brief auffalte.

Lieber Franz,

jetzt begreife ich, wie sich die deutsche von der griechischen Arbeitsmoral unterscheidet.

Die Deutschen haben eine Liebesbeziehung zu ihrer Arbeit. Für die Griechen hingegen ist sie ein Fluch. Als hätte Gott sie dazu verdammt, ihr Leben als Arbeitnehmer zu verbringen.

Das erklärt auch ihr unterschiedliches Verhalten außerhalb der Arbeitszeit. Die Griechen erklären diesen Unterschied meistens mit dem Klima und der südlichen Mentalität. Vielleicht haben sie irgendwo recht damit, aber ich glaube, dass die Ursache woanders liegt.

Die Deutschen sind unglücklich, wenn ihre Arbeitszeit

um ist. Sie haben nicht die geringste Lust, auszugehen und sich zu vergnügen. Sie wollen zu Hause bleiben und können es kaum erwarten, am nächsten Morgen an ihren Arbeitsplatz zurückzukehren. Der Schlaf verkürzt die öde Wartezeit, während ein abendliches Vergnügen sie nur verlängern würde.

Da die Griechen ihre Arbeit als Frondienst und ihren Arbeitsplatz als Strafkolonie wahrnehmen, warten sie den ganzen Tag auf nichts anderes als den Dienstschluss. Abends genießen sie ihre Freiheit und sammeln frische Kräfte für einen weiteren Tag im Arbeitslager. Das ist für mich der große Unterschied. Das griechische Klima erklärt nur zum Teil, warum sie ihre tägliche Befreiung feiern.

Du wirst zu Recht wissen wollen, wie ich auf diesen Gedanken komme. Seit Monaten verbringe ich den ganzen Tag in der Strafkolonie. Morgens trete ich an, und am Ende des Arbeitstages trete ich ab. Ich laufe die Treppenhäuser rauf und runter, da die wenigen Fahrstühle immer überfüllt sind, und ziehe von einem Büro zum nächsten.

Das Gutachten der Regulierungsbehörde für Energie brauchte einen Monat bis ins Ministerium. Einmal benötigte ein Dokument eine ganze Woche, um von der Posteingangsstelle im Erdgeschoss in den dritten Stock zu gelangen. Als ich vorschlug, ich könnte es doch einfach selbst hinbringen, damit es schneller geht, lautete die Antwort: »Das geht nicht. Alles muss den Dienstweg gehen. Das sind nun mal die Vorschriften.«

Wie in allen Arbeitslagern gab es auch hier eine Essensausgabe. Nur, dass hier weder Gemüsesuppe noch Linsen noch Salzkartoffeln ausgeteilt werden, sondern Schriftstücke.

Unendlich lange Menschenschlangen warten darauf, Dokumente zugeteilt zu bekommen: Bescheinigungen, Atteste, Gutachten. Auch ich warte in der Schlange ewig lange Stunden und Tage auf meine Ration…

Hier unterbreche ich die Lektüre, da es Mitternacht ist und das alles auf meine Stimmung drückt. An Schlaf ist nicht mehr zu denken.

Makridis war ganz offensichtlich auf dem besten Wege, den Verstand zu verlieren. Der Mann stand am Rande des Abgrunds. Was wird dieser Brief sonst noch für mich bereithalten? Ich weiß nicht, ob ich es ertragen werde, ihn zu Ende zu lesen. Doch ich beiße die Zähne zusammen und fahre fort, da ich irgendwo den Hebel ansetzen muss und Makridis' Briefe mein einziger Anhaltspunkt sind.

… Lieber Franz, wir leben nicht mehr in der Kolonialzeit, als die Weißen die schwarzen Sklaven mit der Peitsche zwangen, bis zum Umfallen zu arbeiten. Mittlerweile gibt es auch keine Konzentrationslager oder Gulags mehr.

In der griechischen Strafkolonie arbeitet keiner auch nur eine Minute länger als nötig. Sobald die Arbeitszeit um ist, werden die Schreibtische geräumt.

»Kommen Sie morgen wieder«, sagen sie dir. Ihnen ist es egal, wenn du bei der Dokumentenverteilung leer ausgehst.

Vor ein paar Tagen ist ein gewisser Stathis Vranas in meinem Büro aufgetaucht. Er ist einer von denen, die sich als Fluchthelfer aus der griechischen Strafkolonie anbieten. Sie sagen: Wenn du mir soundso viel gibst, organisiere ich dir deine Flucht, und du gewinnst dein Leben und deine Träume zurück. Gut und schön, aber ich will ja gar nicht aus der Strafkolonie ausbrechen. Ich bin nicht Jean Valjean, sondern Andreas Makridis, und ich will rechtmäßig entlassen werden. Deshalb habe ich ihn in hohem Bogen hinausgeworfen.

Doch ich will ehrlich sein. Auch in meinem eigenen Büro, das keine Strafkolonie ist, herrscht diese Geisteshaltung. Sobald die offizielle Arbeitszeit abläuft, machen alle Mitarbeiter Feierabend. Sie sind nicht gewillt, auch nur eine Minute länger zu bleiben. Es ist die Stunde der Erlösung, und darauf meinen sie ein Anrecht zu haben.

Wenn ich zu einem von ihnen sage, dass er länger bleiben soll, um noch eine dringende Aufgabe zu erledigen, macht er ein langes Gesicht und geht grußlos an mir vorbei.

Vor drei Tagen ist das wieder passiert. Ich habe alle gebeten, länger zu bleiben, doch niemand erklärte sich bereit dazu. Diesmal bin ich aus der Haut gefahren und habe die gesamte Belegschaft entlassen. Stattdessen habe ich Albaner eingestellt. Vielleicht fragst Du Dich, warum, aber die Antwort ist einfach. Die Albaner sind in einer viel schlimmeren Strafkolonie geboren und aufgewachsen. Also haben sie Erfahrung, wie man darin überlebt. Ich glaube, dass ich mich richtig entschieden habe.

Lieber Franz, es tut mir leid, wenn mein Brief Dich deprimiert. Du bist der Einzige, der mich versteht.

Mit herzlichem Gruß,
Dein Freund Andreas

Ich falte den Brief wieder zusammen und versuche, meine Gedanken zu ordnen, was mir nicht leicht fällt.

Wo sonst war noch von Albanern die Rede gewesen? In Kalamata. Petropoulos hatte erwähnt, dass Mattheous Vorarbeiter Albaner war. Die beiden zugewanderten Erntehelfer, die des Mordes beschuldigt wurden, hatten erwähnt, dass Albaner bei der Autobahnblockade dabei gewesen waren. Ich zerbreche mir den Kopf, welcher Albaner mir sonst noch über den Weg gelaufen ist, doch mein Gedächtnis streikt.

Adriani findet mich morgens im Sessel vor.

»Bist du von allen guten Geistern verlassen?«, ruft sie, ganz außer sich. »Hast du die ganze Nacht hier verbracht?«

»Immer wenn du denkst, es geht nicht mehr, kommt von irgendwo ein Lichtlein her. Das hat mich wach gehalten«, sage ich lachend.

Sie bekreuzigt sich. »Allmächtiger!«, ruft sie und fügt dann einen Satz hinzu, der das Zeug dazu hätte, zum Klassiker zu werden: »Ich habe einen Mann, der umso mehr arbeitet, je weniger man ihm bezahlt. Nach der nächsten Gehaltskürzung kommt er wahrscheinlich gar nicht mehr nach Hause.«

38

Gerade bin ich zum ersten Mal in meinem Leben im Stehen eingeschlafen. Noch dazu im Trolleybus, während ich am Haltegriff hin und her schwankte!

Ich beschließe, meinen Kaffeekonsum zu erhöhen, um die Augen offen halten zu können und mein Denkvermögen wieder in Gang zu bringen. Den ersten Mokka trinke ich in der Cafeteria, den zweiten im Büro. Dann erfrische ich mich kurz mit ein paar Spritzern Wasser ins Gesicht, bevor ich Petropoulos in Kalamata anrufe.

»Ich bräuchte die Namen der albanischen Vorarbeiter in Kalamata. Versuchen Sie, auch die Namen der Albaner herauszukriegen, die bei der Blockade dabei waren. Das ist schwierig, ich weiß, aber vielleicht haben Sie ja Glück.«

»Kommen die Ermittlungen voran?«, fragt er.

»Es gibt ein paar neue Indizien, aber es ist noch unklar, wohin sie führen«, erwidere ich unbestimmt. Ich weiß ja nicht einmal, in welche Zeit uns die Ermittlungen zurückführen.

Bevor ich meine Assistenten zur Lagebesprechung rufe, erledige ich noch ein zweites Telefonat, diesmal mit Uli.

»Wie viele Briefe hast du noch von Makridis?«

»Nur noch einen.«

»Könntest du mir den so schnell wie möglich übersetzen?«

»Haben die bisherigen Briefe Ihnen weitergeholfen?«

»Sie zeigen, dass Makridis drauf und dran war durchzudrehen.«

»Zu verzweifeln«, stellt Uli richtig. »Deshalb hat er sich umgebracht. Ich setze mich gleich an den letzten Brief, aber Mania muss die Übersetzung noch gegenlesen. Sie hat heute allerdings viel zu tun.«

»Muss sie ein Brautkleid aussuchen?«, necke ich ihn.

»Ein Brautkleid? Mania doch nicht!«, gibt er scherzend zurück.

Damit habe ich die wichtigsten Telefonate für heute abgehakt und rufe meine Mitarbeiter zu mir. Dermitsakis berichtet, die Familie Vranas habe – über ein paar wenige Kontakte in Malakassa hinaus – nichts weiter mit Albanern zu tun gehabt.

Vlassopoulos hat eine Liste mitgebracht, die ihm die Steriadi, die Sekretärin des Nachhilfeinstituts, übergeben hat. Als ich einen kurzen Blick darauf werfe, fällt mir plötzlich die albanische Putzfrau wieder ein, mit der ich nach dem Nikitopoulos-Mord gesprochen habe. Von ihr habe ich erfahren, dass ihr Chef einen Anruf erhalten und ein Treffen für den späten Abend des Tattages verabredet hatte.

Papadakis bestätigt, was bereits in Makridis' Brief steht: Sämtliche Mitarbeiter in dessen Firma stammen aus Albanien und wurden alle zum selben Zeitpunkt eingestellt.

»Machen wir Nägel mit Köpfen«, sage ich zu meinen Assistenten. »Zuerst besuchen wir die Steriadi, um die Adresse der albanischen Putzfrau herauszufinden. Die holen wir dann zur Vernehmung aufs Präsidium. Makridis' Sekretärin heben wir uns für danach auf.«

Ich breche zusammen mit Vlassopoulos zum Nachhilfeinstitut auf, während die anderen weiterhin mit den Personenlisten gut beschäftigt sind.

Auf dem Alexandras-Boulevard ist kaum Verkehr und in der Ioulianou-Straße auch nur wenig los.

»Es würde mich mal interessieren, wie viele Athener die Nummerntafeln ihrer Autos abgegeben haben, weil sie für Kfz-Steuer und Benzin kein Geld mehr haben«, sagt Vlassopoulos. »Vielleicht weiß man das im Verkehrsministerium.«

»Ich weiß nicht, ob Sie dort etwas Aussagekräftiges erfahren«, wende ich ein. »Ich jedenfalls habe das Kennzeichen behalten, aber ich setze meinen Wagen nur in Notfällen ein, ansonsten steht er in der Garage des Präsidiums.«

»Fahren Sie jetzt mit den öffentlichen Verkehrsmitteln zur Arbeit?«

»Richtig.«

»Das geht ja noch. Ich muss jedes Wochenende mit dem Fernbus nach Chalkida fahren, um meine Kinder zu sehen.«

An der Kokkinaki-, Ecke Vlastou-Straße ist es – ebenso wie im Nachhilfeinstitut – ruhig. Die Steriadi reagiert überrascht, als sie uns erblickt.

»Sie hier?«, fragt sie erstaunt. »Ich dachte, Sie hätten uns ganz vergessen.«

»Sie sind uns wieder eingefallen, als eine ganz bestimmte Frage auftauchte«, entgegne ich. »Können Sie uns sagen, wie viele Albaner an der Nachhilfeschule beschäftigt sind?«

»Anna, unsere Putzfrau, und Petros Kollas, ein Mathematiklehrer«, sagt sie. »Aber Petros hat in Ioannina studiert und hat die griechische Staatsbürgerschaft. Er unterrichtet bei uns, solange er noch auf seine Anstellung als Lehrer an den öffentlichen Schulen warten muss.«

»Sind albanische Kinder unter Ihren Schülern?«, fragt Vlassopoulos.

»Annas Tochter und Petros' Sohn. Die beiden wohnen hier in der Nähe. Sonst haben wir noch zwei georgische Schüler, alle anderen sind Griechen.«

»Wurden die Kinder der Putzfrau und des Mathelehrers umsonst unterrichtet?«, frage ich.

»Nein. Sie haben eine Ermäßigung bekommen, aber keinen Gratisunterricht. Nikitopoulos sagte immer: Was es umsonst gibt, wird nicht geschätzt – weder von den Schülern noch von den Eltern. Er war der Ansicht, so etwas wäre der Anfang vom Ende für das Nachhilfeinstitut.«

»Wir bräuchten eine Liste der Schüler«, meint Vlassopoulos.

»Gern. Ich drucke sie Ihnen gleich aus.«

Die Steriadi öffnet eine Datei auf ihrem Computer und schaltet den Drucker an.

Während Vlassopoulos den Ausdruck entgegennimmt, kommt mir eine Idee. Dafür muss ich jedoch unsere Vorgehensweise ändern. Wenn ich die Putzfrau offiziell zur Vernehmung aufs Präsidium vorlade, bekommt der Mathematiklehrer – direkt oder durch die beiden Kinder – Wind davon und wird auf der Hut sein. Das sollte ich vermeiden. Zumindest, bis ich Makridis' Sekretärin befragt habe und mir ein genaueres Bild über die Albaner gemacht habe, die in dessen Firma arbeiteten.

»Ist die Putzfrau da?«, frage ich die Steriadi.

»Ja, sie ist oben bei der Arbeit. Soll ich sie rufen?«

»Schon gut, wir gehen selbst hoch. Wir müssen sie noch einmal zu ihrer Aussage befragen.«

Anna reinigt gerade Nikitopoulos' Büro in der oberen Etage.

»Guten Tag, Anna«, sage ich freundlich. »Wer sitzt jetzt im Chefbüro?«

»Frau Jota«, antwortet sie. »Sie hat jetzt im Institut das Sagen.«

»Und, kommen Sie mit ihr besser zurecht?«, fragt Vlassopoulos mit einem Lächeln.

Anna zuckt gleichgültig mit den Schultern.

»Ob jetzt Herr Chronis oder Frau Jota der Chef ist, für mich ändert sich nichts. Ich kriege immer noch den gleichen Lohn und zahle auch die gleichen Gebühren für meine Tochter Margarita.«

»Erinnern Sie sich noch daran, dass am Tattag jemand angerufen hat, der Nikitopoulos sprechen wollte?«, frage ich.

»Ja natürlich! Der Anrufer wollte am Abend vorbeikommen.«

»Wissen Sie noch, wer damals den Anruf entgegengenommen hat?«

»Herr Chronis. Entweder direkt oder über das Sekretariat. Alle anderen hatten Unterricht.«

»Könnte es sein, dass doch Sie abgehoben haben? Und es einfach vergessen haben?«, will Vlassopoulos wissen.

»Ausgeschlossen«, sagt sie entschieden. »Ans Telefon gingen nur Frau Dina und Herr Chronis. Wenn sie nicht da waren oder nicht rangehen konnten, haben wir es einfach läuten lassen, bis der Anrufbeantworter ansprang.«

Da wir keine weiteren Fragen haben, lassen wir sie weiterputzen.

Auf dem Rückweg versuche ich, die neu dazugekommenen Informationen zu verarbeiten. So viele sind es ja nun nicht, dass ich lange damit beschäftigt wäre. Jedenfalls wissen wir jetzt, dass es außer der Putzfrau noch einen albanischen Lehrer am Nachhilfeinstitut gab und dass die Kinder der beiden dort zusammen unterrichtet wurden.

Koula gibt mir nach meiner Rückkehr ins Präsidium Bescheid, dass Makridis' Sekretärin in ihrem Büro auf mich warte. Ich bitte sie, Frau Georgiou zu mir zu bringen.

Die Georgiou tritt mit einem Lächeln auf den Lippen ein. »Guten Tag, Herr Kommissar«, sagt sie freundlich und gelöst.

Ich deute auf den Stuhl gegenüber. »Frau Rießen, Andreas Makridis' Schwester, hat mir bei ihrem Besuch eine Reihe von Briefen übergeben, die Makridis an einen Freund in Deutschland geschickt hatte. Wussten Sie von der Existenz dieser Briefe?«

»Nein. Weder Herr Makridis noch seine Schwester haben sie mir je gezeigt.«

»Wissen Sie, ob Makridis kurz vor seinem Selbstmord neues Personal eingestellt hat?«

»Das war nicht kurz vor seinem Selbstmord, Herr Kommissar. Das war schon vor anderthalb Jahren. Ich war auch unter den Neuzugängen. Aber es war ja nur eine Frage der Zeit, bis ich wieder arbeitslos sein würde«, fügt sie bitter hinzu.

»Wieso denn?«

»Weil alles schiefging. Das heißt, es ging nicht unbedingt schief, aber Herr Makridis konnte sich einfach nicht an die griechische Realität gewöhnen. Er dachte immer noch, er wäre in Deutschland. Er konnte sich mit dem griechischen Tempo nicht anfreunden. Auch die Denkweise der Beamten konnte er nicht begreifen, die für seine Papiere zuständig waren. Mit jedem Tag verzweifelte er mehr. Als er Vranas hinausgeworfen hat, habe ich ihm auf den Kopf zugesagt, dass das ein Fehler war, aber er war außer sich: ›Ich arbeite bei Tageslicht! Ich mag keine Nagetiere, die im Dunkeln zugange sind!‹, sagte er. Aber mit Vranas wäre sein Problem gelöst gewesen.«

»Warum hat er nicht aufgegeben und ist nach Deutschland zurückgegangen?«, frage ich sie mit ehrlicher Verwunderung.

Sie lacht auf.

»Weil er sich als Grieche fühlte, ohne einer zu sein. Er wollte etwas für sein Land tun, obwohl er es gar nicht kannte.«

Das beantwortet meine Frage. Ich setze neu an.

»Die Firma musste ja schließen. Wissen Sie vielleicht, wo sich die Unterlagen und Archive befinden?«

»Das müssen Sie Frau Rießen fragen. Ich glaube, sie hat alles einem Rechtsanwalt übergeben.«

Mir liegt die Frage, ob sie Albanerin sei, auf der Zunge, aber ich halte mich zurück. Falls ja, schöpft sie vielleicht Verdacht und warnt die anderen. Das würde ich gerne vermeiden, bevor ich die anderen Verdächtigen vernehme. Da die Georgiou erst später eingestellt wurde, liegt es im Grunde auf der Hand, dass sie Albanerin ist.

Sobald sie gegangen ist, rufe ich meine Assistenten und teile ihnen den neusten Stand der Dinge mit.

»Wir müssen Frau Rießen nach dem Namen des Rechtsanwalts fragen.«

»Warum sich mit der Rießen einlassen?«, hält mir Koula entgegen. »Makridis wird, deutsch wie er war, das Personal bei der Sozialversicherungsanstalt angemeldet haben. Lassen Sie mich nur machen!«

»Richtig gedacht, aber wenn Sie jetzt auf eigene Faust loslegen, verlieren wir Zeit, während die ›Griechen der fünfziger Jahre‹ drohen weiterzumorden. Ich bitte besser Gikas um Vermittlung.«

Auf der Stelle fahre ich in sein Büro hoch. Bei meinem Eintreten verzieht er das Gesicht.

»Ich hoffe, Sie bringen nicht schon wieder schlimme Neuigkeiten«, warnt er mich.

»Nein, ich brauche Ihre Hilfe. Können Sie bei der Sozialversicherungsanstalt eine Liste der Arbeitnehmer aus Makridis' Firma anfordern? Aus seinem letzten Brief geht hervor, dass alle Albaner waren.«

»Glauben Sie, dass Albaner involviert sind?«, fragt er. »Die Albaner waren in den fünfziger Jahren doch in Albanien. Selbst wenn es ein paar zu uns verschlagen hat, wären sie jetzt genauso alt wie die Griechen der fünfziger Jahre.«

»Keine Ahnung, ich recherchiere einfach. Fest steht, dass ich ständig über Albaner stolpere. Zuerst an der Mautstelle, dann draußen auf den Feldern, und jetzt erfahre ich, dass Nikitopoulos an seinem Nachhilfeinstitut nicht nur eine albanische Putzfrau, sondern auch einen Mathematiklehrer aus Albanien beschäftigt hatte. Und Makridis hatte nur Albaner in seiner Firma. Das kann kein Zufall sein! Dafür sind es zu viele.«

Damit habe ich Gikas überzeugt.

»In Ordnung, ich rufe beim Direktor der Sozialversicherungsanstalt an und lasse mir die Aufstellung elektronisch zuschicken.«

Auf dem Rückweg in mein Büro frage ich mich, was mir wohl Makridis' letzter Brief enthüllen wird.

39

Mania muss Makridis' Brief am späten Abend gemailt haben, da mir Koula den Ausdruck erst am nächsten Morgen ins Büro bringt.

Lieber Franz,

achtzehn Monate! So lange dauerte mein Aufenthalt in der Strafkolonie. Ganze achtzehn Monate kämpfte ich darum, alle Genehmigungen einzuholen. Grob geschätzt müssen es an die eintausendfünfhundert Schreiben sein.

Als man mir mitteilte, dass ich nun endlich mit dem Bau des Windparks loslegen könne, habe ich meine Mitarbeiter zum Essen eingeladen, da wir uns alle darüber freuten. Ich wollte mit ihnen zusammen feiern. Nicht nur, weil wir unser Ziel erreicht hatten, sondern weil damit auch ihre Arbeitsplätze gesichert waren. Sie wünschten mir für mein Projekt viel Erfolg, was man hier durch »Kalorisiko!« ausdrückt. Dabei hat der Wunsch nichts mit Risiko zu tun, sondern mit dem griechischen Wort für Schicksal.

Am nächsten Morgen erhielten wir einen Anruf von der Insel. Mein Mitarbeiter dort berichtete, dass sich ein Teil der Inselbewohner unter der Führung des Bürgermeisters an der Baustelle versammelt und gegen das Projekt protestiert hätte. Sie behaupteten, es würde die Landschaft zerstören, den Tourismus schädigen und die Luft verschmutzen.

Anfangs beunruhigte mich das nicht. Ich weiß, wie gern die Griechen Kundgebungen und Protestmärsche machen, und dachte, sie produzieren sich erst mal und gehen dann friedlich nach Hause. Doch ich hatte mich geirrt. Die Proteste und Bürgerversammlungen setzten sich auch in den nächsten Tagen fort, und der Ton wurde immer aggressiver.

Ich überlegte, auf die Insel zu fahren und den Leuten das Projekt persönlich zu erklären. Doch meine Mitarbeiter taten alles, um mich davon wieder abzubringen. Sie sagten, es sei purer Wahnsinn und ich müsste mit tätlichen Angriffen rechnen.

In der Zwischenzeit ließen die endgültigen Bewilligungen und Unterschriften auf sich warten, denn andere Stellen hatten sie für ungültig erklärt. Ich ging jeden Tag zum Ministerium, und die Antworten reichten von »Morgen!« über »In ein paar Tagen!« bis hin zu »In einer Woche!«.

Ich ersuchte um einen Termin beim Staatssekretär, der mich anderthalb Jahre zuvor so begeistert empfangen hatte. Doch er ließ sich von seiner Sekretärin unter dem Vorwand der Arbeitsüberlastung verleugnen.

Als er merkte, dass ich mich nicht so leicht abwimmeln ließ, verwies er mich an den Ministerialdirektor. Nachdem der mich zunächst beruhigt hatte, wand er sich erst noch ein wenig, bevor er mir die Gründe für die Verzögerung nannte. Er sagte, es gebe ein politisches Problem, das die ganze Sache erschwere. Der Bürgermeister der Insel gehöre der Regierungspartei an. Wenn man ihn überginge, würde er als schwach dastehen, was die Partei Stimmen kosten würde. Er empfahl mir, einen Weg zu finden, um die Demonstranten zu beruhigen. Als ich fragte, welchen Weg denn, erwiderte er, das müsse ich selbst wissen.

Gleichzeitig beeilte er sich, mir zu versichern, dass er selbst ganz anderer Meinung als sein Parteikollege sei. Das ist übrigens noch so eine Eigenart der Strafkolonie. Jeder distanziert sich davon, was der andere tut, doch ändern tut sich dadurch nichts!

Lieber Franz, im Büro des Ministerialdirektors streckte ich dann die Waffen. Da begriff ich endlich, dass ich nur ein kleiner, schwacher und unbedeutender Gefangener der Strafkolonie war.

Du fragst Dich vielleicht, warum ich Griechenland nicht verlassen habe. Ich will versuchen, es Dir zu erklären, obwohl ich nicht sicher bin, ob Du mich verstehst. Mein Problem ist, dass ich nicht griechisch genug denke, um meine Landsleute mit ihren eigenen Waffen zu schlagen. Ich gehe in einem Land frontal zum Angriff über, das von Parteisöldnern beherrscht wird. Als Grieche hätte ich Vranas, den Dreckskerl, angeheuert, und alles wäre gut gewesen. Es hätte mich zwar etwas mehr gekostet, aber ich wäre meine Sorgen losgewesen. Gleichzeitig denke ich aber auch zu wenig deutsch. Als Deutscher hätte ich alles hingeschmissen und wäre aus dem Schneider gewesen. Ich hätte Griechenland zwar endgültig den Rücken gekehrt, hätte dafür aber meinen Seelenfrieden gefunden. Ich tat weder das eine noch das andere, weil ich in der Luft hänge. Ich kriege weder im einen noch im anderen Land einen Fuß auf den Boden. Deshalb kann ich auch nicht länger existieren.

Lieber Franz, das ist mein letzter Brief, den ich mit einer

Feststellung schließen möchte: Die Strafkolonie hat mich auf dem Gewissen.

Adieu,
Dein Freund Andreas

Das also meinten die »Griechen der fünfziger Jahre«, als sie in ihrem Schreiben an die deutsche Botschaft behaupteten, Makridis habe sich nicht selbst umgebracht, sondern sei getötet worden. Nämlich, dass »die Strafkolonie« ihn das Leben gekostet habe.

Aber damit ist noch längst nicht alles beantwortet. Zwei Fragen stellen sich mir weiterhin. Erstens: Woher wussten die Verfasser der Nachricht an die deutsche Botschaft, was Makridis in seinen Briefen geschrieben hatte? Dafür hätten sie sie ja lesen müssen. Die Briefe gingen jedoch an Makridis' Freund. Zu uns gelangten sie erst über seine Schwester. Also mussten sie Zugang zu Makridis' Computer gehabt haben. Und den hatten nur seine Mitarbeiter.

Daraus ergibt sich die zweite Frage: Makridis' Mitarbeiter waren Albaner. Angenommen, sie hätten das Schreiben an die Botschaft geschickt, wie passt das mit der Bezeichnung »Griechen der fünfziger Jahre« zusammen? Hier ist die Antwort einfach: gar nicht.

Ich frage bei Lambropoulos telefonisch an, ob er auf Makridis' Computer etwas Interessantes gefunden habe.

»Wir haben nur Baupläne, Anträge, Gutachten und offizielle Bescheinigungen zu den Windparks gefunden«, entgegnet er prompt.

»Haben Sie private Briefe in deutscher Sprache gefunden?«

»Einen Moment, ich frage nach. Ich rufe Sie gleich zurück.«

Unmittelbar danach meldet er sich erneut.

»Nein, da waren keine Briefe. Sollen wir die Festplatte nach gelöschten Dokumenten durchsuchen?«

»Ja, bitte.«

Wenn sie gelöscht wurden, so sicher nicht von Makridis, sondern von den Verfassern des Schreibens. Trotzdem kann der Nachweis ein nützliches Indiz sein.

Dann trommle ich meine Mitarbeiter zusammen, um die Sachlage neu zu erörtern und das weitere Vorgehen zu besprechen.

»Soll das heißen, die ›Griechen der fünfziger Jahre‹ haben sich als Albaner entpuppt?«, fragt Dermitsakis und lacht von Herzen.

»Das kann man noch nicht sagen«, antworte ich.

»Jedenfalls lassen unsere jüngsten Erkenntnisse genau das vermuten«, meint Koula. »Die Sozialversicherungsanstalt hat uns eine Übersicht geschickt. Alle Angestellten von Makridis waren albanischer Herkunft. Die meisten gehören der zweiten Generation an, haben griechische Schulen besucht und sind daher von Griechen nicht zu unterscheiden.«

»Haben Sie die Liste mit den Namen aus dem Nachhilfeinstitut verglichen?«, frage ich.

»Ja, und wir haben festgestellt, dass der Mann der Putzfrau in Makridis' Büro gearbeitet hat.«

»Sollen wir sie zur Vernehmung herholen?«, will Vlassopoulos wissen.

»Auf gar keinen Fall. Dann merken sie, dass wir in ihre Richtung ermitteln, und werden alle Spuren und in erster Linie die Smith & Wesson beseitigen. Wir müssen zuerst alle Hinweise beisammenhaben, bevor wir unsere Karten aufdecken. Hat sich irgendetwas über den albanischen Mathematiklehrer ergeben, der an Nikitopoulos' Nachhilfeinstitut unterrichtet?«

»Bisher nicht«, erwidert Koula.

»Ich glaube, wir müssen die Sache von Kalamata her aufrollen«, sagt Papadakis. »Dort ist der letzte Mord passiert. Es liegt auf der Hand, dass nicht die Albaner vor Ort die beiden Landwirte getötet haben, sondern jemand, der aus Athen angereist ist. Er hat sich unter die Zuschauermenge bei der Blockade gemischt, die beiden Landwirte umgebracht und unmittelbar danach den Tatort verlassen.«

»Gut kombiniert!«, sage ich und bin dem Schicksal dankbar, dass es Papadakis in unsere Abteilung verschlagen hat, denn er ist ein kluger Kopf.

Ich frage bei Petropoulos von der Polizeidirektion Messenien nach, ob er die Namen der albanischen Vorarbeiter der beiden Mordopfer herausgefunden hat.

»Ja, ich schicke sie Ihnen gleich«, antwortet er. »Ich habe ein bisschen länger gebraucht, weil ich noch nach den Namen der albanischen Blockade-Beteiligten gefahndet habe. Aber die konnte ich nicht eruieren.«

»Höchstwahrscheinlich sind die Täter aus Athen gekommen. Verlieren Sie nicht unnötig Zeit. Schicken Sie mir alles, was Sie haben.«

Nach dem Telefonat lasse ich mir von Koula eine Kopie der Versichertenlisten der Sozialversicherungsanstalt und der bei uns an der Dienststelle angefertigten Namenliste bringen.

»Ich gehe hoch, informiere Gikas und beantrage ihre Telefonüberwachung.«

Gikas empfängt mich mit einem breiten Lächeln.

»Wenn Sie mir schon wieder die Ehre Ihres Besuchs erweisen, kann das nur heißen, dass es Fortschritte gibt.«

Ich berichte, was wir herausgefunden haben.

»Was? Es sind gar keine Griechen involviert?«, wundert er sich zu Recht.

»Vorläufig sieht es so aus.«

»Und wie passt das mit den ›Griechen der fünfziger Jahre‹ zusammen?«

»Gar nicht. Die einzige logische Erklärung wäre, dass sie die Signatur benutzt haben, um uns in die Irre zu führen.«

»Glauben Sie, dass sie vier Morde begangen haben, nur um Makridis' Selbstmord zu rächen? Das ist doch an den Haaren herbeigezogen.«

»Kann sein, aber bis jetzt ist das unsere einzige Spur.«

Ich ersuche ihn, die Telefonüberwachung bei der Staatsanwaltschaft zu beantragen, und er verspricht mir, sich sofort darum zu kümmern.

»Volltreffer!«, ruft mir Vlassopoulos begeistert entgegen, als ich in mein Büro komme. »Der Mann der Putzfrau und Kontopoulos' Vorarbeiter haben denselben Nachnamen.«

»Gib das gleich Stella durch, sie soll Gikas davon in Kenntnis setzen. Wir starten die Telefonüberwachung mit diesen beiden. Und ich brauche ein Protokoll aller Telefonate, die seit Makridis' Selbstmord bis heute geführt wurden.«

»Und was sollen wir inzwischen tun?«, fragt Dermitsakis.

»Ihr beschattet diskret die Putzfrau und ihren Mann.«

Ich ersuche Petropoulos in Kalamata, auch Kontopoulos' Vorarbeiter zu beobachten.

»Wir schicken Ihnen die Passbilder aller hier in Athen in die Sache verwickelten Personen. Die zeigen Sie den Landwirten, die bei der Autobahnblockade waren. Aber unauffällig! Die albanischen Vorarbeiter sollen nichts davon mitkriegen.«

Mehr können wir jetzt nicht tun. Leider nimmt kein Mensch von Athen nach Kalamata das Flugzeug. Sonst könnten wir von der Fluggesellschaft eine Passagierliste anfordern. Aber man kann gut per Fernbus oder Auto dort hinreisen.

»Eins muss ich gestehen: Mir kommt das Ganze immer noch unwahrscheinlich vor«, sagt Dermitsakis. »Wenn Albaner töten, tun sie es mit Kalaschnikows, und dann handelt es sich zumeist um Raubmord, Schutzgelderpressung oder Blutrache. Warum sollte ihnen Makridis' Selbstmord so nahe gehen?«

»Die töteten ja nicht und verschwanden dann wieder über die Grenze«, erwidert Koula. »Das sind Albaner, die in Griechenland leben, die Familie, Arbeit und Kinder haben, die in griechische Schulen gehen. Die denken anders. Wenn sich herausstellt, dass sie die Täter sind, dann müssen sie ein anderes Motiv haben.«

Mit einem Schlag fühle ich mich total erschöpft. Da ist mir auch egal, was sie für ein Motiv haben. Die Anstrengungen der letzten Tage und die Müdigkeit der durchwachten Nacht machen sich bemerkbar.

Wir müssen uns ohnehin in Geduld fassen, bis die Verbindungslisten der Mobiltelefongesellschaften eingetroffen sind. Daher beschließe ich, für heute Schluss zu machen und nach Hause zu fahren. Zum Glück sind weder die Journalistenhorde noch Sotiropoulos aufgetaucht, denn das hätte mir den Rest gegeben.

40

Im Verlauf des Abendessens hat Prodromos eine große Neuigkeit zu verkünden: Sevasti und er wollen nach Volos zurückkehren.

Fanis hält mit dem Essen inne und blickt seinen Vater besorgt und mit gerunzelter Stirn an. Die Idee scheint ihm gar nicht zu gefallen. Schließlich braucht er nichts zu befürchten, solange er die Eltern in Athen unter seinen Fittichen weiß. Aber wenn sie nach Volos zurückkehren, versucht der Vater womöglich, seinen Plan mit dem Maklerbüro umzusetzen, ohne dass der Sohn etwas darüber erfährt, auch nicht von seiner Mutter.

»Wann hast du das beschlossen?«, fragt er seinen Vater.

»Bei unserem gemeinsamen Abendessen, als Adriani sagte, dass wir singen, auch wenn es draußen stürmt und regnet. In dem Moment ist mir ein anderer beliebter Spruch eingefallen: ›Wer nass ist, fürchtet den Regen nicht.‹ Da ist mir aufgegangen, dass ich nach Volos zurückkann, ohne Angst haben zu müssen, nass zu werden.«

Als Sevasti merkt, dass ihr Sohn noch immer seine Zweifel hat, versucht sie, seine Sorgen zu zerstreuen: »Fanis, uns geht's jetzt besser, und wir haben uns entschieden. Wir werden jetzt, da das Wetter schön warm ist, zunächst in unser Landhäuschen ziehen. Wenn es so weit ist und wir zurück nach Volos müssen, dann sehen wir weiter.«

»Uns tut es jedenfalls leid, wenn ihr geht. Ihr werdet uns sehr fehlen«, sagt Adriani.

Am Ende des Abends steht fest, dass wir unsere Ferien mit ihnen im Landhäuschen verbringen werden. Bis dahin wollen Katerina und Fanis an den Wochenenden rausfahren und so den Kontakt aufrechterhalten.

Mein einziger Redebeitrag zur allgemeinen Diskussion ist Ja und Amen, da ich mir nichts sehnlicher wünsche, als endlich ins Bett zu gehen.

Erst neun Stunden später schlage ich die Augen wieder auf. Adriani beugt sich gerade über mich und sucht mit ihrem Blick mein Gesicht ab.

»Was ist los mit dir?«, frage ich überrascht.

»Nein, andersrum: Was ist los mit dir? Seit gestern Abend schläfst du wie ein Stein.«

»Ich war müde und übernächtigt.«

»Sieh zu, dass du nicht krank wirst. Durch die ganzen Einsparungen sind die Krankenhäuser am Rande ihrer Leistungsfähigkeit«, warnt sie mich, bevor sie das Schlafzimmer verlässt. »Frag Fanis, wenn du mir nicht glaubst.«

Ich verabschiede mich von Fanis' Eltern und wünsche ihnen gute Reise. Das Angebot von Fanis, noch bis zum Sonnabend zu warten, damit er und Katerina sie nach Volos fahren könnten, haben die beiden ausgeschlagen, denn Prodromos sitzt auf glühenden Kohlen. So wie jeder Mensch, der nach längerer Unentschlossenheit eine Entscheidung gefällt hat.

Eine Stunde später sitze ich an meinem Schreibtisch und möchte gerade mein Croissant auspacken, da kommt Koula herein.

»Sie sollen dringend Herrn Lambropoulos anrufen.«

Wie es scheint, hat Adrianis Warnung vor den überfüllten Krankenhäusern gefruchtet, denn ich beschließe, erst einmal brav mein Croissant zu essen.

»Sind die Briefe, nach denen Sie gesucht haben, an einen gewissen Franz gerichtet?«, fragt Lambropoulos, als ich ihn anrufe.

»Haben Sie sie gefunden?«

»Es war so wie erwartet. Sie sind gelöscht worden, aber wir konnten auf der Festplatte Spuren sicherstellen. Wollen Sie eine Kopie?«

»Nein, ich habe ja die Originale, aber heben Sie die Beweismittel auf.«

Na also, mein Verdacht, dass Makridis' Mitarbeiter die Briefe gelesen haben, hat sich bestätigt. Aber jetzt kommt ein zweites Problem dazu. Die Briefe waren auf Deutsch. Gab es jemanden aus dem Personal, der Deutsch konnte? Die Antwort liegt auf der Hand: Bestimmt. Da Makridis mit deutschen Firmen zu tun hatte, musste es Mitarbeiter mit Deutschkenntnissen geben.

Ich rufe Frau Rießen an, um mir auf dem schnellsten Weg Klarheit zu verschaffen.

»Ich weiß nicht, wer im Büro meines Bruders Deutsch gesprochen hat, Herr Kommissar«, antwortet sie auf meine Frage. »Ich habe mit allen griechisch geredet. Aber ich kann Ihnen den Namen und die Telefonnummer des Rechtsanwalts geben, der Andreas' Geschäfte weiterführt. Wenn Sie Fragen haben, können Sie sich an ihn wenden. Ich bin zurück in Deutschland und kümmere mich nicht weiter um die Angelegenheiten meines Bruders. Ich warte nur noch auf die juristische Auskunft, ob es für mich vorteilhafter ist, das Erbe anzunehmen oder auszuschlagen.«

Ich rufe sogleich den Rechtsanwalt an und frage ihn, ob in den Unterlagen, die er von Frau Rießen bekommen hat, auch die Lebensläufe von Makridis' Mitarbeitern enthalten sind.

»Sie müssten in einem der Ordner sein«, erklärt er. »Aber das sollten Ihre Leute übernehmen. Ich schaffe das heute auf keinen Fall.«

Ich schicke Koula und Dermitsakis los und behalte Vlassopoulos und Papadakis im Präsidium.

Das Schlimmste am Warten ist, dass die Zeit stillzustehen scheint. Man versucht sie irgendwie totzuschlagen, damit einem die Anspannung nicht auf den Magen schlägt. Aber es nützt nichts. Ich frage mich, ob ich unter dem Vorwand der Berichterstattung zu Gikas hochfahren soll. Doch dann überlege ich es mir genauer und sehe davon ab. Ich habe ihm nichts Neues zu berichten, und höchstwahrscheinlich nervt er mich nur mit Fragen, auf die ich keine Antwort weiß.

Es sind fast drei Stunden vergangen, als Koula und Dermitsakis zurückkehren. An ihren Gesichtern kann ich ablesen, dass sie gefunden haben, was sie suchten.

»Die Georgiou kann Deutsch«, verkündet Koula. »Sie hat es am Goethe-Institut gelernt, ihrer Bewerbung lag eine Kopie des Sprachdiploms bei.«

So etwas habe ich zwar erhofft, rechnen konnte man damit aber nicht. Da Makridis jemanden brauchte, der zwischen ihm und seinen deutschen Geschäftskontakten vermittelte, hatte er eine Sekretärin mit entsprechenden Sprachkenntnissen eingestellt.

Diese Feststellung führt zu einer zweiten Schlussfolgerung: Da die Georgiou Zugriff auf Makridis' Computer hatte, musste sie auf die Briefe gestoßen sein. Gut möglich, dass sie sie bereits vor Makridis' Selbstmord kannte und sie erst danach den anderen Mitarbeitern übersetzte.

Ein Anruf von Petropoulos unterbricht meine Gedanken.

»Gute Neuigkeiten!«, gibt er freudig bekannt. »Die beiden ursprünglich im Mordfall Mattheou und Kontopoulos als tatverdächtig festgenommenen Migranten haben auf den Fotografien, die Sie mir geschickt haben, eine Person erkannt.«

»Wen?«, frage ich aufgeregt.

»Einen gewissen Petros Kollas. Sie haben gesehen, wie er sich an der Mautstelle mit Kontopoulos' Vorarbeiter unterhalten hat. Sie sagen, sie hätten die beiden angesprochen, aber sie hätten nicht reagiert.«

Deshalb also hatten sie bei der Vernehmung ausgesagt, dass die Albaner nicht mit ihnen geredet hätten.

»Haben Sie sie befragt?«

»Selbstverständlich«, erwidert er leicht pikiert.

»Schicken Sie mir bitte die Aussage? Meinen Glückwunsch übrigens. Sie haben gute Arbeit geleistet und mir ein großes Problem vom Hals geschafft.«

»Ein bisschen was kriegen auch wir Provinzler auf die Reihe«, sagt er, halb im Scherz und halb, um mir eins auszuwischen.

Ich bitte Koula, die Gespräche zwischen Kollas und dem Vorarbeiter in der Verbindungsliste der Mobilfunkunternehmen anzuzeichnen. Kurze Zeit später bringt sie mir die Unterlagen mit den markierten Telefonaten.

»Ich habe nachgezählt, dass sie in den drei Tagen vor dem

Mord zehnmal miteinander telefoniert haben«, stellt sie fest. »Und ebenso oft hat der Vorarbeiter mit dem Mann der Putzfrau telefoniert.«

Jetzt wissen wir, wer der Mörder ist. Es kann kein anderer als der Mathematiklehrer sein. Kontopoulos' Vorarbeiter fällt weg, da das Risiko für ihn zu hoch war, erkannt zu werden. Der Mann der Putzfrau hat Kollas zu seinem Verwandten geschickt, der ihm dann die beiden späteren Opfer gezeigt hat. Kollas hat den Mord durchgeführt und ist nach Athen zurückgekehrt. Wer sollte im Trubel an der Mautstelle auf ihn aufmerksam werden?

Offensichtlich sind sie in Nikitopoulos' Fall nach dem gleichen Tatplan vorgegangen. Kollas oder Anna haben den Tätern die Telefonnummer gegeben. Die riefen dann bei Nikitopoulos an und verabredeten sich mit ihm. Und als er sie reinließ, haben sie ihn getötet.

Die Frage ist noch offen, ob Anna am Nachhilfeinstitut war, als der Mord passierte. Aber das ist auch nicht so wichtig. Entscheidend ist, dass wir es nicht mit einem Einzeltäter, sondern mit zwei oder mehreren Tätern zu tun haben. Dass Kollas den Mord an seinem Chef Nikitopoulos begangen hat, kommt nicht in Frage. Der Mörder war jemand anders. Und höchstwahrscheinlich wurde für den Mord an Vranas wieder eine andere Person eingesetzt.

Ihre Vorgehensweise ist verdammt clever. Selbst wenn wir einen der Mörder ausfindig machen, können wir ihm unmöglich nachweisen, dass er auch die übrigen Taten begangen hat. Bestimmt hat er sich dafür ein wasserdichtes Alibi verschafft. Die Tatwaffe war immer dieselbe, aber die Taten selbst wurden jedes Mal von jemand anders begangen.

Das bedeutet, dass wir die Smith & Wesson um jeden Preis finden müssen. Die gute Nachricht dabei ist, dass sie die Waffe noch nicht entsorgt haben können, da sie weitere Morde angekündigt haben. Die schlechte Nachricht ist, dass wir es mit einer großen Bande und unterschiedlichen Tätern zu tun haben. Daher ist schwer zu sagen, wo die Waffe versteckt ist. Wenn wir den Revolver bei eventuellen Hausdurchsuchungen nicht finden, werden sie ihn bestimmt für immer verschwinden lassen.

In meiner Ratlosigkeit rufe ich meine Mitarbeiter zusammen, um gemeinsam eine Lösung zu finden. Nachdem ich ihnen meine Gedanken dargelegt habe und auf einen Vorschlag aus ihren Reihen warte, macht sich Schweigen breit.

»Die einzige Lösung wäre, bei allen Verdächtigen gleichzeitig eine Hausdurchsuchung durchzuführen«, schlägt Vlassopoulos schließlich vor. »Das ist die einzige Hoffnung, die Waffe zu finden. Andernfalls wird man sie, genau wie Sie sagen, verschwinden lassen.«

»Stimmt, aber das ist praktisch unmöglich. Kein Staatsanwalt wird ein gutes Dutzend Hausdurchsuchungsbefehle gleichzeitig genehmigen. Er wird Beweise sehen wollen und dann nur die überzeugendsten Fälle genehmigen.«

»Soll ich meine Meinung sagen?«, fragt Papadakis.

»Wozu sind Sie hier, Papadakis? Zum Kaffeekochen?«, raunze ich ihn an, denn meine Nerven liegen blank.

Ohne sich von meinem Ton einschüchtern zu lassen, erwidert er ruhig: »Ich würde zuerst die Wohnungen von Petros Kollas und Vassiliki Georgiou durchsuchen.«

»Der Georgiou? Wie kommst du darauf?«, wundert sich Dermitsakis.

»Lass es mich erklären. Es gibt zwei Möglichkeiten: Zum einen könnte es sein, dass die Waffe unter den Mördern weitergereicht wird. In diesem Fall muss sie beim letzten Täter, also Kollas, sein. Zum anderen könnte es sein, dass derjenige die Waffe aufbewahrt, auf den der geringste Verdacht fällt. Das wäre die Georgiou!«

»Der Gedanke ist gut. Bravo, Papadakis!«, sage ich betont freundlich, um meinen Ausbruch von vorhin wiedergutzumachen. »Koula, suchen Sie mir die Adressen von Petros Kollas und Vassiliki Georgiou heraus.«

Dann setze ich mich mit Gikas in Verbindung und bitte ihn, die beiden Durchsuchungsbeschlüsse zu beantragen.

»Wie hoch sind die Erfolgsaussichten?«

»Darum geht es nicht. Wir haben keine andere Wahl«, lautet meine Antwort.

Als ich ihm die Adressen durchgebe, verspricht er mir, die Anträge umgehend zu stellen. Eine halbe Stunde später ist die Aktion tatsächlich schon genehmigt.

Da der Zugriff zeitgleich stattfinden soll, teilen wir uns auf die beiden Wohnungen auf. Vlassopoulos und Papadakis übernehmen die Georgiou. Dermitsakis und Koula fahren zusammen mit mir zu Kollas.

»Kollas sollte zu Hause sein, wenn wir den Zugriff machen«, sage ich zu meinen Mitarbeitern. »Wenn wir die Smith & Wesson bei ihm sicherstellen, möchte ich ihm gleich ein paar Fragen stellen.«

»Fahren wir zum Nachhilfeinstitut, und wenn er dort ist, nehmen wir ihn gleich mit zur Wohnung«, schlägt Dermitsakis vor.

»Und wenn nicht?«, frage ich. »Die Steriadi oder Anna

werden ihm mit Sicherheit Bescheid geben. Dann taucht er unter oder warnt die anderen.«

»Überlassen Sie mir die Sache«, sagt Koula und wählt die Nummer des Nachhilfeinstituts von meinem Apparat aus. »Guten Tag«, meint sie mit honigsüßer Stimme. »Könnte ich mit dem Mathematiklehrer Herrn Kollas sprechen?« Nachdem sie die Antwort abgewartet hat, fährt sie fort: »Mein Name ist Antonopoulou, und ich wollte Herrn Kollas für ein paar Privatstunden buchen. Mein Sohn geht in die dritte Klasse Gymnasium. Letztes Jahr hatten wir Riesenstress damit, ihn in Mathe durchzubringen. Dieses Jahr wollten wir rechtzeitig vorsorgen.« Wieder wartet sie auf die Antwort: »Ist er gerade im Unterricht? Wann kann ich ihn erreichen?« Dann legt sie mit einem förmlichen »Vielen Dank« auf.

»Er unterrichtet gerade.«

»Dermitsakis, fahr zum Nachhilfeinstitut, und bring ihn zur Wohnung.«

Koula und ich werden die beiden dort erwarten.

Er wohnt am Ionias-Boulevard, auf der Höhe der U-Bahn-Station Ajios Eleftherios, in einem Haus, das von der ersten Generation der Kleinasienflüchtlinge in den zwanziger Jahren errichtet wurde.

»Was heißt hier ›Griechen der fünfziger Jahre‹?«, lacht Koula. »Das hier ist doch die Generation, die 1922 vertrieben wurde.«

Wir durchqueren einen kleinen Vorgarten oder besser gesagt, einen mit Pflanzen überwucherten Dschungel, und läuten an der Tür. Doch niemand öffnet.

»Was machen wir jetzt?«, fragt Koula.

»Wir warten auf Kollas.«

Dermitsakis trifft eine Viertelstunde später mit ihm ein. Kollas blickt uns der Reihe nach forschend an, ohne sich aus der Ruhe bringen zu lassen.

»Wozu diese ganze Aktion?«, fragt er verstimmt. »Sehe ich wie ein Mitglied der albanischen Mafia aus?«

»Nein, aber wie ein ›Grieche der fünfziger Jahre‹. Wir haben einen staatsanwaltlichen Durchsuchungsbeschluss für Ihre Wohnung«, entgegne ich.

Er zuckt mit den Schultern.

»Durchsuchen Sie alles! Keine Ahnung, wer diese ›Griechen der fünfziger Jahre‹ sein sollen.«

»Ist Ihre Frau nicht hier?«, frage ich.

»Nein, sie ist mit unserem Sohn zu ihren Eltern nach Argyrokastro gefahren.«

Das spricht gegen ihn, sage ich mir. Offenbar hat er Frau und Kind nach Albanien geschickt, damit sie zu dem Mord an den beiden Landwirten nichts aussagen können.

Die Wohnung besteht aus drei Räumen, Küche und Bad. Die Zimmer sind klein wie in allen Häusern, die von Vertriebenen aus den zwanziger Jahren erbaut wurden. Das Bücherregal und der Computer befinden sich im Wohnzimmer, das offenbar auch als Büro dient.

Wir fangen im Wohnzimmer an, dann stellen wir die Küche auf den Kopf, die wegen der vielen Schubladen und geheimen Ecken stets ein beliebtes Versteck ist. Anschließend durchsuchen wir gründlich das Schlafzimmer und beenden die Aktion im Zimmer des Sohnes. Als wir fertig sind, steht fest, dass sich die Smith & Wesson nicht in der Wohnung befindet.

Das kratzt an meiner Moral und erhöht meine Anspannung, da ich insgeheim mit der Bestätigung von Papadakis' erster These gerechnet hatte. Nämlich, dass die Tatwaffe vom einen zum nächsten Täter weitergereicht wird. Ich beschließe, Kollas auf den Zahn zu fühlen, um nicht mit leeren Händen dazustehen.

»Herr Kollas, waren Sie vor einer Woche an der Mautstelle in Kalamata, als die Bauern aus der Region die Autobahn blockierten?«, frage ich.

»Ja, ich war dort. Meine Familie war verreist, und ich war allein zu Hause, also habe ich einen Freund in Kalamata besucht.«

»Ist der Freund, den Sie besucht haben, zufällig mit dem Mann von Anna, der Putzfrau aus dem Nachhilfeinstitut, verwandt?«

Auf seinen Lippen zeichnet sich ein spöttisches Lächeln ab.

»Wie ich sehe, haben Sie gut recherchiert«, sagt er. »Ja, er heißt Safiris Salafis und ist ein Cousin von Annas Mann.«

»Und warum sind Sie nicht bei ihm zu Hause geblieben, sondern zur Mautstelle gefahren?«

»Weil Safiris sich den Rummel ansehen wollte.«

»Als Sie an der Mautstelle waren, wurden die beiden Bauern, Mattheou und Kontopoulos, ermordet, für die Ihr Freund gearbeitet hat.«

»Und jetzt glauben Sie, dass mein Freund die beiden Bauern umgebracht hat? Seinen Arbeitgeber und den anderen?«, fragt er so entsetzt, als sei das jenseits aller Vorstellungskraft.

Bevor ich ihm antworten kann, läutet mein Handy.

»Wir haben sie, Herr Kommissar«, höre ich Papadakis' triumphierende Stimme.

41

Ich habe alle »Griechen der fünfziger Jahre« in den Vernehmungsraum gepfercht, auch Safiris Salafis, den Vorarbeiter und Cousin von Annas Mann, den mir Petropoulos aus Kalamata geschickt hat.

Von Koula habe ich mir eine Namenliste erstellen lassen, damit ich weiß, mit wem ich es bei den Vernehmungen zu tun habe. Sie hat ihre Aufgabe wie immer äußerst gewissenhaft erledigt: Neben dem Namen hat sie auch den Sitzplatz eines jeden Einzelnen notiert und vermerkt, ob die betreffende Person in der Nähe von Vassiliki Georgiou oder Petros Kollas sitzt.

Mit der Liste in der Hand gehe ich in Begleitung von Koula, die das Protokoll führen wird, zum Vernehmungsraum. Die Vernunft gebietet, jeden einzeln zu befragen, doch im vorliegenden Fall verstößt so vieles gegen die Regeln der Vernunft, dass eine Gruppenvernehmung gut geeignet scheint, Widersprüche und Gegensätze ans Licht zu bringen. Die könnte ich dann in den Einzelgesprächen für mich nutzen.

Der Raum ist klein, und alle sitzen dichtgedrängt beieinander. Sie sind, zusammen mit dem Cousin aus Kalamata, zu elft. Davon kenne ich nur Vassiliki Georgiou, Petros Kollas und Anna Salafi. Alle anderen sehe ich zum ersten Mal.

»Wir können die für beide Seiten unangenehme Situation rasch beenden, wenn Sie kooperieren«, werfe ich in die

Runde. »Das fällt Ihnen möglicherweise leichter, wenn ich Ihnen sage, was wir wissen und welche Anhaltspunkte wir haben. Zunächst einmal wissen wir, dass die Morde an Nikitopoulos, Vranas, Mattheou und Kontopoulos mit ein und derselben Tatwaffe verübt wurden. Es handelt sich um einen Revolver der Marke Smith & Wesson, der in den fünfziger Jahren vom griechischen Militär eingesetzt wurde. Er wurde in der Wohnung von Vassiliki Georgiou sichergestellt.«

Als ich innehalte und zu ihr hinüberschaue, erwidert sie meinen Blick wortlos.

»Woher Sie diese Waffe haben und wie sie bei Frau Georgiou gelandet ist, heben wir uns für später auf. Fangen wir mit Makridis' Selbstmord an, weil ich glaube, dass dort der Ausgangspunkt für alles andere liegt.«

Ich wende mich an die Georgiou. »Als ich Sie fragte, ob Sie Makridis' Briefe kennen, sagten Sie nein. Sie haben gelogen, weil wir mittlerweile wissen, dass die Briefe auf Makridis' Computer gespeichert waren. Bei der Durchsuchung der Festplatte sind wir darauf gestoßen. Sie sind nicht vollständig, sondern nur in Bruchstücken erhalten. Das heißt, Sie haben sie gelesen und dann gelöscht.«

»Ich hatte nicht vor, sie zu lesen«, antwortet sie. »Ich wusste nicht einmal von ihrer Existenz. Nachdem ich den ersten Schock nach Herrn Makridis' Selbstmord überwunden hatte, habe ich seinen Computer durchsucht. Ich kann Ihnen gar nicht sagen, warum. Vielleicht wollte ich eine Erklärung für seine Tat finden, vielleicht einen Abschiedsbrief. So bin ich auf die Dateien gestoßen und habe sie gelesen. Da wurde mir erst richtig bewusst, was Herr Makridis durchgemacht hatte. Bei der Arbeit wirkte er mal genervt, mal verzweifelt, mal aufgebracht. Aber erst die Briefe haben mir die Tragik seines Schicksals vor Augen geführt. Da habe ich die anderen Mitarbeiter zusammengerufen und ihnen die Briefe ins Griechische übersetzt und vorgelesen. Wir waren hin- und hergerissen – einerseits hätten wir losheulen können, andererseits wären wir imstande gewesen zu töten. Da hatte Jannis die Idee, eine kurze Notiz an die deutsche Botschaft zu schicken. Wir wollten einfach nur irgendetwas unternehmen – zur Erinnerung an Herrn Makridis.«

»Ja, aber der Brief enthielt auch eine Fotografie. Woher hatten Sie die?«

Die Georgiou blickt mich lächelnd an.

»Herr Makridis hatte sie jeden Tag vor Augen.«

»Die Fotografie?«, wundert sich Koula.

»Ja. Sie war sein Schreibtischhintergrund. Jedes Mal, wenn er den Computer anschaltete, war es das Erste, was er sah. Ich weiß nicht, was ihm das Bild bedeutet hat. Aber ich habe mir gedacht: Wenn er es so oft anschaut, muss es ihm etwas gesagt haben. Deshalb haben wir es in den Umschlag mit dazugelegt.«

Er hatte jeden Tag seinen Vater vor Augen. Er schaute ihn an und sagte zu ihm: »Schau her, ich habe es geschafft.« Bis er sich schließlich umbrachte. Wer weiß, wo sich das Original befindet. Bei der Durchsuchung seiner persönlichen Sachen in seiner Wohnung haben wir es jedenfalls nicht gefunden. Wahrscheinlich hat er es in Deutschland zurückgelassen.

»Und wie sind Sie auf die Idee gekommen, als ›Griechen der fünfziger Jahre‹ zu unterschreiben?«, frage ich die Georgiou.

»Das war Stavros' Einfall«, antwortet sie und deutet auf einen Fünfzigjährigen, der ganz am Rand sitzt.

Als ich zu ihm hinüberschaue, erwidert er meinen Blick, lässt sich jedoch mit der Erklärung Zeit.

»Weil *wir* heutzutage die Griechen der fünfziger Jahre sind, Herr Kommissar. Wir nehmen jede Arbeit an, die man uns gibt. Wir schuften rund um die Uhr, und wir passen uns überall an. Das Einzige, wovor wir Angst haben, ist, unsere Arbeit zu verlieren und unsere Familie nicht mehr durchbringen zu können. Fragen Sie Ihre Großeltern. Sie werden Ihnen bestätigen, dass es ihnen genauso ergangen ist.«

Danach muss ich nicht fragen, ich habe es am eigenen Leib erlebt, sage ich mir.

»Ich bin Elektriker«, fährt Stavros fort. »Letzten Sommer hat mich Herr Makridis einem seiner deutschen Freunde vorgestellt. Der schlug mir vor, in eine Stadt namens Esslingen zu kommen, um in einem Geschäft die Elektroanlagen zu installieren. Er hat mich gefragt, weil ich billiger als die deutschen Handwerker bin. Da habe ich Urlaub bei Herrn Makridis genommen. Die Bezahlung war vielleicht für einen Deutschen gering, für mich aber war es viel Geld. Schließlich habe ich den ganzen Sommer dort gearbeitet, weil ich gleich anschließend noch einen weiteren Auftrag bekommen habe. Als ich aus Deutschland zurückkam, habe ich weiter für Herrn Makridis gearbeitet. Wenn es bei ihm nichts zu tun gab, habe ich immer irgendeinen Zusatzjob gefunden.«

»Auf dem Balkan gibt es kein Arm und Reich, Herr Kommissar«, ergreift nun Petros Kollas das Wort. »Es gibt Arm und Bettelarm. Wir Albaner sind die Bettelarmen, und einst waren wir auf euch Griechen neidisch, weil ihr bloß arm wart.

Immer wieder gelang es unseren Eltern, Pass und Visum für Griechenland zu ergattern. Wenn sie zurückkamen, versammelte sich das ganze Dorf im Kafenion, um zu hören, wie gut es den Griechen ging und was für Wundertaten sie vollbrachten. Heute ist uns klar, wie arm die Griechen damals waren und wie hart sie gearbeitet haben, um zu überleben. Doch damals waren die Bettelarmen auf die Armen eifersüchtig.«

Stavros fügt hinzu: »Als sich dann die Frage stellte, wie wir unterzeichnen sollten, ist mir der Gedanke gekommen, dass wir an die Stelle der Griechen der fünfziger Jahre gerückt sind, und habe deshalb diesen Namen vorgeschlagen. Alle waren sofort einverstanden.«

»Gut, bis hierher ist alles klar«, sage ich. »Doch der Brief war nicht das Ende, sondern der Anfang. Nach dem Brief habt ihr mit dem Töten begonnen. Den Mord an Vranas, der Makridis zur Zusammenarbeit zwingen wollte, kann ich vielleicht noch nachvollziehen. Aber Nikitopoulos? Wir konnten keinen Bezug zwischen Nikitopoulos und Makridis herstellen.«

»Das steht alles in den Briefen, aber ich kann es Ihnen auch erklären, Herr Kommissar«, wirft Safiris, der Cousin aus Kalamata, ein.

»Eines Tages besuchte ich meine Verwandten in Athen und erzählte ihnen von meinen Chefs: dass sie die Ausländer – in erster Linie uns, aber auch die Schwarzen – ausbeuten. Und dass ich seit Jahren dabei zusehen musste, wie sie auf extra dafür eingerichteten Müllhalden ihre landwirtschaftlichen Produkte entsorgten, um an Subventionen zu kommen. Und wie sie aus den Fördergeldern Villen und Jeeps machten. ›Wenn man es recht bedenkt, arbeite ich immer noch für Hoxha‹, sagte ich zu ihnen. Sie stutzten und fragten: ›Meinst du unseren Hoxha?‹ – ›Ja, Enver Hoxha‹, erklärte ich ihnen. Unter Enver hausten wir in elenden Hütten und bekamen nur dann zu essen, wenn es ihm gerade passte. So macht es auch mein Arbeitgeber. Er lässt die Erntehelfer in zugigen und feuchten Baracken schlafen. Und zu essen kriegen sie nur, wenn es ihm gerade passt. Tja, unser Enver hat uns regelmäßig bezahlt, weil er selber Geld gedruckt hat. Mein Arbeitgeber hat uns monatelang nicht bezahlt, weil er erstens kein Geld drucken konnte und zweitens das Geld, das reinkam, selber für seine Villen und Jeeps brauchte. Als ich das erzählte, waren Petros und seine Frau auch dabei. Weißt du noch, was du damals zu mir gesagt hast, Petros?«

Kollas nickt lächelnd. »Ich habe dir gesagt: ›Schau dir die Griechen an! Dann weißt du, wie es auf dem Balkan aussieht, wenn seine Bewohner reich werden.‹ Die reichen Balkanbewohner werden dann so wie deine Chefs, wie Vranas, aber vor allem wie Nikitopoulos.« Er wendet sich an mich: »Dann habe ich ihm erklärt, dass der ganze Betrug beim Bildungssystem anfängt. Dass die Nachhilfeinstitute Eltern und Kinder betrügen und ihnen das letzte Hemd ausziehen, um ihnen einen Studienplatz zu garantieren. Und dass das ganze System so konstruiert ist, dass man die Nachhilfeinstitute nicht umgehen kann. Die Schulbildung muss mangelhaft sein, der Unterricht unzureichend, die Schulbücher lückenhaft, damit die Nachhilfeinstitute die Oberhand behalten. Da haben wir beschlossen, Nikitopoulos zu töten, um die Griechen aufzurütteln.«

»Und der Revolver?«, frage ich. »Wo haben Sie die alte Smith & Wesson her?«

»Mein Großvater mütterlicherseits ist Grieche«, erläutert mir Stavros. »Er hatte sie von einem griechischen Offizier, der im Bürgerkrieg von Partisanen getötet worden war. Ich wusste, dass der Revolver in einem Schuppen auf seinem Feld unter lauter Arbeitsgeräten versteckt war, und bin ins Dorf gefahren, um ihn mitsamt den Patronen zu holen.«

»Gut, damit ist geklärt, wo Sie die Waffe herhatten. Jetzt würde ich gerne noch wissen, wer Chronis Nikitopoulos ermordet hat.«

»›Die Griechen der fünfziger Jahre‹.«

»Es können ihn doch nicht alle zusammen getötet haben.«

Ich wende mich an Anna.

»Anna, Sie haben mir gesagt, dass Nikitopoulos am Tattag mit einem Anrufer einen Termin für spätabends vereinbart hat. Wissen Sie, wer der Anrufer war?«

»Natürlich«, erwidert sie, ohne zu zögern.

»Dann sagen Sie, wer.«

»›Die Griechen der fünfziger Jahre‹.«

Alle blicken mir ins Gesicht, um zu sehen, wie ich reagiere. Langsam beginne ich, ihr Spiel zu durchschauen. Sie haben sich abgesprochen und berufen sich auf den Begriff der Kollektivschuld. Damit machen sie mir das Leben verdammt schwer. Und wenn ich die Beherrschung verliere und sie durch Drohungen unter Druck setze, mache ich die Sache nur noch schlimmer.

Deshalb schaue ich sie nur an und erkläre dann ruhig: »Die von Ihnen gewählte Taktik bringt nichts. Wir werden so lange suchen, bis wir genügend Hinweise auf einen oder mehrere Mörder haben. Momentan wissen wir, dass Petros Kollas zusammen mit Safiris Salafis an der Mautstelle war. Wir haben Zeugen, die sie wiedererkannt haben, und wir werden auch Indizien finden, die uns zum Täter führen. Schon die Tatsache, dass die Mordwaffe aus Kalamata in Georgious Wohnung gelangt ist, beweist, dass Petros Kollas sie zurückgebracht haben muss. Und wir wissen noch mehr. Dass zum Beispiel dem Mord zehn Telefongespräche zwischen Petros Kollas, Safiris Salafis und Vlassis, Annas Mann, vorangegangen sind.«

»Das wird Ihnen nichts nützen«, antwortet Kollas gelassen. »Und selbst wenn Sie uns abgehört haben sollten: Wir haben nur belanglose Neuigkeiten ausgetauscht und über Kinder und Familie geredet.«

Ich habe keinen Grund, an seiner Aussage zu zweifeln. Alle gehen heutzutage davon aus, dass Mobilfunkverbindungen gespeichert werden, und sehen sich dementsprechend vor.

»Hören Sie, Herr Kommissar«, sagt die Georgiou. »Wir könnten längst allesamt in Albanien sein. Wir alle haben unsere Verwandten dort. Wir hätten über die Grenze gehen und die albanische Staatsbürgerschaft wieder annehmen können. Sie hätten uns nie gefunden. Doch wir sind geblieben, weil wir uns als Griechen fühlen. Zwar als Griechen der fünfziger Jahre, aber doch als Griechen. Deshalb sind wir geblieben, um hier, in Griechenland, für das zu bezahlen, was wir getan haben. Aber alles, was wir getan haben, haben wir gemeinsam getan und müssen auch gemeinsam dafür bestraft werden.«

Das sind keine albanischen Mafiosi. Das sind Familienväter, einige haben studiert wie Kollas und die Georgiou, und sie wissen, wie sie sich aus der Affäre ziehen können. Wenn ich jeden von ihnen einzeln überprüfen muss, brauche ich unendlich viel Zeit. Und dabei ist noch nicht mal sicher, ob ich ihnen etwas nachweisen kann, das der Untersuchungsrichter für individuelle Mordanklagen nutzen könnte. Dann wird er keine andere Wahl haben, als sie alle gemeinsam anzuklagen.

»Überlegen Sie sich die Sache«, sage ich. »Einige von Ihnen haben Familie, andere sind jung und haben das Leben noch vor sich. Sie sind alle schuldig, aber nicht in gleichem Maße. Es ist etwas anderes, wegen Beihilfe angeklagt zu werden als wegen Mord. Fangen wir also noch einmal von vorn an. Wer hat Chronis Nikitopoulos getötet?«

»›Die Griechen der fünfzigerJahre‹.«

»Wer hat Stathis Vranas getötet?«

»›Die Griechen der fünfziger Jahre‹.«

»Wer hat Mattheou und Kontopoulos getötet?«

»›Die Griechen der fünfziger Jahre‹.«

Es ist sinnlos, sage ich mir und gebe auf. Ich denke an meinen Vater, den Gendarmerieoffizier, der die unverheiratete Tochter eines einflussreichen Rechtsanwalts anbetteln musste, meine Taufpatin zu werden, um mir ein paar Schuhe und eine Hose pro Jahr zu sichern. Zugleich verfolgte mein Vater Sissis und seine Leute. Ich denke an meinen Freund Sissis, der immer noch nicht aufgibt, obwohl er sein ganzes Leben in Gefängnissen und auf Verbannungsinseln verbracht hat. Sissis betrachtete meinen Vater und dessen Gleichgesinnte als die privilegierten Wachhunde der Macht. Obwohl, die wären mit den »Griechen der fünfziger Jahre« vielleicht besser zurechtgekommen als ich.

Koula nimmt die Finger von der Tastatur, schlägt die Hände vors Gesicht und läuft aus dem Raum.

Warum weint sie?, frage ich mich. Sie hat doch die elenden fünfziger Jahre gar nicht miterlebt, als wir nicht – wie die Albaner meinten – arm, sondern bettelarm waren. Aber ich kann mir vorstellen, was in ihr vorgeht: Ihr muss klargeworden sein, dass das Land nicht zu retten ist, auch nicht von Albanern, die die Uhr zurückdrehen wollen. Griechenland mag ja unsterblich sein, wie es in unserer Nationalhymne heißt, aber es verändert sich auch nicht, und schon gar nicht zum Guten.

Als ich Luft hole, um doch noch eine Frage zu stellen, kommen mir die Albaner im Chor zuvor.

»Die Griechen der fünfziger Jahre.«

Danksagung

Mein Dank gilt erstens meinem Freund Takis Theodoropoulos, mit dem ich das Thema dieses Romans immer wieder diskutiert habe; zweitens Dimitris Kontofakas für die ausführlichen Informationen zur Errichtung von Windparks in Griechenland; und drittens Vassilis Apostolopoulos, der mir dabei geholfen hat, mich an der Mautstelle und in der Stadt Kalamata zurechtzufinden.

Personenverzeichnis

Abdul	Drogendealer
Adi	Handwerker am Nachhilfeinstitut ›Chronos‹
Ananiadis	Stavropoulos' Assistent
Cédric	Mandant von Katerina Charitou
Chalari, Dimitra	Bewohnerin in Stathis Vranas' Wohnhaus
Charitos, Kostas	Hauptkommissar bei der Mordkommission der Polizeidirektion Attika
Charitou, Adriani	Ehefrau von Kostas Charitos, Hausfrau
Charitou, Katerina	Tochter von Kostas und Adriani, Rechtsanwältin, betreibt ein Büro zusammen mit der mit ihr befreundeten Psychologin Mania Lagana; Schwerpunkt: Drogenabhängige und Asylbewerber
Davaki, Meropi	Kursleiterin im Nachhilfeinstitut ›Chronos‹
Davakis	Vater der Kursleiterin
Dermitsakis	Assistent von Kostas Charitos
Dimitriou	Leiter der Spurensicherung
Emil	rumänischer Erntehelfer bei Lambis Mattheou, Kalamata
Esperoglou, Grigoris	Leiter der Sondereinheit MAT
Fotiadou, Koula (Angeliki)	Assistentin von Kostas Charitos
Georgiou, Vassiliki	Sekretärin von Andreas Makridis
Gikas, Nikolaos	Leitender Kriminaldirektor an der Polizeidirektion Attika
Gonatas	Leiter der Antiterrorabteilung

Holt	Geschäftsträger der deutschen Botschaft Athen
Kalafatis	Dolmetscher
Nikitopoulou, Jota (Panajota)	Ehefrau von Chronis Nikitopoulos
Karadimos, Vlassis	Gerichtsmediziner, Polizeidirektion Messenien
Karakassis, Antonios	Leiter der Polizeidirektion Messenien, Kalamata
Kassiopoulos, Jannis	Zeuge, Schüler
Köhler, Uli	deutscher Freund von Mania
Kokkolaki, Anna	Leiterin des Bauamtes Athen, ehemalige Chefin von Stathis Vranas
Kollas, Petros	Mathematiklehrer am Nachhilfeinstitut ›Chronos‹
Konstantinidis	Leiter der Drogenfahndung
Kontopoulos, Jannis	Landwirt, Kalamata
Kontopoulos, Themis	Vater von Jannis Kontopoulos
Lagana, Mania	ehemalige Polizeipsychologin, jetzt Partnerin in der Bürogemeinschaft mit Katerina
Lagouras	Zeuge aus der Umgebung von Kalamata
Lambropoulos	Leiter der Abteilung für Computerkriminalität
Lambros, Sissis	Altkommunist, Kostas und er kennen sich aus der Juntazeit, als Kostas Gefängniswärter im Folterzentrum der Machthaber war; mittlerweile ist Sissis Teil der Familie
Langadas, Pavlos	Herzchirurg, aus Papingo in Epirus
Makridis, Andreas	Deutschgrieche, Windpark-Unternehmer
Makridis, Lambis (Charalambos)	Vater von Andreas Makridis
Mattheou, Christos	Vater von Lambis Mattheou
Mattheou, Lambis (Charalambos)	Landwirt, Kalamata, Cousin von Chariklia Vrana, Onkel von Stathis Vranas
Maurice	Mandant von Katerina Charitou

Merikas, Grigoris	Journalist
Mesi, Elena	Putzfrau von Andreas Makridis
Nikas, Stelios	Zeuge, Schüler
Nikitopoulos, Chronis	Inhaber eines privaten Nachhilfeinstituts
Nikitopoulos, Fedon	Sohn von Chronis Nikitopoulos
Nikitopoulos, Vassilis	General, Vater von Chronis Nikitopoulos
Ousounidi, Sevasti	Ehefrau von Prodromos, Mutter von Fanis, Hausfrau
Ousounidis, Fanis	Ehemann von Katerina, Kardiologe am Allgemeinen Staatlichen Krankenhaus Athen
Ousounidis, Prodromos	Vater von Fanis, Besitzer eines kleinen Ladens in Volos
Papadakis	Assistent von Kostas Charitos
Petropoulos	Kommissar bei der Polizeidirektion Messenien
Rießen	Schwester von Andreas Makridis
Safiriou	Mitarbeiter der Abteilung für Ballistik
Salafi, Anna	Putzfrau im Nachhilfeinstitut ›Chronos‹
Salafis	Ehemann von Anna Salafi
Salafis, Safiris	Vorarbeiter von Jannis Kontopoulos, Kalamata, Cousin von Anna Salafis Ehemann
Sekletis, Nikolaos	Zeuge, Besitzer einer Kette von Imbisslokalen
Sissimopoulos, Stefanos	Zeuge, Bauunternehmer
Sonaras	Leiter des Dezernats für Interne Ermittlungen
Sotiropoulos, Menis	pensionierter Journalist
Spyridakis	Mitarbeiter der Steuerfahndung
Stavridis, Jorgos	Vater von Chariklia Vrana
Stavropoulos	Gerichtsmediziner
Stavros	Elektriker
Stella	Sekretärin von Gikas
Steriadi, Dina (Konstantina)	Sekretarin von Chronis Nikitopoulos
Valassis, Periklis	Wachpolizist

Vassili	georgischer Erntehelfer bei Jannis Kontopoulos, Kalamata
Vlassopoulos	Assistent von Kostas Charitos
Vrana, Chariklia	Mutter von Stathis Vranas
Vranas, Stathis (Efstathios)	ehemaliger Angestellter am Bauamt Athen, Experte für die Abwicklung öffentlicher Anträge
Vranas, Thodoros	Vater von Stathis Vranas

Bitte beachten Sie
auch die folgenden Seiten

Petros Markaris im Diogenes Verlag

Hellas Channel

Ein Fall für Kostas Charitos

Roman. Aus dem Neugriechischen von Michaela Prinzinger

Er liebt es, Souflaki aus der Tüte zu essen, dabei im Wörterbuch zu blättern und sich die neuesten Amerikanismen einzuverleiben. Seine Arbeit bei der Athener Polizei dagegen ist kein Honigschlecken.
Besonders schlecht ist Kostas Charitos auf die Journalisten zu sprechen, und ausgerechnet auf sie muss er sich einlassen, denn Janna Karajorgi, eine Reporterin für *Hellas Channel*, wurde ermordet. Wer hatte Angst vor ihren Enthüllungen? Um diesen Mord ranken sich die wildesten Spekulationen, die Kostas Charitos' Ermittlungen nicht eben einfach machen. Aber es gelingt ihm, er selbst zu bleiben – ein hitziger, unbestechlicher Einzelgänger, ein Nostalgiker im modernen Athen.

»Eine Entdeckung! Mit Kommissar Charitos ist eine Figur ins literarische Leben getreten, der man ein langes Wirken wünschen möchte.«
Hans W. Korfmann/Frankfurter Rundschau

Nachtfalter

Ein Fall für Kostas Charitos

Roman. Deutsch von Michaela Prinzinger

Kommissar Charitos ist krank. Eigentlich sollte er sich ausruhen und von seiner Frau verwöhnen lassen. Doch so etwas tut ein wahrer Bulle nicht. Eher steckt er bei Hitze und Smog im Stau, stopft sich mit Tabletten voll und jagt im Schritttempo eine Gruppe von Verbrechern, die die halbe Halbwelt Athens in ihrer Gewalt hat.

Charitos nimmt den Leser mit durch die Nachtlokale, die Bauruinen und die Müllberge von Athen. Keine Akropolis, keine weißen Rosen weit und breit.

»Mit Witz, Charme und Ironie erzählt Markaris eine reizvolle, geschickt verwobene Kriminalgeschichte mit überaus lebensnahen Figuren.«
Christina Zink/Frankfurter Allgemeine Zeitung

Live!

Ein Fall für Kostas Charitos

Roman. Deutsch von Michaela Prinzinger

Ein in ganz Griechenland bekannter Bauunternehmer, dessen Geschäfte olympiabedingt florieren, zückt mitten in einem Interview eine Pistole und erschießt sich vor laufender Kamera. Natürlich ruft ein solch spektakulärer Abgang Kostas Charitos auf den Plan. Seine Ermittlungen führen ihn zu den Baustellen des Olympischen Dorfs, zu den modernen Firmen hinter Fassaden aus Glas und Stahl, zu den Reihenhäuschen der Vororte, wo die Bewohner noch richtigen griechischen Kaffee kochen und Bougainvillea im Vorgärtchen blüht. Mit der ihm eigenen Bedächtigkeit irrt Kostas Charitos durch das Labyrinth des modernen Athen, unter der prallen Sonne – und dem Schatten der Vergangenheit.

»*Live!* ist ein Krimi, ein Geschichtsbuch, ein Migrantenroman, die Geschichte einer Ehe und ein Reiseführer durch Athen.« *Avantario Vito/ Financial Times Deutschland, Hamburg*

Balkan Blues

Geschichten. Deutsch von
Michaela Prinzinger

›Go to Hellas!‹ – neun Geschichten über Athen. Die Fußballeuropameisterschaft ist gewonnen, die Olympiade steht an. Mit neuerwachtem Patriotismus feiern die Griechen ihre Feste, derweil die Einwanderer aus Albanien, Bulgarien und Russland sich durchs Leben schlagen, so gut es eben geht. Auch im Einsatz: Kommissar Charitos.

»*Balkan Blues* erzählt keine traurigen Geschichten, sondern mit feinem Witz und hohem Tempo von der anhaltenden Trauer einer Stadt.«
Neue Zürcher Zeitung

»Petros Markaris erweist sich als kluger und scharfsichtiger Beobachter der modernen griechischen Gesellschaft und ihrer zahlreichen östlichen Einwanderer. Er folgt ihren Geschichten voller Empathie, aber doch ganz ohne falsches Mitleid.«
Brigitte, Hamburg

Der Großaktionär

Ein Fall für Kostas Charitos

Roman. Deutsch von Michaela Prinzinger

Der Traum von einer gerechteren Welt – in seinem Namen wird Gutes getan, aber auch getötet und Gewalt ausgeübt. Dies bekommt Katerina zu spüren, als sie in die Hände von Terroristen fällt. Ihr Vater Kostas Charitos dreht fast durch. Er, der Kommissar, muss jetzt stillhalten, Geduld haben, Nerven beweisen. Ein Roman über Terror und Gewalt. Und über eine Familie, die damit umgehen muss.

»Mit Witz und Biss erzählt Markaris von einem modernen Griechenland, in dem die Vergangenheit unter der Junta leider noch immer lebendig ist.«
Buchkultur, Wien

»Markaris gelingt etwas Erstaunliches: Speziell griechische Chancen, Wunden und Sünden vereint er mit internationalem Wiedererkennungseffekt.«
Frankfurter Allgemeine Zeitung

Die Kinderfrau

Ein Fall für Kostas Charitos

Roman. Deutsch von Michaela Prinzinger

Was in Istanbul geschah, ist nun viele Jahrzehnte her. Und doch findet die neunzigjährige Kinderfrau keine Ruhe – sie hat noch alte Rechnungen zu begleichen. Kommissar Charitos folgt ihren Spuren: Sie führen nach ›Konstantinopel‹, in eine Vergangenheit mit zwei Gesichtern – einem schönen und einem hässlichen.

»In seinem Kriminalroman *Die Kinderfrau* wendet sich Petros Markaris der heiklen griechisch-türkischen Vergangenheit zu. Als Istanbuler Grieche armenischer Abstammung beschreibt der Kosmopolit dabei ein Stück seiner eigenen Geschichte.«
Geneviève Lüscher / NZZ am Sonntag, Zürich

Auch als Diogenes Hörbuch erschienen,
gelesen von Tommi Piper

Faule Kredite

Ein Fall für Kostas Charitos

Roman. Deutsch von Michaela Prinzinger

Die Krise legt Griechenland lahm. Doch in der Finanzwelt herrscht höchste Alarmstufe. Mehrere Banker wurden innerhalb weniger Tage brutal ermordet. Und ganz Athen ist seit neustem mit Plakaten tapeziert, auf welchen die Bürger zur Verweigerung der Rückzahlung von Krediten aufgefordert werden.
Die Krise mit ihren Auswüchsen beschert Kostas Charitos und der Athener Polizei mehr Hektik denn je zuvor. Und auch privat wird es nicht einfacher: Gerade haben Kostas und Adriani noch die Hochzeit ihrer einzigen Tochter Katerina ausgerichtet und sich zum ersten Mal seit dreißig Jahren ein neues Auto geleistet – und nun wissen sie nicht mehr, wie sie die Raten abzahlen sollen.

»Selten war ein Krimi so brennend aktuell. Interessanter noch als die solide Krimihandlung sind die Skizzen eines Landes, dessen Volksseele kocht.«
Britta Heidemann /
Westdeutsche Allgemeine Zeitung, Essen

Zahltag

Ein Fall für Kostas Charitos

Roman. Deutsch von Michaela Prinzinger

Reiche Griechen zahlen keine Steuern. Arme Griechen empören sich darüber, oder sie verzweifeln ob ihrer aussichtslosen Lage. Im zweiten Band der Krisentrilogie tut ein selbsternannter »nationaler Steuereintreiber« weder das eine noch das andere: er handelt. Mit Drohbriefen, Schierlingsgift und Pfeilbogen – im Namen des Staates.

»Petros Markaris hat einen weiteren Krimi zur Griechenland-Krise verfasst, böse, ironisch und mit viel Einblick in den griechischen Nationalcharakter und die Schwächen des politischen Systems.«
Der Spiegel, Hamburg

»Böse, komisch, traurig: Pflichtlektüre in finsteren Zeiten.« *Tobias Gohlis / Die Zeit, Hamburg*

Abrechnung

Ein Fall für Kostas Charitos

Roman. Deutsch von Michaela Prinzinger

Wir schreiben das Jahr 2014. Griechenland ist zur Drachme zurückgekehrt. Es geht ums schiere Überleben: Stellen werden gestrichen, Löhne nicht ausbezahlt – und ein Serienmörder hat es auf einige prominente Linke abgesehen, die nach dem Aufstand gegen die Militärjunta eine steile Karriere hinlegten. Wer steckt dahinter? Ein Rechtsextremer? Oder jemand, der sich für längst vergangene Verfehlungen rächt? Kommissar

Charitos verfolgt mit der ihm eigenen Beharrlichkeit die eloquenten Spuren des Täters – und das, obwohl er drei Monate lang ohne Gehalt auskommen muss.

»Der knorrig-charismatische Kostas Charitos ist einer der originellsten Kommissare der heutigen Kriminalliteratur.«
Achim Engelberg / Die Tageszeitung, Berlin

Zurück auf Start

Ein Fall für Kostas Charitos

Roman. Deutsch von Michaela Prinzinger

Der Deutschgrieche Andreas Makridis wird erhängt in seiner Athener Wohnung aufgefunden. Kurz darauf behauptet ein Schreiben, es handle sich um Mord. Unterzeichnet: »Die Griechen der fünfziger Jahre«. Was wie ein schlechter Scherz aussieht, ist blutiger Ernst: Weitere Tote folgen. Wer verbirgt sich hinter dieser ominösen Gruppierung? Verrückte alte Leute, die eine Rückbesinnung auf die Werte von damals fordern?
Der neue Fall führt Kostas Charitos kreuz und quer durch eine Stadt, die von Tag zu Tag gefährlicher wird. Das muss der Kommissar auch privat erfahren: Seine Tochter Katerina wird von einem Neonazi der »Goldenen Morgenröte« zusammengeschlagen – mitten im Zentrum, am hellichten Tag.

»Der Krimi als Gesellschaftsroman – in und für Griechenland hat ihn Markaris erfunden.«
Christine Müller-Lobeck / Tageszeitung, Berlin

Der Tod des Odysseus

Geschichten. Deutsch von
Michaela Prinzinger

Sieben Geschichten über Irrfahrer und Glückssucher in Griechenland, Deutschland und in der Türkei. Über Verbrechen aus Hass, Neid und Angst gegen-

über von Rivalen und Fremden. Auch Kommissar Charitos tritt auf und beweist einmal mehr, dass finstere Zeiten nur mit Humor und Zusammenhalt zu überstehen sind.
Der große griechische Krimiautor Petros Markaris – selbst ein Grenzgänger zwischen den Kulturen – gibt sich hier sehr persönlich.

»Selten segelt Literatur so hart am Wind der Aktualität wie in den Büchern von Petros Markaris.«
Monika Willer / Westfalenpost, Hagen

Wiederholungstäter

Ein Leben zwischen Istanbul, Wien und Athen

Deutsch von Michaela Prinzinger

Petros Markaris über seine Liebe zu Istanbul, seine Hassliebe zu Athen und seine besondere Beziehung zur deutschen Kultur. Der Autor erzählt von seiner Kindheit, seinem Alltag heute, von der Zusammenarbeit mit Theo Angelopoulos und seiner Tätigkeit als Brecht- und Goethe-Übersetzer. Dabei beschränkt er sich nicht aufs Autobiographische: Wenn er von der griechischen Gemeinschaft in Istanbul schreibt, so ist ihm das einen Exkurs zum Thema »Minderheiten« wert. Spricht er von seinen armenischen Wurzeln, geht es bald um »Heimat«. Schildert er die Entstehung seiner Figuren Kostas und Adriani, so greift er die Themen »Gleichberechtigung« und »politische Korrektheit« auf. Autobiographisches, Historisches und Politisches vermischen sich dabei auf brillante und liebenswürdige Weise.

Finstere Zeiten

Zur Krise in Griechenland

Die moderne griechische Tragödie spielt sich in den Läden und Büros, Straßen und Wohnblocks ab. Petros Markaris beobachtet und kommentiert die einzelnen

Akte in zwölf Artikeln, die er für deutschsprachige Medien wie *Die Zeit, Die Wochenzeitung, Die Tageszeitung* und die *Süddeutsche Zeitung* seit 2009 geschrieben hat.

»Der weltbekannte Krimi- und Drehbuchautor Petros Markaris ist einer der profiliertesten Kommentatoren der Griechenlandkrise.«
Sebastian Ramspeck / SonntagsZeitung, Zürich

Quer durch Athen

Eine Reise von Piräus nach Kifissia

Mit 24 Kartenausschnitten. Deutsch von Michaela Prinzinger

Nimmt man die alte Stadtbahn, von Einheimischen liebevoll »die Elektrische« genannt, kann man Athen in einer Stunde durchqueren. Es ist eine Reise durch alle gesellschaftlichen Schichten: von der verrufenen Hafenstadt Piräus durch die früheren Arbeiterviertel bis ins Zentrum und von dort durch die ärmeren Vororte bis ins noble Kifissia, wo einst das Königshaus seine Sommerresidenz hatte. Wie in einer Zeitmaschine findet sich der Passagier mal in die Antike, mal in die Zeit der Bayernherrschaft und dann wieder in die Gegenwart versetzt. Und will er dem Rummel entfliehen, so findet er unter Petros Markaris' kundiger Führung auch verborgene Winkel, wo die Zeit stillsteht und noch einfache Garküchen oder Kafenions zu finden sind.

»Athen ist ein Moloch mit schönen Ecken. Petros Markaris erzählt, wie man sie findet.«
Stefan Berkholz / Der Tagesspiegel, Berlin

Martin Suter im Diogenes Verlag

»Martin Suter erreicht mit seinen Romanen ein Riesenpublikum.«
Wolfgang Höbel / Der Spiegel, Hamburg

Die Romane:

Small World
Auch als Diogenes Hörbuch

Die dunkle Seite des Mondes
Auch als Diogenes Hörbuch

Ein perfekter Freund

Lila, Lila
Auch als Diogenes Hörbuch

Der Teufel von Mailand
Auch als Diogenes Hörbuch

Der letzte Weynfeldt
Auch als Diogenes Hörbuch

Der Koch
Auch als Diogenes Hörbuch

Die Zeit, die Zeit
Auch als Diogenes Hörbuch

Montecristo
Auch als Diogenes Hörbuch

Die *Allmen*-Krimiserie:

Allmen und die Libellen
Roman
Auch als Diogenes Hörbuch

Allmen und der rosa Diamant
Roman
Auch als Diogenes Hörbuch

Allmen und die Dahlien
Roman
Auch als Diogenes Hörbuch

Allmen und die verschwundene María
Roman
Auch als Diogenes Hörbuch

Außerdem erschienen:

Richtig leben mit Geri Weibel
Sämtliche Folgen

Business Class
Geschichten aus der Welt des Managements

Business Class
Neue Geschichten aus der Welt des Managements

Huber spannt aus
und andere Geschichten aus der Business Class

Unter Freunden
und andere Geschichten aus der Business Class

Das Bonus-Geheimnis
und andere Geschichten aus der Business Class

Abschalten
Die Business Class macht Ferien

Alles im Griff
Eine Business Soap
Auch als Diogenes Hörbuch

Cheers
Ferien mit der Business Class
Auch als Diogenes Hörbuch

Business Class
Geschichten aus der Welt des Managements
Diogenes Hörbuch, 1 CD, live gelesen von Martin Suter

Martin Walker im Diogenes Verlag

»Martin Walker hat eine der schönsten Regionen Frankreichs, das Périgord, zum Krimiland erhoben und damit erst für die Literatur erschlossen.«
Die Welt, Berlin

»Der Autor schafft es, eine ruhige südwestfranzösische Landschaft zu kreieren, die man riechen und schmecken kann.« *Neue Luzerner Zeitung*

Die Fälle für Bruno, Chef de police:

Bruno, Chef de police
Roman. Aus dem Englischen von Michael Windgassen
Auch als Diogenes Hörbuch erschienen, gelesen von Johannes Steck

Grand Cru
Roman. Deutsch von Michael Windgassen
Auch als Diogenes Hörbuch erschienen, gelesen von Johannes Steck

Schwarze Diamanten
Roman. Deutsch von Michael Windgassen
Auch als Diogenes Hörbuch erschienen, gelesen von Johannes Steck

Delikatessen
Roman. Deutsch von Michael Windgassen
Auch als Diogenes Hörbuch erschienen, gelesen von Johannes Steck

Femme fatale
Roman. Deutsch von Michael Windgassen
Auch als Diogenes Hörbuch erschienen, gelesen von Johannes Steck

Reiner Wein
Roman. Deutsch von Michael Windgassen
Auch als Diogenes Hörbuch erschienen, gelesen von Johannes Steck

Provokateure
Roman. Deutsch von Michael Windgassen
Auch als Diogenes Hörbuch erschienen, gelesen von Johannes Steck

Eskapaden
Roman. Deutsch von Michael Windgassen
Auch als Diogenes Hörbuch erschienen, gelesen von Johannes Steck

Außerdem erschienen:

Schatten an der Wand
Roman. Deutsch von Michael Windgassen

Germany 2064
Ein Zukunftsthriller. Deutsch von Michael Windgassen

Brunos Kochbuch
Rezepte und Geschichten aus dem Périgord. Deutsch von Michael Windgassen. Fotografiert von Klaus Einwanger